KB045655

The Wonder

더 원더

엠마 도노휴 장편소설

·

박혜진 옮김

arte

차례

우리 딸 우나에게, 아일랜드의 오랜 축복을 전하며.

당신의 감자에 서리가 앉지 않고
당신의 양배추에 벌레가 들지 않기를.

$\mathcal{N}urse$ **1**

nurse [너:스]

젖먹이에게 젖을 먹이다
아이를 키우다
병자를 보살피다

여정은 생각보다 나쁘지 않았다. 런던에서 기차를 타고 리버 풀로, 야간 정기 기선을 타고 더블린으로, 일요 완행열차를 타고 애슬론이라는 서쪽 마을로.

마부가 기다리고 있었다. "라이트 씨?"

리브는 아일랜드 군인을 많이 알았다. 하지만 그것도 몇 년 전 일이었다. 이제 그녀의 귀는 마부가 하는 말을 쉽게 알아듣지 못했다.

마부는 리브의 여행 가방을 들고 '경쾌한 차'라 불리는 이륜 마차로 이동했다. 아일랜드인은 이름 짓기에 영 소질이 없었다. 이 천장 없는 마차는 전혀 경쾌해 보이지 않았다. 리브는 가운데 놓인 하나뿐인 의자에 앉았다. 부츠가 오른쪽 바퀴에 너무 가까이 닿았다. 리브는 뼈대가 철로 된 우산을 펴 보슬비를 막았다. 그래도 마차는 답답한 기차보다 나았다.

마부는 의자 반대편에 리브와 거의 등이 닿을 정도로 구부정하게 앉아 채찍을 휘둘렀다. "이랴, 가자!"

갈기가 덥수룩한 조랑말이 움직였다.

애슬론 외곽 자갈길을 다니는 사람들은 유독 힘이 없어 보였다. 리브는 그것이 감자 외에는 거의 먹지 않는 형편없는 식습관 때문이라고 생각했다. 마부의 이가 몇 개 빠진 것도 아마 그 때문이리라.

마부가 '정가'에 관해 뭐라고 이야기를 했다.

"뭐라고요?"

"여기가 정가운데라고요."

리브는 마차가 크게 흔들릴 걸 대비하며 가만히 기다렸다.

마부가 아래를 가리켰다. "바로 여기가 정확하게 이 나라의 중심이에요."

어두운 나뭇잎이 잔뜩 깔린 평평한 들판. 적갈색 토탄층. 습지대는 질병이 많다고 알려지지 않았나? 가끔 보이는 작은 집의 잿빛 잔해는 거의 녹색으로 뒤덮여 있었다. 리브에게는 그 무엇보다 그림 같은 광경이었다. 확실히 아일랜드 중부 지역은 접시 가운데 둥근 부분처럼 물이 고이는 함몰 지역이었다.

이륜마차가 큰길을 벗어나 좁은 자갈길로 들어섰다. 우산에 빗방울이 떨어져 끊임없이 타닥타닥 소리를 냈다. 창문 없는 오두막들. 리브는 집마다 가족들이 동물과 함께 비를 피해 옹기종

기 모여 있는 모습을 상상했다.

길은 중간중간 갈라져 마을을 구성하는 것으로 보이는 지붕들 쪽으로 이어졌다. 하지만 리브가 가야 하는 마을은 아닌 모양이었다. 리브는 마부에게 여정이 얼마나 걸릴지 물어보지 않은 걸 후회했다. 아직 멀었다는 대답을 들을까 봐 이제 와서 묻고 싶지도 않았다.

병원에서 수간호사에게 들은 말이라고는 2주간 개인적으로 환자를 돌봐줄 능숙한 간호사가 필요하다는 것뿐이었다. 일당은 물론이고 아일랜드를 오가는 비용과 생활비까지 모두 제공된다고 했다. 리브는 오도널 가족에 관해 아는 것이 없었다. 하지만 더 유능한 간호사를 찾아 영국까지 사람을 보낼 정도면 재력이 있는 가족인 것만은 틀림없었다. 이제 와 생각해보니 환자를 정확히 2주만 돌보면 된다는 걸 가족이 어떻게 아는지 궁금했다. 어쩌면 리브는 그저 임시로 다른 간호사를 대신하는 것뿐일지도 모른다.

어찌 됐든 리브는 수고에 대한 보수를 넉넉히 받을 것이다. 색다른 경험을 하는 것도 좋았다. 병원에서는 인정받는 만큼이나 욕도 많이 먹었다. 그리고 밥 먹이기, 붕대 갈기, 침대 정리하기처럼 아주 기본적인 기술만 요구됐다.

리브는 망토 아래에서 시계를 꺼내고 싶은 충동을 억눌렀다. 그런다고 시간이 더 빨리 가지도 않을뿐더러 시계에 비가 들어갈 수도 있었다.

어느 지붕 없는 오두막의 삼각형 모양 벽이 길을 등진 채 하늘을 책망하고 있었다. 이 집의 잔해는 아직 잡초에 뒤덮이지 않았다. 리브는 문 모양 구멍을 통해 시커멓게 엉망이 된 내부를 흘끗 보았다. 최근에 큰불이 난 모양이었다. (이렇게 축축한 나라에서 어떻게 불이 날 수 있을까?) 새 지붕을 만들어 얹는 건 고사하고, 굳이 나서서 새까맣게 탄 서까래를 치우려는 사람도 없었다. 아일랜드인은 개선에 둔감하다는 말이 사실일까?

더러운 주름 모자를 쓴 한 여자가 길가에 서 있었다. 뒤쪽 울타리 안에는 한 무리의 아이들도 있었다. 마차가 덜컹거리며 지나가자 여자와 아이들은 빗물을 받으려는 듯 손을 모아 높이 들고 앞으로 나왔다. 리브는 어색하게 고개를 돌렸다.

"배고픈 계절이라 그래요." 마부가 웅얼거렸다.

하지만 지금은 한여름이었다. 어떻게 다른 시기도 아닌 지금 식량이 부족할 수 있단 말인가?

바퀴 아래에서 튄 진흙과 자갈이 리브의 부츠를 더럽혔다. 이륜마차는 여러 번 회갈색 물웅덩이에 바퀴가 빠져 휘청했다. 웅덩이가 꽤 깊어서 리브는 튕겨 나가지 않도록 의자를 꽉 잡아야 했다.

더 많은 오두막. 몇몇은 창문이 서너 개씩 달려 있었다. 외양간, 헛간. 2층짜리 농가, 그리고 또 농가. 두 남자가 마차에 짐을 싣다가 뒤를 돌아보았다. 한 남자가 다른 남자에게 무언가를 이야기했다. 리브는 자신을 내려다보았다. 여행 복장이 뭔가 이상했을까? 어쩌면 마을 사람들이 너무 게을러서 외지인만 보면 일을 멈추고 뚫어져라 쳐다보는 것일지도 몰랐다.

앞쪽에서 뾰족한 지붕 꼭대기에 십자가가 걸린 건물이 하얗게 빛났다. 로마가톨릭교회였다. 마부가 고삐를 당기고 나서야 리브는 마을에 도착했다는 걸 깨달았다. 영국인 기준으로 보면 그 마을은 그저 초라한 건물이 모여 있는 장소에 불과했다.

리브는 이제야 시계를 확인했다. 거의 9시, 해는 아직 지지 않았다. 조랑말이 고개를 떨구고 풀을 뜯었다. 길은 여기가 유일한 모양이었다.

"영혼 식료품점에서 주무시면 됩니다."

"네?"

"라이언네요." 마부가 고갯짓으로 왼쪽에 간판 없는 건물을 가리켰다.

뭔가가 잘못된 게 분명했다. 마차를 타느라 몸이 뻣뻣해진 리브는 마부의 손을 잡고 아래로 내려왔다. 리브는 팔을 멀찍이 뻗어 우산을 털고 돌돌 만 다음 단추로 단단히 고정했다. 그러고는 망토 안쪽에 손을 닦은 뒤 천장이 낮은 가게로 들어섰다.

토탄 태우는 냄새가 코를 찔렀다. 커다란 굴뚝 아래에서 타고 있는 불과 램프 두어 개만이 실내를 밝혔다. 어린 여자 하나가 높은 선반에 통을 밀어 넣고 있었다.

"안녕하세요. 아무래도 제가 숙소를 잘못 안내받은 것 같네요." 리브가 말했다.

"그 영국 여자분이군요. 저녁상 차려드릴 테니까 뒤쪽으로 들어오세요." 여자는 리브가 귀라도 먹은 것처럼 다소 큰 소리로 말했다.

리브는 화를 참았다. 제대로 된 여관도 없고 오도널 가족이 간호사를 집에 재워주는 것도 아니라면, 이제 와서 불평해봤자 헛일이었다.

리브는 굴뚝 옆에 난 문을 넘어 창문 없는 작은 방으로 들어갔다. 그 방에는 탁자 두 개가 놓여 있었다. 하나는 빳빳한 머리쓰개로 얼굴을 거의 가린 수녀가 차지하고 있었다. 오랫동안 그런 수녀를 보지 못한 리브는 살짝 움찔했다. 영국의 수녀는 반가톨릭 정서를 자극할까 두려워 그런 차림으로 돌아다니지 않았다.

"안녕하세요." 리브는 정중히 인사했다.

수녀는 깊이 고개를 숙이는 것으로 대답을 대신했다. 수녀원 교리에 따라 다른 사람과 말을 섞으면 안 되는 건가? 아니면 묵언 서약을 했나?

리브는 수녀를 등지고 다른 탁자에 앉아 기다렸다. 배에서 꼬르륵 소리가 났다. 소리가 수녀 귀에 들릴 정도로 크지는 않기만을 바랐다. 검은 수녀복 주름 아래에서 희미하게 딸깍거리는 소리가 들렸다. 묵주 소리였다.

마침내 여자가 쟁반을 들고 들어오자 수녀는 고개를 숙이고 무언가를 속삭였다. 식전 기도를 올리는 것이었으리라. 수녀는 40대에서 50대쯤 되어 보였다. 눈은 살짝 튀어나오고 손은 농부처럼 두툼했다.

음식은 조합이 다소 특이했다. 귀리빵, 양배추, 이름 모를 생선.

"저는 감자를 기대했는데요." 리브는 여자에게 말했다.

"감자는 한 달 더 기다려야 나와요."

아, 리브는 그제야 지금이 배고픈 계절이라는 말을 이해했다. 감자는 가을에나 수확되는 작물이다.

모든 음식에서 토탄 맛이 났지만 리브는 접시를 깨끗이 비워 나갔다. 스쿠타리[1]에서는 간호사 식량이 환자 식량만큼 적었는데, 그때부터 리브는 음식을 한 입도 버릴 수 없었다.

식료품점 밖에서 소리가 들리더니 네 사람 무리가 식당으로 들어왔다.

첫 번째 남자가 말했다. "신의 가호가 함께하시길 빕니다."

리브는 어떻게 답해야 할지 몰라 고개만 끄덕였다.

"여러분도 신의 가호가 함께하시길 빕니다." 수녀는 속삭이듯 말하며 이마, 가슴, 왼쪽 어깨, 오른쪽 어깨를 만져 성호를 그은 뒤 방을 나섰다. 식사를 충분히 한 것인지 새로 온 손님들에게 자리를 양보한 것인지 리브로서는 알 수가 없었다.

이 농부 부부 두 쌍은 아주 요란한 사람들이었다. 벌써 오후 내내 다른 곳에서 술을 마신 것일까? **영혼 식료품점**. 리브는 그제야 마부의 말을 이해했다. 유령이 나오는 게 아니라 술을 판다는 뜻이었다.[2]

네 사람은 두 눈으로 직접 보고도 믿을 수 없는 **놀라운 기적**에 관해 이야기를 나눴다. 리브는 그들이 박람회에 다녀왔다고 추

---

1) 19세기 중반 크림전쟁 당시 나이팅게일이 야전병원을 세운 도시.

2) spirit은 '영혼'이라는 뜻도 있지만 '독한 술'을 가리키기도 한다.

측했다.

"분명 또 다른 무리가 뒤에 있을 거야." 수염 기른 남자가 말했다. 아내가 팔꿈치로 남자를 쿡 찔렀지만, 남자는 아랑곳하지 않았다. "뒤에서 그 아이의 손발이 되어 시중을 들고 있을 거라고."

"라이트 씨?"

리브는 고개를 돌렸다.

웬 모르는 남자가 입구에서 조끼를 두드리고 있었다. "맥브리어티 선생입니다."

그건 오도널 가족의 주치의 이름이었다. 리브는 일어서서 의사와 악수를 했다. 멋대로 뻗은 하얀 구레나룻과 몇 가닥 남지 않은 머리카락. 낡은 재킷, 비듬투성이 어깨, 손잡이 달린 지팡이. 나이는 일흔 살쯤 됐으려나?

농부와 아내 들이 유심히 두 사람을 바라봤다.

"멀리까지 와주셔서 감사합니다." 의사는 리브가 고용인이 아니라 그저 방문자인 것처럼 얘기했다. 그러고는 리브에게 대답할 기회도 주지 않고 제 말만 이어갔다. "바다를 건너느라 고생이 많으셨지요? 식사는 끝나셨나요?"

리브는 의사를 따라 가게로 들어섰다. 여자가 램프를 들고 두 사람을 좁은 계단 위로 안내했다.

침실은 비좁았다. 리브의 여행 가방을 내려놓고 나자 거의 발 디딜 틈조차 없었다. 여기서 맥브리어티 선생과 오붓이 앉아 얘기를 나눠야 할까? 이 건물에 다른 빈방이 없는 걸까, 아니면 직원이 너무 무심해서 더 배려를 못 하는 걸까?

"고마워요, 매기. 아버님 기침은 좀 어때요?" 의사가 여자에게 물었다.

"거의 나아지셨어요."

의사는 여자가 나가자마자 리브에게 골풀 의자에 앉으라고 손짓했다. "좋아요, 라이트 씨."

리브는 먼저 10분 정도 혼자 시간을 가지며 볼일을 보고 손도 씻고 싶었지만, 아일랜드인은 그런 세심함이 부족하기로 악명이 높았다.

의사는 지팡이에 몸을 기댔다. "실례가 안 된다면 나이를 여쭤봐도 될까요?"

이미 고용됐다고 알고 있었는데 현장 면접을 봐야 하는 모양이었다.

"아직 서른은 안 됐습니다."

"과부라고 했죠? 간호사가 된 것도, 뭐랄까, 스스로 살길을 찾아야 해서였고요."

리브에 관해 수간호사에게 들은 얘기를 확인하려는 걸까? 리브는 고개를 끄덕였다.

"결혼하고 1년도 안 지나 그렇게 됐습니다."

리브는 돌봐줄 사람 하나 없이 총상이나 콜레라로 고통받고 있는 군인 수천 명의 이야기를 우연히 접했다. 《타임스》의 발표에 따르면 영국 여자들을 크림반도에 간호사로 보내기 위해 기금 7000파운드가 모였다고 했다. 리브는 두려웠지만 동시에 대담하게 생각했다. 그런 거라면 나도 할 수 있을 거야. 이미 많은 걸 잃은 리브는 더 이상 앞뒤를 가릴 여유가 없었다.

리브는 의사에게 딱 한 마디만 덧붙였다. "제 나이 스물다섯이었어요."

"나이팅게일의 제자라니!" 의사가 감탄했다.

그래, 수간호사가 거기까지 얘기했구나. 리브는 대화 중 그 훌륭한 여인의 이름을 입에 올리는 걸 늘 부끄러워했고 나이팅게일 선생님의 제자에게 붙는 그 엉뚱한 호칭을 매우 혐오했다. 사람들은 나이팅게일의 제자를 영웅의 틀로 찍어낸 인형처럼 취급했다.

"네, 영광스럽게도 스쿠타리에 있을 때 나이팅게일 선생님 밑에서 일했습니다."

"고결한 일을 하셨네요."

아니라고 대답하자니 삐딱해 보일 것 같았고, 그렇다고 대답하자니 오만해 보일 것 같았다. 문득 오도널 가족이 굳이 아이리시해 너머에서까지 간호사를 불러온 건 나이팅게일이라는 이름 때문이었겠다는 생각이 머리를 스쳤다. 이 나이 든 아일랜드 남자는 선생님의 미모, 불굴의 정신, 불의를 보면 참지 못하는 면모에 관해 더 듣고 싶어 하는 눈치였다.

하지만 리브는 이렇게 말했다. "그저 간호사일 뿐이었는걸요."

"자원봉사를 한 건가요?"

명확히 하려는 의도였는데 의사가 오해를 해버렸다. 리브의 얼굴이 뜨겁게 달아올랐다. 하지만 솔직히 당황할 이유가 뭐란 말인가? 나이팅게일 선생님은 돈을 받는다고 이타심이 없는 건 아니라고 늘 말씀하셨다.

"아니요, 일반 간호사가 아니라 교육생이었다는 뜻이었습니다. 저희 아버지가 귀족이었거든요." 리브가 바보같이 덧붙였다. 부자는 아니지만 귀족은 귀족이었으니까.

"아, 그랬군요. 병원에는 얼마나 있었나요?"

"9월이면 3년이 됩니다."

간호사들이 대부분 몇 개월을 넘기지 못해 무책임하다는 비난을 듣는 현실을 고려하면 3년 경력은 그 자체로 놀라운 일이었다. 나이 든 간호사 갬프스 씨는 배당 환자 수가 너무 많다며 항상 투덜거렸다. 그렇다고 리브가 거기서 특별히 인정받은 것도 아니었다. 수간호사는 나이팅게일 선생님과 크림반도 참전 간호사들을 거만하다고 표현했다.

리브는 설명을 덧붙였다. "스쿠타리에서 돌아온 뒤 가정집 몇 군데에서 일을 했어요. 그 시기에 저희 부모님 임종도 지켰고요."

"아이를 보살펴본 적은 있나요, 라이트 씨?"

리브는 아주 잠시 당황했다. "방법은 크게 다르지 않을 거라고 생각합니다. 제 환자가 아이인가요?"

"네. 애나 오도널입니다."

"어떤 병인지도 못 들었네요."

의사가 한숨을 쉬었다.

리브는 죽을병이라고 추측했다. 다만 진행이 느려 아직 죽지는 않은 것이리라. 습한 지역이니 폐결핵일 가능성이 높았다.

"정확히 말하면 아픈 건 아닙니다. 라이트 씨가 할 일은 그저 아이를 지켜보는 거예요."

묘한 동사 선택이었다. 『제인 에어』 속 그 끔찍한 간호사도 미치광이를 계속 다락에 숨겨두는 일을 맡았다.

"제가 여기 온 이유가…… 감시를 위해서라고요?"

"아니요, 그냥 관찰하는 겁니다."

하지만 관찰은 퍼즐의 첫 번째 조각일 뿐이었다. 나이팅게일 선생님은 간호사들에게 환자를 잘 지켜봐야 환자에게 필요한 걸 이해하고 제공할 수 있다고 가르치셨다. 약을 말하는 게 아니었다. 그건 의사의 영역이니까. 하지만 선생님이 말한 요소들도 환자의 회복에 똑같이 중요한 역할을 했다. 빛, 공기, 온도, 청결, 휴식, 위안, 영양, 그리고 대화.

"그 말씀은……."

"아직 이해를 못 한 것 같네요. 제 잘못입니다." 맥브리어티는 힘이 빠지는 듯 세면대 끄트머리에 몸을 기댔다.

리브는 노인에게 의자를 양보하고 싶었지만 혹시나 노인이 불쾌해할까 봐 섣불리 나서지 못했다.

의사가 말을 이어갔다. "어떤 식으로든 편견을 심어주고 싶지는 않지만, 이건 아주 특이한 사례예요. 애나 오도널은…… 아니, 그 아이 부모는 애나가 열한 살 생일 이후로 음식을 전혀 먹지 않았다고 주장하고 있어요."

리브는 얼굴을 찌푸렸다. "그럼 어디가 아픈가 보네요."

"지금까지 알려진 병은 걸리지 않았습니다. 적어도 제가 아는 선에서는 그래요." 맥브리어티는 정확히 해줘야겠다 생각한 듯 말했다. "그 아이는 그냥 안 먹는 거예요."

"고형식을 안 먹는다는 거죠?" 리브는 고상한 현대 여성을 따라 하려는 여자들이 여러 날 동안 칡차나 쇠고기 수프만 먹었다는 이야기를 들은 적이 있었다.

"어떤 형태의 영양물도 먹지 않습니다. 깨끗한 물 말고는 아무것도 못 먹어요." 의사가 리브의 말을 바로잡았다.

간호사들 사이에서 못 하는 것은 안 하는 것을 의미했다. 혹시⋯⋯.

"아이한테 위장 장애가 있나요?"

"저는 아무것도 못 찾았습니다."

리브는 이해가 되지 않았다. "속이 메스꺼운 것도 아니고요?" 임신한 여자는 입덧이 심해 음식을 못 먹기도 한다.

의사는 고개를 저었다.

"혹시 우울증인가요?"

"아마 아닐 겁니다. 아주 조용하고 독실한 아이예요."

그렇다면 의학적 문제가 아니라 종교적 이유일 수 있었다.

"로마가톨릭교 신자인가요?"

의사의 가벼운 손짓은 이렇게 말하는 듯했다. 그게 아니면 뭐겠어요?

리브는 더블린에서 이렇게 멀리 떨어진 마을도 주민 대부분이 가톨릭교도인가 보다고 생각했다. 의사도 아마 신자일 것이다.

"아이에게 단식의 위험성은 충분히 설명해주셨겠죠?" 리브가 물었다.

"물론이죠. 아이 부모도 처음부터 설명했습니다. 그래도 애나는 요지부동이에요."

리브는 정말 한 아이의 변덕 때문에 바다 건너까지 끌려온 것일까? 오도널 가족은 분명 아이가 아침 식사에서 고개를 돌린 첫날 잔뜩 겁에 질려 런던으로 전보를 쳤을 것이다. 그냥 아무 간호사가 아니라 새로 부임한 완벽한 간호사를 보내달라고. 나이팅게일의 제자를 보내달라고!

"아이 생일이 언제죠?" 리브가 물었다.

맥브리어티는 구레나룻을 잡아당겼다. "4월이었어요. 넉 달 전 바로 오늘요!"

만약 제대로 훈련받지 않았다면 리브는 크게 웃음을 터뜨렸을 것이다.

"선생님, 그럼 그 아이는 지금쯤 죽었어야 말이 돼요." 리브는 의사도 어처구니가 없다고 호응해주길 기다렸다. 그 마음 안다는 듯 윙크를 한다거나, 코를 두드린다거나.

의사는 고개만 끄덕였다. "엄청난 수수께끼죠."

리브는 의사의 단어 선택이 마음에 들지 않았다. "그럼…… 아이가 병상에 누웠나요?"

의사는 고개를 저었다. "애나는 다른 아이들처럼 잘 걸어 다닙니다."

"야위었나요?"

"원래 체구가 작긴 하지만, 아니요, 4월 이후로 달라진 점은 거의 없습니다."

의사는 진지하게 말했지만 그건 터무니없는 이야기였다. 의사의 눈곱 낀 눈이 반쯤 멀어버린 걸까?

"신체 기능도 모두 정상입니다. 사실 활력이 너무 좋아서 오도널 가족은 애나가 음식 없이도 살 수 있다고 확신하게 됐어요." 맥브리어티가 덧붙였다.

"굉장하네요." 말이 너무 비꼬듯 나와버렸다.

"의심하시는 게 당연합니다, 라이트 씨. 저도 그랬으니까요."

그랬다고?

"그러니까 지금 이 모든 이야기가……."

의사가 종잇장처럼 얇은 손을 들며 끼어들었다. "명확히 설명할 방법은 이 모든 게 속임수라는 것뿐입니다."

"그렇군요." 리브는 안도했다.

"하지만 이 아이는…… 애나는 다른 아이와 달라요."

리브는 다음 말을 기다렸다.

"말로는 도저히 설명할 수가 없습니다, 라이트 씨. 제 머릿속도 온통 질문투성이에요. 지금 라이트 씨가 그렇듯 저도 지난 4개월 동안 궁금증으로 속이 타들어가는 것 같았어요."

아니, 지금 리브 속을 태우는 건 이 면접을 끝내고 남자를 방 밖으로 쫓아내고 싶은 욕망이었다.

"선생님, 음식 없이 사는 게 불가능하다는 건 과학으로 증명됐어요."

"하지만 문명사 속 새로운 발견들도 대부분 처음에는 이상해 보이지 않았나요? 거의 마법 같았잖아요." 의사의 목소리가 흥분으로 살짝 떨렸다. "아르키메데스부터 뉴턴까지 위대한 인물은 모두 자기 감각에 대한 증거를 편견 없이 시험하면서 엄청난 발전을 이뤄냈어요. 그러니까 라이트 씨도 내일 애나 오도널을 만날 때 부디 열린 마음으로 다가가주세요."

리브는 맥브리어티가 부끄러워 시선을 떨궜다. 어떻게 의사라는 사람이 작은 꼬마의 장난에 꾀여 자신을 위대한 인물들과 비교할 수 있을까?

"혹시 아이를 진료하는 사람은 선생님뿐인가요?" 정중하게 물었지만 리브의 질문은 더 나은 권위자를 부른 적은 없느냐는 뜻이었다.

"네. 사실 이 사례를 정리해 《아이리시 타임스》에 제보한 사람도 바로 저였습니다." 맥브리어티는 안심하라는 투였다.

리브는 들어본 적도 없는 신문이었다. "전국 신문인가요?"

"네. 가장 최근에 생긴 신문이라 소유주가 종파적 편견에 비교적 덜 물들었을 거라고 생각했어요." 의사가 설명이 부족하다 싶었는지 덧붙였다. "어느 지역 소식이든 새롭고 놀라운 일이라면 더 개방적으로 받아줄 거라고요. 더 많은 대중과 공유하면 누군가 이 현상을 설명해줄 수 있을지도 모르잖아요."

"그래서 그런 사람이 나왔나요?"

조용한 한숨.

"애나의 사례가 완전히 기적이라고 찬양하는 열정적인 편지는 몇 통 왔어요. 애나가 자성이나 향기처럼 아직 알려지지 않은 영양분을 흡수하고 있을지 모른다는 흥미로운 가설도 몇 가지 나왔고요."

향기? 리브는 웃지 않으려 입술을 앙다물었다.

"어떤 대담한 기자는 애나가 식물처럼 햇빛을 에너지로 바꾸고 있을지 모른다고 의견을 냈어요. 아니면 일부 식물처럼 공기만으로 사는 걸 거라고요. 난파선 선원들이 몇 달을 담배로 연명했다는 얘기 들어본 적 있죠?" 의사의 주름진 얼굴에 화색이 돌았다.

리브는 경멸하는 눈빛을 들키지 않기 위해 고개를 숙였다.

맥브리어티는 다시 이야기를 이어갔다. "하지만 답변 대다수는 그냥 인신공격이었어요."

"아이에 대해서요?"

"아이, 가족, 저, 전부 다요. 《아이리시 타임스》뿐만 아니라 여러 영국 신문도 이 사례를 그저 풍자 대상으로만 본 것 같아요."

이제야 모든 게 이해됐다. 리브는 보모 겸 감시자로 일하기 위해 그 먼 길을 온 것이었다. 고작 동네 의사 한 명의 금 간 자존심 때문에. 왜 일을 수락하기 전에 수간호사에게 좀 더 자세히 물어보지 않았을까?

맥브리어티의 말투가 신랄해졌다. "기자 대부분은 오도널 가족이 사기꾼이라고 생각해요. 딸에게 몰래 음식을 먹이면서 세상을 속이고 있다고요. 우리 마을은 이제 무지함과 미개함의 대명사가 됐어요. 이 주변 주요 인사들은 지역의 명예가, 어쩌면 아일랜드 전체의 명예가, 위태로워졌다고 생각해요."

의사의 순진함이 그 **주요 인사**들 사이에서도 열병처럼 퍼진 걸까?

"그래서 위원회가 구성되고 관찰을 해보자는 결정이 내려진 거예요."

그렇다. 애초에 리브를 부른 건 오도널 가족이 아니었다.

"아이가 특별한 방법으로 생존하고 있다는 걸 증명하기 위해서요?" 리브는 냉소적인 목소리를 내지 않으려고 노력했다.

"아니요. 진실이 뭐든 그저 명확히 밝히기 위해서요. 앞으로 2주간 꼼꼼한 간호사 둘이 24시간 교대로 애나 옆을 지킬 겁니다." 맥브리어티가 장담했다.

결국 여기서 필요한 건 수술이나 감염병 환자에 관한 리브의 경험이 아니라 리브가 받은 엄격한 훈련이었다. 위원회는 꼼꼼한 신입 간호사를 데려와 오도널 가족의 정신 나간 이야기에 신빙성을 부여하고 싶어 했다. 이 미개한 시골 마을을 세상의 기적으로 만들고 싶어 했다. 리브의 턱이 분노로 욱신거렸다.

이 수렁에 꾀여 들어온 또 다른 여자에게 동지애도 느껴졌다.

"다른 간호사는 제가 모르는 분인가 보죠?"

의사가 인상을 썼다. "저녁 들면서 미카엘 수녀님과 인사 나누지 않았나요?"

그 말 없는 수녀. 진작 예상해야 했다. 여성성 자체를 포기한 듯 남자 성인의 이름을 딴 것이 특이했다. 그런데 수녀는 왜 자신을 제대로 소개하지 않았을까? 깊이 허리 숙여 인사한 게 바로 그런 의미였을까? 자신과 영국 여자가 함께 이 어처구니없는 상황에 빠졌다는 것?

"그분도 크림반도에서 훈련받으셨나요?"

"아니요, 그분은 털러모어[3] 자비의 집에서 모셔 왔습니다."

걸어 다니는 수녀들. 리브는 스쿠타리에서 그 수녀원 수녀들과 함께 일했다. 거기 사람이라면 적어도 믿을 만하다고 리브는 스스로 다독였다.

"아이 부모가 적어도 한 분은 자기들이랑……."

그렇다. 오도널 가족이 로마가톨릭교도를 요청한 것이다.

"같은 교파이길 바랐군요."

"같은 국적이기도 바랐고요." 리브의 기분을 풀어주려는 듯 의사가 덧붙였다.

"이 나라 사람들이 영국인을 좋아하지 않는다는 건 저도 잘 알고 있습니다." 리브가 딱딱한 미소를 지으며 말했다.

맥브리어티가 반박했다. "그건 너무 과장이네요."

리브가 마을 길을 지날 때 이륜마차를 쳐다보던 얼굴들은 뭐란 말인가? 이제 와 생각해보니 그 남자들은 리브가 올 걸 알았기 때문에 리브에 관해 수군댄 것이었다. 리브는 그냥 영국 여자가 아니었다. 이 마을 대지주의 딸을 감시하러 멀리서 데려온 영국 여자였다.

"미카엘 수녀님은 아이에게 그저 친숙한 느낌만 줄 겁니다."

---

3) 아일랜드 중부의 도시.

맥브리어티가 말했다.

감시자에게 **친숙함**이 필요하거나 도움이 된다고 생각하다니! 하지만 또 다른 간호사는 나이팅게일 선생님의 유명한 제자 중에서 골라야 했을 것이다. 그래야 이 감시가 특히 영국 언론의 눈에 충분히 **철저해** 보일 테니까.

리브는 차분한 목소리로 이렇게 말하고 싶었다. 선생님, 제가 왜 여기 왔는지 이제 알겠습니다. 훌륭한 선생님께 훈련받았으니 터무니없는 사기극에도 신빙성을 만들어주리라 기대하셨겠지요. 하지만 전 이 일에 관여하지 않겠습니다. 아침에 출발하면 이틀 안에는 다시 병원으로 돌아갈 수 있을 것이다.

하지만 그 후 일어날 일을 떠올리자 암담해졌다. 리브는 아일랜드 일이 너무도 비도덕적이었다고 애써 설명하는 자신의 모습을 상상했다. 수간호사는 코웃음을 칠 것이 분명했다.

그래서 일단 감정을 억누르고 현실적인 문제에 집중했다. 그냥 **관찰하는 겁니다**, 맥브리어티는 그렇게 말했다.

리브가 입을 열었다. "만약에 언제든 아이가 우회적으로라도 뭔가 먹고 싶다는 의사를 보이면……."

"그럼 가져다주세요. 저희는 의도적으로 아이를 굶길 생각은 전혀 없습니다." 의사가 놀란 목소리로 답했다.

리브는 고개를 끄덕였다. "그럼 저희 간호사들은 2주 뒤에 선생님께 보고를 하나요?"

의사가 고개를 저었다. "저는 애나의 주치의라 이해관계자로 여겨질 수 있어요. 언론에서 이미 큰 곤혹을 치르기도 했고요.

그러니 라이트 씨는 위원회 모임에서 진실을 증언해주셔야 합니다."

리브는 그 모임이 벌써 기대됐다.

의사가 울퉁불퉁한 손가락 하나를 들고 덧붙였다. "라이트 씨 따로, 미카엘 수녀님 따로입니다. 어떤 상의도 없이요. 서로 영향받지 않은 두 분의 독립적 소견을 듣고 싶거든요."

"알겠습니다. 혹시 이 관찰을 지역 병원에서 하지 않는 이유를 여쭤봐도 될까요?"

이 섬 정가운데에 병원이 하나도 없지는 않을 테니까.

"아, 오도널 가족이 어린 딸을 지역 병원에 입원시키고 싶지는 않다고 해서요."

결말은 이미 나왔다. 대지주 부부는 계속 딸에게 몰래 음식을 전해주기 위해 딸을 집에 두려는 것이었다. 속임수를 잡아내는 데는 2주도 걸리지 않을 것이다.

의사가 꼬마 사기꾼을 매우 아끼는 듯 보였기 때문에 리브는 단어를 신중히 선택했다. "만약 2주가 지나기 전에 애나가 몰래 영양분을 섭취했다는 증거를 찾으면……."

구레나룻으로 덮인 의사의 뺨이 일그러졌다. "그런 경우라면 관찰을 계속하는 건 모두의 시간과 돈을 낭비하는 일이 되겠죠."

그러면 리브는 며칠 안에 이 별난 일을 만족스럽게 마무리하고 영국으로 돌아가는 배에 오를 수 있을 것이다.

그뿐만이 아니었다. 영국 전역의 신문들이 거짓말을 밝혀낸 간호사 엘리자베스 라이트의 공을 인정해주면 병원 직원들도 리브를 달리 볼 것이다. 그렇게 되면 누가 감히 그녀를 거만하다고 하겠는가? 어쩌면 일이 더 잘 풀릴지도 모른다. 리브의 재능에 더 적합하고 더 재미있는 일자리. 덜 빠듯한 생활.

갑자기 하품이 나와 리브는 입으로 손을 올렸다.

"이만 가봐야겠네요. 벌써 10시가 다 됐을 거예요." 맥브리어티가 말했다.

리브는 허리에서 쇠사슬을 당겨 시계를 보았다. "10시 18분이네요."

"아, 여기는 25분이 늦습니다. 아직 영국 시간을 보고 있군요."

리브는 그런대로 잘 잤다.

6시 조금 전 해가 떴을 때, 리브는 이미 병원 근무복을 입고 있었다. 회색 트위드 원피스, 소모사 재킷, 흰색 모자. (적어도 이 옷은 몸에 잘 맞았다. 스쿠타리의 여러 굴욕 중 하나는 의상이 전부 표준 규격이라는 것이었다. 키 작은 간호사는 늘 옷 속에서 허우적대는 반면, 리브는 소매가 짧아질 정도로 키가 커버린 빈민 소녀처럼 보였다.)

리브는 식료품점 뒷방에서 혼자 아침을 먹었다. 달걀은 신선했고 노른자는 태양처럼 샛노랬다.

메리인지 메그인지, 라이언의 딸이라는 그 여자는 전날 저녁에 입었던 얼룩덜룩한 앞치마를 또 입고 있었다. 여자는 식탁을 치우러 돌아와 새디어스 씨가 기다린다고 말해주었다. 그리고는 리브가 그런 사람은 모른다고 답하기도 전에 다시 방을 나가

버렸다.

"저를 찾으셨다고요?"

리브는 가게로 들어가 거기 서 있는 남자에게 물었다. 선생님이라는 호칭을 덧붙여야 할지 확신이 서지 않았다.

"안녕하세요, 라이트 씨. 밤새 잘 주무셨나요?"

새디어스 씨는 빛바랜 코트에서 풍기는 인상과 다르게 말씨가 아주 점잖았다. 그리 젊어 보이지 않는 분홍색 얼굴, 들창코, 모자를 들자 부스스한 검은 머리가 용수철 튀듯 튀어 올랐다.

"준비되었으면 제가 오도널 가족 집으로 모셔다 드리겠습니다."

"준비됐어요."

새디어스 씨는 리브의 목소리에서 의심스러운 기색을 읽어냈는지 이렇게 덧붙였다. "의사 선생님 말씀이, 오도널 가족의 믿을 만한 친구가 가족에게 두 분을 소개하는 것이 좋겠다고 하더라고요."

리브는 혼란스러웠다. "맥브리어티 선생님이 그런 친구인 줄 알았는데요."

"맞습니다. 그런데 오도널 가족이 신부를 특별히 더 신뢰하는 것 같아서요."

신부? 이 남자는 사복 차림이었다.

"죄송합니다. 그럼 새디어스 신부님인가요?"

남자는 어깨를 으쓱했다. "요즘은 그렇게 부른다고 하는데, 이 동네에서는 호칭에 그리 연연하지 않습니다."

이 쾌활한 남자가 마을의 고해 신부이자 비밀 지킴이라니, 쉽게 상상이 되지 않았다.

"로만칼라도 없고, 또……."

리브는 단추 달린 검은색 예복의 이름을 몰라 신부의 가슴만 가리켰다.

"물론 축일에 입는 옷은 모두 가방에 보관하고 있습니다." 새디어스 씨가 웃으며 말했다.

여자가 손을 닦으며 다시 급하게 들어왔다.

"여기 담배 가져왔어요." 여자는 신부에게 이렇게 말하고는 종이 꾸러미 끝을 비틀며 계산대 너머로 밀었다.

"고맙다, 매기. 성냥 한 상자도 부탁하마. 갈까요, 수녀님?"

신부가 리브 뒤쪽을 보기에, 리브는 몸을 돌렸다. 수녀가 서 있었다. 언제 조용히 들어왔지?

미카엘 수녀는 신부와 리브에게 차례로 묵례했다. 입술이 씰룩인 걸 보니 미소를 지으려 한 모양이었다. 부끄러워서 몸이 말을 안 듣는 걸까, 리브는 생각했다.

나이팅게일 제자를 구하는 김에 두 명을 데려오지, 맥브리어티는 왜 그러지 못했을까? 문득 종교가 있든 없든 제자 50여 명 중 누구도 이렇게 촉박한 일정으로 일을 수락할 수는 없었겠다는 생각이 들었다. 크림반도 간호사 가운데 5년이 지나도록 자리를 못 잡은 사람은 리브뿐이었을까? 이 독 묻은 미끼를 물 정도로 여유로웠던 사람은 리브뿐이었을까?

세 사람은 희미한 햇빛을 받으며 왼쪽 길로 들어섰다. 리브는 신부와 수녀 사이에 불편하게 끼인 채 자신의 가죽 가방만 꼭 쥐었다.

건물들은 쌀쌀맞게도 서로 다른 방향을 보고 있었다. 한 창문 너머 바구니가 가득 쌓인 탁자 옆에 늙은 여자가 있었다. 거실에서 나오는 사람은 농작물 같은 걸 파는 잡상인인가? 영국에서 보일 법한 월요일 아침의 분주함은 전혀 보이지 않았다. 자루를 든 한 남자가 지나가며 새디어스 씨, 미카엘 수녀와 인사를 나눴다.

"라이트 씨는 나이팅게일 여사님이랑 일했대요." 신부가 수녀를 향해 말했다.

"들었습니다." 잠시 후 미카엘 수녀가 리브를 돌아보며 말했다. "수술 환자 경험이 많겠어요."

리브는 최대한 겸손하게 고개를 끄덕였다. "콜레라, 이질, 말라리아 환자도 많이 치료했어요. 물론 겨울에는 동상 환자도 많았고요."

사실 영국 간호사는 매트리스 속을 채우거나 귀리죽을 젓거나 빨래를 밟으며 많은 시간을 보냈다. 하지만 리브는 수녀에게 아는 것 없이 허드렛일만 하는 사람으로 오해받기 싫었다. 목숨을 살리는 일은 종종 변기를 뚫는 일로 귀결된다는 사실을 사람들은 이해하지 못했다.

영국 마을과 달리 이곳에는 광장이나 녹지의 흔적이 없었다. 새 건물처럼 보이는 건 하얗게 빛나는 교회뿐이었다. 새디어스 씨는 교회 바로 앞에서 오른쪽으로 꺾어 묘지를 돌아 이어지는 진흙 길로 들어섰다. 이끼로 뒤덮인 삐딱한 묘비들은 줄을 맞추지 않고 그냥 무작위로 세워진 것 같았다.

"오도널 가족 집은 마을 밖에 있나요?" 리브가 물었다. 오도널 가족이 간호사들을 집에서 재우기는커녕 최소한의 예의로 마차조차 보내지 않은 이유가 궁금했다.

"조금 떨어져 있습니다." 수녀가 속삭이는 목소리로 말했다.

"맬러키가 쇼트혼종 소를 키우거든요." 신부가 덧붙였다.

약해 보이기만 하는 이곳 햇볕은 리브의 짐작보다 훨씬 강렬했다. 망토 아래에 땀이 홍건했다.

"집에 아이는 몇 명이나 있나요?"

"지금은 애나밖에 없습니다. 팻은 떠났거든요. 주여, 그 아이를 지켜주소서." 새디어스 씨가 말했다.

어디로 떠난 걸까? 가능성은 미국이 가장 높아 보였다. 아니면 영국, 아니면 식민지. 미래가 밝지 않은 아일랜드는 빼빼 마른 아일랜드 아이 중 절반을 해외로 보내는 것 같았다. 그럼 오도널 가족에 아이는 둘뿐이구나. 리브에게는 생각보다 적은 수였다.

세 사람은 굴뚝에서 연기가 나는 허름한 오두막을 지나갔다. 샛길 하나가 또 다른 작은 집을 향해 길옆으로 비스듬히 나 있었다. 리브의 눈은 오도널 가족 집의 흔적을 찾으려 앞에 있는 습지를 훑었다. 분명한 사실 외에 더 많은 걸 신부에게 물어도 괜찮을까? 고용된 두 간호사는 각자 자신만의 의견을 내야 했다. 리브는 문득 지금이 가족의 **믿을 만한 친구**와 이야기를 나눌 유일한 기회일지 모른다는 생각이 들었다.

"새디어스 씨, 괜찮으시다면…… 오도널 가족이 정말 정직하다는 걸 증명해줄 수 있을까요?"

잠시 시간이 흘렀다.

"물론이죠. 의심할 이유가 없으니까요."

리브는 로마가톨릭교 신부와 대화해본 적이 없었기 때문에 이 신부의 속뜻을 읽을 수가 없었다.

수녀의 눈은 초록색 지평선에 고정돼 있었다.

새디어스 씨가 말을 이어갔다. "맬러키는 말수가 적은 사람입니다. 술도 안 마시고요."

리브는 깜짝 놀랐다.

"아이들이 태어나기 전 서약을 하고는 이후 한 방울도 마시지 않았죠. 맬러키의 아내는 교구의 등불입니다. 성모 신심회 활동을 아주 열심히 해요."

이렇게 세세한 정보는 별 의미가 없었지만 리브는 그 취지를 이해했다.

"애나 오도널은요?"

"아주 훌륭한 아이입니다."

어떤 점에서? 도덕적이라서? 아니면 특별해서? 그 건방진 꼬마가 어른들을 죄다 홀린 것이 분명했다. 리브는 둥글둥글한 신부의 옆얼굴을 지긋이 바라보았다.

"혹시 영적인 수양의 일환으로 아이한테 음식을 먹지 말라고 권한 적이 있나요?"

신부가 항의의 뜻으로 두 손을 펼쳤다. "라이트 씨. 저희랑 같은 종교가 아니지요?"

리브는 단어를 신중히 골라 말했다. "영국 성공회에서 세례를 받았습니다."

수녀는 지나가는 까마귀를 보는 눈치였다. 리브에게 오염될까 봐 대화를 피하는 것일까?

새디어스 씨가 말했다. "확실히 말씀드리지만 가톨릭 신자가 단식을 하는 건 고작 몇 시간뿐입니다. 예컨대 아침에 성체 성사가 있는 날은 자정부터 음식을 먹지 말아야 하지요. 수요일, 금요일, 사순절에도 고기는 삼갑니다. 적당한 단식은 육체의 욕구를 억제해주거든요." 날씨 이야기를 하듯 가벼운 말투였다.

"식욕을 말씀하시는 건가요?"

"식욕도 여러 욕구 중 하나죠."

리브는 부츠 앞 진흙 바닥으로 시선을 옮겼다.

"저희는 주님의 고통을 조금이라도 함께하며 그분께 애도를 표합니다. 그런 의미에서 단식은 유용한 속죄의 방식이 될 수 있어요."

"스스로 벌을 주면 죄가 용서된다는 뜻인가요?" 리브가 물었다.

"다른 이의 죄가 용서되기도 하죠." 수녀가 나직이 말했다.

"맞습니다. 다른 이를 위해 너그러운 마음으로 우리 고통을 바친다면요." 신부가 대답했다.

리브는 빌린 돈과 빌려준 돈 액수가 빽빽이 적힌 거대한 장부를 상상했다.

"하지만 중요한 건 건강을 해칠 만큼 극단적으로 단식을 해서는 절대 안 된다는 겁니다."

물고기처럼 요리조리 잘도 피해 가는군.

"그럼 애나 오도널은 왜 교회 규칙을 어겼을까요?"

신부가 떡 벌어진 어깨를 으쓱 들어 올렸다. "지난 몇 달간 저도 여러 차례 애나를 타이르고 뭐든 한 입만 먹어보라고 애원했어요. 하지만 애나한테는 어떤 설득도 통하지 않아요."

이 응석받이 아가씨는 도대체 어떻게 주변의 모든 어른을 이런 사기극에 끌어들였을까?

"다 왔네요." 미카엘 수녀가 보일락 말락 하는 진입로 끝을 가리키며 나직이 말했다.

설마 여기가 목적지는 아니겠지? 이 오두막은 새로 흰 칠을 해야 할 것 같았다. 기울어진 초가지붕이 작고 네모난 유리창 세 개 위쪽까지 늘어져 내려와 있었다. 저쪽 끝에는 외양간 하나가 같은 지붕 아래 삐딱하게 들어서 있었다.

리브는 곧장 자신의 추측이 얼마나 어리석었는지 깨달았다. 위원회가 간호사를 고용했다면 맬러키 오도널은 굳이 부유하지 않아도 괜찮았다. 근근이 먹고사는 이 마을 농부들과 이 가족의 유일한 차이점은 이 집 딸이 음식 없이 살 수 있다는 가족의 주장뿐인 듯했다.

리브는 오도널 가족의 낮은 지붕을 가만히 바라보았다. 맥브리어티 선생이 그렇게 성급하게 《아이리시 타임스》에 제보하지 않았다면 이 가족의 소식은 이 축축한 땅 밖으로 절대 전해지지 않았을 것이다. 얼마나 많은 **주요 인사**가 이 기이한 일에 자신의 이름을 걸고 돈을 투자했을까? 그들은 정말 2주 뒤 두 간호사가 순순히 기적을 증언하고 이 작은 시골 마을을 기독교의 기적으로 만들어주리라 확신했을까? 자비의 집 수녀와 나이팅게일의 제자, 그 평판 좋은 두 사람으로부터 지지를 받을 계획이었을까?

세 사람은 길을 따라 올라갔다. 배설물 더미 바로 옆을 지나며 리브는 역겨움에 몸을 떨었다. 오두막의 두꺼운 벽은 바깥 바다 쪽으로 기울어 있었다. 가장 가까운 창문의 깨진 유리는 낡은 천으로 막혀 있었다. 현관문은 마구간처럼 위쪽이 뻥 뚫린 반쪽 문이었다. 새디어스 씨는 아래쪽 문을 삐거덕 밀어 열고 리브에게 먼저 들어가라고 손짓했다.

리브는 어둠 속으로 들어갔다. 한 여자가 리브는 모르는 언어로 소리를 질렀다.

리브의 눈이 적응하기 시작했다. 부츠 아래 단단히 다져진 땅. 아일랜드 여자들이 늘 쓰는 듯한 주름 모자를 쓰고 여자 둘이 벽난로 앞 건조대를 치우고 있었다. 더 나이 든 여자가 어리고 호리호리한 여자 품에 옷을 쌓은 뒤 앞으로 달려 나와 신부와 악수했다.

신부는 같은 언어로 대답했다. 분명 게일어리라. 다음 말은 영어였다. "로절린 오도널, 미카엘 수녀님은 어제 만났죠?"

"수녀님, 어서 오세요." 여자가 수녀의 손을 꽉 잡았다.

"그리고 이분은 라이트 씨예요. 그 유명한 크림반도 간호사 중 한 분이죠."

오도널 부인은 어깨가 넓고 앙상했으며 눈은 돌 같은 회색이었다. 부인이 까맣게 뚫린 입으로 미소를 지었다. "세상에! 이렇게 멀리까지 와주셔서 정말 감사해요, 라이트 씨."

이 여자는 정말 그 정도로 무지한 걸까? 그 반도에서 아직 전쟁이 계속되고 있고 리브가 피비린내 나는 전선에서 막 도착했다고 생각할 정도로?

"손님이 없으면 당장 응접실로 모셨을 텐데, 죄송해요." 로절린 오도널이 난로 오른편에 난 문으로 고갯짓을 했다.

자세히 들어보니 희미하게 노랫소리가 들렸다.

"여기도 괜찮아요." 새디어스 씨가 부인을 안심시켰다.

오도널 부인은 고집을 부렸다. "그래도 차 내리는 동안은 앉아 계세요. 의자가 전부 안에 있어서 내드릴 게 나무통밖에 없네요. 남편은 시무스 올랄러한테 줄 토탄을 캐러 갔어요."

나무통은 등받이 없는 통나무 의자를 뜻하는 모양이었다. 여자는 손님들을 위해 의자를 거의 불 안쪽까지 밀어 넣었다. 리브는 의자 하나를 골라 난로에서 조금 떨어뜨리려 했다. 그런데 아이 엄마의 표정이 좋지 않았다. 분명 불 바로 옆이 가장 좋은 자리였으리라. 리브는 의자에 앉아 가방 속 연고가 녹지 않도록 덜 뜨거운 쪽에 가방을 내려놓았다.

로절린 오도널은 성호를 그으며 자리에 앉았다. 신부와 수녀도 똑같이 했다. 리브는 세 사람을 따라 할까 고민했다. 아니,

마을 사람을 흉내 내기 시작하면 한없이 우스워질 것이다.

응접실이라는 방에서 들리는 노랫소리가 점점 커지는 듯했다. 알고 보니 벽난로가 오두막 양쪽으로 뚫려 소리가 새어 나오는 것이었다.

쉭쉭 소리 나는 주전자를 가정부가 불에서 들어 올리는 사이, 오도널 부인과 신부는 어제 내린 비와 유별나게 따뜻한 여름 날씨에 관해 담소를 나눴다. 수녀는 대화를 들으며 이따금 조용히 호응할 뿐이었다. 딸에 관한 이야기는 한마디도 나오지 않았다.

리브는 근무복이 옆구리에 들러붙고 있었다. 절대 시간을 허비하지 않으리라 다짐하며 주변을 관찰하기 시작했다. 평범한 탁자 하나가 창문 없는 뒷벽에 밀려 있었다. 색이 칠해진 찬장의 아랫부분은 새장처럼 창살이 달려 있었다. 벽에는 작은 문이 여러 개 나 있었다. 붙박이 식기장인가? 낡은 밀가루 포대가 커튼처럼 박혀 있었다. 다소 원시적이긴 하지만 그래도 깔끔했다. 적어도 지저분하지는 않았다. 새카매진 굴뚝 덮개는 윗가지를 엮어 만든 것이었다. 난로 양쪽에는 네모난 구멍이 뚫려 있었다. 리브는 소금 통을 높이 달아놓은 것이라고 추측했다. 난로 위 선반에는 황동 촛대 한 쌍과 십자가상, 그리고 작은 은판 사진 같은 걸 담은 검은색 액자가 놓여 있었다.

가정부를 포함한 모든 사람이 진한 차를 홀짝이기 시작했을 때 새디어스 씨가 물었다. "오늘 애나는 어떤가요?"

"그런대로 괜찮아요. 다 주님 덕분이죠." 오도널 부인이 불안한 듯 다시 한번 응접실 쪽을 흘끗 보았다.

그 아이가 저 안에서 방문객과 함께 성가를 부르는 것이었을까?

"두 분 간호사에게 애나 이력 좀 얘기해주세요." 새디어스 씨가 제안했다.

부인이 멍한 표정을 지었다. "어린아이한테 무슨 이력이 있겠어요?"

리브가 미카엘 수녀와 눈을 맞춘 뒤 먼저 입을 열었다. "올해 전까지 어땠는지 말씀해주세요, 오도널 부인. 그 전에는 따님 건강이 어땠나요?"

깜박이는 눈. "그러니까, 애나는 늘 연약한 꽃이었어요. 하지만 절대 칭얼대거나 짜증을 부리지 않았죠. 어딘가 긁히거나 다래끼가 나면 그걸 하늘에 제물로 바친다고 했어요."

"식욕은 어땠어요?" 리브가 물었다.

"군것질거리를 탐내거나 달라고 떼쓴 적이 한 번도 없어요. 정말 착한 아이예요."

"정신 건강은요?" 수녀가 물었다.

"문제 될 건 없었어요." 오도널 부인이 대답했다.

리브는 이렇게 애매한 대답에 만족할 수 없었다. "애나가 학교는 다니나요?"

"세상에, 오플래허티 선생님이 애나를 정말 아껴주셨어요."

"학교에서 메달도 받았잖아요." 가정부가 너무 갑자기 벽난로 선반을 가리키는 바람에 손에 든 찻잔에서 차가 출렁거렸다.

"맞아, 키티." 아이 엄마는 모이를 쪼는 암탉처럼 고개를 끄덕거렸다.

리브는 고개를 들어 메달을 찾았다. 사진 옆 근사한 보관함에 작은 청동 원반이 전시돼 있었다.

오도널 부인이 말을 이어갔다. "그런데 작년에 학교에 백일해가 퍼지면서 애나가 병을 옮아 왔어요. 거기는 먼지도 많고 맨날 창문이 깨져서 찬바람도 들어온다길래 우리 꼬마 아가씨는 집에 데리고 있어야겠다고 생각했죠."

아가씨. 아일랜드인은 어린 여자아이를 모두 그렇게 부르는 듯했다.

"하지만 학교 못지않게 집에서도 늘 책을 옆에 끼고 열심히 공부해요. 굴뚝새한테는 둥지만 있으면 된다는 말도 있잖아요."

리브는 그런 격언을 들어본 적이 없었다. 애나의 황당한 거짓말이 진실 깊숙이 뿌리박고 있을지도 모른다는 생각에 계속 질문을 이어갔다.

"혹시 병에 걸린 이후 아이가 배앓이를 했나요?"

심한 기침으로 장기에 손상이 가지는 않았는지 궁금했다.

하지만 오도널 부인은 계속 인위적인 미소를 지으며 고개를 저었다.

"구토나 변비나 설사는요?"

"그냥 가끔요. 성장 과정에서 자연스러운 정도였어요."

"그럼 열한 살이 되기 전까지는 조금 허약하기만 할 뿐 그 이상은 아니었다는 말씀이죠?" 리브가 물었다.

부인이 부르튼 입술을 앙다물었다. "어제로부터 4개월 전인

4월 7일. 그날 아침부터 주님의 물 말고는 아무것도 먹지도 마시지도 않았어요."

리브는 역겨움에 속이 울렁거렸다. 이게 정말 사실이라면 어떻게 엄마라는 사람이 이렇게 신나서 얘기할 수 있단 말인가?

물론 이건 사실이 아닐 거야, 리브는 다시 한번 되새겼다. 이건 로절린 오도널이 거짓말에 관여했거나 그 딸이 엄마 눈을 속인 것이었다. 이기적이든 멍청하든 간에 이 여자는 아이를 걱정할 이유가 전혀 없었다.

"생일 전에 음식이 목에 걸린 적이 있나요? 상한 음식을 먹은 적은요?"

오도널 부인이 발끈했다. "이 부엌에 상한 음식은 하나도 없어요."

"뭐라도 먹으라고 아이한테 애원해봤나요?" 리브가 물었다.

"애원해봤지만 아무 소용이 없었어요."

"애나가 음식을 거부하는 이유는 얘기 안 하던가요?"

부인은 비밀을 말하려는 듯 조금 가까이 몸을 기울였다. "그런 건 필요 없어요."

"이유를 얘기할 필요가 없었다고요?" 리브가 물었다.

"애나한테는 필요가 없어요." 로절린 오도널이 미소 짓자 듬성듬성 빠진 치아가 드러났다.

"음식 말씀인가요?" 수녀가 들릴 듯 말 듯 한 목소리로 물었다.

"부스러기 하나도 필요 없어요. 애나는 살아 있는 기적이에요."

연극 준비를 철저히 한 모양이었다. 하지만 번뜩이는 여자의 눈은 놀라울 정도로 강한 신념에 사로잡힌 듯 보였다.

"그러니까 지난 4개월간 따님이 쭉 건강했다고 주장하는 거죠?"

로절린 오도널은 자세를 바로 했다. 빈약한 속눈썹이 파르르 떨렸다.

"이 집에서 거짓 **주장**이나 속임수는 찾을 수 없을 겁니다, 라이트 씨. 비록 보잘것없는 집이지만, 그건 마구간도 마찬가지였어요."

리브는 말이 뭐 어쨌다는 거지 하고 어리둥절해하다가 이내 여자의 말뜻을 이해했다. 베들레헴.

"우리 부부는 평범한 사람들이에요. 우리는 이 상황을 설명할 수 없어요. 하지만 우리 딸은 전능하신 주님의 특별한 뜻에 따라 아주 잘 자라고 있어요. 주님은 모든 걸 가능하게 하시잖아요." 로절린 오도널이 수녀를 돌아보며 동의를 구했다.

미카엘 수녀는 고개를 끄덕이며 조용히 말했다. "주님은 신비로운 방식으로 움직이시죠."

바로 이것 때문에 오도널 가족이 수녀를 요청하고 의사가 그 뜻을 따라준 것이구나, 리브는 거의 확신했다. 그들은 모두 그리스도에 헌신한 노처녀라면 대부분의 사람보다 쉽게 기적을 믿을 거라고 생각하고 있었다. 리브의 표현대로라면 '쉽게 미신에 속을 거라고' 생각하고 있었다.

새디어스 씨가 예의 주시하는 눈빛이 되었다. "하지만 당신도 맬러키도 앞으로 2주간 이 훌륭한 간호사분들이 애나 옆을 지키도록 기꺼이 허락해줄 거죠, 로절린? 그래야 두 분이 위원회 앞에서 증언할 수 있으니까요."

오도널 부인이 비쩍 마른 팔을 휙 벌리는 바람에 어깨에 걸친 격자무늬 숄이 바닥으로 떨어질 뻔했다. "기꺼이 허락하고말고요. 코크나 벨파스트에 있는 가문만큼 훌륭한 우리 가족의 평판을 되살리는 일이잖아요."

리브는 겨우 웃음을 참았다. 이 허름한 오두막이 무슨 저택이라도 되는 양 평판을 걱정하다니…….

부인이 말을 이어갔다. "우리가 숨길 게 뭐 있겠어요? 벌써 전 세계 지지자에게 문을 활짝 열어줬는걸요."

리브는 부인의 허풍에 화가 치밀었다.

"마침 손님들이 떠나려는 모양이네요." 신부가 말했다.

리브가 모르는 사이 노래가 끝나 있었다. 안쪽 문이 외풍으로 조금 열려 있었다. 리브는 다가가 문틈을 들여다보았다.

응접실은 부엌과 달리 텅 비어 있었다. 접시, 주전자가 몇 개씩 놓인 유리 찬장과 의자 몇 개를 제외하면 다른 물건은 아무것도 없었다. 방문객 여섯 명이 리브 시선에서는 보이지 않는 모퉁이를 바라보고 있었다. 그들의 눈은 휘황찬란한 전시품을 보듯 휘둥그레져 있었다. 리브는 웅얼거리는 소리를 들으려 귀를 쫑긋 세웠다.

"고마워요, 아가씨."

"상본[4] 모은다며, 두 장 줄게."

"난 우리 사촌이 로마 교황님께 축성받은 이 기름병을 줄게."

"내가 줄 건 오늘 아침 정원에서 딴 꽃 몇 송이뿐이구나."

"정말 고맙다. 가기 전에 우리 아기에게 입 한 번만 맞춰주지 않겠니?"

마지막 여자가 보따리를 들고 허겁지겁 구석으로 다가갔다.

리브는 **놀라운 기적**이 보이지 않아 애간장이 녹았다. 어젯밤 영혼 식료품점에서 농부들이 그 표현을 쓰지 않았나? 그래, 바로 이것에 관해 신나게 떠든 것이 틀림없었다. 머리 둘 달린 송아지가 아니라 애나 오도널, 이 **살아 있는 기적**에 관해서. 보아하니 매일 방문객 무리가 찾아와 아이의 발 앞에 엎드리는 모양이었다. 이런 천박한 사람들 같으니!

그 농부 중 한 명은 **또 다른 무리**가 그 아이의 손발이 되어 시중을 들고 있다고 욕을 했다. 방문객들이 아이를 만지려고 혈안이 됐다는 의미였으리라. 저 사람들은 대체 무슨 생각을 하는 걸까? 저 아이가 평범한 인간의 욕구를 뛰어넘었다고 생각해 작은 소녀를 성자처럼 모시는 걸까? 리브는 조각상에 멋진 옷을 입혀 냄새나는 골목 사이로 들고 다니는 유럽의 거리 행진을 떠올렸다.

오도널 부인은 **전 세계 방방곡곡**에서 지지자가 찾아온다며 과장했지만, 사실 리브 귀에 방문객 억양은 모두 아일랜드어처럼 들렸다. 그때 문이 활짝 열려 리브는 뒤로 물러섰다.

방문객이 우르르 몰려나왔다. 둥근 모자를 쓴 남자가 로절린

---

4) 그리스도, 성모 마리아, 성인 등의 그림이나 성스러운 문구를 담은 카드.

오도널에게 동전을 건넸다.

"부인, 수고해주셔서 감사합니다."

아하. 모든 악의 근원. 부유한 관광객에게 돈을 받고 진흙집 문 옆에 서서 줄이 느슨한 바이올린을 든 채 자세를 취해주는 농부처럼. 오도널 가족은 분명 이 사기극에 관여하고 있었다. 그 동기 역시 너무도 뻔했다. 돈.

하지만 아이 엄마는 등 뒤로 손을 숨겼다. "손님 접대가 뭐 힘든 일이라고요."

"예쁜 아이를 위해 받아주세요." 손님이 말했다.

로절린 오도널은 계속 고개를 저었다.

"제발요." 손님도 뜻을 굽히지 않았다.

"꼭 주셔야겠다면 어려운 이웃을 위해 기부함에 넣어주세요."

부인이 문 옆 의자에 놓인 철제 금고를 향해 고갯짓했다.

리브는 진작 금고를 발견하지 못한 자신을 질책했다.

방문객은 모두 나가면서 금고 구멍에 돈을 넣었다. 몇몇 사람의 동전 소리는 리브 귀에 유독 크게 들렸다. 이 여우 같은 꼬마가 십자가 조각상이나 돌기둥 유적처럼 꽤 돈이 되는 명물인 듯했다. 리브는 오도널 가족이 자신들보다 더 가난한 사람에게 한 푼이라도 돈을 전해줄지 매우 의심스러웠다.

리브는 방문객 무리가 다 나가기를 기다리며 벽난로 선반에 가까이 섰다. 은판 사진이 자세히 보였다. 전체적으로 색조가 어두운 이 사진은 아들을 이민 보내기 전에 찍은 것이었다. 위풍당당한 토템 같은 로절린 오도널. 엄마 무릎 앞에 다소 어색하게 기댄 깡마른 10대 소년. 아빠 무릎에 꼿꼿이 앉은 작은 소녀. 리브는 유리에 반사되는 빛 때문에 눈을 가늘게 떴다. 애나 오도널의 머리카락은 리브만큼이나 검고 어깨까지 내려왔다. 다른 아이와 비교해 특별할 것은 전혀 없었다.

"아이 방에 들어가 계시면 제가 데리고 갈게요." 로절린 오도널이 미카엘 수녀에게 말했다.

리브는 몸이 뻣뻣해졌다. 이 감시에 딸을 어떻게 대비시키려는 걸까?

갑자기 토탄 연기에 숨이 막혔다. 리브는 바람을 쐬고 싶다고 중얼대며 마당으로 나왔다.

리브는 어깨를 펴고 숨을 들이쉬었다. 배설물 냄새가 났다. 여기 남는다면 도전을 받아들여야 했다. 이 한심한 사기극을 폭로해야 했다. 이 오두막에는 방이 네 개 이상 있을 리 없었고, 애나가 혼자 음식을 숨기고 있든 다른 이의 도움을 받고 있든 (오도널 부인일까? 부인의 남편일까? 달랑 한 명 있는 듯한 가정부가? 아니면 세 사람 다 돕고 있을지도 몰랐다.) 진실을 밝히는 데 하룻밤 이상 걸릴 것 같지 않았다. 그렇게 되면 리브는 이 먼 타지에서 하루 치 급여밖에 받지 못한다. 물론 정직하지 못한 간호사는 2주가 지날 때까지 아무 말도 하지 않다가 14일 치 급여를 빠짐없이 챙길 것이다. 하지만 리브는 빨리 이 일을 끝내고 상식이 비상식을 이기는 모습을 보고 싶었다.

뺨이 분홍빛으로 물든 신부가 리브 뒤에서 말했다. "저는 이만 다른 신도를 방문하러 가봐야겠어요. 라이트 씨가 여행 후유

증으로 힘들어하는 것 같아서 미카엘 수녀님이 먼저 근무를 서 주시겠대요."

"아니요, 전 바로 시작할 수 있어요." 리브가 말했다. 사실은 얼른 아이를 만나고 싶어서 몸이 근질거렸다.

"편한 대로 하세요, 라이트 씨." 수녀가 신부 뒤에서 속삭이듯 말했다.

"그럼 수녀님은 여덟 시간 뒤에 다시 오는 거죠?" 새디어스 씨가 물었다.

"열두 시간요." 리브가 신부 말을 바로잡았다.

"맥브리어티 선생이 여덟 시간 교대를 제안한 거로 아는데요. 그래야 덜 피곤하다고요." 신부가 말했다.

"그러면 수녀님도 저도 생활이 불규칙해져요. 병동에서 일한 경험으로는 3교대보다 2교대가 잠자기에 훨씬 좋아요." 리브가 지적했다.

"하지만 관찰 업무의 조건은 두 분이 한순간도 빠짐없이 애나 옆을 지키는 거예요. 여덟 시간도 충분히 길 거예요." 새디어스 씨가 말했다.

바로 그때 리브가 다른 무언가를 깨달았다. 만약 두 사람이 열두 시간씩 교대하고 리브가 첫 순서를 맡는다면 밤에는 늘 미카엘 수녀가 근무하게 된다. 밤은 아이가 음식을 훔칠 기회가 더 많은 시간이다. 인생 대부분을 시골 수녀원에서 보낸 수녀가 자신만큼 꼼꼼하리라고 어떻게 확신하겠는가?

리브는 머리를 굴렸다. "좋아요, 그럼 여덟 시간으로 하죠. 교대는 대략 저녁 9시, 새벽 5시, 오후 1시쯤에 할까요, 수녀님? 그 시간이면 가족한테 방해가 덜 될 것 같은데요."

"그럼 1시까지 할래요?" 수녀가 물었다.

"아니요, 벌써 아침이 절반이나 지났으니까 오늘은 밤 9시까지 제가 아이 옆에 있을게요." 리브가 대답했다.

첫 근무를 길게 하면 리브가 원하는 대로 방을 배치하고 감시 방식을 정해놓을 수 있을 것이다.

미카엘 수녀는 고개를 끄덕인 뒤 다시 마을 쪽으로 미끄러지듯 내려갔다. 수녀들은 어떻게 저렇게 특이하게 걸을까? 리브는 궁금했다. 어쩌면 검은 옷이 풀에 스치면서 그냥 착각을 일으키는 것일지도 몰랐다.

"행운을 빕니다, 라이트 씨." 새디어스 씨가 모자를 기울이며 말했다.

행운? 무슨 경마에 나가는 것도 아니고.

리브는 마음을 다잡고 다시 집 안으로 들어갔다. 오도널 부인과 가정부가 커다란 회색 놈[5]처럼 보이는 물건을 들어 고리에 걸고 있었다. 리브의 눈이 그 정체를 알아냈다. 무쇠 냄비였다.

아이 엄마는 냄비를 불 위로 돌려놓고 반쯤 열린 왼쪽 문을 향해 고개를 까딱했다. "애나한테 라이트 씨 얘기는 다 해놨어요."

무슨 얘기? 라이트 씨가 바다 건너에서 온 첩자라는 얘기? 수

---

5) 옛이야기에 나오는 땅속 요정으로 뾰족한 모자를 쓴 난쟁이의 모습으로 묘사된다.

많은 어른을 속였듯 이 영국 여자도 잘 속여보라고 그 건방진 꼬마에게 방법을 가르쳤을까?

침실은 간소하고 네모났다. 회색 옷을 입은 작은 소녀가 자기만의 음악을 듣듯 창문과 침대 사이 등받이 의자에 앉아 있었다. 머리카락은 사진과 달리 짙은 붉은색이었다. 삐거덕 문 열리는 소리에 소녀가 고개를 들었다. 소녀의 얼굴에 미소가 번졌다.

사기꾼일 뿐이야. 리브는 다시 한번 되새겼다.

소녀가 일어나 손을 내밀었다.

리브는 악수를 했다. 통통한 손가락의 감촉이 시원했다.

"오늘은 기분이 어떠니, 애나?"

"아주 좋아요, 부인." 소녀가 작지만 또렷한 목소리로 말했다.

리브가 호칭을 바로잡았다. "'간호사님'이라고 부르렴. '라이트 씨'나 '선생님'이라고 불러도 되고."

다른 할 말이 떠오르지 않았다. 리브는 가방에 손을 넣어 작은 수첩과 줄자를 꺼냈다. 그러고는 이 어색한 상황을 정리하기 위해 기록을 시작했다.

1859년 8월 8일 월요일 오전 10시 7분.
키: 117센티미터.
상지 폭: 119센티미터.
눈썹 위 머리둘레: 56센티미터.
정수리부터 턱까지 길이: 20센티미터.

애나 오도널은 더할 나위 없이 협조적이었다. 수수한 원피스와 이상하리만치 큰 부츠 차림으로 곧게 선 채, 낯선 춤의 발동작을 배우듯 리브의 지시에 따라 치수를 재는 데 필요한 자세를 모두 취해주었다. 아이의 얼굴은 거의 포동포동해 보일 정도였다. 단식 중이라는 이야기와는 앞뒤가 맞지 않았다. 커다란 녹갈색 눈이 퉁퉁 부은 눈꺼풀 아래 살짝 튀어나와 있었다. 흰자는 도자기만큼 하얬고 동공은 커져 있었다. 아마 방으로 들어오는 빛이 적기 때문이었으리라. (적어도 작은 창문은 활짝 열려 여름 공기를 들이고 있었다. 병원 수간호사는 리브가 뭐라고 하든 옛날 방식을 고수하며 해로운 냄새를 막겠다고 늘 창문을 닫아두었다.)

소녀는 아주 창백했다. 하지만 아일랜드인, 특히 빨간 머리 소유자의 피부는 날씨 때문에 거칠어지기 전까지 대체로 창백했다. 그런데 이상한 점이 하나 있었다. 뺨에 난 무색의 가는 솜털. 음식을 먹지 않는다는 거짓말이 진짜 병을 막아주는 건 아니었다. 리브는 이 내용을 기록했다.

나이팅게일 선생님은 메모에 너무 의존하면 기억력이 약해진다고 생각하셨다. 하지만 기록을 남기는 것까지 뭐라고 하지는 않으셨다. 리브는 자신의 기억력을 불신하지 않았다. 하지만 지금은 증인으로 고용된 셈이니 꼼꼼한 사례 기록이 꼭 필요했다.

또 다른 특이점이 발견됐다. 애나의 귓불과 입술이 푸르스름한 색을 띠었다. 손톱 아래도 마찬가지였다. 손을 대보니 눈보라를 뚫고 막 들어온 사람처럼 아주 차가웠다.

"혹시 춥니?" 리브가 물었다.

"특별히 그렇진 않아요."

유두를 가로지른 가슴너비: 25센티미터.
갈비뼈둘레: 61센티미터.

소녀의 눈이 리브를 좇았다. "이름이 뭐예요?"
"아까도 말했듯이 '라이트'란다. 하지만 '간호사님'이라고 불러도 돼."
"성 말고 이름요."
리브는 그 정도 무례는 가볍게 무시한 채 기록을 계속했다.

골반둘레: 64센티미터.
허리둘레: 53센티미터.
위팔둘레: 13센티미터.

"숫자는 왜 적는 거예요?"
"이건…… 네가 건강한지 확인하는 거야." 리브가 말했다.
바보 같은 대답이었지만 질문을 받고 당황한 터라 어쩔 수 없었다. 감시 업무에 관해 감시 대상과 이야기하면 분명 규칙 위반일 테니까.
지금까지 수첩에 적은 정보를 보면 애나 오도널은 예상대로 거짓말쟁이였다. 물론 군데군데 야윈 부분이 있고 어깨뼈도 사라진 날개의 밑동처럼 보이긴 했다. 하지만 넉 달은커녕 한 달이라도 음식을 먹지 않은 아이라면 절대 이런 상태일 수 없었다. 리브는 기아 환자가 어떤 모습인지 잘 알았다. 스쿠타리에서는 피골이 상접한 난민이 수도 없이 실려 들어왔다. 그들의 피부는 기둥 위에 얹은 천막처럼 뼈 위에 죽 늘어져 있었다. 아니, 이 아이의 배는 오히려 둥근 편이었다. 요즘 상류층 미인은 개미허리를 만들겠다며 꽉 끼는 코르셋을 입고 다녔다. 하지만 애나의 허리는 그런 여자들보다 10센티미터는 더 굵었다.

리브가 정말 알고 싶은 건 아이의 몸무게였다. 만약 2주 사이 몸무게가 10그램이라도 는다면 몰래 음식을 먹었다는 증거가 생기는 것이었다. 리브는 저울을 가지러 부엌 쪽으로 두 걸음을 뗐다가, 오늘 밤 9시까지는 한순간도 아이에게 눈을 떼지 말아야 한다는 사실을 떠올렸다.

이상한 구속감이었다. 리브는 오도널 부인을 침실로 부를까 생각했다. 하지만 이렇게 첫 근무 초반부터 고압적인 사람으로 보이고 싶지는 않았다.

"그럴싸한 모조품을 주의하세요."

애나가 중얼거렸다.

"뭐라고?" 리브가 물었다.

둥근 손끝 하나가 수첩의 가죽 표지에 찍힌 글귀를 훑었다.

리브는 아이를 날카롭게 바라봤다. 그래, **그럴싸한 모조품**.

"제조사가 자기들 벨벳 종이는 다른 종이랑 다르다고 주장하는 거야."

"벨벳 종이가 뭔데요?"

"철필 자국이 남도록 만든 종이."

소녀가 수첩의 작은 종이를 쓰다듬었다.

"여기에 글을 쓰면 잉크처럼 각인이 돼. 각인이 무슨 뜻인지 아니?" 리브가 물었다.

"얼룩처럼 절대 안 지워지는 거요."

"맞아."

리브는 수첩을 돌려받은 뒤 아이에게서 어떤 정보를 더 알아 내야 할지 생각했다.

"어디 아픈 곳 있니, 애나?"

"아니요."

"어지럽지는 않아?"

"그냥 가끔요." 애나가 인정했다.

"맥박이 멈추거나 한 번씩 건너뛰기도 하니?"

"가끔 조금 빨리 뛰기는 해요."

"혹시 불안하니?"

"뭐가요?"

들키는 것 말이야, 이 꼬마 사기꾼아. 하지만 이렇게 말했다.

"미카엘 수녀님이랑 나 때문에 말이야. 집에 낯선 사람이 들어왔잖아."

애나는 고개를 저었다. "선생님은 친절해 보여요. 저한테 나쁜 짓을 할 것 같지는 않아요."

"맞아."

리브는 지키지 못할 약속을 한 듯 마음이 불편했다. 리브는 이곳에 친절을 베풀러 온 것이 아니었다.

아이가 갑자기 눈을 감고 혼잣말을 속삭였다. 잠시 후 리브는 그것이 기도라는 걸 깨달았다. 자신이 얼마나 독실한지 보여주며 단식에 타당성을 부여하려는 것일까?

소녀가 기도를 끝내고 고개를 들었다. 여전히 평온한 표정이었다.

"입 좀 벌려볼래?" 리브가 말했다.

대부분은 젖니였다. 커다란 영구치가 한두 개 있었고 아직 새 이가 나지 않은 공간도 몇 군데 있었다. 훨씬 어린 아이의 입안 같았다.

충치 몇 개? 약간 시큼한 냄새가 남.
혀는 깨끗함. 빨갛고 매끄러움.
편도선이 살짝 부었음.

모자를 쓰지 않은 애나의 진한 적갈색 머리는 가운데 가르마를 타 작게 쪽이 져 있었다. 리브는 그 머리를 풀어 손가락으로 머리칼 사이를 쓸었다. 건조하고 곱슬곱슬했다. 뭔가 숨긴 게 있는지 확인하려 두피도 만져봤지만 한쪽 귀 뒤에 각질이 떨어지는 부분을 제외하고는 아무것도 나오지 않았다.

"다시 묶으렴."

애나의 손가락이 어설프게 머리핀을 만지작댔다.

리브는 도와주려다가 다시 물러섰다. 리브는 아이를 돌보거나 수발을 들러 온 것이 아니었다. 그저 지켜보기만 하는 것이 돈을 받는 조건이었다.

행동이 다소 어설픔.
반사 운동이 조금 느리지만 문제는 없음.
손톱에 울퉁불퉁한 줄과 하얀 반점이 있음.
손바닥과 손가락이 눈에 띄게 부었음.

"부츠 좀 벗어볼래?"
"우리 오빠 부츠였어요." 애나가 지시를 따르며 말했다.
발, 발목, 아랫다리가 매우 부었음, 리브가 기록했다. 이민자가 버리고 간 부츠를 신을 수밖에 없는 이유가 있었다. 조직에 물이 고이는 부종 증상이려나?
"다리가 언제부터 이랬니?"
아이는 어깨를 으쓱했다.
무릎 아래 스타킹이 묶였던 자리에 오목한 자국이 남아 있었다. 뒤꿈치 위쪽도 마찬가지였다. 리브는 임신부에게서, 그리고 종종 나이 든 군인에게서 이런 부종을 목격했다. 리브는 진흙으로 아이를 빚는 조각가처럼 손가락으로 아이의 종아리를 눌러 보았다. 손가락을 떼자 파인 자국이 남았다.
"이러면 아프니?"
애나는 고개를 저었다.
리브는 움푹 들어간 다리를 가만히 바라보았다. 심각하지 않을지는 몰라도 이 아이에게는 분명 문제가 있었다.

리브는 계속해서 옷을 한 겹씩 벗겨보았다. 아무리 사기꾼이라도 아이에게 굴욕을 줄 필요는 없었다. 애나가 몸을 떨었다. 하지만 창피해서라기보다는 추워서 그런 것 같았다. 지금이 8월이 아니라 1월이라도 되는 것처럼. **성적 발달 흔적이 거의 없음**, 리브가 적었다. 애나는 열한 살이 아니라 겨우 여덟아홉 살 정도 되어 보였다. **위팔에 천연두 접종 자국**. 우윳빛 피부는 매우 건조했고, 군데군데 감촉이 거친 갈색 부분이 있었다. 무릎에는 멍이 있었다. 이건 아이들에게 흔한 일이었다. 하지만 정강이에 있는 자주색 작은 점들은 리브도 처음 보는 것이었다. 리브는 아이의 팔뚝, 등, 배, 다리에도 솜털이 났다는 걸 알아챘다. 꼭 새끼 원숭이 같았다. 혹시 아일랜드인 사이에서는 털이 많은 게 일반적일까? 리브는 아일랜드인을 원숭이 같은 소인족으로 묘사한 인기 신문 속 만화를 떠올렸다.

리브는 왼쪽 종아리를 다시 확인했다. 푹 꺼졌던 부분은 이제 반대쪽처럼 평평해져 있었다.

리브는 기록을 훑어보았다. 신경 쓰이는 특이점이 몇 가지 보이긴 했지만, 그 어떤 정보도 아이가 4개월간 단식했다는 오도널 가족의 황당한 주장을 뒷받침하지는 못했다.

그렇다면 아이는 어디에 음식을 숨길 수 있었을까? 리브는 애나의 원피스와 속치마 솔기를 하나하나 눌러보며 주머니가 있는지 확인했다. 꿰맨 자국은 많았지만 모두 막혀 있었다. 생각보다 훨씬 가난한 모양이었다. 리브는 겨드랑이부터 퉁퉁 부은 발가락 사이사이까지 (그곳도 군데군데 피부가 갈라져 있었다.) 작은 음식이라도 넣을 수 있는 신체 부위를 샅샅이 살펴보았다. 하지만 부스러기 하나도 나오지 않았다.

애나는 싫다는 소리 한마디 하지 않았다. 오히려 속눈썹을 뺨 위에 내려놓은 채 다시 한번 가만히 혼잣말을 속삭였다. 리브는 반복해서 등장하는 단어 하나를 제외하고 아무 말도 알아듣지 못했다. **파트라**라고 하는 건가? 로마가톨릭교 신자는 늘 다양한 중재자를 통해 자신의 작은 소원을 신에게 전했다. 파트라라는 성자가 있었나?

"지금 암송하는 게 뭐야?" 아이가 끝난 듯 보이자 리브가 물었다.

거부의 고갯짓.

"에이, 애나, 우리 이제 친구 할 거잖아."

리브는 둥근 얼굴이 밝아지는 걸 보고 곧바로 자신의 단어 선택을 후회했다.

"좋아요."

"그러면 네가 계속 중얼거리는 그 기도가 뭔지 나한테도 얘기해줘."

"이건…… 얘기하면 안 돼요." 애나가 말했다.

"아, **비밀** 기도구나."

"혼자 하는 기도예요." 애나가 리브의 말을 바로잡았다.

어린 소녀들은 정직한 아이라도 대개 비밀을 좋아했다. 리브의 여동생도 매트리스 아래 일기장을 숨겨놨었다. (그렇다고 리브가 동생의 일기를 하나하나 다 읽지 못한 것은 아니지만.)

리브는 청진기를 조립했다. 그러고는 아이의 왼쪽 가슴 5번과 6번 갈비뼈 사이에 납작한 판을 지그시 눌렀다. 반대쪽 끝은 자신의 오른쪽 귀에 가져다 댔다. **콩닥콩닥.** 리브는 심장 소리에 미세한 변화가 들리는지 귀를 기울였다. 그런 다음 허리에 달린 시계를 보며 1분 동안 수를 셌다. **맥박은 또렷함. 분당 박동수 89회,** 리브가 적었다. 예상 범위 내 수치였다. 리브는 아이의 등 여러 곳에 청진기를 대보았다. **폐도 건강함. 분당 호흡수 17회,** 리브가 기록했다. 탁탁대는 소리나 색색거리는 소리도 들리지 않았다. 이상한 증상 몇 개만 제외하면 애나는 아일랜드인 절반보다도 건강해 보였다.

리브는 의자에 앉아 (나이팅게일 선생님은 훈련생이 환자 침대에 걸터앉는 습관부터 고쳐야 한다고 하셨다.) 아이의 배에 기구를 가져다 댔다. 그러고는 음식이 들었다는 사실을 증명해줄 희미한 꼬르륵 소리를 찾아 귀를 기울였다. 다른 위치도 시도해보았다. **정적. 소화 기관은 딱딱하고 팽창해 있으며 북소리가 남,** 리브가 적었다. 리브는 배를 가볍게 두드렸다.

"여기는 느낌이 어떠니?"

"꼭 찬 것 같아요." 애나가 대답했다.

리브가 빤히 바라보았다. 꼭 찬 것 같다고? 이렇게 빈 소리가 나는데? 혹시 반항하는 건가?

"더부룩하니?"

"아니요."

"이제 옷 입으렴."

애나는 조금 어설프게 천천히 옷을 입었다.

밤에는 일곱 시간에서 아홉 시간 정도 잘 잔다고 함.

지능은 문제없는 듯 보임.

"학교 가는 건 안 그립니?"

부정의 고갯짓.

보아하니 이 오도널 부부의 총아는 집안일을 도울 필요가 없

는 듯했다.

"아무것도 안 하고 가만있는 게 더 좋아?"

"책도 읽고 바느질도 하고 노래도 하고 기도도 해요."

아이의 목소리는 방어적이지 않았다.

아이를 현실과 직면시키는 건 리브의 소관이 아니었다. 하지

만 리브는 적어도 솔직해질 수 있었다. 나이팅게일 선생님도 늘

그런 태도를 권장하셨다. 불확실한 전달만큼 환자의 건강을 해

치는 것은 없었으니까. 솔직한 태도로 모범을 보이면 이 꼬마

사기꾼에게도 큰 도움이 될 수 있었다. 실수로 들어간 황무지에

서 스스로 빠져나오도록 소녀에게 등불을 비춰주는 것이다. 리

브는 수첩을 탁 덮으며 물었다.

"내가 여기 왜 왔는지 아니?"

"제가 아무것도 먹지 못하게 하시려고요."

이렇게나 왜곡해서 표현하다니…….

"전혀 아니야, 애나. 내 역할은 네가 아무것도 **먹지 않고** 있다는 말이 사실인지 확인하는 거야. 하지만 네가 다른 아이처럼…… 아니, 다른 사람처럼 식사를 한다면 내 마음은 훨씬 편해질 거야."

끄덕.

"먹고 싶은 게 하나라도 있니? 수프든 푸딩이든 단 음식이든."

리브는 감시 결과에 영향을 끼칠 방식으로 음식을 강요하는 것이 아니라 아주 중립적인 질문만 하고 있었다.

"아니요, 괜찮아요."

"왜 괜찮아?"

옅은 미소.

"그건 말 못 해요, 부인…… 선생님." 애나가 고쳐 말했다.

"왜? 그것도 **혼자** 알아야 하는 거야?"

아이는 부드럽게 리브를 마주 보았다. 리브는 그 눈빛이 핀처럼 날카롭다고 생각했다. 애나는 어떻게 설명하든 자신이 곤란해지리라는 사실을 깨달은 것이 분명했다. 조물주로부터 단식을 명받았다고 주장하면, 자신을 성인에 비유하는 셈이 된다. 반면 특별한 자연적 수단으로 살고 있다고 자랑하면, 그 사실을 증명해 과학계를 만족시켜야 한다. **호두를 깨듯 네 속을 낱낱이 파헤쳐줄게, 꼬마 아가씨.**

리브는 주위를 둘러보았다. 오늘까지는 애나가 밤사이 바로 옆에 있는 부엌에서 음식을 슬쩍하거나 어른 중 한 명이 다른 사람 모르게 음식을 가져다주는 일이 식은 죽 먹기처럼 쉬웠을 것이다.

"너희 가정부는……."

"키티 언니요? 우리 사촌이에요."

애나가 옷장에서 격자무늬 숄을 꺼냈다. 선명한 빨간색과 갈색이 아이 얼굴에 생기를 더했다.

그러니까 가난한 친척이 집안일을 봐주는 거구나. 그렇게 종속된 사이라면 음모에 가담하는 걸 거부하기가 매우 어려울 것이다.

"언니는 어디서 자니?"

"나무 의자에서요." 애나가 부엌 쪽으로 고갯짓했다.

역시. 하층민은 종종 침대보다 가족 수가 더 많았다. 그래서 주어진 조건을 최대한 활용해야 했다.

"너희 부모님은?"

"두 분은 곁채에서 주무세요."

리브는 '곁채'라는 단어를 알지 못했다.

"오두막에 딸린 침실을 만들어서 커튼으로 가려놨어요." 아이가 설명했다.

리브는 부엌에 걸린 밀가루 포대를 보고 그것이 식료품 저장실 같은 걸 가렸으리라고 추측했다. 응접실을 비워두고 임시로 만든 방에 눕다니, 정말이지 어리석은 가족이었다. 하지만 리브는 이 가족이 조금이라도 나은 평판을 위해 최소한의 자존심을 지키고 있는 것이라 생각했다.

가장 먼저 할 일은 이 좁은 침실을 속임수가 통하지 않는 방으로 만드는 것이었다. 리브는 벽에 손을 대보았다. 흰색 칠이 벗겨져 손가락에 묻었다. 영국 시골집에 쓰는 나무, 벽돌, 돌이 아니라 눅눅한 회반죽 종류였다. 적어도 음식을 숨길 만큼 움푹 파인 부분이 있다면 쉽게 찾을 수 있는 조건이었다.

아이가 시선을 피해 숨을 곳이 없는지도 확인해야 했다. 우선 금방이라도 부서질 듯 낡은 나무 병풍부터 없애야 했다. 리브는 병풍의 세 폭을 차곡차곡 접어 문으로 가져갔다.

리브는 침실을 떠나지 않은 채 밖을 살폈다. 오도널 부인은 불 위에서 세 다리 냄비 속 음식을 젓고 있었고 가정부는 기다란 탁자에서 무언가를 으깨고 있었다. 리브는 부엌 바로 안쪽에 병풍을 내려놓고 말했다.

"이건 필요 없을 것 같아요. 뜨거운 물 한 대야랑 천 한 장만 가져다주세요."

"키티." 오도널 부인이 가정부에게 고개를 까딱했다.

리브가 재빨리 돌아보니 아이는 또다시 기도를 속삭이고 있었다.

리브는 벽에 붙어 있는 좁은 침대로 돌아가 침대보를 벗기기 시작했다. 침대 틀은 나무였고 매트리스는 얼룩덜룩한 캔버스 천을 씌운 지푸라기 제품이었다. 적어도 깃털 침대는 아니니 다행이었다. 나이팅게일 선생님은 깃털을 혐오하셨다. 위생 측면에서 보면 신형 말총 매트리스가 최선이었지만, 리브는 오도널 가족에게 돈을 모아 말총 매트리스를 사라고 할 수가 없었다. (리브는 동전으로 가득한 명목상 '불우 이웃 돕기 금고'를 떠올렸다.)

게다가 리브는 아이의 건강을 개선하러 이곳에 온 것이 아니었다. 그저 아이의 건강을 살피기만 하면 되었다. 리브는 매트리스 전체를 손으로 훑으며 바늘땀 사이사이에 비밀 공간이 될 만한 틈이나 혹이 있는지 확인했다.

부엌에서 이상한 딸랑 소리가 들렸다. 종인가? 소리는 한 번, 두 번, 세 번 울렸다. 아마 점심 식사를 위해 가족들을 식탁으로 부르는 것이리라. 물론 리브는 이 좁은 침실에 상이 차려질 때까지 기다려야 했다.

애나 오도널이 자리에서 일어나 서성거렸다.

"가서 삼종 기도[6] 올려도 돼요?"

"넌 내가 보이는 곳에 있어야 해." 리브가 손가락으로 솜 베개를 검사하며 애나에게 당부했다.

부엌에서 목소리가 높아졌다. 아이 엄마 목소리인가?

아이는 무릎을 꿇고 앉아 귀를 기울이다가 응답했다.

"성령으로 잉태하셨나이다. 은총이 가득하신 마리아님께 기도를 올립니다. 주님께서 당신과 함께하시니……."

리브는 이 기도문을 알 것 같았다. 이건 확실히 혼자 하는 기도는 아니었다. 애나는 기도가 옆방으로 흘러가도록 큰 소리로 노래했다.

벽 뒤에서 작게 들리는 여자들 목소리가 아이의 목소리와 어우러졌다. 그러고는 잠시 잠잠해졌다가 로절린 오도널 한 명의

---

6) 가톨릭에서 아침, 정오, 저녁의 정해진 시간에 바치는 짤막한 기도.

목소리가 다시 들렸다. "주님의 종을 굽어보시고…….."

"당신의 말대로 제게 이루어지소서." 애나가 외쳤다.

리브는 침대 틀을 당겨 벽에서 멀리 떨어뜨렸다. 지금부터는 세 방향으로 침대에 닿을 수 있을 것이다. 리브는 매트리스를 말리기 위해 발판에 얹고 베개도 똑같이 했다. 의식은 선창, 응창, 합창, 그리고 종종 울리는 종소리로 계속 이어졌다.

"저희 가운데 사셨습니다." 아이가 읊조렸다.

리브는 침대의 네 귀퉁이에 차례로 웅크리고 앉아 막대 하나하나의 아래쪽과 깃봉, 모서리를 모두 만져보며 음식 찌꺼기가 있는지 확인했다. 그런 다음 바닥을 더듬으며 뭔가를 묻으려고 땅을 판 흔적이 있는지 살펴보았다.

마침내 기도가 끝난 듯했다. 애나가 자리에서 일어나 약간 숨을 몰아쉬며 물었다.

"라이트 선생님은 삼종 기도 안 올리세요?"

"방금 한 기도 이름이 그거니?" 리브는 대답하는 대신 질문했다.

아이는 당연한 질문을 받은 듯 고개를 끄덕였다.

리브는 눈에 띄는 먼지만 치마에서 털어내고 앞치마에 손을 문질렀다. 뜨거운 물은 어디 있을까? 키티는 그냥 게으른 것일까, 아니면 영국 간호사를 무시하는 것일까?

애나가 반짇고리에서 커다랗고 하얀 천을 꺼내 한쪽 구석 창가에 선 채 감침질을 시작했다.

"여기 앉으렴." 리브가 의자를 향해 손짓했다.

"여기 있어도 괜찮아요, 선생님."

참으로 역설적이었다. 애나 오도널은 극악무도한 사기꾼이었지만 예의가 무척이나 발랐다. 엄하게 다뤄야 마땅했지만 도저히 그럴 수가 없었다.

리브가 큰 소리로 불렀다. "키티, 뜨거운 물이랑 여분 의자 좀 가져다주겠어요?"

부엌에서는 답이 없었다.

"일단 여기 앉아. 나는 괜찮아." 리브가 아이에게 권했다.

애나는 성호를 그은 뒤 의자에 앉아 바느질을 계속했다.

리브는 벽에서 옷장을 떨어뜨려 뒷면에 파인 부분이 없는지 확인했다. 습기 때문에 뒤틀려버린 나무 서랍도 하나씩 꺼내 몇 벌 되지 않는 아이의 옷가지를 샅샅이 살폈다. 솔기와 단까지 모두 더듬어보았다.

옷장 위를 보니 축 늘어진 민들레 한 송이가 병에 꽂혀 있었다. 나이팅게일 선생님은 꽃이 공기를 오염시킨다는 미신을 경멸하며 병실에 꽃을 두는 걸 긍정적으로 생각하셨다. 화려한 빛깔과 다양한 모양을 보면 마음뿐만 아니라 몸도 건강해진다고 하셨다. (리브는 병원 근무 첫 주에 이 내용을 수간호사에게 설명하려고 했다. 하지만 수간호사는 **고상한 척하지 말라**며 묵살해버렸다.)

리브는 문득 이 꽃이 등잔 밑에 숨은 영양 공급원일지도 모른다고 생각했다. 이 액체는 정말 물일까, 아니면 투명한 수프나 시럽 같은 것일까? 리브는 병에 코를 대고 냄새를 맡았다. 하지만 코에 느껴지는 냄새라고는 익숙하고 진한 민들레 향뿐이었다. 리브는 손가락을 액체에 담갔다가 입술에 가져다 댔다. 색이 없는 것처럼 맛도 전혀 없었다. 하지만 이런 특징을 가진 영양분도 어딘가 있지 않을까?

리브는 고개를 돌리지 않고도 아이가 자신을 지켜보고 있다는 걸 알 수 있었다. 맙소사, 리브는 그 늙은 의사의 망상에 빠져들고 있었다. 이건 그냥 물이었다. 리브는 앞치마에 손을 닦았다.

병 옆에는 작은 나무 상자 하나만이 놓여 있었다. 리브는 문득 거울이 하나도 없다는 사실을 깨달았다. 애나가 자기 모습을 보고 싶지 않아 하는 것일까? 리브는 상자를 열었다.

"그건 제 보물이에요." 아이가 벌떡 일어서며 말했다.

"멋지구나. 내가 좀 봐도 될까?" 리브의 손은 이미 상자를 뒤지고 있었다. 애나가 이것도 **혼자** 보는 것이라고 이야기할지 몰랐다.

"그러세요."

겉만 번지르르한 싸구려 종교용품들. 끝에 평범한 십자가가 달린 묵주 하나. 이 묵주 구슬은 전부 씨앗인가? 그리고 성모와 아기 예수 모양으로 만든 알록달록한 촛대.

"예쁘죠? 제 견진 성사 때 엄마 아빠가 주셨어요." 애나가 촛대를 향해 손을 뻗었다.

"중요한 날이지." 리브가 웅얼거렸다. 이 조각품은 너무 아기자기해서 리브의 취향에 맞지 않았다. 촛대를 구석구석 만지며 식용 재료가 아니라 진짜 도자기인지 꼼꼼히 확인했다. 그렇게 검사를 끝낸 뒤에야 아이에게 촛대를 넘겼다.

애나는 촛대를 가슴에 꼭 안았다. "견진 성사 날은 가장 중요한 날이에요."

"왜?"

"아이로서의 삶이 끝나는 날이니까요."

이 조그만 꼬마가 자신을 어른이라고 생각하다니, 정말 우스운 일이었다. 리브는 다음으로 손가락 한 마디보다 작은 은색 타원 물체의 글귀를 들여다보았다.

"이건 제 기적의 메달이에요." 애나가 리브의 손에서 메달을 들어 올렸다.

"어떤 기적을 가져다줬는데?"

말이 너무 무례하게 튀어나왔지만 아이는 불쾌해하지 않았다. 애나는 메달을 문지르며 자신 있게 말했다. "엄청 많이 가져다주죠. 이거 말고요, 그러니까 전 세계 기독교인이 가지고 있는 기적의 메달을 모두 합하면 그렇다고요."

리브는 아무 말도 하지 않았다. 상자 바닥에서 유리 보관함에 담긴 작은 원반이 눈에 들어왔다. 이건 금속이 아니라 흰색이었고 깃발과 문장을 든 새끼 양 그림이 찍혀 있었다. 성체 성사에서 받은 제병은 아니겠지? 장난감 상자에 성체를 보관하는 건 신성 모독 아닌가?

"이건 뭐니, 애나?"

"제 아뉴스 데이요."

하느님의 어린 양, 리브도 그 정도 라틴어는 알고 있었다. 리브는 보관함 뚜껑을 열고 손톱으로 원반을 긁어보았다.

"부러뜨리지 마세요!"

"안 부러뜨려."

이것은 빵이 아니라 밀랍이었다. 리브는 동그랗게 오므린 애나의 손에 보관함을 내려놓았다.

아이는 딸깍 뚜껑을 닫으며 자신 있게 말했다. "전부 다 교황님이 축성해주신 거예요. 아뉴스 데이는 홍수를 가라앉히고 불을 꺼지게 해요."

리브는 이 전설의 기원을 골똘히 생각해보았다. 밀랍이 얼마나 빨리 녹는데 이것으로 불을 끈다는 걸까?

상자에는 이제 책 몇 권밖에 남아 있지 않았다. 제목을 살펴보니 모두 종교 서적이었다. 『평신도를 위한 미사 전서』, 『그리스도를 본받아』. 리브는 검은색 『시편』에서 트럼프 카드 크기의 화려한 직사각형 물건을 뽑았다.

"제자리에 두세요." 애나가 불안한 듯 말했다.

혹시 책 속에 음식을 숨겼나?

"잠시만."

리브는 책장을 휙휙 넘겼다. 작은 직사각형 카드 몇 개 외에는 아무것도 나오지 않았다.

"그건 제 상본이에요. 전부 제자리가 있어요."

리브 손에 들린 카드는 기도문이 인쇄돼 있고 테두리가 레이스처럼 화려하게 잘려 있었다. 그 작은 메달도 리본으로 묶여 있었다. 뒷면에는 양을 껴안은 여자가 지나치게 감상적인 파스텔 색조로 그려져 있었다. Divine Bergère,[7] 맨 위에는 그렇게 적혀 있었다. 신성한 뭔가를 말하는 걸까?

"보세요. 이건 「시편」 118편 내용이에요. **길 잃은 양처럼 헤매니.**"[8]

애나가 보지도 않고 해당 부분을 톡톡 치며 암송했다.

이 아이에게는 성경 구절이 동요나 마찬가지로군, 리브는 생각했다. 이제 보니 상자 속 책마다 이런 직사각형 카드가 잔뜩 끼워져 있었다.

"이 카드들은 누가 준 거니?"

"어떤 건 학교나 선교회에서 상으로 받았고 어떤 건 방문객한테 선물로 받았어요."

"선교회가 어디 있는데?"

"지금은 없어졌어요. 예쁜 거 몇 개는 오빠가 주고 간 거예요."

애나는 양 카드에 입을 맞춘 뒤 제자리에 끼우고 책을 덮었다.

정말 특이한 아이였다.

"가장 좋아하는 성인이 있니?"

애나는 고개를 저었다. "성인은 모두 우리에게 다른 교훈을 주세요. 태어날 때부터 착한 성인도 있지만, 원래 아주 나빴다가 주님으로 인해 마음이 정화된 성인도 있어요."

"그래?"

---

7) '신성한 목자'라는 뜻이다.

8) 「시편」 118편 176절. 본문에 인용하는 성경 구절의 출처는 로마가톨릭의 두에랭스 성경을 기준으로 한다.

"주님은 누구든 성인으로 선택할 수 있어요." 애나가 자신 있게 말했다.

갑자기 문이 벌컥 열려 리브는 화들짝 놀랐다.

키티가 뜨거운 물 한 대야를 가지고 헐떡이며 들어왔다. "기다리시게 해서 죄송해요. 작은아버지 식사를 가져다 드리느라."

맬러키 오도널을 말하는 모양이었다. 이웃에게 줄 토탄을 캐러 갔다고 하지 않았나? 부탁을 받은 걸까, 아니면 농장 일로는 터무니없이 부족한 수입을 충당하려는 걸까? 리브는 궁금했다. 문득 여기서는 남자만 점심을 먹을지도 모른다는 생각이 들었다.

"뭘 닦아드릴까요?" 가정부가 물었다.

"내가 할게요." 리브가 대야를 잡으며 말했다. 이제 이 방에는 어떤 가족도 들일 수 없었다. 어쩌면 키티도 지금 앞치마 속에 아이에게 줄 음식을 넣어 왔을지 모른다.

가정부가 인상을 썼다. 당황한 걸까, 화가 난 걸까?

"당신은 바쁘잖아요. 아 참, 여분 의자랑 새 침구만 좀 가져다줄래요?" 리브가 말했다.

"침대보요?" 키티가 물었다.

"두 장요. 깨끗한 담요도 갖다주고요." 리브가 덧붙였다.

"우린 그런 거 없어요." 가정부가 고개를 저었다.

넓적한 얼굴에 떠오르는 멍한 표정을 보며 리브는 키티의 정신이 온전치 않을지도 모른다는 생각을 했다.

"아직 깨끗한 침대보가 없다는 뜻이에요. 너무 더러워지지만 않으면 빨래는 다음 주 월요일에 하거든요." 애나가 끼어들었다.

"그렇구나. 그럼 의자만 좀 부탁해요, 키티." 리브는 짜증을 참으며 말했다.

리브는 가방에서 염화 나트륨을 꺼내 대얏물에 탄 뒤 보이는 표면을 모조리 닦았다. 냄새는 독하지만 이렇게 해야 깨끗해졌다. 리브는 원래 있던 낡은 침대보와 회색 담요로 아이의 침대를 다시 정리했다. 그런 다음 허리를 펴며 한 입 크기 음식을 숨길 만한 장소가 더 있는지 생각했다.

이곳은 어수선한 상류층 병실과 전혀 달랐다. 침대, 옷장, 의자를 제외하면 보이는 거라곤 바닥에 깐 줄무늬 깔개가 전부였다. 리브는 깔개를 들어 올렸다. 아래에는 아무것도 없었다. 깔개를 치우면 방은 칙칙해지고 발밑은 차가워질 것 같았다. 게다가 빵 껍질이나 사과를 숨기기에 가장 좋은 장소는 침대였다. 하지만 아이를 죄수처럼 맨땅에 재우는 건 위원회도 바라지 않을 것이다. 그렇다. 리브는 그저 불시에 자주 방을 점검해 아이가 몰래 음식을 들여오지 않았는지 확인하는 수밖에 없었다.

마침내 키티가 의자를 가져와 쿵 내려놓았다.

리브가 말했다. "시간 나면 이 깔개 가지고 나가서 먼지 좀 털어줘요. 그리고 애나 몸무게를 재고 싶은데 저울은 어디 있나요?"

키티가 고개를 저었다.

"마을에는 있을까요?"

"우리는 주먹을 써요." 키티가 말했다.

리브는 얼른 알아듣지 못하고 인상을 찌푸렸다.

"밀가루 한 주먹, 소금 한 꼬집, 이렇게요." 가정부가 허공에 대고 손짓했다.

"내가 말하는 건 가정용 저울이 아니에요. 사람이나 동물의 무게를 잴 정도로 큰 저울을 말하는 거예요. 이웃 농장에도 없을까요?"

리브의 말에 키티는 피곤한 듯 어깨를 으쓱할 뿐이었다.

애나는 두 사람이 다른 아이 몸무게에 관해 이야기하고 있다는 듯 이 대화는 들은 척도 하지 않으며 동그랗게 말린 민들레만 보고 있었다.

리브는 한숨을 쉬었다. "그럼 찬물 한 주전자랑 찻숟가락 좀 가져다줘요."

"뭐 좀 드릴까요?" 키티가 나가면서 물었다.

리브는 질문이 이해되지 않았다.

"아니면 저녁 식사 때까지 기다리시겠어요?"

"기다릴게요."

리브는 가정부가 나가자마자 자신이 뱉은 말을 후회했다. 배가 고팠다. 하지만 왠지 애나 앞에서는 음식을 먹고 싶다고 말할 수가 없었다. 리브는 아이가 사기꾼일 뿐이니 그렇게 어리석은 생각은 할 필요 없다고 다시 한번 마음을 다잡았다.

애나가 또다시 파트라 기도를 속삭였다. 리브는 최선을 다해 애나를 무시했다. 그녀는 전에도 훨씬 더 거슬리는 습관을 참아준 적이 있었다. 리브가 간호하던 성홍열 소년은 계속해서 바닥에 가래를 뱉었고, 어떤 정신 나간 할머니는 자신의 약이 독약이라 확신하며 그 약을 거칠게 밀쳐 리브의 몸에 온통 쏟아버렸다.

이제 아이는 바느질을 끝낸 천에 두 손을 포개놓고 작은 소리로 노래를 부르고 있었다. 이 성가에는 수상한 점이 하나도 없었다. 애나가 간직한 비밀은 오직 파트라 기도뿐인 것 같았다. 고음이 조금 갈라지기는 했지만 목소리는 달콤했다.

들어라! 커다란 천상의 성가.
하늘의 천사 무리가 몸을 일으키니,
케루빔과 세라핌이
끝없는 합창으로 찬양하노라.

키티가 물 주전자를 가져오자 리브가 야금야금 벗겨지는 흰색 칠을 톡톡 두드리며 물었다. "이게 뭔지 물어봐도 돼요?"

"벽이요." 키티가 말했다.

아이가 작은 소리로 키득 웃었다.

"내 말은 재료가 뭐냐는 거예요." 리브가 물었다.

가정부의 얼굴이 환해졌다. "진흙이에요."

"그게 다예요? 정말?"

"기초는 돌이에요. 그래야 쥐가 안 들거든요."

키티가 나간 뒤 리브는 뼈로 만든 작은 숟가락으로 주전자 물을 맛보았다. 아무 맛도 나지 않았다.

"목마르니, 애나?"

애나는 고개를 저었다.

"한 모금 마시는 게 좋지 않겠어?"

선을 넘은 제안이었다. 간호사의 습관은 쉽게 사라지지 않았다. 리브는 이 꼬마 사기꾼이 물을 마시든 말든 자신과는 아무 상관이 없다고 다시 한번 되새겼다.

하지만 애나는 입을 벌려 물 한 숟가락을 가볍게 삼켰다. 아이가 중얼거렸다. "오, 저를 용서하소서. 제가 활력을 되찾겠나이다."[9]

물론 그건 리브가 아니라 신에게 하는 말이었다.

"더 줄까?"

"아니요. 괜찮아요, 라이트 선생님."

리브는 기록했다. 오후 1시 13분, 찻숟가락으로 물 한 모금. 양이 중요하지는 않았지만 리브는 자신이 당번을 서는 동안 아이가 삼킨 것을 하나도 빠짐없이 세세하게 증언하고 싶었다.

이제 정말 더는 할 일이 없었다. 리브는 두 번째 의자에 앉았다. 애나와 너무 가까워서 치마가 거의 닿을 지경이었지만 다른 곳에는 마땅히 의자를 둘 자리가 없었다. 리브는 어색한 기분으로 남은 긴 시간을 어떻게 보낼지 곰곰이 생각했다. 개인적으로 담당한 환자와 몇 달을 함께 보낸 적도 있지만 지금은 상황이 달랐다. 리브는 맹금류처럼 이 아이를 지켜보고 있었고 애나도

---

9) 「시편」 38편 14절.

그 사실을 알고 있었다.

작게 문 두드리는 소리에 리브가 벌떡 일어섰다.

"맬러키 오도널입니다." 농부가 빛바랜 조끼의 단추 부분을 톡톡 두드리며 말했다.

"오도널 씨." 리브는 가죽처럼 거친 남자의 손을 잡았다. 그러고는 농부에게 환대해줘서 고맙다고 말하려다가 마음을 접었다. 어쨌든 온 가족을 염탐하러 온 격이니 그 인사는 전혀 어울릴 것 같지 않았다.

농부는 키가 작고 강인해 보였다. 아내만큼 호리호리했지만 뼈대는 훨씬 가늘었다. 애나는 아빠를 닮아 있었다. 하지만 이 인형극단 가족 중 누구도 군살이 붙어 있지는 않았다.

농부는 허리를 숙여 딸의 귀 옆에 입을 맞췄다. "몸은 좀 어떠니, 우리 딸?"

"아주 좋아요, 아빠." 애나가 아빠를 올려다보며 활짝 웃었다.

맬러키 오도널은 그 자리에 선 채 고개를 끄덕였다.

실망감이 리브를 덮쳤다. 리브는 아이 아빠에게서 더 많은 것을 기대했다. 무대 뒤 화려한 기획자, 아니면 적어도 아내만큼 예민한 공모자. 하지만 이 시골뜨기는…….

"쇼트혼종 소를 키운다면서요, 오도널 씨?"

"네, 몇 마리 됩니다. 강가 목초지 두어 군데를 빌려서 방목하고 있어요. 녀석들의…… 거시기는 비료로 팔고요."

리브는 농부가 배설물을 의미했음을 알아차렸다.

맬러키는 머뭇머뭇 이야기를 이어갔다. "소들은 가끔…… 무리를 벗어나기도 하고 다리가 부러지기도 하고 세상에 나오다가 어미 몸에 끼기도 해요. 몸값을 할 때보다 골치를 썩일 때가더 많다고 할 수 있죠."

집 밖에 또 뭐가 있더라?

"닭도 키우죠?"

"아, 그 녀석들은 이제 로절린 담당입니다. 제 아내요."

농부는 어떤 문제를 해결하기라도 한 듯 마지막으로 고개를한 번 까딱하고는 딸의 이마 꼭대기를 쓰다듬었다. 그러고는 방밖으로 나가려다가 다시 뒤를 돌아보았다.

"맞다, 신문사에서 사람이 왔어요."

"네?"

농부가 창문 쪽을 가리켰다. 더러운 유리창 너머로 안이 가려진 마차가 보였다.

"애나를 데려간대요."

"어디로 데려가는데요?"

리브가 쏘아붙였다. 위원회는 대체 무슨 생각을 하는 걸까?이 비위생적이고 비좁은 오두막에 감시자를 붙여놓고 이제 와서 마음을 바꿔 아이를 다른 곳으로 보내려는 건가?

"그냥 얼굴만 찍을 거예요. 초상화처럼요." 아이 아빠가 말했다.

마차 옆면에 화려한 글씨로 '사진사 라일리와 아들들'이라는문구가 적혀 있었다. 부엌에서 낯선 이의 목소리가 들렸다. 맙소사, 이건 감당하기가 너무 힘들었다. 리브는 몇 발짝 움직이

다가 아이 곁을 떠나면 안 된다는 사실을 떠올렸다. 그래서 나가는 대신 그 자리에 선 채 팔짱을 끼고 있었다.

로절린 오도널이 부산을 떨며 안으로 들어왔다. "라일리 씨가 이제 네 은판 사진을 찍어주시겠대, 애나."

"꼭 찍어야 하나요?" 리브가 물었다.

"신문에 실을 사진이에요."

어린 기회주의자의 사진을 신문에 싣다니. 마치 이 아이가 여왕이라도 되는 것처럼. 아니, 그보다는 머리 둘 달린 송아지에 비유하는 게 더 어울리겠지.

"촬영장은 얼마나 먼가요?"

"바로 저 마차 안에서 찍을 거예요." 오도널 부인이 창문 쪽을 손가락으로 연신 가리켰다.

리브는 아이를 앞세워 밖으로 나갔다. 그러다가 덮개도 없이 독한 화학 약품 냄새를 풍기는 양동이를 발견하고는 아이를 반대쪽으로 잡아당겼다. 알코올 냄새였다. 그리고…… 이건 에테르일까, 클로로포름일까? 강한 악취를 맡으니 스쿠타리로 돌아간 기분이 들었다. 그곳에서는 절단 수술을 할 때면 으레 도중에 진정제가 바닥나곤 했다.

리브는 접이식 계단 위로 애나를 올려 보내며 더 복잡한 악취에 코를 찡그렸다. 식초와 못이 만난 듯한 냄새였다.

"글쟁이는 다녀갔죠?" 부스스한 긴 머리 남자가 마차 안에서 물었다.

리브는 눈을 가늘게 떴다.

"이 꼬마 기사를 쓰기로 한 기자요."

"저는 기자에 관해 아는 게 없어요, 라일리 씨."

남자의 프록코트에는 얼룩이 져 있었다. 남자가 애나에게 말했다. "이제 저 예쁜 꽃 옆에 서렴."

"자세를 오래 잡고 있어야 하면 차라리 앉는 게 낫지 않을까요?" 리브가 물었다.

리브는 나이팅게일 선생님의 제자들과 은판 사진을 찍을 때 너무 지루했던 기억이 있었다. 몇 분을 기다리다 사진을 찍었는데 변덕스러운 간호사 하나가 갑자기 자세를 바꾸는 바람에 사진이 흔들려서 처음부터 다시 시작해야 했다.

라일리는 조용히 한 번 웃은 뒤 카메라 삼각대의 바퀴를 몇 센티미터 이동하며 말했다. "나는 현대 습판 사진의 달인이에요. 3초면 끝날 거예요. 셔터를 누르는 순간부터 사진을 현상할 때까지 다 합해서 10분밖에 안 걸려요."

애나는 라일리가 지시한 대로 가늘고 긴 탁자 옆에 선 채 비단 장미를 꽂은 꽃병 옆에 오른손을 내려놓았다.

라일리는 스탠드에 달린 거울을 기울여 애나의 얼굴에 네모난 빛을 쬐었다. 그런 다음 카메라를 덮은 검은 천 아래로 머리를 넣었다.

"이제 고개를 들럼, 꼬마야. 여기, 나를 봐."

애나의 시선이 마차 안을 방황했다.

"네 독자를 봐줘야지."

그 말도 아이에게 딱히 도움이 되지는 않았다. 애나의 눈이 대신 리브를 향했다. 리브가 웃지 않았음에도 애나는 아주 살짝 미소를 지었다.

라일리가 천 밖으로 나와 직사각형 나무판자를 기계에 끼워 넣었다. "이제 그대로 있어. 움직이면 안 돼." 그런 다음 렌즈를 덮은 동그란 놋쇠 덮개를 돌려 열었다. "하나, 둘, 셋……" 뒤이어 덮개를 획 덮고는 기름진 머리칼을 흔들어 눈에서 떼어내며 말했다. "그만 나가보세요, 숙녀분들."

라일리는 문을 밀어 열고 마차 밖으로 폴짝 뛰어내렸다. 이윽고 냄새나는 화학 약품 양동이를 챙겨 다시 안으로 들어왔다.

"그건 왜 밖에 두세요?" 리브가 애나의 손을 잡으며 물었다.

라일리는 창문 옆에 늘어진 줄을 하나씩 당겨 블라인드를 내렸다. 마차 내부가 금세 어두워졌다. "폭발할 수도 있거든요."

리브는 애나를 문 쪽으로 획 잡아당겼다.

아이는 마차 밖에서 숨을 길게 들이쉬며 푸른 들판을 바라보았다. 햇빛을 받은 애나 오도널은 거의 투명해 보였다. 관자놀이의 파란 핏줄이 유독 눈에 띄었다.

침실에서의 기나긴 오후가 다시 시작되었다. 아이는 기도를 속삭인 뒤 책을 읽었다. 리브는《연중무휴》잡지에서 곰팡이에 관한 흥미로운 글을 발견해 열심히 읽어 내려갔다. 어느 순간 애나는 물 두 수저를 더 받아 마셨다. 리브는 애나에게서 겨우 몇 센티미터 떨어져 앉은 채 간간이 종이 너머로 아이를 흘긋 바라보았다. 다른 사람에게 이렇게 얽매이다니, 정말 이상한 기분이었다.

리브는 변소조차 자유롭게 갈 수 없었다. 볼일은 요강으로 해결해야 했다.

"이거 필요하니, 애나?"

"아니요. 괜찮아요, 선생님."

리브는 천으로 요강을 덮어 문 옆에 두었다. 하품이 나오려는 걸 참으며 물었다. "산책하러 나갈래?"

애나의 표정이 밝아졌다. "정말 그래도 돼요?"

"나랑 같이 있기만 하면 돼."

리브는 아이의 체력을 시험해보고 싶었다. 팔다리 부종으로 움직임이 둔해졌을까? 무엇보다 리브는 더 이상 이 방에 갇혀 있을 수가 없었다.

부엌에서는 로절린 오도널과 키티가 나란히 선 채 냄비에 뜬 크림을 접시 모양 거르개로 걷어내고 있었다. 가정부는 안주인 덩치의 절반밖에 되지 않아 보였다.

로절린이 물었다. "뭐 필요한 거 있니, 우리 딸?"

"아니요. 괜찮아요, 엄마."

저녁 식사, 모든 아이에게는 그게 필요하다고, 리브가 마음속으로 말했다. 아이가 태어나는 날부터 엄마라는 사람을 정의하는 건 음식을 먹이는 행위 아니었나? 여자의 가장 큰 고통은 아이에게 줄 것이 아무것도 없는 상황이다. 자신이 내민 음식을 그 작은 입이 거부하는 상황이다.

"잠깐 나가서 산책 좀 할게요." 리브가 부인에게 말했다.

로절린 오도널은 커다란 금파리 한 마리를 쫓아낸 뒤 다시 하던 일에 집중했다.

이 아일랜드 여자의 평정심을 설명할 방법은 오직 두 가지였다. 정말 신이 개입했다고 확신해서 딸을 걱정하지 않는 것, 또는 아이가 뒤에서 충분히 음식을 먹고 있다고 믿을 이유가 있는 것. 가능성은 후자가 더 높았다.

애나는 오빠 부츠를 신은 채 발을 끌며 쿵쿵 걸었다. 한쪽 다리에서 다른 쪽으로 무게를 옮기며 보일 듯 말 듯 휘청거렸다.

아이가 중얼거렸다. "당신의 길에서 저의 행실은 온전하고, 저의 발걸음은 흔들리지 않습니다."[10]

"혹시 무릎이 아프니?" 신경질 내는 갈색 암탉 무리를 지나 진입로를 걸으며 리브가 물었다.

"특별히 아프진 않아요." 애나가 고개를 들고 햇볕을 받으며 말했다.

"여기는 다 너희 아버지 땅이니?"

"빌린 거예요. 우리 땅은 하나도 없어요." 아이가 말했다.

리브는 여기서 일꾼을 본 적이 없었다. "일은 아빠 혼자 다 하시고?"

"다 같이 살 때는 오빠가 도와줬어요. 애는 귀리를 지키는 거예요." 애나가 한쪽을 가리켰다.

갈색 바지를 입은 꾀죄죄한 허수아비가 옆으로 기울어 있었다. 맬러키 오도널이 입던 옷인가? 리브는 궁금했다.

---

10) 「시편」 16편 5절.

"저기는 건초가 있어요. 비가 오면 보통 못 쓰게 되는데 올해는 괜찮아요. 계속 날씨가 좋았거든요." 애나가 말했다.

리브는 넓은 사각형 땅에 낮게 난 풀을 알아보았다. 모두가 간절히 기다리는 감자였다.

다른 길에 다다랐을 때 리브는 아직 가보지 않은 마을 반대쪽으로 방향을 틀었다. 햇볕에 그을린 남자 하나가 되는대로 돌담을 고치고 있었다.

"신의 가호가 함께하시길 빌게요." 애나가 외쳤다.

"나도 똑같이 비마." 남자가 답했다.

"우리 이웃 코코런 아저씨예요." 애나가 리브에게 속삭였다.

아이는 허리를 숙여 노란색 별 모양 꽃이 달린 갈색 줄기를 잡아당겼다. 연이어 꼭대기가 흐릿한 보라색으로 물든 기다란 풀도 뽑아 들었다.

"꽃 좋아하니, 애나?"

"엄청 많이요. 물론 백합은 더 좋아해요."

"왜 **물론**이야?"

"성모님이 가장 좋아하시는 꽃이잖아요."

애나는 성가족이 자신의 친척이라도 되는 양 이야기했다.

리브가 물었다. "백합은 어디서 봤니?"

"그림으로 여러 번 봤어요. 조금 다르지만 수련은 호수에서 봤고요."

애나는 웅크리고 앉아 자그마한 흰색 꽃을 쓰다듬었다.

"이건 무슨 꽃이야?"

"끈끈이귀개예요. 보세요." 애나가 리브에게 알려주었다.

리브는 줄기에 달린 둥근 잎을 들여다보았다. 잎사귀가 끈적한 솜털 같은 것으로 덮여 있었고 이상한 검은색 반점도 찍혀 있었다.

"벌레를 잡아서 안으로 빨아들여요." 애나는 식물을 방해할까 봐 걱정되는 듯 소곤소곤 말했다.

이 말이 사실일까? 섬뜩하지만 흥미로웠다. 아이가 과학에 재능이 있는 모양이었다.

애나는 몸을 일으키다가 잠깐 비틀거린 뒤 숨을 깊게 들이쉬었다.

어지러운가? 운동에 익숙하지 않은 걸까, 아니면 영양 부족으로 약해진 걸까? 단식이 거짓말이라고 해도 애나가 성장기 소녀에게 필요한 영양분을 모두 섭취하고 있는 건 아니었다. 앙상한 어깨뼈가 정반대의 상황을 암시해주었다.

"이만 돌아가는 게 좋겠다."

애나는 반대하지 않았다. 피곤한 걸까, 아니면 그냥 말을 잘 듣는 걸까?

두 사람이 오두막에 도착했을 때 키티는 침실에 있었다. 리브가 막 항의하려는 순간 가정부가 허리를 숙여 요강을 들었다. 아마 방에 들어간 핑계를 대려는 것이었으리라.

"이제 섞음죽 한 그릇 드릴까요, 라이트 씨?"

"고마워요." 리브가 말했다.

키티가 가져온 음식을 보니 **섞음죽**은 귀리죽을 뜻하는 것이었다. 리브는 이것이 저녁 식사라는 사실을 깨달았다. 4시 15분. 시골에서는 식사 시간인 모양이었다.

"소금 좀 치세요." 키티가 말했다.

리브는 작은 숟가락이 꽂힌 통을 보며 고개를 저었다.

"어서요. 그래야 작은 녀석들이 도망가요." 키티가 말했다.

리브는 미심쩍은 눈으로 가정부를 바라보았다. 파리를 말하는 건가?

키티가 방에서 나가자마자 애나가 소곤소곤 말했다. "작은 사람을 말하는 거예요."

리브는 이해가 되지 않았다.

애나는 통통한 손으로 춤추는 사람 모양을 만들었다.

"요정?"

믿을 수가 없었다.

아이가 얼굴을 찌푸렸다. "그 사람들은 그렇게 불리는 걸 좋아하지 않아요."

아이는 다시 미소를 지었다. 귀리죽 안에서 허우적거리는 작은 존재가 없다는 사실을 자신도 리브도 잘 안다는 듯이.

귀리죽은 전혀 나쁘지 않았다. 물이 아니라 우유로 끓인 것이었다. 리브는 아이 앞에서 죽을 삼키기가 힘들었다. 우아한 숙녀 앞에서 음식을 잔뜩 먹어대는 무례한 농부가 된 기분이었다. 리브는 다시 한번 되새겼다. 이 아이는 그저 소작농의 딸일 뿐이야, 심지어 사기꾼이라고.

애나는 찢어진 속치마를 꿰매느라 바빴다. 리브의 식사에 관심을 보이지도 않고, 유혹을 이기려는 듯 시선을 돌리지도 않았다. 그저 작고 깔끔한 바늘땀만 계속해서 떠갔다. 지난밤 뭔가를 먹었다 해도 지금쯤이면 배가 고파야 했다. 간호사의 감시를 받은 지 최소한 일곱 시간이 지났고, 그사이 먹은 거라고는 찻숟가락으로 물 세 모금이 전부였다. 따뜻한 귀리죽 냄새가 가득한 방에서 어떻게 가만히 앉아 있을 수 있단 말인가?

리브는 그릇을 싹 비웠다. 두 사람 사이에 잔반을 두지 않으려는 이유도 있었다. 리브는 빵집 빵이 벌써 그리웠다.

잠시 후 로절린 오도널이 들어와 새로 찍은 사진을 자랑했다.

"라일리 씨가 친절하게도 이 복사본을 선물해주셨어요."

이미지는 놀라울 정도로 선명했지만 색조는 현실과 전혀 달랐다. 회색 원피스는 색이 바래 흰색 잠옷처럼 보였고 격자무늬 숄은 칠흑같이 새카매졌다. 사진 속 소녀는 보이지 않는 간호사 쪽으로 곁눈질하며 옅은 미소를 띠고 있었다.

애나는 그저 예의만 차리려는 듯 사진을 흘끗 쳐다보았다.

"액자도 정말 고급스러워요." 오도널 부인이 사진에 꼭 맞게 만들어진 양철 액자를 쓰다듬으며 말했다.

리브는 부인이 학식 있는 여자는 아니겠다고 생각했다. 싸구려 액자를 이렇게 좋아할 정도로 순진한 사람이 정말 치밀한 음모를 꾸밀 수 있었을까? 리브는 곁눈으로 애나를 흘끗 바라보았다. 어쩌면 이 학구적인 꼬마가 유일한 범인일지 몰랐다. 어쨌든 오늘 아침 감시가 시작되기 전까지는 원하는 음식이 뭐든 가족들 몰래 재빨리 먹을 수 있었을 테니까.

"벽난로 선반에 둘 거예요. 불쌍한 팻 옆자리에요." 로절린 오도널이 팔을 쭉 뻗은 채 사진을 감상하며 덧붙였다.

오도널 아들이 해외에서 힘들게 지내고 있나? 어쩌면 이 부모는 아들의 상황을 전혀 모를 수도 있었다. 이민자가 소식을 전하지 않는 경우도 종종 있었으니까.

아이 엄마가 부엌으로 돌아간 뒤 리브는 가만히 창밖을 내다보았다. 라일리의 마차 바퀴 때문에 풀이 납작하게 눌려 있었다. 다시 고개를 돌리자 애나의 끔찍한 부츠에 시선이 닿았다. 리브는 문득 로절린 오도널이 아들을 **불쌍한 팻**이라고 부른 이유가 아들의 지능이 선천적으로 낮기 때문일지도 모른다는 생각이 들었다. 그렇다면 사진 속 소년의 축 늘어진 자세도 설명이 되었다. 하지만 그런 사연이라면 오도널 가족은 어떻게 그 불행한 아이를 해외로 보낼 수 있었을까? 어느 쪽이든 이 문제는 소년의 여동생과 이야기하지 않는 편이 나았다.

애나는 몇 시간 내내 자신의 상본을 정리했다. 아니, 자신의 상본을 가지고 놀았다. 다정한 움직임, 꿈꾸는 듯한 표정, 때때로 들리는 속삭임. 애나는 인형 놀이를 하는 여느 소녀와 다를 바가 없었다.

리브는 늘 가방에 넣어 다니는 작은 책(작가에게 선물받은 『간호 노트』)을 꺼내 습기가 미치는 영향에 관한 글을 읽었다. 그러다가 8시 반이 되자 애나에게 잘 준비를 하자고 넌지시 일렀다.

아이는 성호를 그은 뒤 잠옷으로 갈아입고 눈을 내리깐 채 앞깃과 손목의 단추를 채웠다. 그런 다음 옷을 접어 옷장에 올려놓았다. 요강은 사용하지 않았기 때문에 리브가 측정할 것은 아무것도 없었다. 애나는 육체 대신 밀랍으로 이루어진 아이 같았다.

애나가 올림머리를 풀고 빗질을 하자 어두운색 머리카락 뭉치가 빗살에 걸려 나왔다. 리브는 마음이 불편했다. 어린아이 머리카락이 한창때가 지난 여자처럼 우수수 빠지다니…… . 아이가 자초한 일이야, 세상을 상대로 벌이는 치밀한 속임수의 일환일 뿐이라고. 리브는 다시 한번 마음을 다잡았다.

애나는 침대로 들어가며 또다시 성호를 그었다. 그러고는 베개에 기대앉아 『시편』을 읽었다.

리브는 창가에 앉아 서쪽 하늘을 가르는 주황색 빛줄기를 바라보았다. 부스러기를 숨길 작은 비밀 공간을 놓치지는 않았을까? 아이가 기회를 잡을 시간은 오늘 밤뿐이었다. 오늘 밤, 수녀가 리브 대신 자리를 지키는 시간뿐이었다. 미카엘 수녀의 노화한 눈은 충분히 날카로울까? 그녀의 분별력은 충분히 또렷할까?

키티가 몽땅한 황동 촛대에 양초를 끼워 들고 들어왔다.

"미카엘 수녀님은 더 밝은 빛이 필요할 거예요." 리브가 말했다.

"그럼 하나 더 가져올게요."

"여섯 개를 가져와도 부족해요."

가정부의 입이 살짝 벌어졌다.

리브는 살살 달래는 말투를 쓰려 노력했다. "많이 번거로운 건 알지만, 혹시 램프를 구할 순 없을까요?"

"요즘 고래기름이 얼마나 비싼데요."

"다른 기름도 괜찮아요."

"쓸 만한 게 있는지 내일 찾아볼게요."

키티가 하품을 하며 말했다. 그러고는 몇 분 뒤 돌아와 리브의 밤참으로 우유와 귀리과자를 건네주었다.

리브는 귀리과자에 버터를 바르며 애나를 슬쩍 보았다. 애나는 여전히 책에 푹 빠져 있었다. 정말 대단한 솜씨였다. 종일 빈속이면서 음식에 관심을 보이기는커녕 음식이 방에 들어온 걸 알아채지도 못한 척하다니. 이렇게 어린 아이에게 이런 자제력이 있다니. 이런 충성심과 야망까지 있다니. 이런 능력이 좋은 의도로 쓰인다면 애나 오도널은 얼마나 훌륭한 사람이 될 수 있을까? 리브는 온갖 여자와 일해본 경험을 통해 자제력이 그 어떤 재능보다 가치 있다는 사실을 잘 알고 있었다.

반쯤 열린 문 반대편 식탁에서 쨍그랑 소리와 웅성대는 소리가 들렸다. 리브는 그 소리에 한쪽 귀를 쫑긋 세웠다. 사기극에는 책임이 없다고 판명 나더라도 아이 엄마는 최소한 이 소동을 즐기고 있었다. 현관문 옆에는 돈 상자까지 있었다. 옛말에 뭐라고 했더라? 아이는 가난한 자의 재산이다. 은유적 표현이지만 가끔은 문자 그대로 재산을 의미하기도 했다.

애나는 책장을 넘기며 소리 없이 입으로 글을 읽었다.

부엌이 소란스러웠다. 고개를 내밀고 밖을 보니 미카엘 수녀가 검은 망토를 벗고 있었다. 리브는 수녀에게 공손히 고개 숙여 인사했다.

"저희랑 같이 무릎 꿇고 앉아주세요, 수녀님." 오도널 부인이 부탁했다.

수녀는 라이트 씨를 기다리게 하고 싶지 않다며 작게 웅얼거렸다.

리브는 의무감에 이렇게 말했다. "저는 괜찮아요."

그런 다음 애나를 돌아보다 유령 같은 잠옷 차림의 아이가 바로 뒤에 서 있는 것을 보고 움찔했다. 아이의 손에는 갈색 씨앗으로 만든 묵주가 들려 있었다.

애나는 미끄러지듯 리브를 지나 부모 사이 흙바닥에 무릎을 꿇었다. 수녀와 가정부는 이미 자리에 앉아 묵주 끝에 달린 작은 십자가를 만지고 있었다. 다섯 목소리가 거침없이 기도를 쏟아냈다.

"전능하신 하느님 아버지, 천지의 창조주를 저는 믿습니다."

리브는 지금 떠날 수가 없었다. 미카엘 수녀는 눈을 감고 거추장스러운 머리쓰개로 얼굴을 가린 채 가지런히 모은 두 손 위로 고개를 숙이고 있었다. 아무도 애나를 주의 깊게 보고 있지 않았다. 그래서 리브는 아이가 잘 보이는 벽 옆에 자리를 잡고 앉았다.

빠르게 쏟아지던 말이 「주님의 기도」[11]로 바뀌었다. 리브는

---

11) 예수가 제자들에게 직접 가르친 기도문으로 가톨릭에서는 「주님의 기도」, 개신교에서는 「주기도문」으로 불린다.

어릴 때 외웠던 「주기도문」을 떠올렸다. 거의 기억이 나지 않았다. 믿음은 리브에게 큰 영향을 끼치지 않은 모양이었다. 세월이 흐르면서 믿음은 다른 유치한 것들과 함께 서서히 사라졌다.

"우리에게 죄짓는 자를 우리가 용서하듯 주님께서도 저희 죄를 용서해주소서."

여기서 다섯 사람이 일제히 가슴을 치는 바람에 리브는 깜짝 놀랐다.

리브는 이제 모두 일어나 서로 잠자리 인사를 하리라고 생각했다. 하지만 아니었다. 무리는 성모송을 시작하더니 다른 기도, 또 다른 기도를 계속해서 이어갔다. 정말 기가 막힐 노릇이었다. 저녁 내내 여기 갇혀 있어야 하는 것일까? 리브는 피곤한 눈을 깜빡여 물기가 돌게 하면서도 애나와 부모에게서 시선을 떼지 않았다. 딸의 몸을 양쪽으로 감싼 부모의 듬직한 몸을 끝까지 주시했다. 잠깐이라도 손끼리 닿으면 음식 한 조각쯤은 쉽게 전달할 수 있을 것이다. 리브는 눈을 가늘게 뜬 채 애나의 빨간 입술에 정말 아무것도 닿지 않는지 확인했다.

리브가 허리에 달린 시계를 확인했을 때는 꼬박 15분이 지난 뒤였다. 지루한 외침이 이어지는 내내 아이의 몸은 흔들리지도 무너지지도 않았다. 리브는 눈을 쉬일 겸 잠시 방을 휙 둘러보았다. 두 의자 사이에 묶인 빵빵한 모슬린 자루에서 뭔가가 대야로 방울방울 떨어지고 있었다. 저게 뭘까?

기도문이 또 바뀌었다.

"불쌍하게 추방된 하와의 자식들이 당신의 앞에서 울부짖습니다……."

마침내 이 쓸데없는 짓이 모두 끝난 것 같았다. 가톨릭 신자들은 자리에서 일어나 다리를 문지르며 감각을 되찾았다. 이제 리브는 갈 수 있었다.

"안녕히 주무세요, 엄마." 애나가 말했다.

"밤 인사 하러 금방 들어갈게." 로절린이 딸에게 말했다.

리브는 망토와 가방을 챙겼다. 수녀와 단둘이 이야기할 기회를 놓쳐버렸다. 왠지 아이 앞에서는 차마 크게 말할 수가 없었다, 1초도 눈을 떼지 마세요.

"아침에 보자, 애나."

"안녕히 가세요, 라이트 선생님." 그렇게 애나는 미카엘 수녀와 함께 침실로 들어갔다.

이상한 생명체였다. 애나는 자신을 감시하러 온 사람들에게 화가 난 기색조차 보이지 않았다. 저 차분한 자신감 뒤에는 분명 생쥐처럼 허둥대는 마음이 도사리고 있겠지?

리브는 오도널 가족 진입로가 다른 길과 만나는 지점에서 왼쪽으로 돌아 다시 마을을 향해 걸었다. 아직 그리 어둡지 않았고 뒤쪽 지평선은 여전히 빨갛게 물들어 있었다. 포근한 공기에서 가축 냄새와 토탄 난로 연기 냄새가 났다. 리브는 너무 오래 앉아 있던 탓에 다리가 아팠다. 불만족스러운 오두막 상태에 관해 맥브리어티 선생과 이야기하고 싶었지만 오늘 밤은 의사를 찾아가기에 시간이 너무 늦어버렸다.

지금까지 알아낸 것이 무엇이었을까? 거의 없거나 아예 없었다.

앞쪽 길에 검은 윤곽 하나가 보였다. 한쪽 어깨에 장총을 얹은 형체. 리브의 몸이 뻣뻣해졌다. 리브는 해 질 녘 시골길을 다니는 데 익숙하지 않았다.

개가 먼저 다가와 리브의 치마 냄새를 맡았다. 뒤이어 개 주인이 고개만 살짝 끄덕이며 리브를 지나갔다.

수탉 한 마리가 다급하게 울었다. 소 떼가 외양간에서 줄지어 나오고 농부가 그 뒤를 따랐다. 리브는 농부들이 낮에는 실외, 밤에는 실내에 동물을 둘 것이라고 생각했다. (동물의 안전을 위해.) 하지만 현실은 정반대였다. 리브는 이 지역을 전혀 이해하지 못하고 있었다.

$\mathscr{Watch}$ **②**

watch [워치]
  관찰하다
  보호자로서 누군가를 보호하다
  감시병으로서 자지 않고 경계를 서다
  불침번

　리브의 꿈에서 남자들은 늘 그렇듯 담배를 찾았다. 잘 먹지도
씻지도 못하고, 머리에는 이가 득실대고, 엉망이 된 팔다리에선
진물이 붕대를 적시다 못해 베개까지 뚝뚝 떨어지는 와중에도,
그들이 애원하는 건 오직 담뱃대를 채울 무언가뿐이었다. 리브
가 미끄러지듯 병동을 지나가면 남자들은 리브에게 손을 뻗었
다. 살짝 열린 창문 너머로 크림반도의 눈이 쌓였다. 누군가 계
속 문을 두드렸다. 쾅쾅…….
　"라이트 씨!"
　"네." 리브의 목소리가 갈라져 나왔다.
　"4시 15분이에요. 깨워달라고 하셨잖아요."
　이곳은 아일랜드 정가운데 있는 영혼 식료품점의 위층 방이

었다. 따라서 문틈으로 들리는 저 목소리는 매기 라이언의 목소리였다. 리브는 목을 가다듬었다.

"네."

리브는 옷을 입은 뒤 『간호 노트』를 꺼내 아무 쪽이나 펼친 다음 무작위로 한 구절을 가리키고, (리브와 여동생은 따분한 일요일마다 하루 운세를 점치듯 이렇게 성경을 가지고 놀았다.) 그 부분을 읽었다. 여성은 종종 남성보다 더 **정확하고 세심하다.** 그 덕에 여성은 **의도치 않은 실수**를 잘 피할 수 있다.

하지만 어제 그렇게 세심히 살폈는데도 사기극의 비밀은 아직 못 밝히지 않았는가? 미카엘 수녀는 밤새 그곳에 있었다. 수녀가 수수께끼를 풀었을까? 리브는 왠지 그렇지 않을 것 같았다. 수녀는 아마 반쯤 눈을 감은 채 묵주 구슬이나 달그락거리며 앉아 있었을 것이다.

리브는 열한 살 아이에게 절대 속을 수 없었다. 오늘은 더욱더 **정확하고 세심한** 태도로 책에 적힌 글처럼 자신이 가치 있다는 사실을 증명해야 했다. 나이팅게일 선생님의 아름다운 글씨를 다시 읽었다. **진정한 간호사의 소명을 받은 라이트 씨에게.**

선생님은 늘 리브를 놀라게 하셨다. 비단 첫 만남 때만이 아니었다. 나이팅게일 선생님이 뱉는 모든 단어는 웅장한 연단에서 흘러나오듯 깊게 울려 퍼졌다. 선생님은 신입들에게 이렇게 말씀하셨다.

변명은 통하지 않아요. 열심히 일하고, 신의 뜻을 거부하지 마세요. 세상이 소용돌이쳐도 여러분의 의무를 다하세요. 불평하지 말고,

절망하지 마세요. 아무것도 안 하고 물가에 서 있느니 파도에 빠져 죽는 게 나아요.

개별 면담에서 선생님은 이상한 말씀을 하셨다.

라이트 씨에게는 동료 간호사 대부분을 뛰어넘는 훌륭한 장점이 있어요. 라이트 씨는 사랑하는 이를 잃었어요. 어디에도 매여 있지 않죠.

그때 리브는 자기 손을 내려다보았다. 어디에도 매이지 않은 텅 빈 손.

어때요? 이 선한 싸움을 시작할 준비가 됐나요? 밀려오는 파도에 온몸을 내던질 수 있겠어요?

리브는 대답했다, 네, 그럴 수 있어요.

밖은 아직 어두웠다. 마을의 외길을 따라 걷다가 오른쪽 길로 들어서 기울어진 녹색 묘비들을 지나치는 내내 리브를 비추어 주는 건 4분의 3쪽짜리 달뿐이었다. 리브가 미신을 믿지 않아서 천만다행이었다. 이 마을 오두막이 모두 비슷하게 생긴 탓에 달빛이 없었다면 오도널 농장으로 이어지는 희미한 길을 절대 찾지 못했을 것이다. 5시 15분 전, 리브는 문을 두드렸다.

답이 없었다.

가족을 깨울 수도 있으니 문을 더 세게 두드리고 싶지는 않았다. 오른쪽 외양간 문에서 밝은 빛이 새어 나왔다. 아, 여자들이 소젖을 짜는 모양이었다. 조용한 선율. 누군가 소에게 노래를 불러주는 것이었을까? 이번에는 성가가 아니라 리브가 한 번도 좋아한 적 없는 구슬픈 발라드였다.

하지만 천국의 빛이 그녀의 눈에서 반짝였어요.

그녀는 내게 너무도 과분했어요.

그때 한 명의 천사가 그녀를 빼앗아 갔어요.

리 호수[12]에서 그녀를 데려갔어요.

리브가 오두막의 현관문을 밀자 위쪽 절반이 힘없이 열렸다.

텅 빈 부엌에서 난롯불이 활활 타고 있었다. 구석에서 뭔가가 움직였다. 쥐인가? 스쿠타리의 더러운 병동에서 1년을 보낸 리브는 해로운 동물에 충분히 둔감해져 있었다. 리브는 아래쪽 문을 더듬어 걸쇠를 열었다. 그러고는 방을 가로질러 가 허리를 숙이고 찬장 아랫부분의 창살 너머를 들여다보았다.

반짝이는 닭의 눈이 리브의 눈과 마주쳤다. 첫 번째 닭 뒤에서 다른 닭 열두어 마리가 부드러운 소리로 투덜대기 시작했다. 여우에게 잡아먹히지 않게 하려고 모두 가둬둔 모양이었다.

리브는 갓 낳은 달걀 하나를 발견했다. 문득 어떤 생각이 머리를 스쳤다. 애나 오도널이 밤사이 달걀을 빨아 먹고 흔적을 남기지 않기 위해 껍데기까지 먹어치우지 않았을까?

뒤로 물러서다가 하얀 무언가에 발이 걸려 넘어질 뻔했다. 찬장 아래에 접시 한 귀퉁이가 삐죽 나와 있었다. 이 집 가정부는 왜 이렇게 조심성이 없을까? 접시를 집어 들었다. 그 순간 손으로 액체가 쏟아지면서 소매를 흠뻑 적셔버렸다. 리브는 씩씩거

---

12) 아일랜드 중부의 호수.

리며 접시를 탁자로 가지고 갔다.

바로 그때 깨달음이 찾아왔다. 젖은 손에 혀를 대보았다. 진한 우유 맛. 이 야심 찬 사기극이 이렇게나 단순했단 말인가? 어둠 속에서 개처럼 핥아 먹을 수 있는 우유 한 접시가 밖에 나와 있다면 아이는 달걀을 찾을 필요도 없었다.

승리감보다 실망감이 더 크게 느껴졌다. 이런 비밀을 밝히는 건 훈련받은 간호사가 아니어도 할 수 있었다. 이번 일은 이미 끝난 것 같았다. 해가 뜰 때쯤이면 이륜마차를 타고 기차역으로 돌아가고 있을 것이다.

문이 삐거덕 열렸다. 리브는 자신이 뭔가를 숨기기라도 한 듯 팩 돌아섰다.

"오도널 부인."

이 아일랜드 여자는 날카로운 호명을 인사로 착각한 모양이었다.

"어서 오세요, 라이트 씨. 잠은 좀 주무셨나요?"

부인 뒤를 따라온 키티는 양동이 두 개 무게에 좁은 어깨를 축 늘어뜨리고 있었다.

리브는 접시를 들어 보였다. 이제 보니 두 군데에 이가 빠져 있었다.

"이 집에 사는 누군가가 찬장 아래 우유를 숨겨놨어요."

로절린 오도널이 건조하게 튼 입술을 벌려 조용히 웃기 시작했다.

"저는 따님이 몰래 나와 마셨다고밖에 생각할 수가 없네요."

"그렇다면, 생각을 너무 많이 하시는 거예요. 이 땅에 어느 농가가 밤에 우유 한 접시를 안 내놓겠어요?"

"작은 녀석들을 위한 거예요. 안 그러면 기분이 상해서 소동을 피울 테니까요." 키티가 영국 여자의 무지에 놀란 듯 반쯤 웃으며 끼어들었다.

"이 우유가 요정 음식이라는 말을 저더러 믿으라고요?"

로절린 오도널이 뼈대 굵은 팔로 팔짱을 꼈다. "믿고 싶은 대로 믿든, 아무것도 믿지 않든, 라이트 씨 마음대로 하세요. 어쨌든, 우유를 조금 내놓는 게 해가 되는 일은 아니니까요."

리브의 머리가 바쁘게 돌아갔다. 가정부와 안주인은 그런 이유로 찬장 아래 우유를 둘 수 있었다. 하지만 그렇다고 해서 애나 오도널이 넉 달간 밤마다 요정의 우유를 홀짝이지 않았다고 장담할 수는 없었다.

키티가 허리를 숙여 찬장을 열었다. 그러고는 치맛자락을 휘둘러 닭들을 문 쪽으로 몰았다. "이제 다들 나가. 풀밭에 민달팽이 많잖아."

침실 문이 열리며 수녀가 밖을 내다보았다. 수녀는 늘 그렇듯 소곤소곤 말했다. "무슨 문제 있나요?"

"아니요." 리브는 자신의 의심을 설명하고 싶지 않아 이렇게만 말했다. "밤새 어땠나요?"

"평온했어요. 다 주님 덕분이죠."

미카엘 수녀는 아이가 음식을 먹는 걸 아직 보지 못한 모양이었다. 하지만 신비로운 주님의 방식을 굳게 믿는 사람이 과연 얼마나 열심히 노력했을까? 수녀가 리브에게 도움이 되기는 할까? 아니면 그저 방해만 될까?

오도널 부인은 이제 무쇠 냄비가 걸린 고리를 불 밖으로 돌리고 있었다. 키티는 빗자루를 들어 암탉의 녹색 배설물을 찬장 밖으로 털어냈다.

수녀는 문을 조금 열어둔 채 다시 침실로 사라졌다.

리브가 망토 끈을 풀려는 순간 맬러키 오도널이 토탄을 한 아름 안고 마당에서 들어왔다.

"라이트 씨."

"오도널 씨."

오도널 씨는 풀뿌리가 묻은 토탄을 불 옆에 던져놓은 뒤 다시 밖으로 나가려 몸을 돌렸다.

리브는 전날 물으려던 질문을 떠올렸다. "혹시 근처에 애나 몸무게를 잴 수 있는 앉은뱅이저울이 있을까요?"

"아…… 아마 없을 거예요."

"그럼 가축 몸무게는 어떻게 재세요?"

오도널 씨는 보랏빛 코를 긁었다. "눈대중으로 재죠."

안쪽 방에서 아이 목소리가 들렸다.

"우리 딸, 벌써 일어났니?" 아이 아빠의 얼굴이 밝아졌다.

오도널 부인이 남편을 지나 딸의 방으로 들어가는 순간 미카엘 수녀가 가방을 들고 밖으로 나왔다.

리브가 아이 엄마를 따라가려는데 아이 아빠가 손을 들어 길을 막았다.

"저기, 더 물어볼 게 있다고 들었는데요."

"제가요?"

리브는 근무 교대가 이루어지는 사이 짧은 공백을 만들지 않기 위해 이미 아이 옆에 가 있어야 했다. 하지만 대화 도중에는 도저히 자리를 뜰 수가 없었다.

"벽에 관해 물었다는 얘기 키티한테 들었습니다."

"아, 벽이요."

"저 벽은 진흙에 배설물을 조금 섞어 만들었어요. 히스꽃이랑 털을 넣어 접착력을 높였고요." 맬러키 오도널이 말했다.

"털을요?"

리브는 침실 쪽을 슬쩍 보았다. 이 순진해 보이는 남자가 바람잡이는 아닐까? 딸에게 인사하러 급히 들어가기 전 아내가 냄비에서 뭔가를 꺼내지는 않았을까?

"피랑 버터밀크 한 방울도 들어갔어요." 남자가 덧붙였다.

리브는 아이 아빠를 빤히 쳐다보았다. 피와 버터밀크. 원시시대 제단에 올리면 어울릴 것들이다.

마침내 리브가 침실에 들어왔을 때 로절린 오도널은 작은 침대에 앉아 있었다. 애나는 엄마 옆에 무릎을 꿇고 있었다. 아이가 팬케이크 두어 개를 삼킬 시간은 충분히 지난 뒤였다. 리브는 예의를 차리느라 농부와 잡담을 나눈 자신을 원망했다. 그리고 그렇게 빨리 도망쳐버린 수녀도 원망했다. 리브는 어제저녁 묵주 기도 내내 자리를 지켰는데 미카엘 수녀는 오늘 아침 1분도 더 기다릴 수 없었던 걸까? 아이에 관한 생각을 공유하는 건 금지됐지만 밤 근무에 관련된 사실은 경험이 더 많은 간호사에게 보고해주어야 마땅했다.

애나의 목소리는 낮지만 또렷했다. 방금 급하게 음식을 먹은 사람의 목소리는 아니었다.

"내 사랑은 나의 것, 나는 그의 것. 내 안에 그가 머물고, 그 안에 내가 사네."

시구절처럼 들렸지만 이 아이 입에서 나오는 말이라면 성경 구절이 틀림없었다.

아이 엄마는 기도하지 않고 발코니석에서 바라보는 숭배자처럼 내내 고개만 끄덕거렸다.

"오도널 부인." 리브가 입을 열었다.

로절린 오도널이 자신의 마른 입술에 손가락을 가져다 댔다.

"부인은 여기 계시면 안 돼요." 리브가 말했다.

로절린 오도널이 고개를 갸우뚱했다. "애나한테 아침 인사도 못 하나요?"

아이는 꽃봉오리처럼 얼굴을 숙인 채 대화를 듣는 기색조차 보이지 않았다.

리브가 명확히 설명했다. "이렇게는 안 돼요. 간호사 한 명은 무조건 옆에 있어야 해요. 저희보다 먼저 아이 방으로 들어오거나 가구에 손을 대도 안 되고요."

아일랜드 여자가 자리를 박차고 일어섰다. "엄마라면 누구나 사랑하는 아이와 기도를 올리고 싶어 하는 거 아닌가요?"

리브는 분위기를 누그러뜨리기 위해 덧붙였다. "물론 밤이랑 아침에 인사는 하셔도 돼요. 이건 부인과 오도널 씨를 위한 일이에요. 두 분도 속임수가 없다는 걸 증명하고 싶잖아요."

로절린 오도널의 대답은 콧방귀였다. "아침은 9시에 드릴게요."

그러고는 어깨를 휙 돌리며 밖으로 나갔다.

9시까지는 거의 네 시간이나 남아 있었다. 리브는 너무 배가 고팠다. 농장에는 나름의 일과가 있는 모양이었다. 오늘 아침 영혼 식료품점에서 라이언 씨의 딸에게 빵 껍질이라도 쥐여달라고 했어야 했다.

학창 시절 리브와 동생은 늘 배가 고팠다. (리브가 기억하기에 두 자매가 가장 친했던 시기는 그때였다. 지금 생각해보면 같은 포로로서 동질감을 느낀 것 같았다.) 적게 먹는 식습관은 소화 기능을 건강하게 유지하고 인성을 길러준다는 이유로 특히 여자아이에게 유익하게 여겨졌다. 리브의 자제력은 부족하지 않았지만, 배고픔은 무의미하게 집중력만 방해했다. 사람은 배가 고프면 음식밖에 생각하지 않았다. 그래서 리브는 성인이 된 후 가능하면 식사를 거르지 않았다.

애나가 성호를 긋고 자리에서 일어났다. "안녕하세요, 라이트 선생님."

"좋은 아침이구나, 애나."

리브는 내키지 않지만 존경스러운 마음으로 아이를 바라보았다. 수녀가 근무할 때나 방금 엄마가 들어왔을 때 아이가 재빨리 뭔가를 마시거나 먹었다고 해도 그건 많은 양이 아니었을 것이다. 어제 아침부터 기껏해야 한 입을 먹은 것뿐이었다.

"잠은 잘 잤니?" 리브가 수첩을 꺼내며 물었다.

"저는 잠을 자고 휴식을 취했으며, 주님께서 지켜주신 덕분에 다시 일어났습니다."[13] 애나는 다시 성호를 그으며 인용한 뒤 잠옷 모자를 벗었다.

"그렇구나." 리브는 다른 할 말이 떠오르지 않아 이렇게만 말했다. 모자 안을 보니 빠진 머리카락이 줄줄이 붙어 있었다.

아이는 단추를 풀고 잠옷을 벗은 뒤 허리에 둘러 소매를 묶었다. 앙상한 어깨, 두툼한 팔목과 손, 좁은 가슴, 부푼 배. 정말이지 이상한 비율이었다. 아이는 대얏물로 몸을 씻으며 소곤소곤 말했다.

"당신의 얼굴이 당신의 종 위에 빛나게 하소서."[14]

그런 다음 부르르 떨며 천으로 물기를 닦았다.

리브는 침대 밑에서 요강을 꺼냈다. 그 안은 매우 깨끗했다.

"이거 사용했니, 애나?"

애나는 고개를 끄덕였다. "수녀님이 키티 언니한테 비워달라고 하셨어요."

이 안에 뭐가 들어 있었을까? 수녀에게 물어야 했지만 어차피 그럴 수는 없는 상황이었다.

애나는 다시 잠옷을 어깨 위로 끌어 올렸다. 그런 다음 작은

---

13) 「시편」 3편 6절.
14) 「시편」 30편 17절.

천을 적셔 치마 아래로 가지고 갔다. 애나는 한 손으로 옷장을 잡고 한쪽 다리로 균형을 유지한 채 얌전히 다른 쪽 다리를 닦았다. 그 과정이 끝난 뒤에는 속바지, 속치마, 원피스, 스타킹까지 모두 어제 입던 것으로 갈아입었다.

리브는 보통 환자에게 매일 다른 옷을 입으라고 시켰다. 하지만 이렇게 가난한 가족에게는 차마 그럴 수가 없었다. 리브는 침대보와 담요를 말리기 위해 발판에 걸쳐놓은 뒤 아이를 검사하기 시작했다.

8월 9일 화요일 오전 5시 23분.
물 섭취: 찻숟가락으로 한 모금.
맥박: 분당 박동수 95회.
폐: 분당 호흡수 16회.
체온: 서늘함.

사실 체온은 간호사 손가락이 환자의 겨드랑이보다 따뜻하냐 차가우냐에 따라 달라지는 추측일 뿐이었다.

"혀 좀 내밀어보렴."

리브는 혀 상태로 검사 대상의 건강을 진단하는 데 어려움을 느끼면서도 훈련받은 대로 늘 혀를 확인했다. 애나의 혀는 빨간색이었고, 뒷면은 다른 사람처럼 작은 돌기가 난 대신 이상하리만치 평평했다.

애나의 배꼽에 청진기를 댄 리브는 희미하게 꼬르륵거리는 소리를 들었다. 하지만 그건 공기와 물이 섞여 나는 소리일지도 몰랐다. 그 소리로 음식의 존재를 증명할 수는 없었다. 리브는 기록했다, 소화 기관에서 원인 불명의 소리가 남.

리브는 오늘 반드시 맥브리어티 선생에게 퉁퉁 부은 아랫다리와 손에 관해 물어봐야 했다. 제한된 식단으로 발생하는 증상은 모두 좋은 신호라 할 수 있었다. 조만간 어른들은 아이를 설득해 이 괴상한 사기극을 그만두도록 만들 것이다. 리브는 침대보를 팽팽히 당겨 다시 침대를 정리했다.

둘째 날이 되니 간호사도 아이도 어느 정도 리듬이 생긴 듯했다. 두 사람은 책을 읽고 (리브는《연중무휴》를 읽으며 드파르주 부인의 악행을 알게 되었다.) 짧게 대화를 나눴다. 아이에게는 순진한 매력이 있었다. 리브는 애나가 사기꾼으로 유명한 나라의 대단한 거짓말쟁이라는 사실을 자꾸만 잊어버렸다.

아이는 한 시간에 몇 번씩 파트라 기도를 속삭였다. 공복으로 배가 아플 때마다 의지를 다지는 수단일까?

잠시 후 리브는 애나를 데리고 또다시 산책을 나갔다. 하늘이 심상치 않았으므로 마당 주변만 돌기로 했다. 절뚝거리는 애나의 걸음걸이에 관해 리브가 언급하자 아이는 원래 그렇게 걷는다고 대답했다. 애나는 초연한 군인처럼 성가를 부르며 걸었다.

"수수께끼 좋아하니?" 노래가 잠깐 그쳤을 때 리브가 물었다.

"아는 게 없어요."

"저런."

리브는 어린 시절 교실에서 억지로 외운 것들보다 수수께끼를 더 생생히 기억했다.

"이건 어때? '이 땅에 내가 여행하지 않은 왕국은 하나도 없어요. 낮이든 밤이든 나는 보이지 않고 보일 수도 없어요. 나는 무엇일까요?'"

애나가 혼란스러워하는 것 같아 리브는 다시 문제를 불러주었다.

"'나는 보이지 않고 보일 수도 없어요.' 그 말은 존재하지 않는다는 뜻이에요, 아니면 보이지 않는다는 뜻이에요?" 아이가 문제를 곱씹었다.

"후자야." 리브가 말했다.

"보이지 않고 땅 위의 모든 곳을 여행하는 사람……." 애나가 중얼거렸다.

"사람이 아닐 수도 있어." 리브가 끼어들었다.

찡그렸던 아이 얼굴이 환하게 펴졌다. "바람?"

"아주 잘했어. 정말 빨리 맞히는구나."

"하나 더 내주세요."

리브가 입을 열었다. "음, 어디 보자. '땅은 하얗고 씨앗은 검었어요. 나를 맞히려면 훌륭한 학자가 필요할 거예요.'"

"종이요! 잉크로 글을 쓴 종이!"

"정말 똑똑한걸."

"학자가 필요하다고 해서 알았어요."

"다시 학교에 다녀야겠다." 리브가 아이에게 말했다.

애나는 우적우적 풀을 씹는 소 한 마리를 향해 고개를 돌렸다. "저는 집에 있어도 괜찮아요."

"너 머리 좋잖아." 칭찬이 비난처럼 나와버렸다.

어느새 낮은 구름이 모이기 시작해 리브는 아이를 데리고 서둘러 답답한 오두막으로 돌아갔다. 하지만 비는 오지 않았다. 리브는 일찍 들어온 것을 후회했다.

마침내 키티가 리브의 아침을 가져다주었다. 달걀 두 개와 우유 한 잔. 이번에 리브는 식탐을 이기지 못하고 허겁지겁 음식을 먹었다. 작은 껍데기 조각이 잇새에서 으스러졌다. 달걀은 모래 같은 것이 씹히고 토탄 냄새가 강하게 났다. 틀림없이 잿더미에서 구웠으리라.

아이는 어떻게 배고픔뿐만 아니라 지루함까지 견딜 수 있을까? 리브는 인간이 식사로 하루를 나눈다는 사실을 깨달았다. 식사는 보상이자 유희이자 몸속 시계의 알람 소리였다. 이 감시 기간 동안 애나에게 하루는 영원처럼 흘러갈 것이 분명했다.

아이는 진한 포도주를 마시듯 물 한 숟갈을 받아먹었다.

"물은 뭐가 다르니?"

리브의 물음에 애나는 어리둥절한 표정을 지었다.

리브는 자기 잔을 들어 보였다. "물이랑 이 우유가 다른 점이 뭐야?"

애나는 또 다른 수수께끼를 들은 듯 뜸을 들이다 대답했다. "물에는 아무것도 없어요."

"우유에도 물이랑 소가 뜯어 먹은 풀의 영양분 말고는 아무것도 없어."

애나는 거의 미소를 지으며 고개를 저었다.

그 순간 키티가 쟁반을 가지러 들어오는 바람에 리브는 이 대화를 그만두었다.

리브는 손수건 귀퉁이에 꽃을 수놓는 아이의 모습을 지켜보았다. 어린아이가 집중할 때 흔히 그러듯 혀끝만 빼죽 내민 채 바늘땀 위로 고개를 숙인 모습.

10시가 조금 지나자 누군가 현관문을 두드렸다. 밖에서 작은 대화 소리가 들렸다. 이내 로절린 오도널이 침실 문을 두드리고 들어와 간호사 뒤쪽을 보고 말했다. "우리 딸, 손님이 더 오셨어. 여섯 분인데 몇 분은 저 멀리 미국에서 오셨대."

이 덩치 큰 아일랜드 여자의 쾌활함이 리브는 너무도 역겨웠다. 여자는 마치 처음 무도회에 참석하는 상류층 아가씨의 보호자 같았다.

"저는 그런 방문이 당연히 미뤄져야 한다고 생각했는데요, 오도널 부인."

"왜요? 괜찮은 사람들 같은데." 아이 엄마가 어깨 너머 응접실 쪽으로 고개를 까딱했다.

"관찰은 규칙적이고 차분한 조건에서 이루어져야 해요. 방문객이 뭘 가져오는지 확인할 방법도 없는데……."

부인이 끼어들었다. "뭘 가져오다니요?"

"음식 말이에요."

리브의 말에 로절린 오도널은 웃음을 터트렸다.

"방문객이 대서양 너머에서 들여오지 않아도 이 집에는 이미 음식이 있어요. 게다가 애나는 음식을 원하지 않아요. 그 증거는 충분히 보지 않았나요?"

"제 일은 누군가 아이에게 음식을 건네지 않는지는 물론이고 아이가 나중에 찾을 수 있는 곳에 음식을 숨기지는 않는지도 확인하는 거예요."

"음식을 먹지 않는 놀라운 아이를 보러 여기까지 왔는데 왜 그런 짓을 하겠어요?"

"어쨌든요."

오도널 부인의 입술이 단단히 굳었다. "손님들을 이미 집 안에 들였어요. 이제 와서 돌려보내는 건 너무나 큰 실례라고요."

이쯤 되자 리브는 침실 문을 쾅 닫고 못 들어오게 등으로 버틸까 하는 생각까지 했다.

조약돌 같은 부인의 눈이 리브의 눈을 응시했다.

리브는 맥브리어티 선생과 이야기할 때까지 일단 물러서기로 했다. 싸움에는 지지만 전쟁에는 승리하리라. 리브는 애나를 응접실로 데려간 뒤 아이 의자 바로 뒤에 자리를 잡았다.

방문객은 서부의 항구 도시 리머릭에서 온 신사와 그의 아내, 인척 둘, 그리고 미국에서 온 그들의 지인 모녀였다. 나이든 미국 여자는 자신과 딸이 강신론자라며 묻지도 않은 얘기를 꺼냈다.

"우리는 망자가 우리한테 말을 건다고 믿어."

애나는 무미건조하게 고개를 끄덕였다.

"우리 생각에 너의 경우는 마음의 힘을 보여주는 가장 영광스러운 증거야." 여자는 몸을 기울여 아이의 손가락을 꽉 쥐었다.

"손은 대지 말아주세요."

리브가 말하자 방문객은 재빨리 자세를 바로 했다.

로절린 오도널이 문틈으로 머리를 내밀고 손님들에게 차를 권했다.

리브는 부인이 자신을 자극하려는 속셈이라고 확신했다. 그녀는 입 모양으로 음식은 안 된다고 당부했다.

남자 한 명이 애나에게 마지막 식사를 언제 했는지 물었다.

"4월 7일요." 애나가 대답했다.

"그날이 네 열한 번째 생일이었니?"

"네."

"너는 네가 어떻게 이렇게 오래 살아남았다고 생각하니?"

리브는 애나가 어깨를 으쓱하거나 모른다고 대답할 줄 알았다. 하지만 애나는 **맘마**처럼 들리는 어떤 말을 중얼거렸다.

"조금만 크게 얘기해줄래?" 나이 든 아일랜드 여자가 부탁했다.

"저는 천국에서 내려온 만나를 먹고 살아요."

애나가 말했다. 나는 **아빠의 농장**에서 산다고 말한 것처럼 덤덤한 말투였다.

리브는 불신의 눈빛을 드러내지 않기 위해 잠깐 눈을 감았다.

젊은 강신론자가 자신의 엄마에게 아이의 말을 되풀이했다. "천국에서 내려온 만나라니. 정말 놀랍네요."

이제 방문객들은 선물을 꺼내고 있었다. 보스턴에서 온 회전 그림판이라는 장난감. 애나가 이런 물건을 가져본 적이 있을까?

"저는 장난감이 없어요." 애나가 손님들에게 말했다.

손님들은 애나의 진지한 말투를 좋아했다. 리머릭 신사가 원반에 달린 줄 두 개를 꼰 뒤 원반을 회전시키는 방법을 보여주었다. 양면에 있던 그림이 흐릿하게 하나로 합쳐졌다.

"새가 새장으로 들어갔어요." 애나가 감탄했다.

"멋지지? 단순한 착시 효과란다." 남자가 큰 소리로 으스댔다.

원반이 느려지다가 회전을 멈추자 뒷면에는 빈 새장만 남고 앞면의 새는 다시 자유로워졌다.

키티가 차를 가져온 뒤 신사의 아내는 더 신기한 물건을 꺼내 보였다. 애나가 손에 든 호두 한 알을 쪼개자 구겨진 공이 튀어나왔고, 그 공은 서서히 펴져 얇고 정교한 노란색 장갑 한 쌍이 되었다.

여자는 장갑을 쓰다듬으며 말했다. "닭 껍질로 만든 거야. 내가 어릴 때 엄청나게 유행했지. 리머릭 밖에서는 그렇게 성공하지 못했어. 내가 구멍 하나 내지 않고 반세기를 보관했단다."

애나는 두꺼운 손가락 하나하나에 장갑을 끼웠다. 장갑은 너무 길었지만 생각보다 끝이 많이 남지는 않았다.

"신의 가호가 늘 너와 함께하길."

손님들이 차를 다 마신 뒤 리브는 날카로운 말투로 애나가 쉬어야 한다고 말했다.

"그 전에 우리랑 기도 하나만 해주겠니?" 애나에게 장갑을 준 여자가 부탁했다.

애나는 리브를 쳐다보았고 리브는 마지못해 고개를 끄덕였다.
아이가 기도를 시작했다.

　　온순하고 온화하신 아기 예수님,
　　당신께서 저를 굽어보소서.
　　저와 제 가족을 불쌍히 여기시어
　　제가 당신께 닿도록 허락하소서.

"굉장해!"
나이 든 여자는 동종 요법으로 만든 강장제 몇 알을 두고 가
고 싶어 했다.
애나는 고개를 저었다.
"그냥 받아."
"애나는 이거 못 먹어요, 엄마." 여자의 딸이 엄마에게 무안
을 주었다.
"혀 밑에서 흡수되도록 하는 건 엄밀히 말해 먹는 거라고 할
수 없어."
"감사하지만 저는 괜찮아요." 애나가 말했다.
손님들이 나갈 때 리브는 돈 상자에 동전이 짤랑짤랑 떨어지
는 소리를 들었다.
로절린 오도널이 꺼져가는 난롯불 한가운데서 냄비를 꺼내
뚜껑에 묻은 잿빛 토탄 가루를 털어냈다. 그런 다음 낡은 천으
로 손을 감싼 채 뚜껑을 열어 십자가 무늬가 새겨진 둥근 빵 한

덩이를 꺼냈다.

이곳에서는 모든 것이 종교였다. 리브는 왜 자신의 식사에서 항상 토탄 맛이 났는지 이해하기 시작했다. 2주 내내 여기 머문다면 축축한 흙을 한 움큼은 먹게 될 것이다. 그렇게 생각하니 입에서 신맛이 느껴졌다.

리브는 단호한 목소리로 아이 엄마에게 말했다.

"이 집에 들어오는 방문객은 저 사람들이 마지막이에요."

애나는 반쪽 문에 기댄 채 일행이 마차에 오르는 모습을 지켜보았다.

로절린 오도널이 치마를 털며 자세를 바로 했다. "아일랜드인에게 손님 접대는 성스러운 법도예요, 라이트 씨. 누군가 문을 두드린다면 우리는 문을 열고 음식과 안식처를 제공해야 해요. 이미 부엌 바닥이 잠든 사람으로 가득하다고 해도요." 그러고는 팔을 휘둘러 보이지 않는 손님 무리를 가리켰다.

접대 좋아하시네.

리브는 부인에게 말했다. "이건 단순히 빈민을 받아주는 문제가 아니에요."

"돈이 많든 가난하든 주님 눈에 우리는 모두 똑같아요."

리브를 한계로 몰아버린 건 바로 이 독실한 말투였다.

"이 사람들은 멍청한 구경꾼일 뿐이에요. 따님이 음식 없이 사는 걸 보고 싶어서 그 대가로 기꺼이 돈을 내는 거라고요!"

애나는 이제 회전 그림판을 돌리고 있었다. 그림판이 빛을 받아 반짝거렸다.

오도널 부인은 입술을 깨물었다. "보고 싶은 걸 보고 기부금을 내는 게 뭐가 잘못됐나요?"

바로 그때 아이가 엄마에게 다가와 자신이 받은 선물을 건넸다. 두 여자의 싸움을 말리려는 걸까? 리브는 궁금했다.

"이건 다 네 거야, 우리 딸." 로절린이 말했다.

애나는 고개를 저었다. "얼마 전 그 아주머니가 두고 간 금색 십자가도 불우 이웃 돕기 기금을 모으는 데 큰 도움이 될 거라고 새디어스 신부님이 말씀하셨잖아요."

"하지만 이건 그냥 장난감이야. 껍데기에 든 장갑은 잘하면 팔 수도 있겠지만……." 부인은 손바닥 안에서 호두를 뒤집어 보았다. "그 회전 장난감은 네가 가지렴. 아마 문제 될 건 없을 거야. 라이트 씨가 반대하지만 않으신다면."

리브는 하고 싶은 말을 꾹 삼켰다.

그러고는 아이를 따라 침실로 쿵쿵 들어간 뒤 다시 한번 어제처럼 모든 표면을 검사했다. 바닥, 보물 상자, 옷장, 침구.

"화났어요?" 애나가 손가락 사이로 회전 그림판을 돌리며 물었다.

"장난감 때문에? 아니야."

상황이 너무도 암울하고 복잡했지만 애나는 여전히 어린아이였다.

"그럼, 손님들 때문이에요?"

"글쎄. 그 사람들은 네 행복을 진심으로 위해주지 않거든."

부엌에서 종이 울리자 애나가 바닥에 털썩 무릎을 꿇었다.

(리브는 아이의 정강이에 멍이 든 이유를 알 것 같았다.) 삼종 기도가 공기를 채우는 사이 시간은 째깍째깍 흘러갔다. 리브는 수도원에 갇힌 기분이 들었다.

"우리 주 그리스도를 통하여 비나이다, 아멘."

애나가 자리에서 일어나다가 의자 등받이를 움켜쥐었다.

"어지럽니?" 리브가 물었다.

애나는 고개를 저은 뒤 삐뚤어진 숄을 고쳐 입었다.

"이건 얼마나 자주 해야 하는 거야?"

"정오에만 하면 돼요. 아침저녁 6시에도 하면 좋은데 엄마, 아빠, 키티 언니가 너무 바빠서 못 해요." 아이가 답했다.

리브는 어제 가정부에게 저녁 식사를 기다리겠다고 말하는 실수를 저질렀다. 이번에는 문가로 가 음식을 가져다 달라고 외쳤다.

키티가 신선한 크림치즈를 가지고 왔다. 어젯밤 의자 사이에 매달려 하얀 액체를 떨어뜨리던 자루가 이것인 모양이었다. 빵은 아직 따뜻했지만 겨가 너무 많이 들어간 탓에 리브의 취향에는 맞지 않았다. 가을 햇감자를 기다리는 가족이 거의 곡물 보관통 바닥까지 싹싹 긁고 있다는 의미이리라.

이제 애나 앞에서 음식을 먹는 데 익숙해지기는 했지만 리브는 여전히 여물통에 코를 박은 암퇘지가 된 기분이었다.

리브는 식사를 마친 뒤 『애덤 비드』라는 소설의 첫 장을 읽으려 했다. 하지만 1시에 수녀가 문 두드리는 소리를 듣고는 화들짝 놀라버렸다. 리브는 교대 근무가 끝나간다는 사실을 거의 잊고 있었다.

"보세요, 수녀님." 애나가 회전 그림판을 돌리며 말했다.

"굉장하구나!"

리브는 이번에도 교대 간호사와 단둘이 대화할 수 없겠다고 판단했다. 그래서 수녀의 머리쓰개 옆에 얼굴이 닿을 정도로 가까이 다가가 속삭였다.

"저는 아직 이상한 점은 못 찾았어요. 수녀님은요?"

망설임. "우리는 상의하면 안 돼요."

"알아요, 하지만……."

"의견 교환은 절대 안 된다고 맥브리어티 선생님께서 단호하게 말씀하셨어요."

리브가 쏘아붙였다. "저는 수녀님 의견을 묻는 게 아니에요. 기본적 사실만 묻는 거라고요. 예컨대 배설물의 양은 전부 확실히 기록하고 계신가요? 고체 형태로 나오는 것 말이에요."

낮은 목소리. "그런 건 전혀 없었어요."

리브는 고개를 끄덕였다. "오도널 부인한테는 우리 없이 아이와 접촉하지 말라고 설명했어요. 잘 때랑 일어날 때 포옹 한 번씩만 하라고요. 애나가 없을 때 가족이 방에 들어오는 것도 안 된다고 얘기했어요."

수녀는 마치 어떤 장의사에게 고용된 말 못 하는 조수 같았다.

리브는 더러운 길을 따라 조심조심 걸었다. 여기저기서 타원형 웅덩이에 파란 하늘이 비쳤다. 어젯밤 비가 내린 탓이었다. 리브는 동료 간호사가 자신과 나이팅게일 선생님의 높은 기준에 맞춰 일해주지 않는다면 감시 자체에 결함이 생긴다는 결론을 내렸다. 교활한 아이를 제대로 경계하지 않으면 이 모든 수고와 투자는 헛일이 될지도 모른다.

하지만 리브는 아이가 교활하다는 진짜 증거를 아직 보지 못했다. 물론 어마어마한 거짓말 하나는 예외였다. 음식 없이 살 수 있다는 주장.

천국에서 내려온 만나. 리브는 그 말에 관해 미카엘 수녀에게 물어보는 것을 깜빡했다. 수녀의 판단력은 그다지 신뢰할 수 없었지만 그런 수녀도 성경만은 잘 알 것이 분명했다.

오늘 오후는 거의 덥다고 느껴질 정도였다. 리브는 망토를 벗어 팔에 걸쳤다. 그러고는 목깃을 잡아당기며 두껍고 까끌까끌한 자신의 근무복을 원망했다.

영혼 식료품점 위층 방에서 리브는 평범한 초록색 옷으로 갈아입었다. 잠시도 안에 있을 수가 없었다. 이미 실내에 갇혀 반나절을 보낸 뒤였다.

아래층에서는 남자 둘이 못 알아보려야 못 알아볼 수 없는 물건을 복도 밖으로 옮기고 있었다. 리브는 움찔했다.

"죄송해요, 라이트 씨. 방해 안 되도록 금방 모시고 나갈게요." 매기 라이언이 말했다.

리브는 남자들이 계산대 옆으로 광택 없는 관을 나르는 모습을 지켜보았다.

"저희 아버지가 장의사 일도 하시거든요. 이륜마차 두 대를 임대하세요." 여자가 설명했다.

그러니까 창밖에 서 있는 마차는 필요에 따라 영구차로도 쓰이는 것이었다. 리브는 라이언이 병행하는 사업의 조합이 영 불쾌하게 느껴졌다. "여기는 참 조용한 것 같아요."

관 뒤로 문이 획 닫히자 매기가 고개를 끄덕였다. "힘든 시기 전에는 사람이 두 배나 많았어요."

사람이라면 이 마을 주민을 말하는 걸까, 자치주 주민을 말하는 걸까? 혹시 아일랜드 전체 국민을 말하는 걸까? 힘든 시기는 10년, 15년 전 감자 수확이 형편없던 시기를 뜻하는 것으로 추측됐다. 리브는 자세한 내용을 떠올려보려 노력했다. 옛날 기사에서 기억나는 건 암울한 글씨로 적힌 제목들뿐이었다. 리브는 어릴 때 신문을 열심히 읽지 않았다. 그저 대충 훑어보기만 했다. 결혼 첫해에는 매일 아침 《타임스》를 접어 남편 접시 옆에 내려놓기만 했다.

리브는 걸인들을 떠올리며 매기 라이언에게 말했다. "마차 타고 오는 길에 보니까 아이를 혼자 키우는 여자가 많은 모양이더라고요."

"아, 수확 철이라 남자는 그쪽으로 많이 넘어갔어요." 매기가 말했다.

리브는 그쪽이 영국을 뜻하는 것이라고 이해했다.

"하지만 청년들은 대부분 미국에 가고 싶어 해요. 집에 돌아오지 않을 생각으로요."

매기는 이 지역을 떠나간 청년들을 안 보게 돼서 속이 시원하다는 듯 턱을 홱 치켜들었다.

리브는 매기의 얼굴을 보고 매기 자신도 스무 살이 넘지 않았겠다고 생각했다. "당신은 가고 싶지 않아요?"

"세상에 집만 한 곳은 없다고들 하잖아요." 매기의 말투는 애정보다 체념에 가까웠다.

리브는 매기에게 맥브리어티 선생의 집으로 가는 길을 물었다.

의사의 커다란 집은 애슬론 도로를 따라 조금 걸어 나가면 나오는 길의 끝자락에 있었다. 집주인만큼이나 노쇠한 가정부가 리브를 서재까지 안내했다. 맥브리어티는 자리에서 일어서며 팔각형 안경을 홱 벗었다.

허영인가? 안경을 벗으면 더 젊어 보인다고 생각하나? 리브는 궁금했다.

"어서 오세요, 라이트 씨. 별일 없죠?"

리브는 이렇게 말하고 싶었다. 짜증 나고 답답해요, 사방이 꽉 막힌 기분이에요.

"급하게 보고할 내용이라도 있나요?" 리브와 함께 자리에 앉으며 의사가 물었다.

"급하게요? 그런 건 아니에요."

"그럼 사기극의 흔적은 못 찾았군요."

"확실한 증거는 못 찾았어요." 리브는 의사의 말을 바로잡은 뒤 용건을 꺼냈다. "그것 때문이 아니라 선생님도 그 집에 가서 환자를 직접 보셨겠다 싶어서 온 거예요."

의사의 푹 꺼진 볼이 발그레해졌다. "장담컨대 애나는 늘 제 마음속에 있습니다. 사실 이 관찰 업무도 너무 걱정돼서 저는 관여하지 않는 게 최선이라고 생각했어요. 두 분의 결론에 제가 조금이라도 영향을 끼쳤다고 나중에 오해받으면 안 되니까요."

리브는 작게 한숨을 쉬었다. 맥브리어티는 아직도 이 감시를 통해 꼬마가 현대판 기적이라는 가설이 증명되리라고 생각하는 모양이었다.

"저는 애나의 체온이 낮은 것 같아서 걱정이에요. 특히 손발이 너무 차가워요."

"흥미롭군요." 맥브리어티가 턱을 문질렀다.

"피부 상태도 좋지 않아요. 손톱이랑 머리카락도요." 말해놓고 보니 미용 잡지에나 나오는 사소한 이야기처럼 들렸지만 리브는 계속 말했다. "온몸에 가는 솜털도 나고 있어요. 하지만 제가 가장 우려하는 부분은 다리 부종이에요. 얼굴이랑 손도 부었는데 아랫다리가 제일 심해요. 오빠가 신던 낡은 부츠밖에 못 신을 정도로요."

"음, 맞아요. 꽤 오래전부터 부종 증상이 있었어요. 하지만 통증을 호소하지는 않잖아요."

"글쎄요. 불평 자체를 안 하는 아이니까요."

의사는 다행이라는 듯 고개를 끄덕이고는 말했다. "디기탈리스 풀이 체액 저류를 개선해준다고 입증되기는 했지만, 물론 애나는 입으로 아무것도 먹지 않을 거예요. 어떤 환자는 물을 끊어서……."

"물을 더 제한하라고요? 지금도 하루에 물 몇 숟가락밖에 마시지 않아요." 리브가 목소리를 높였다.

맥브리어티 선생은 자신의 구레나룻을 잡아당겼다. "제가 물리적으로 다리 수분을 빼줄 수도 있어요."

피를 뺀다는 뜻인가? 거머리로? 리브는 이 구닥다리에게 괜히 말을 꺼냈다고 생각했다.

"하지만 그 방법도 나름대로 위험하기는 마찬가지예요. 아니에요, 전반적으로 고려했을 때 그냥 지켜보며 기다리는 게 더안전하겠어요."

리브는 여전히 마음이 불편했다. 하지만 다시 생각해보면 애나는 스스로 건강을 위태롭게 하고 있었다. 그건 다른 누군가의잘못이 아니지 않은가? 애나에게 이런 일을 시키는 사람의 잘못일 수는 있지만.

"넉 달 동안 아무것도 안 먹은 아이처럼 보이지는 않죠?" 의사가 물었다.

"전혀요."

"제 말이 바로 그 말이에요! 굉장히 이례적인 경우라고요."

노인은 리브의 말을 잘못 알아들었다. 명백한 결론을 의도적으로 외면하고 있었다. 그 아이는 어떻게든 음식을 먹고 있는데말이다.

"선생님, 애나가 정말 아무 영양분도 섭취하지 않고 있다면지금쯤 몸을 가누지 못해야 정상 아닌가요? 감자 마름병 시기를겪으셨으니 굶주린 환자는 저보다 훨씬 많이 보셨잖아요." 리브는 의사의 전문성을 치켜세우며 말을 덧붙였다.

맥브리어티가 고개를 저었다. "공교롭게도 저는 그 당시 아직 글로스터셔에 있었어요. 겨우 5년 전에 이 땅을 상속받았는데 임대를 줄 수가 없어서 여기로 돌아와 환자를 보기로 한 거예요."

의사가 면담이 끝났다는 듯 자리에서 일어서자 리브가 황급히 말을 이었다. "한 가지 더요. 아무래도 동료 간호사가 완전히 믿음직스럽지 않아요. 특히 밤 근무 때는 완벽하게 경계심을 유지하기가 쉽지 않을 거예요."

맥브리어티가 답했다. "하지만 미카엘 수녀님은 그 부분에 충분히 숙련되었어요. 더블린 자선 병원에서 간호사로 12년 동안 일했거든요."

아. 왜 아무도 이 사실을 리브에게 알려주지 않았을까?

"자비의 집에서도 아마 자정에 일어나서 새벽 기도를 올릴 거예요. 동틀 무렵에 아침 찬미 기도도 올리고요."

"그렇군요." 리브는 당황스러웠지만 포기하지 않았다. "진짜 문제는 오두막 환경이 너무 비과학적이라는 거예요. 아이 몸무게를 잴 방법도 없고 방을 충분히 밝힐 램프도 없어요. 애나 방은 부엌에서 접근하기가 쉬워서 제가 애나를 데리고 산책을 나가면 누구든 들어갈 수 있어요. 저는 구경꾼도 못 오게 하고 싶은데 오도널 부인은 선생님 지시가 없으면 제 말대로 하지 않겠대요. 그러면 철저한 감시가 불가능해요. 방문객은 들이면 안 된다고 선생님께서 말씀해주시겠어요?"

"네, 그러죠." 맥브리어티는 천으로 펜을 닦은 뒤 새 종이를 꺼냈다. 그러고는 가슴 주머니를 더듬거렸다.

"물론 아이 엄마는 방문객 무리를 돌려보내지 않으려 할 거예요. 돈을 못 벌 테니까요."

노인은 눈곱 낀 눈을 깜빡이고 계속 주머니를 뒤지며 반박했다. "하지만 기부금은 모두 새디어스 씨가 주신 헌금함으로 들어가는걸요. 오도널 가족이 돈을 갖는다고 생각한다면 그 가족을 전혀 모르는 거예요."

리브는 입을 다물었다가 서류 사이에 놓인 안경을 가리키며 물었다. "혹시 안경 찾으세요?"

"아, 여기 있군요." 의사는 안경다리를 귀에 걸고 글을 쓰기 시작했다.

"다른 면에서는 애나가 어떤가요?"

다른 면?

"정신적으로 어떻냐고요?"

"아니요. 뭐랄까, 성격 면에서요."

리브는 말문이 막혔다. 착한 아이. 하지만 극악무도한 사기꾼. 애나는 분명 그랬다. 아닌가? 하지만 이렇게 대답했다.

"대체로 차분해요. 나이팅게일 선생님께서 축적형 기질이라고 묘사하신 유형이죠. 타인에 관한 생각을 서서히 모아가는 유형요."

그 이름을 듣자 맥브리어티가 밝아졌다. 리브는 괜히 이름을 언급했다고 생각했다. 의사는 편지에 서명한 뒤 반으로 접어 리브에게 내밀었다.

"당장 오늘 오후부터 방문을 중단하도록 오도널 가족에게 보내시주겠어요?"

"아, 그러죠." 의사는 다시 안경을 벗어 살짝 떨리는 손가락으로 가운데를 접으며 말을 이었다. "그건 그렇고, 《텔레그래프》 신문 최신 호에 아주 흥미로운 글이 올라왔어요." 맥브리어티는 또다시 원하는 물건을 찾지 못하겠는지 책상 위 서류만 뒤적거렸다. "음식 없이 사는 '단식 소녀'의 이전 사례를 많이 언급하더라고요. 적어도 그렇게 알려진 사례를요. 수 세기 동안 영국 내외에서 나온 사례들이에요."

정말일까? 리브는 이런 현상을 들어본 적이 없었다.

"글쓴이 말로는 그 아이들이, 음…… 그냥 직설적으로 말할게요. 자신의 생리혈을 재흡수하며 살았을지도 모른대요."

그렇게 역겨운 가설을 내다니. 게다가 이 아이는 고작 열한 살이었다.

"제가 볼 때 애나는 사춘기가 오려면 아직 멀었어요."

"음, 그렇죠." 맥브리어티는 실망한 표정을 짓다가 다음 순간 입꼬리를 올렸다. "만약 제가 영국에 남느라 이런 사례를 영영 못 만났다면 얼마나 억울했겠어요?"

리브는 의사의 집에서 나와 성큼성큼 걸으며 굳은 다리를 풀고 그 퀴퀴한 서재의 기운을 털어내려 애썼다.

길은 어느 나무숲으로 이어졌다. 잎사귀를 보니 참나무처럼 톱니가 있었는데 가지는 영국 참나무보다 훨씬 곧았다. 뾰족뾰족한 가시금작화 울타리를 지나며 리브는 작고 노란 꽃의 향기를 맡았다. 애나 오도널이라면 분명 이름을 알았을 축 늘어진 분홍색 꽃도 보였다. 리브는 관목 사이에서 지저귀는 새 중 몇 몇 종류의 이름을 떠올려보려 애썼다. 하지만 확실히 아는 소리 는 보이지 않는 배의 뱃고동 소리처럼 낮게 울리는 알락해오라 기 울음소리뿐이었다.

들판 뒤에서 나무 한 그루가 눈에 띄었다. 가지들이 달랑거리 는 모습이 어딘가 이상했다. 리브는 밭고랑 바깥쪽으로 조심조 심 걸어갔다. 부츠가 이미 진흙투성이인데 뭐 하러 굳이 조심하 는지는 리브도 확실히 알지 못했다. 나무는 보이는 것보다 멀리 있었다. 경작지가 끝나고도, 햇빛과 비를 맞아 갈라져버린 회색 석회석의 노두를 지나서도, 한참을 더 걸어야 했다. 가까이 가 보니 그 나무는 산사나무였다. 윤기 나는 잎사귀 옆으로 새로운 잔가지가 빨갛게 자라고 있었다. 하지만 분홍빛 가지에 줄줄이 매달려 달랑거리는 저 기다란 물체는 무엇일까? 이끼?

아니, 이끼는 아니다. 털실인가?

하마터면 쪼개진 바위 속 작은 웅덩이에 발이 빠질 뻔했다. 하늘색 잠자리 두 마리가 물 위 몇 센티미터 부근에서 서로 꼭 달라붙어 있었다. 샘인가? 통발 같은 수초가 웅덩이 가장자리를 에워싸고 있었다. 리브는 갑자기 너무 목이 말랐다. 하지만 웅 크리고 앉자마자 잠자리는 사라지고 물은 토탄흙처럼 새카맣게 보였다. 손바닥을 동그랗게 모아 물을 떠 올렸다. 크레오소트 유액처럼 역한 냄새가 살짝 풍겨 갈증을 삼키고 다시 물을 쏟아 버렸다.

머리 위 산사나무 가지에 매달린 것은 털실이 아니었다. 사람이 만든 기다란 물체였다. 정말이지 기이했다. 리본? 스카프? 그것들은 오랫동안 나무에 묶여 있었는지 거의 회색 식물처럼 보였다.

라이언네 작은 식당으로 돌아와보니 빨간 머리 남자 하나가 마지막 남은 갈빗살을 먹어치우며 리브의 것과 비슷한 수첩에 빠르게 글을 적고 있었다.

남자가 벌떡 일어서며 말했다. "이 동네 사람이 아니군요."

어떻게 알았지? 평범한 초록색 원피스? 리브의 몸가짐?

남자는 리브와 키가 비슷하고 몇 살 더 어려 보였다. 밝은 곱슬머리 아래 우윳빛 피부와 말투로 봐서는 아일랜드인이 분명했는데, 그래도 학식은 있는 듯했다.

"《아이리시 타임스》의 윌리엄 번입니다."

아, 사진사가 말한 그 글쟁이로군. 리브는 남자가 내민 손을 잡았다.

"라이트입니다."

"중부 지역 명소를 돌아보고 계신가요?"

남자는 리브가 왜 여기 있는지 모르는 모양이었다. 리브를 그저 관광객으로 여겼다.

"명소가 있나요?" 말이 너무 냉소적으로 나와버렸다.

번이 싱긋이 웃었다. "글쎄요. 그건 라이트 씨 영혼이 고리 요새, 원형 고분, 혹은 다른 환상 열석의 신비한 분위기에 얼마나 감동하느냐에 달렸죠."

"세 번째는 뭔지 잘 모르겠네요."

남자가 얼굴을 찡그렸다. "아마 나머지 둘을 아우르는 말일 거예요."

"그럼 이 근처 명소는 전부 둥글고 돌로 만들었나요?"

"최신 명소만 빼면 그래요. 음식 없이 사는 마법 소녀의 집이요." 윌리엄 번이 말했다.

리브의 몸이 뻣뻣해졌다.

"저라면 특종이라고 부르지 않겠지만 더블린에 있는 우리 편집장은 그 이야기가 8월 기사로 적당하다고 생각했어요. 그런데 제 암말이 멀린가 외곽 도로에서 구덩이에 빠져 다리를 다치는 바람에 다 나을 때까지 돌보느라 이틀 밤을 보냈지 뭐예요. 그러고는 겨우 도착했는데 그 보잘것없는 시골집에서 저를 쫓아내더라고요."

당혹감에 온몸이 살짝 떨렸다. 리브가 맥브리어티에게 부탁해 오도널 가족에게 편지를 보낸 직후 남자가 도착한 모양이었다. 하지만 이 사례가 더 알려지면 망상의 불꽃은 더욱 거세지고 꼬치꼬치 캐려는 신문 기자 때문에 감시는 방해만 받을 것이 분명했다.

번이 애나 오도널 이야기를 더 하기 전에 실례한다고 말하고 위층으로 올라가고 싶었다. 하지만 리브는 저녁을 먹어야 했다.

"다친 말은 두고 다른 말을 빌릴 순 없었나요?"

"그러면 폴리가 따뜻한 사료 죽을 먹는 대신 총에 맞아 죽을 것 같았어요."

리브는 마구간에 웅크리고 있는 기자의 모습을 상상하며 미소를 지었다.

번이 불평을 늘어놓았다. "그 특별한 꼬마네 오두막에서 문전박대당한 건 정말 엄청난 재앙이에요. 신문사에 전보로 짧은 비평을 보냈는데, 이젠 전체 기사를 지어내서 오늘 밤 우편 마차로 보내야 해요."

이 남자는 원래 이렇게 낯선 사람에게 자기 이야기를 거리낌 없이 했을까? 리브는 할 말이 떠오르지 않아 이렇게 물었다.

"어떤 **비평**인데요?"

"뭐랄까, 그 가족의 정직함에 의문을 제기하는 비평이요. 그 대단한 아이를 한눈에 꿰뚫어 볼까 봐 무서워서 저를 집에 들이지 않는 거라면, 의심해볼 만하지 않겠어요?"

그것은 오도널 가족에게 불공평한 처사였지만, 리브는 방문객 금지를 주장한 사람이 바로 자신이라는 사실을 차마 번에게 이야기할 수 없었다. 리브는 번의 기록을 슬쩍 내려다보았다.

거짓에 속는 인간의 순진함은 얼마나 무한한가. 특히 그것이 시골의 무지와 결합하면 상황은 더욱더 심각해진다고 보아야 한다. 하지만 이런 말이 있다. '**세상이 속고자 한다면 속게 내버려두어라**.' 예수가 태어난 시기에 페트로니우스가 말한 이 격언은 우리 시대에도 똑같이 들어맞는다.

매기 라이언이 번에게 줄 맥주를 더 가지고 들어왔다.

"갈빗살이 정말 맛있었어요." 번이 매기에게 말했다.

"뭐, 배가 고프면 다 맛있으니까요." 매기의 목소리에서 어렴풋이 경멸이 느껴졌다.

"나도 갈빗살로 부탁해요." 리브가 말했다.

"갈빗살은 다 떨어졌고 양고기는 남았어요."

리브는 선택의 여지 없이 양고기를 먹겠다고 했다. 그런 다음 윌리엄 번이 더 오래 머물고 싶어 하지 않도록 곧장 『애덤 비드』 위로 고개를 숙였다.

그날 밤 9시, 오두막에 도착한 리브의 귀에 묵주 기도의 익숙한 후렴구가 나지막이 들려왔다. 주님의 어머니 마리아님께 기도를 올립니다. 지금과 저희가 죽는 순간에 저희를 위하여 빌어주소서, 아멘.

리브는 안으로 들어간 뒤 아일랜드인이 나무통이라 부르는 세 다리 의자에 앉아 기다렸다. 가톨릭 신자들은 아기처럼 옹알대며 묵주 구슬을 꾹꾹 눌렀다. 미카엘 수녀는 적어도 고개를 들고 있었다. 눈은 아이를 향했지만 아이에게 집중하고 있는지 기도에 집중하고 있는지는 알 수가 없었다.

애나는 이미 잠옷 차림이었다. 리브는 계속해서 단어를 빚어내는 아이의 입술을 가만히 지켜보았다. 지금과 저희가 죽는 순간에. 리브는 아이의 엄마, 아빠, 불쌍한 사촌을 차례로 돌아보며 이 중 누가 오늘 밤 감시를 피할 계획을 세우고 있을지 궁금해했다.

"수녀님, 저희랑 차 한잔하고 가실래요?" 기도가 끝나자 로절린 오도널이 물었다.

"괜찮습니다, 오도널 부인. 물어봐주셔서 감사해요."

애나의 엄마는 대놓고 수녀를 편애하고 있었다. 물론 이 가족은 미카엘 수녀를 좋아할 것이다. 친숙하고 자신들 기분을 거스르지도 않으니까.

로절린 오도널은 작은 갈퀴로 잿불을 동그랗게 모았다. 그러고는 새로 토탄 세 개를 바큇살 모양으로 내려놓은 뒤 무릎을 꿇고 앉아 성호를 그었다. 새 토탄에 불이 붙자 부인은 통에서 재를 퍼내 불꽃 위에 흩뿌리며 불길을 살짝 가라앉혔다.

리브는 시간도 이 잿불처럼 스스로에게 매몰될 수 있다는 아찔한 생각이 들었다. 이런 어둑한 오두막에서는 드루이드[15] 시대 이후 아무것도 바뀌지 않았고 앞으로도 그럴 것 같았다. 학창 시절 부르던 그 성가의 가사가 뭐였더라? **밤은 어둡고 나의 집은 머나니.**

리브는 침실에서 망토 단추를 채우는 수녀에게 낮 동안 어땠는지 물어보았다.

미카엘 수녀 말에 따르면 아이는 물 세 숟가락을 먹었고 짧게 산책을 했다. 나아지거나 나빠지는 조짐은 없었다.

리브가 소곤소곤 물었다. "아이가 뭔가 은밀한 행동을 하면 그것도 관련된 사실로 보고 저한테 말씀해주실 거죠?"

---

15) 고대 영국의 켈트족을 이끌었던 정신적 지도자.

수녀는 조심스레 고개를 끄덕였다.

정말 미칠 노릇이었다. 대체 뭘 놓치고 있는 걸까? 하지만 아이는 더 오래 버티지 못할 것이다. 리브는 오늘 밤 아이의 속임수를 잡아낼 수 있다고 거의 확신했다.

한 가지를 더 이야기해보기로 하고 미카엘 수녀의 귀에 대고 웅얼거렸다. "저도 사실 하나를 알려드릴게요. 천국에서 내려온 만나. 오늘 아침 애나가 방문객 한 명에게 그렇게 말했어요. 천국에서 내려온 만나를 먹고 산다고요."

수녀는 다시 한번 작게 고개를 끄덕였다. 리브가 한 말을 그저 알아들었다는 뜻이었을까, 아니면 그런 일이 충분히 가능하다고 확인해주는 의미였을까?

"수녀님은 이게 성경의 어느 부분 내용인지 아시죠?"

미카엘 수녀가 이마를 찌푸렸다. "아마 「탈출기」일 거예요."

"감사합니다."

리브는 더 일상적인 분위기로 대화를 끝낼 방법을 궁리하다 목소리를 높이며 말했다.

"저는 자비의 집 수녀가 왜 '걸어 다니는 수녀'로 불리는지 늘 궁금했어요."

"보시다시피 저희는 세상 속으로 걸어 나갑니다, 라이트 씨. 다른 수녀원처럼 청빈, 정결, 순명을 맹세하지만, 네 번째로 봉사 역시 맹세하죠."

리브는 수녀가 이렇게 길게 말하는 것을 본 적이 없었다. "어떤 봉사를 하는데요?"

애나가 끼어들었다. "병든 자, 가난한 자, 무지한 자를 위한 봉사요."

"잘 기억하고 있구나. 저희는 쓸모 있는 사람이 되기로 맹세한답니다." 수녀가 말했다.

미카엘 수녀가 방에서 나가자 로절린 오도널이 안으로 들어왔다. 하지만 부인은 아무 말도 하지 않았다. 오늘 아침 방문객 때문에 실랑이한 이후 영국 여자와는 대화하지 않기로 한 것일까? 부인은 리브를 등지고 허리를 숙여 작은 아이를 품에 안았다. 사랑의 속삭임을 듣는 내내 애나의 두툼한 두 손은 텅 빈 채로 양옆에 축 늘어져 있었다.

잠시 후 부인이 자세를 바로 하고 말했다. "오늘 밤도 잘 자고 가장 달콤한 꿈만 꾸렴, 우리 딸. 하느님의 천사, 저의 수호자이시여, 주님께서 사랑으로 저를 당신께 맡기셨으니……." 부인은 아이 이마에 자신의 이마가 거의 닿을 정도로 다시 허리를 숙였다. "이 밤 저와 함께하시고, 저를 비추고 지키시며, 저를 다스리고 인도하소서."

"아멘." 아이가 마지막 단어를 함께 읊조리고는 인사했다. "안녕히 주무세요, 엄마."

"잘 자렴, 우리 딸."

"안녕히 주무세요, 오도널 부인." 리브는 눈에 띌 정도로 정중하게 인사했다.

몇 분 뒤 가정부가 들어와 덮개 없는 램프를 내려놓았다. 그런 다음 성냥을 그어 심지에 불을 붙이고 성호를 그었다.

"이 정도면 됐죠, 라이트 씨?"

"정말 큰 도움이 되겠어요, 키티." 리브가 말했다.

램프는 원뿔형 유리 등피에 두 갈래 꼬챙이처럼 생긴 점화구를 넣은 구닥다리 제품이었다. 하지만 거기서 나오는 빛은 눈처럼 새하얬다.

리브가 냄새를 맡았다. "고래기름은 아닌가 보죠?"

"연소 액체예요."

"그게 뭔데요?"

"저도 몰라요."

이 비밀스러운 연소 액체는 송진 기름 같은 냄새가 났다. 아마 혼합물에 알코올이 섞인 모양이었다.

우리는 재난 상황에서 고물 수집가가 되어야 해요. 나이팅게일 선생님이 하신 말씀이 지금 리브의 머릿속에 다시 떠올랐다. 스쿠타리에서 간호사들은 창고를 샅샅이 뒤져 표백분, 아편 팅크, 담요, 양말, 장작, 밀가루, 머릿니 빗 등을 찾아야 했다. 그래도 못 찾은 물건, 혹은 공급자를 설득해 받아내지 못한 물건은 어떻게든 즉석에서 급조해내야 했다. 그들은 침대보를 찢어 팔걸이 붕대로 쓰고 자루를 쑤셔 넣어 작은 매트리스를 만들었다. 절박함은 임시방편의 어머니였다.

"여기 기름통이랑 램프 가위도 있어요. 여섯 시간이 지나면 심지의 탄 부분을 자르고 기름을 채운 다음 여기에 다시 불을 붙여요. 이걸 주신 분 말씀이 외풍도 조심해야 한대요. 안 그러면 그을음이 온 방 안에 날려서 검은 비처럼 쏟아질 수 있대요!" 키티가 말했다.

아이는 침대 옆에 무릎을 꿇고 앉아 두 손을 납작하게 모은 채 기도를 하고 있었다.

"잘 자, 애나." 키티는 크게 하품을 하며 애나에게 인사한 뒤 부엌으로 터덜터덜 돌아갔다.

리브는 수첩의 깨끗한 페이지를 펼치고 철필을 집어 들었다.

8월 9일 화요일 오후 9시 27분.
맥박: 분당 박동수 93회.
폐: 분당 호흡수 14회.
혀: 변화 없음.

첫 번째 밤 근무. 리브는 이 시간에 일하는 걸 전혀 개의치 않았다. 고요함에는 뭔지 모를 안정감이 있었다. 리브는 손바닥으로 다시 한번 침대보를 훑었다. 숨겨둔 부스러기가 있는지 확인하는 일은 이미 일상이 되어버렸다.

리브의 눈길이 하얀색 벽에 닿았다. 그 안에 섞였다는 배설물과 털, 피, 버터밀크를 떠올렸다. 저런 표면이 어떻게 깨끗할 수 있을까? 흙을 한 주먹씩 퍼먹는 천방지축 아기처럼 애나가 벽을 핥으며 극소량의 영양분을 찾는 모습을 상상했다. 하지만 그렇다면 분명 입에 얼룩이 남을 것이다. 게다가 애나는 감시가 시작된 이후 한 번도 혼자인 적이 없었다. 양초, 책장, 자신의 옷, 피부 조각. 아이는 아무도 모르게 이런 것들을 야금야금 먹을 기회가 없었다.

애나는 파트라 기도를 속삭이는 것으로 취침 기도를 마무리했다. 아이는 성호를 그은 뒤 침대보와 회색 담요 아래로 들어갔다. 아이의 머리가 얇은 베개 위에 아늑히 자리 잡았다.

"다른 베개는 없니?" 리브가 물었다.

작은 미소.

"백일해에 걸리기 전까지는 이것도 없었어요."

정말 역설적이었다. 리브는 아이의 계략을 세상에 폭로할 작정이었지만 일단 그때까지는 아이가 편히 잠들기를 바랐다. 간호사의 오랜 습관은 쉽게 사라지지 않았다.

"키티, 애나가 벨 베개 하나만 더 가져다줄래요?" 리브가 문 앞에서 외쳤다. 오도널 부부는 이미 사라진 뒤였지만, 가정부는 긴 나무 의자 바닥에 낡은 매트리스를 깔고 있었다.

"제 거 쓰세요." 가정부가 면 베갯잇을 씌운 둔한 물체를 내밀며 말했다.

"아니요……."

"쓰세요. 저는 베개가 없는지도 모를 거예요. 지금 쓰러지기 일보 직전이거든요."

"무슨 일이야, 키티?" 벽감에서 로절린 오도널의 목소리가 들렸다. 곁채. 가족은 그 공간을 그렇게 불렀다.

"라이트 씨가 아이 베개를 하나 더 달라고 해서요."

아이 엄마가 밀가루 포대 커튼을 옆으로 밀어젖혔다. "애나가 어디 아픈가요?"

"저는 그냥 여분 베개가 있는지 물어본 것뿐이에요." 리브가 어색하게 말했다.

"둘 다 가져가세요." 로절린 오도널이 방을 가로질러 와 가정부 베개에 자기 베개를 얹었다.

부인은 침실에 머리를 들이밀고 물었다. "아가, 괜찮니?"

"아주 좋아요." 애나가 말했다.

"하나면 충분해요." 리브가 키티의 베개를 챙기며 말했다.

오도널 부인이 코를 킁킁거렸다. "저 램프 냄새 때문에 메스꺼운 건 아니지? 혹시 눈이 따갑니?"

"아니에요, 엄마."

부인은 자신의 근심을 과장해서 드러내고 있었다. 비정한 간호사가 지나치게 밝은 빛을 고집해 아이에게 해를 입히고 있다는 듯한 태도였다.

마침내 문이 닫히고 간호사와 아이 둘만이 남았다.

"많이 피곤하겠구나." 리브가 애나에게 말했다.

한참 뒤.

"잘 모르겠어요."

"램프에 익숙하지 않아서 잠들기 힘들 수도 있어. 책을 읽어볼래? 아니면 내가 뭐라도 읽어줄까?"

대답이 없었다.

리브는 아이에게 더 가까이 다가갔다. 알고 보니 아이는 이미 잠들어 있었다. 눈처럼 새하얗고 복숭아처럼 둥근 뺨.

천국에서 내려온 만나를 먹고 산다니. 완전히 헛소리였다. 만나는 정확히 무엇이었을까? 빵의 한 종류?

「탈출기」는 구약 성서에 있었다. 하지만 애나의 보물 상자에서 찾을 수 있는 성서는 『시편』뿐이었다. 리브는 작은 카드를 건드리지 않도록 조심하며 책장을 휙휙 넘겼다. 만나에 관한 언급은 어디에도 보이지 않았다. 그때 어느 구절 하나가 리브의 눈을 사로잡았다. 이방인인 자녀들이 제 앞에 엎드렸습니다. 이방의 아이가 힘을 잃고 나아가던 길을 멈추었습니다.[16] 이게 대체 무슨 뜻이었을까? 애나는 분명 이방의 아이였다. 이 아이는 전 세계를 속이기로 결심한 순간 평범한 소녀의 길을 멈추었다.

문득 리브의 머릿속에 무언가가 떠올랐다. 지금 던져야 할 질문은 아이가 이런 사기를 어떻게 저지르느냐가 아니라 왜 저지르느냐이지 않을까? 물론 어린아이는 거짓말을 한다. 하지만 이런 이야기를 지어내는 건 분명 천성이 비뚤어진 아이뿐일 것이다. 애나는 떼돈을 버는 데 조금도 흥미를 보이지 않았다. 이 아이는 관심, 어쩌면 명성까지 갈망하는 것일지 몰랐다. 하지만 그 대가가 배고픔, 아픈 몸, 거짓말을 이어가는 데 대한 끝없는 불안이라면?

물론 오도널 부부가 뻔질나게 집을 찾는 방문객으로부터 수익을 내기 위해 어마어마한 계략을 세워 애나를 협박했다면 이야기는 달라졌다. 하지만 애나는 무언가를 강요받는 아이처럼 보이지 않았다. 애나는 조용하고 단호했으며, 어린아이에게서

---

16) 「시편」 17편 46절.

는 보기 드문 자제력을 갖추고 있었다.

물론 성인도 뻔뻔한 거짓말쟁이가 될 수 있었다. 특히 자기 몸에 관해서라면 더욱더 그랬다. 리브의 경험에 비추어 볼 때, 물건값으로 가게 주인을 속이지 않는 사람도 자신이 술을 얼마나 마셨는지 혹은 누구의 방에 들어가 무슨 일을 했는지에 관해서는 거짓말을 했다. 여자는 코르셋이 몸에 맞지 않게 된 후에도 진통이 올 때까지 자신의 상태를 부정했다. 남편은 아내 얼굴이 엉망이 된 게 자기 탓이 아니라고 자신 있게 맹세했다. 누구에게나 비밀은 있는 법이다.

리브는 문득 상본에 주의를 빼앗겼다. 세공한 레이스처럼 화려한 테두리와 이국적인 이름들. 성 알로이시오 곤자가, 시에나의 성 가타리나, 성 필립보 네리, 스코틀랜드의 성 마르가리타, 헝가리의 성 엘리사벳. 마치 민족의상을 입은 인형 모음집 같았다. 주님은 누구든 선택할 수 있어요, 애나는 그렇게 말했다. 그 말에는 죄인이나 무신자도 포함되었다. 옷 벗김 당하신 우리 주 그리스도의 마지막 수난의 모든 과정. 이렇게 암울한 그림을 어린아이의 손에, 그것도 특히나 예민한 아이의 손에 쥐여주는 것이 좋은 발상이라고 누가 생각할 수 있었을까?

카드 한 장에는 비둘기 한 마리와 함께 배를 탄 작은 소녀가 그려져 있었다. 소녀의 머리 위에는 이렇게 적혀 있었다. Le Divin Pilote.[17] 그리스도가 보이지 않게 배를 조종하고 있다는

---

17) '신성한 조종사'라는 뜻이다.

뜻일까? 어쩌면 조종사는 비둘기일지도 몰랐다. 성령이 종종 새로 나타나지 않았던가? 아니면 리브가 소녀라고 생각한 인물이 사실은 아이의 덩치와 긴 머리를 한 예수였을까?

다음은 보라색 옷을 입은 여자가 대리석으로 테를 두른 웅덩이에 양 떼를 데려가 물을 먹이는 그림이었다. 리브는 여자가 성모 마리아라고 추측했다. 그림에는 우아함과 투박함이 묘하게 섞여 있었다. 다음 카드에서는 같은 여자가 배가 볼록한 양에게 붕대를 감아주고 있었다. 리브가 보기에 그 붕대는 절대 고정되지 않을 것 같았다. Mes brebis ne périssent jamais et personne ne les ravira de ma main.[18] 리브는 프랑스어를 이해하려고 애를 썼다. '그녀의 무언가는 절대 소멸하지 않고 누구도 그녀의 손에서 그것을 강탈할 수 없다'?

애나가 뒤척였다. 아이의 머리가 두 베개에서 굴러떨어져 어깨 위에 구부정하게 놓였다. 리브는 재빨리 카드를 다시 책에 끼웠다.

하지만 애나는 잠에서 깨지 않았다. 곤히 잠든 아이라면 누구나 그렇듯 애나도 정말 천사 같았다. 리브는 다시 한번 되새겼다. 아이 얼굴에 난 크림색 주름은 아무것도 증명해주지 않았다. 잠을 잘 때는 어른도 순진해 보일 수 있었다. **하얀 얼굴 뒤에 비밀을 숨긴 아이, 하얗게 칠한 무덤 같은 아이.**

---

18) '내 어린 양들은 절대로 죽지 않으며 절대로 내게서 **빼앗아** 갈 수도 없다'라는 뜻이다.

그 순간 무언가가 떠올랐다. 성모자상. 리브는 작은 상자에 든 책 아래로 손을 뻗어 촛대를 꺼냈다. 파스텔 색조로 칠한 이 작은 조각상에 애나가 무엇을 넣어뒀을까? 리브는 조각상을 흔들어보았다. 아무 소리도 들리지 않았다. 그저 바닥이 없는 텅 빈 통이었다. 리브는 영양소가 풍부한 음식이 조금이라도 있는지 확인하기 위해 성모의 어두운 머릿속을 들여다보았다. 코에 촛대를 대보았지만 아무 냄새도 나지 않았다. 손가락을 넣어보니…… 짧은 손톱에 무언가가 겨우 닿았다. 작은 꾸러미인가?

리브는 가방에서 가위를 꺼내 조각상의 거친 내부로 가윗날을 밀어 넣고 쿡쿡 찔러보았다. 정말 필요한 건 갈고리였지만 한밤중에 그런 걸 어떻게 찾는단 말인가? 더 세게 조각상을 찔러보았다…….

그러다 조각상이 두 동강 나는 걸 보고는 숨을 헉 들이쉬었다. 도자기 아이가 도자기 엄마의 두 손에서 떨어져 나왔다.

그 난리를 쳐 비밀 공간에서 꺼낸 꾸러미는 대단한 물건도 아니었다. 포장 종이를 벗기자 고작 머리카락 한 뭉치가 나왔다. 어두운색이지만 애나의 머리처럼 붉지는 않았다. 누레진 종이는 작년 말 날짜의 《프리먼스 저널》에서 손에 잡히는 대로 찢어낸 듯 보였다.

리브는 첫 근무를 서는 어설픈 초보자처럼 아무 이유 없이 아이의 보물을 망가뜨렸다. 깨진 조각을 다시 상자에 넣고 그 사이에 머리카락 꾸러미를 내려놓았다.

애나는 계속해서 잠을 잤다. 더 살펴볼 장소도 더 할 일도 없었으므로 리브는 우상을 숭배하는 사람처럼 아이만 가만히 쳐다보았다. 어찌어찌 음식을 한 입씩 훔쳐 먹는다고 해도 어떻게 그것만으로 배고픔의 고통을 달랠 수 있단 말인가? 왜 이 아이는 자는 동안 배고픔에 시달리지 않는단 말인가?

리브는 등받이가 딱딱한 의자를 돌려 침대와 정면으로 마주 보게 놓았다. 그러고는 자리에 앉아 어깨를 곧게 폈다. 자신의 시계를 보았다. 10시 49분. 버튼을 눌러야 시간을 알 수 있는 건 아니지만 리브는 그저 그 자극을 느끼기 위해 버튼을 눌렀다. 엄지손가락에서 묵직한 진동이 열 번 느껴졌다. 진동은 처음에 빠르고 강하다가 점점 느리고 희미해졌다.

리브는 눈을 비빈 뒤 아이에게 시선을 고정했다. 너희는 한 시간도 나와 함께 깨어 있을 수 없는 것이냐?[19] 리브의 머릿속에 그 성경 구절이 떠올랐다. 하지만 리브는 애나와 함께 깨어 있지 않았다. 위험으로부터 아이를 보호하고 있지도 않았다. 그저 아이를 관찰하고만 있었다.

애나는 가끔 깊은 잠을 못 이루는 듯 보였다. 돌돌 말린 양치식물처럼 담요 안에서 몸을 말았다. 추운가? 방에 다른 담요는 없었다. 키티가 깨어 있을 때 그것도 물어보았어야 하는데. 리브는 아이의 몸에 격자무늬 숄을 덮어주었다. 애나가 기도를 외우듯 중얼거렸지만 그것으로 아이가 깼는지는 알 수 없었다. 리브는 혹시 몰라 아무 소리도 내지 않았다. (나이팅게일 선생님은

---

19) 「마태오 복음서」 26장 40절.

잠을 방해받은 불쾌감이 심각한 해가 될 수 있다며 간호사가 환자를 절대 깨우지 못하도록 하셨다.)

리브는 램프 심지를 두 번 자르고 기름을 한 번 채워야 했다. 기름은 냄새가 고약하고 다루기가 번거로웠다. 자정 이후 한동안 오도널 부부가 문밖 부엌의 난로 옆에서 대화를 나누는 듯한 소리가 들렸다. 계획을 다듬고 있나? 아니면 종종 자다 깨어 두서없이 잡담을 나누는 사람들처럼 그냥 수다를 떠는 건가? 리브의 귀에 키티 목소리는 들리지 않았다. 아마 가정부는 너무 피곤해서 깨지 않고 쭉 자는 모양이었다.

새벽 5시, 수녀가 침실 문을 두드렸을 때 애나는 길고 규칙적으로 호흡하고 있었다. 곤히 자고 있다는 뜻이었다.

"미카엘 수녀님." 리브는 뻣뻣한 다리로 벌떡 일어섰다.

수녀가 상냥하게 고개를 끄덕였다.

애나가 뒤척이며 몸을 돌렸다. 리브는 아이가 아직 자고 있다는 확신이 생길 때까지 숨을 죽이고 기다리다가 속삭였다. "성경을 못 찾았어요. 그 만나라는 게 정확히 뭔가요?"

짧은 망설임. 수녀는 분명 이 대화가 규칙상 허용되는 유형인지 아닌지를 고민하고 있었다.

"제 기억이 맞는다면 만나는 이스라엘 백성이 박해자를 피해 사막으로 도망칠 때 그들이 먹을 수 있도록 매일 하늘에서 떨어진 음식이었어요."

미카엘 수녀는 가방에서 검은 책 한 권을 꺼내 희미하게 빛나는 반투명 책장을 획획 넘겼다. 수녀는 한 페이지를 유심히 본 뒤 그 앞 장, 그리고 그 앞 장을 찬찬히 읽었다. 그러다가 마침 내 두꺼운 손끝을 종이에 가져다 댔다.

리브는 수녀의 어깨 너머로 글을 읽었다.

아침이 되자 진영 주변에 이슬이 내렸다. 그것이 땅의 표면 을 덮자 마치 막자로 빻은 듯 작은 서리 같은 알갱이가 황야 에 나타났다. 그때 이스라엘 자녀가 그것을 보고는 정체를 몰 라 서로 물었다. "만후!" 이는 "이게 무엇이냐!"라는 뜻이었 다. 그러자 모세가 그들에게 말했다. "이것은 주님께서 너희 에게 먹으라고 주신 양식이다."[20]

"그럼 곡물이네요? 이슬로 묘사됐지만 어쨌든 단단한 거잖아 요." 리브가 물었다.

수녀의 손가락이 페이지 아래로 내려가 다른 구절에서 멈 췄다. **그것은 고수의 씨앗처럼 하얗고, 그 맛은 꿀 섞은 과자 같 았다.**[21]

리브는 그 단순함과 어리석음에 충격을 받았다. 땅에서 달콤 한 음식을 줍는 게 아이의 꿈이었다니. 마치 숲속에서 과자 집 을 찾는 것처럼.

"이게 다인가요?"

---

20) 「탈출기」 16장 13~15절.
21) 「탈출기」 16장 31절.

"이스라엘 자녀는 40년 동안 만나를 먹었다."[22] 수녀는 그 구절을 읽고 스르르 책을 덮었다.

그러니까 애나 오도널은 자신이 하늘에서 떨어진 씨앗 가루 같은 걸 먹고 산다고 믿는 것이었다. 만나는 '이게 무엇이냐?'는 뜻이었다. 리브는 옆에 있는 여자에게 가까이 다가가 이렇게 말하고 싶었다. 인정하세요, 미카엘 수녀님. 이번만은 편견을 접고 이 모든 게 헛소리라는 사실을 받아들이라고요.

하지만 그 말은 맥브리어티가 금지한 바로 그 '상의'에 해당할 것이었다. (영국 여자가 오래된 미신의 거미줄을 논리의 빗자루로 너무 능숙하게 걷어낼까 봐 그랬던 걸까?) 게다가 어찌 보면 말하지 않는 것이 더 나을지도 몰랐다. 리브가 생각하기에 두 사람이 나이 든 돌팔이 의사의 감독 아래 일한다는 건 이미 그 자체로 악조건이었다. 만약 자신의 의심이 사실로 확인된다면, 아이가 저승에서 내려온 빵을 먹고 살 수 있다고 동료 간호사가 진심으로 믿는다면, 리브는 어떻게 그 여자와 계속 일할 수 있겠는가?

문가에 로절린 오도널이 서 있었다.

"따님은 아직 안 일어났어요." 리브가 말했다.

부인의 얼굴이 사라졌다.

"이 램프는 지금부터 날이 밝을 때까지 계속 켜두세요." 리브가 수녀에게 말했다.

"그럴게요."

---

22) 「탈출기」 16장 35절.

마지막으로 작은 부끄러움을 고백할 차례였다. 리브는 상자를 열고 깨진 촛대를 가리켰다. "유감스럽게도 이게 넘어져버렸어요. 애나한테 제 사과 좀 전해주겠어요?"

미카엘 수녀는 입술을 오므리며 엄마와 아이를 다시 맞춰보았다.

리브는 망토와 가방을 챙겼다.

바들바들 떨며 마을로 걸어갔다. 등뼈에서 무언가가 뒤틀린 기분이었다. 아마 배가 고픈 모양이었다. 어제 야간 근무를 시작하기 전 주막에서 저녁 식사를 하고 그 후로 아무것도 먹지 못했다. 머리가 몽롱했다. 몸은 천근만근이었다. 지금은 수요일 아침이고 월요일부터 한숨도 자지 못했다. 설상가상으로 작은 꼬마에게 한 수 뒤지고 있었다.

리브는 10시쯤 다시 일어났다. 아래층 식료품점에서 들려오는 달그락 소리 때문에 계속 눈을 감고 있기가 힘들었다.

얼굴이 붉은 가게 주인 라이언 씨는 지하 저장고로 맥주 통을 옮기는 소년 둘을 지휘하고 있었다. 라이언 씨는 어깨 너머로 고개를 돌려 판지를 찢는 듯한 소리로 기침을 했다. 그러고는 자기 딸 매기가 침대보를 삶지 않기 때문에 아침 식사를 준비하기에는 너무 늦었다고, 그러니 라이트 씨도 정오까지 기다려야 한다고 말했다.

리브는 부츠를 닦아달라고 부탁하려다가 그냥 직접 닦을 수 있도록 낡은 천과 광택제, 솔을 달라고 요청했다. 영국 여자가 너무 거만해서 자기 손 더럽히는 걸 싫어한다고 생각한다면 그들은 단단히 오해한 것이었다.

리브는 부츠에 다시 광을 낸 뒤 방에 앉아 『애덤 비드』를 읽었다. 하지만 엘리엇 작가의 설교는 갈수록 지루해졌고 배에서는 계속 꼬르륵 소리가 났다. 삼종 기도의 종소리가 거리에 울렸다. 시계를 확인하니 벌써 12시 2분이었다.

리브가 내려갔을 때 식당에는 아무도 없었다. 기자는 더블린으로 돌아간 모양이었다. 리브는 묵묵히 햄을 씹었다.

"안녕하세요, 라이트 선생님."

그날 오후 리브가 들어가자 애나가 인사했다. 방 안 공기가 무척 답답했다. 아이는 변함없이 초롱초롱한 눈빛으로 크림색 털 스타킹 한 짝을 뜨고 있었다.

리브는 질문의 의미로 미카엘 수녀를 향해 눈썹을 치켜올렸다.

"새로운 점은 없었어요. 물은 두 숟가락 마셨고요."

수녀는 작게 속삭인 뒤 문을 닫고 밖으로 나갔다.

애나는 깨진 촛대에 관해 아무 말도 하지 않았다.

"오늘은 선생님 세례명이 뭔지 말해주실 수 있어요?" 아이가 물었다.

"그거 말고 수수께끼 하나 내줄게." 리브가 제안했다.

"좋아요."

리브가 읊었다.

나는 다리가 없지만 춤을 춰요.

나는 나뭇잎 같지만 나무에서 자라지 않아요.

나는 물고기 같지만 물에 닿으면 죽어버려요.

나는 당신의 친구지만 너무 가까이 다가오지는 마세요!

"'너무 가까이 다가오지 마세요.'" 애나가 중얼거리다 물었다. "왜요? 그러면 어떻게 되는데요?"

리브는 기다렸다.

"물도 안 되고, 만져도 안 되고, 춤만 추게 해라……." 다음 순간 아이 얼굴에 미소가 번졌다. "불꽃이에요!"

"잘 맞혔어." 리브가 말했다.

이날 오후는 길게 느껴졌다. 밤 근무처럼 조용하고 늘어지는 게 아니라 성가신 일이 자꾸 지루함을 방해하는 식이었다. 누군가 집 현관문을 두드려 리브가 마음을 단단히 먹은 일이 두 번 있었다. 현관 계단에서 시끄러운 대화가 오가고 나면 로절린 오도널이 부산스레 애나의 방으로 들어와 맥브리어티 선생의 지시대로 방문객을 돌려보냈다고 알려주었다. 처음에는 프랑스에서 온 주요 인사 여섯 명이었고, 그다음은 희망봉에서 온 무리였다. 상상이 되는가! 이 선량한 사람들은 애나 이야기를 듣고서 아이를 만나지 않은 채로 이 나라를 떠날 수는 없다며 코크나 벨파스트 항구를 지나 기차와 마차를 타고 이 먼 길을 온 것이었다. 그들은 오도널 부인에게 꽃다발과 교훈서를 전해달라고집하며 놀라운 꼬마를 잠깐이라도 보지 못하고 가는 데 대해 커다란 유감을 표시했다.

같은 일이 세 번째 발생했을 때 리브는 미리 준비한 안내문을 아이 엄마에게 건네며 현관문에 붙이라고 제안했다.

문을 두드리지 말아주세요. 오도널 가족은 방해를 받으면 안 됩니다. 마음으로만 응원해주시면 감사하겠습니다.

로절린은 들릴 듯 말 듯 콧방귀를 뀌며 안내문을 받아 갔다.

애나는 이 모든 일에 관심이 없는 듯 뜨개질만 계속했다. 아이는 여느 소녀와 똑같이 하루를 보냈어, 리브는 생각했다. 애나는 책을 읽고 뜨개질을 하고 방문객이 준 꽃을 깊은 병에 꽂아두었다. 차이가 있다면 단지 음식을 먹지 않는다는 것뿐이었다.

음식을 먹지 않은 것처럼 **보였을** 뿐이야, 리브는 생각을 고쳐먹었다. 잠깐이라도 거짓에 넘어갔다는 사실이 너무나 짜증스러웠다. 하지만 한 가지는 사실이었다. 아이는 리브가 지켜보는 내내 부스러기 하나 먹지 않았다. 혹시나 월요일 밤에 수녀가 깜빡 잠이 들었고 그사이 애나가 음식을 후다닥 몇 입 먹었다고 해도, 지금은 애나가 식사를 하지 않은 지 꼬박 사흘째 되는 수요일 오후였다.

문득 어떤 생각이 들면서 리브의 맥박이 빨리 뛰기 시작했다. 만약 엄격한 감시 때문에 애나가 이전 방식대로 음식을 먹지 못하고 있다면 아이는 본격적으로 아프기 시작할 것이다. 감시를 통해 오도널 가족의 거짓말을 밝히는 과정에서 왜곡된 효과가 나타날 수도 있지 않을까?

가정부가 구닥다리 버터 제조기를 사용하며 획획, 쿵쿵 대는 소리가 부엌에서 간헐적으로 들려왔다. 가정부는 낮게 웅얼대며 노래를 불렀다.

"저건 성가니?" 리브가 아이에게 물었다.

애나는 고개를 저었다. "키티 언니는 주문을 외우면서 버터를 만들어요." 그러고는 반쯤 음정을 붙여 운율을 읊었다.

어서 오렴, 버터야.
어서 오렴, 버터야.
대문 앞에 선 베드로가
버터케이크[23]를 기다린단다.

이 아이는 버터나 케이크를 떠올리며 어떤 생각을 했을까? 리브는 궁금했다.

리브는 애나 손등의 파란 핏줄을 가만히 바라보며 맥브리어티가 언급한 혈액 재흡수 이론을 떠올렸다.

리브가 낮은 목소리로 물었다. "너는 아직 월경을 시작 안 했지?"

---

23) 성 베드로가 단식 기도를 끝내고 어느 노파에게 케이크 한 조각을 요청했으나 노파의 욕심 탓에 얻지 못하자 노파에게 저주를 내렸다는 속설이 있다.

애나가 멍하니 쳐다보았다.

아일랜드인은 월경을 뭐라고 부를까?

"생리 말이야. 피가 난 적 있니?"

"몇 번요." 애나가 해맑은 얼굴로 말했다.

"정말?" 리브는 깜짝 놀랐다.

"입에서요."

"아."

열한 살짜리 시골 아이는 정말 여자가 되는 과정도 모를 정도로 이렇게 순진한 걸까?

애나는 친절하게도 자기 입에 손가락을 넣어 보였다. 손가락 끝에 빨간색이 묻어났다.

리브는 첫날 아이의 잇몸을 충분히 주의 깊게 살피지 않은 자신이 부끄러웠다. "잠깐 크게 벌려볼래?"

역시나 조직이 붓고 군데군데 연한 자줏빛이 돌고 있었다. 리브는 앞니를 잡고 흔들어보았다. 약간 헐거운가?

"내가 수수께끼 하나 더 내줄게." 분위기를 띄워야 할 것 같았다.

하얀 양 떼가
빨간 언덕에 있어요.
이리로 갔다 저리로 갔다
마침내 자리를 잡아요.

"치아." 애나가 부정확한 발음으로 소리쳤다.

"맞았어."

리브는 앞치마로 손을 닦으며 아이에게 경고해줘야 한다는 사실을 단번에 깨달았다. 자신이 지시받은 일은 아니지만 그건 중요하지 않았다.

"애나, 내 생각에 넌 지금 장거리 항해를 하는 사람들이 흔히 보이는 증상을 앓고 있어. 이건 네가 식사를 제대로 하지 않아서 그런 거야."

아이는 이야기라도 듣는 것처럼 고개를 기울인 채 리브의 말을 듣다가 대답했다. "전 괜찮아요."

리브는 팔짱을 끼며 말했다. "교육받은 간호사 눈으로 보면 넌 전혀 괜찮지 않아."

애나는 미소만 지었다.

갑자기 치미는 분노가 리브를 흔들었다. 그렇게 축복받은 건강으로 이렇게 무시무시한 사기극을 시작하다니……

그때 키티가 간호사의 저녁상을 가지고 들어왔다. 부엌에서 매캐한 연기가 훅 들어왔다.

"오늘처럼 따뜻한 날도 계속 불을 세게 지펴놔야 하나요?" 리브가 물었다.

가정부는 낮은 천장을 가리키며 말했다. "연기가 나야 짚이 마르고 들보가 오래가요. 잠깐이라도 불을 끄면 이 집은 무너질 거예요."

리브는 굳이 반박하지 않았다. 이 여자가 어두운 미신의 눈으로 보지 않는 삶의 분야가 단 하나라도 있을까?

오늘 저녁은 호수에서 잡은 '로치'라는 작은 물고기 세 마리였다. 특별한 맛은 없지만 적어도 귀리는 아니니 만족스러웠다. 리브는 입에서 가는 뼈를 꺼내 접시 한쪽에 내려놓았다.

몇 시간이 지났다. 리브는 가져온 소설책을 읽었지만 줄거리를 따라가지 못했다. 애나는 물을 두 숟갈 마시고 소변을 조금 보았다. 지금까지 증거가 될 만한 건 아무것도 없었다. 밖에서 몇 분간 비가 내렸다. 빗방울이 작은 창유리를 타고 미끄러졌다. 날이 갰을 때 리브는 산책을 나가고 싶었다. 그런데 문득 이런 생각이 들었다. 열렬한 탄원인이 잠깐이라도 애나를 보겠다고 길에서 서성이고 있으면 어쩌지?

아이는 책에 꽂아둔 상본을 빼내 그것들에게 달콤하지만 의미 없는 말을 속삭였다.

리브는 자신도 모르게 말했다. "촛대 일은 정말 미안해. 내가 너무 덜렁댔어. 아니, 애초에 그걸 꺼내지 말아야 했어."

"용서할게요." 애나가 말했다.

리브는 이렇게 정중히 용서받은 적이 있는지 떠올려보려 애썼다. "네가 많이 좋아한 물건인 거 알아. 견진 성사 기념으로 받은 선물이지?"

아이는 상자에서 촛대를 꺼내 도자기 조각을 이어붙인 자리를 쓰다듬었다.

"정은 너무 많이 주지 않는 게 좋아요."

이런 체념 섞인 말투가 리브를 오싹하게 했다. 삶의 모든 기

뺨을 욕심내고 가지려 하는 건 어린아이의 본성 아니었던가? 리브는 묵주 기도의 한 구절을 떠올렸다. **불쌍하게 추방된 하와의 자식들.** 그들도 나무에서 떨어진 열매를 발견하면 우걱우걱 주워 먹기에 바빴다.

애나는 머리카락 꾸러미를 집어 다시 성모상 안으로 밀어 넣었다.

애나의 것이라기에는 머리카락 색이 너무 어두웠다. 친구 것인가? 아니면 오빠? 그래, 팻이 배를 타고 떠나기 전 애나가 머리카락 한 뭉치를 달라고 했을 가능성이 매우 높았다.

"개신교에서는 어떤 기도를 해요?" 아이가 물었다.

리브는 질문을 듣고 깜짝 놀랐다. 그녀는 두 종파의 닮은 점을 단순하게 설명하기 위해 열심히 고민했다. 하지만 이렇게 대답했다. "나는 기도 안 해."

애나의 눈이 동그래졌다.

"그리고 교회도 안 나가. 벌써 몇 년 됐어." 리브가 덧붙였다. 일단 시작한 말은 끝을 맺는 게 나았다.

"**축제보다 더한 기쁨.**" 아이가 말했다.

"뭐라고?"

"**기도는 축제보다 더한 기쁨을 가져다준다.**"

"나한테는 기도가 별로 도움이 되지 않았어. 응답이 오는 느낌이 전혀 안 들었거든." 리브는 속마음을 인정하는 것이 너무도 부끄러웠다.

"불쌍한 라이트 선생님. 저한테 이름이라도 알려주시지." 애나가 중얼거렸다.

"내가 왜 **불쌍해**?" 리브가 물었다.

"영혼이 외로울 테니까요. 선생님이 기도하면서 들은 침묵은 주님이 귀를 기울이시는 소리였어요." 아이의 얼굴이 환하게 빛났다.

현관에서 소란스러운 소리가 들려와 리브는 이 대화에서 빠져나왔다. 웬 남자 목소리가 로절린 오도널 목소리 위로 쩌렁쩌렁 울렸다. 몇 단어밖에 알아들을 수 없었지만 리브는 남자가 영국 신사라는 사실을 알 수 있었다. 남자는 화가 난 상태였다. 다음 순간 현관문이 닫히는 소리가 들렸다.

애나는 좀 전에 고른 『영혼의 정원』에서 눈조차 떼지 않았다.

키티가 램프를 확인하러 방으로 들어와서는 리브에게 경고했다. "어떤 집에서 밤사이 유증기에 불이 붙는 바람에 일가족이 잿더미가 돼버렸대요!"

"그건 램프 유리에 그을음이 묻어서 그래요. 이건 잊지 말고 잘 닦아놔요."

"그럴게요." 키티가 늘어지게 하품을 하며 말했다.

30분 뒤, 아까 그 성난 탄원인이 다시 돌아왔다.

잠시 후 남자는 로절린 오도널을 지나쳐 애나의 방으로 성큼성큼 들어왔다. 커다랗고 동그란 이마가 기다란 은빛 머리카락 아래 가려져 있었다. 남자는 리브에게 자신을 더블린 병원 원장 스탠디시 선생이라고 소개했다.

로절린 오도널이 종이를 흔들며 말했다. "맥브리어티 선생님

편지를 가져오셨어요. 가장 유명한 손님이니 예외적으로 들여보내라는 내용이에요."

스탠디시가 딱딱한 영국 말씨로 고래고래 소리 질렀다. "나는 동업자 간 예의를 지키려고 이곳에 온 겁니다. 그런데 아이를 검사하려면 허락을 받아야 한다며 이 열악한 시골길을 왔다 갔다 하게 하고 내 귀중한 시간까지 허비하다니, 정말이지 너무 불쾌하네요."

의사의 담청색 눈이 애나에게 고정됐다.

애나는 불안해 보였다. 맥브리어티와 간호사들이 알아내지 못한 걸 이 의사가 알아낼까 봐 두려운 걸까? 아니면 그냥 이 사람이 무서운 걸까? 리브는 궁금했다.

"차 한잔 드릴까요, 선생님?" 오도널 부인이 물었다.

"아니요, 괜찮습니다."

의사의 퉁명스러운 말투에 부인은 조용히 뒤로 나가 문을 닫았다.

스탠디시 선생이 방 냄새를 맡았다. "마지막으로 이 방을 훈증 소독 한 게 언제인가요, 간호사 선생?"

"그냥 창문을 열고 환기만 합니다만……."

"꼭 소독하도록 해요. 표백분이나 염화 아연으로요. 일단 지금은 아이 옷부터 벗기죠."

"치수는 제가 다 재놨으니까 원하시면 보여드릴게요." 리브가 제안했다.

의사는 리브의 수첩을 물리치며 애나를 완전히 발가벗기라고 고집했다.

　아이는 양옆에 손을 늘어뜨린 채 깔개 위에 서서 몸을 떨었다. 어깨뼈와 팔꿈치의 각도, 종아리와 배의 살. 애나도 살은 있었지만 그 살은 모두 천천히 녹아내리듯 아래로 축 처져 있었다. 리브는 고개를 돌렸다. 도대체 어떤 신사가 고리에 걸린 거위의 털을 뽑듯 열한 살 소녀를 발가벗긴단 말인가?

　스탠디시는 계속해서 차가운 도구로 애나를 찌르고 두드리며 이래라저래라 했다. "혀를 더 내밀거라." 의사가 목구멍 깊숙이 손가락을 집어넣자 애나가 컥컥거렸다. 아이의 갈비뼈 사이를 누르며 물었다. "이러면 아프니? 여기도? 여기는?"

　애나는 계속 고개를 저었지만 리브는 애나를 믿지 않았다.

　의사가 말했다. "허리 좀 더 숙여볼래? 숨 들이쉬고 참아봐. 기침해. 한 번 더. 더 크게. 마지막으로 대변을 본 건 언제니?"

　"기억 안 나요." 애나가 속삭였다.

　의사는 아이의 보기 흉한 다리를 쿡 찔렀다. "이러면 아프니?"

　애나는 어깨를 살짝 으쓱했다.

　"대답해."

　"아프다는 표현은 안 어울려요."

　"그럼 어떤 표현이 어울리는데?"

　"윙윙거려요."

　"윙윙거린다고?"

　"윙윙거리는 것 같아요."

　스탠디시는 코웃음을 친 뒤 애나의 두툼해진 발 한쪽을 들어 손톱으로 발바닥을 긁었다.

윙윙거린다고? 리브는 모든 세포가 퉁퉁 부어 금방이라도 터질 듯 팽팽해진 모습을 상상했다. 온몸을 굴욕적으로 숙이고 있어서 높은 진동처럼 느껴지는 걸까?

마침내 스탠디시가 아이에게 옷을 입으라고 한 뒤 도구를 다시 가방에 밀어 넣었다. 의사는 리브를 향해 말했다.

"의심한 대로 단순히 히스테리 환자네요."

리브는 당황스러웠다. 애나는 리브가 병원에서 만난 어느 히스테리 환자와도 비슷하지 않았다. 틱, 실신, 마비, 경련, 그 어느 증상도 없고, 한곳만 응시하거나 소리를 지르지도 않았다.

"우리 병동에도 밤에만 식사하는 환자들이 있었어요. 누가 볼 때는 전혀 음식을 먹지 않는 사람요. 이 아이도 똑같아요. 다만 멋대로 하게 내버려두니 스스로 반쯤 굶어 죽는 극단까지 가버린 거죠."

반쯤 굶어 죽는다. 그러니까 스탠디시는 애나가 충분하진 않더라도 음식을 몰래 먹고 있다고 생각하는 건가? 아니면 감시를 시작한 월요일 아침까지 충분히 먹다가 그 후로 아무것도 먹지 않았다고 생각하는 건가? 리브는 의사의 생각이 맞을까 봐 너무도 두려웠다. 하지만 애나는 굶주린 사람에 가까울까, 건강한 사람에 가까울까? 살아 있음의 질은 어떻게 측정할 수 있을까?

애나는 속바지 허리끈을 묶었다. 표정만 봐서는 의사의 말을 들었는지 어쨌는지 알 수가 없었다.

스탠디시가 말했다. "내 처방은 아주 간단해요. 우유에 칡가루 1리터를 타서 하루에 세 번씩 먹이도록 해요."

리브는 의사를 가만히 쳐다보다가 명백한 사실을 다시 설명했다. "애나는 입으로 아무것도 먹지 않아요."

"그럼 양한테 먹이듯 억지로 들이부어요!"

애나가 살짝 몸을 떨었다.

"스탠디시 선생님." 리브가 항의했다. 정신 병원과 감옥에서 종종 완력을 사용한다는 사실은 알고 있지만, 그래도……

"내 환자가 식사를 거부하면 내 간호사는 환자 증상이 호전될 때까지 위로든 아래로든 고무관을 끼워서 음식을 넣어줘요."

의사가 말한 '아래'가 뭘 의미하는지 이해하는 데는 시간이 조금 걸렸다. 리브는 앞으로 성큼 나아가 의사와 애나 사이에 섰다.

"그런 지시는 부모 허락하에 맥브리어티 선생님만 내릴 수 있어요."

스탠디시가 마구 퍼붓기 시작했다. "신문에서 이 사례를 읽었을 때 내가 의심한 그대로예요. 맥브리어티는 이 건방진 아이와 가담해 공식적인 감시로 이 사기극을 그럴듯하게 꾸미면서 스스로를 웃음거리로 만들었어요. 아니, 불쌍한 자기 나라 전체를 웃음거리로 만들었다고요!"

리브는 그 말에 반박할 수 없었다. 리브의 눈길이 푹 숙인 애나의 머리에 가닿았다.

"하지만 그렇게 불필요하게 아이를 강압하는 건……"

의사가 비웃었다. "불필요하다고요? 이 아이 상태를 봐요. 딱

지투성이에 털은 잔뜩 나고 보기 흉한 부종까지 생겼잖아요."

스탠디시는 침실 문을 쾅 닫고 밖으로 나갔다. 방 안에 어색한 침묵이 흘렀다. 스탠디시가 부엌에서 오도널 부부에게 뭐라고 소리친 뒤 쿵쿵거리며 마차로 향하는 소리가 들렸다.

로절린 오도널이 머리를 빼꼼히 들이밀었다. "이게 대체 무슨 일이에요?"

"아무 일도 아니에요." 리브는 이렇게 대답한 뒤 부인의 시선을 똑바로 마주하며 부인이 물러날 때까지 기다렸다.

리브는 애나가 울고 있으리라고 생각했다. 하지만 아니었다. 아이는 그 어느 때보다 깊이 생각에 잠긴 표정으로 작은 소맷동을 매만지고 있었다.

스탠디시는 수년, 아니, 수십 년 동안 연구를 하고 경험을 쌓았다. 리브를 포함해 그 어떤 여자도 그런 성과는 이룰 수 없었다. 솜털이 나고 각질이 떨어지는 애나의 피부, 퉁퉁 부은 살. 그 자체는 사소한 문제였다. 하지만 그 증상들은 정말 스탠디시 말대로 애나가 너무 적게 먹어서 심각한 위험에 처했다는 증거일까? 리브는 두 팔로 아이를 꽉 껴안고 싶은 충동을 느꼈다.

물론 그녀는 그 충동을 억눌렀다.

리브는 스쿠타리에서 어떤 주근깨 많은 간호사가 불평하던 일을 떠올렸다. 그 간호사는 마음이 이끄는 대로 행동할 수 없는 것이 너무 힘들다고 말했다. 예를 들어, 간호사는 죽어가는 환자 옆에 잠깐 앉아 위로의 말을 건넬 수도 없었다.

나이팅게일 선생님은 콧구멍을 벌렁거리며 말씀하셨다. 그 환자를 가장 편안하게 해주는 게 뭔지 알아요? 바로 망가진 무릎을 받쳐줄 베개예요. 그러니까 여러분 마음이 하는 말은 듣지 말아요. 내 말만 듣고 일이나 계속해요.

"훈증 소독이 뭐예요?" 애나가 물었다.

리브는 눈을 깜빡였다. "몇 가지 살균 물질을 태워서 공기를 정화하는 거야. 우리 선생님은 그 방법을 믿지 않으셨어."

리브는 애나의 침대로 두 걸음 다가가 모든 주름이 펴지도록 침대보를 매만지기 시작했다.

"왜요?"

"방에서 내보내야 하는 건 단순히 냄새가 아니라 해로운 물질이니까. 우리 선생님은 그걸로 우스갯소리까지 하셨어."

"저 우스갯소리 좋아해요." 애나가 말했다.

"좋아. 선생님은 훈증 소독이 의학에 아주 중요하다고 말씀하셨어. 너무 지독한 냄새를 내서 창문을 열 수밖에 없도록 만드니까."

애나가 작게 웃음을 터트렸다. "그 선생님은 농담을 많이 하셨어요?"

"내가 기억하는 건 그게 다야."

"이 방에서 해로운 건 뭐예요?" 아이는 괴물이라도 튀어나올까 봐 무서운 듯 사방의 벽을 돌아보았다.

"지금 너한테 해가 되는 건 이 단식뿐이야. 네 몸은 영양분이 필요해."

리브의 말은 조용한 방에 던져진 돌 같았다.

아이는 고개를 저었다.

"이 땅의 음식은 필요 없어요."

"사람의 몸은……."

"제 몸은 아니에요."

"애나 오도널! 너도 선생님 말씀 들었잖아. **반쯤 굶어 죽고 있**다고. 네 건강에 엄청나게 해가 될 거야."

"선생님이 잘못 안 거예요."

"아니, 네가 잘못 안 거야. 예를 들어 베이컨 한 조각을 본다고 생각해봐. 정말 아무 느낌도 안 들어?" 리브가 물었다.

아이의 작은 이마에 주름이 잡혔다.

"지난 11년 동안 그랬듯 입안에 넣고 씹고 싶지 않아?"

"이제는 안 그래요."

"왜? 대체 뭐가 달라졌길래?"

기나긴 침묵. 잠시 후 애나가 입을 열었다. "그건 편자 같은 거예요."

"편자?"

"베이컨은 편자나 통나무나 바위 같아요. 바위는 아무런 문제가 없지만, 우리는 바위를 씹지 않잖아요." 애나가 설명했다.

리브는 아이를 가만히 바라보았다.

"저녁 드세요, 라이트 씨." 키티가 쟁반을 들고 들어와 침대에 내려놓으며 말했다.

그날 저녁 영혼 식료품점 문을 밀어 여는 리브의 손이 파르르 떨렸다. 교대하면서 재빨리 수녀와 몇 마디 나누고 싶었지만, 스탠디시 선생과 만난 이후 계속 신경이 너무 곤두서 있었다.

오늘 밤 술집에는 술잔치를 벌이는 농부가 없었다. 리브가 계단에 거의 다다랐을 때 입구에서 어떤 형체가 벌떡 일어섰다.

"저한테 정체를 밝히지 않았더군요, 라이트 간호사님."

그 글쟁이. 리브는 속으로 신음했다. "아직 여기 계시네요. 버크 씨라고 했나요?"

"번입니다. 윌리엄 번요." 기자가 리브의 말을 바로잡았다.

이름을 기억하지 못하는 척하면 상대를 확실히 약 올릴 수 있었다.

"안녕히 주무세요, 번 씨." 리브는 계단을 올랐다.

"1분이라도 시간을 내주는 호의 정도는 베풀어줄 수 있지 않나요? 저를 오두막에 못 들어가게 한 사람이 라이트 씨라는 얘기를 매기 라이언한테 들었거든요!"

리브가 몸을 돌렸다. "제가 여기 온 이유를 오해하게 할 만한 이야기는 한 적이 없는 것 같은데요. 번 씨가 성급하게 잘못된 결론을 내렸다면……."

"라이트 씨는 제가 지금껏 만난 간호사들과 다르다고요, 말투도 외양도." 번이 항의했다.

리브는 미소를 숨겼다. "지금껏 나이 많은 간호사만 만났나 보네요."

"인정합니다. 그럼 라이트 씨가 돌보는 아이와는 언제 얘기할 수 있을까요?" 번이 말했다.

"저는 그저 바깥세상의 침입자로부터 애나 오도널을 보호하는 것뿐이에요. 그 침입자에는 가장 먼저…… 삼류 기자가 포함되고요." 리브가 말했다.

번이 성큼 다가왔다. "아이가 자기는 요지경 속 피지 인어[24] 같은 별종이라고 주장하면서 그 바깥세상의 관심을 끌고 있다고 생각하지는 않나요?"

리브는 그 묘사를 머릿속에 그리며 움찔했다. "애나는 그냥 어린아이예요."

윌리엄 번의 손에 들린 양초가 그의 적갈색 곱슬머리를 환하게 비추었다.

"미리 경고하는데, 저는 그 아이 창밖에서 죽치고 기다릴 겁니다. 아이가 제발 들어와달라고 애원할 때까지 원숭이처럼 뛰어다니고 유리창에 코를 박을 거예요."

"설마요."

"저를 어떻게 막을 작정인가요?"

리브는 한숨을 쉬었다. 빨리 침대에 눕고 싶은 마음이 간절했다.

"제가 직접 질문에 답해드릴게요. 그러면 되나요?"

남자는 입술을 오므렸다.

"전부 다요?"

---

24) 19세기 중반 남태평양 피지 인근에서 인어가 발견되어 엄청난 화제를 불러 모았으나 훗날 원숭이 상반신과 물고기 몸통을 이어 붙인 사기극임이 밝혀진다.

"물론 그건 아니죠."

번이 활짝 웃었다. "그럼 전 거절하겠습니다."

"마음대로 하세요. 저는 커튼을 치면 되니까요." 리브는 두 계단을 더 올라간 뒤 덧붙였다. "이 감시를 방해하면서 폐를 끼치면 번 씨도 신문사도 평판만 나빠질 거예요. 물론 위원회 전체의 미움도 살 거고요."

남자의 웃음이 천장 낮은 방을 가득 채웠다.

"아직 고용주들을 못 만났나 보지요? 그 사람들은 벼락을 내리는 신이 아니에요. 돌팔이 의사, 신부, 우리 가게 주인, 그리고 그들의 친구 몇 명뿐이죠. 그게 바로 위원회 전체라고요."

리브는 당황스러웠다. 맥브리어티는 위원회가 주요 인사로 이루어진 것처럼 말했는데.

"어쨌든 제 입장은 그대로예요. 오도널 가족을 괴롭히는 것보다 저랑 이야기하는 게 번 씨한테는 더 이득일 거예요."

번의 밝은색 눈동자가 리브를 응시했다. "좋습니다."

"내일 오후면 괜찮을까요?"

"지금 얘기하시죠, 라이트 간호사님." 번은 커다란 손으로 리브에게 내려오라 손짓했다.

"지금은 10시가 다 됐어요." 리브가 말했다.

"다음 우편으로 실속 있는 기사를 보내지 않으면 우리 편집장이 저를 가만두지 않을 거예요. 제발요!" 번의 목소리는 거의 소년 같았다.

리브는 이 상황을 빨리 끝내기 위해 다시 아래로 내려와 탁자 앞에 앉았다. 그리고 번의 새까만 수첩을 향해 고개를 까딱하며 물었다. "지금까진 뭘 알아냈나요? 호메로스와 플라톤?"

번이 한쪽 입꼬리를 올려 미소를 지었다. "오늘 입구에서 쫓겨난 동료 여행자들한테 여러 가지 의견을 들었어요. 맨체스터에서 온 신앙 요법 치유자는 안수 기도로 아이의 식욕을 되살려주고 싶다더라고요. 어떤 의료계 거물은 만남을 거절당하고 저보다 두 배는 화를 냈어요."

리브는 움찔했다. 스탠디시와 그의 처방에 관해서는 여기서 절대 이야기하고 싶지 않았다. 이 기자가 오늘 밤 라이언네서 더블린 의사를 다시 만나지 않았다는 건 스탠디시가 애나를 검사한 뒤 곧장 수도로 돌아갔다는 뜻이었다.

"한 여자는 아이가 기름으로 목욕을 하고 있을지도 모른다고 얘기했어요. 땀구멍과 손발톱을 통해 기름 일부를 흡수하고 있을 거라고요. 어떤 남자는 필라델피아에 있는 자기 사촌이 자석으로 엄청난 효과를 거뒀다고 자랑까지 했어요."

리브는 작은 소리로 낄낄 웃었다.

번이 펜 뚜껑을 열며 말했다. "뭐, 라이트 씨 때문에 선택의 여지가 없었으니까요. 왜 이렇게 전부 비밀로 하는 거예요? 오도널 가족이 뭘 숨기고 있길래요?"

"그 반대예요. 이 감시는 어떤 속임수든 밝혀낼 목적으로 최대한 철저하게 진행되고 있어요. 그래서 우리는 아무 방해도 받지 않고 아이의 일거수일투족을 관찰해야 해요. 아이 입에 절대로 음식이 들어가지 않도록요." 리브가 설명했다.

번은 수첩에 뭐라고 적다 말고 긴 나무 의자 등받이에 기대어 앉았다. "너무 야만적인 실험 아닌가요?"

리브는 입술을 깨물었다.

"그 여우 같은 꼬마가 어떤 식으로든 봄부터 쭉 몰래 음식을 먹었다고 가정해봅시다."

광신도로 가득한 마을에서 번의 현실적인 태도는 커다란 위안이 되었다.

"그런데 감시가 그렇게 완벽하다면, 지금 애나 오도널은 사흘째 아무것도 못 먹은 거예요."

리브는 고통스럽게 침을 꿀꺽 삼켰다. 오늘 두려워지기 시작한 부분이 바로 그 점이었다. 하지만 이 남자에게 그 사실을 인정하고 싶지는 않았다.

"아직 그렇게 완벽하지 않아요. 수녀님 근무 시간에는……." 아무 증거도 없이 동료 간호사를 고발하는 게 정말 옳은 일일까? 리브는 전략을 바꾸기로 했다. "이 감시는 애나를 위한 거예요. 우리는 거짓의 그물에서 그 아이를 풀어줄 거예요."

애나도 분명 평범한 아이로 간절히 돌아가고 싶을 것이다.

"아이를 굶겨서요?"

남자의 생각은 리브만큼이나 분석적이었다.

"저는 친절을 베풀기 위해 잔인해져야만 합니다." 리브가 인용했다.

번은 문장의 출처를 단박에 알아차렸다.

"햄릿은 세 사람을 죽였어요. 로젠크란츠와 길든스턴까지 합하면 다섯이고요."

기자와 머리싸움을 해서 이기는 건 거의 불가능했다. 리브는 고집을 부렸다.

"아이가 약해지기 시작하면 누구든 입을 열 거예요. 부모 중 한 명이든, 둘 다든, 가정부든, 이 일의 배후에 있는 누군가가요. 특히 이제는 제 요청에 따라 방문객한테 돈도 못 뜯게 됐잖아요."

번이 눈썹을 치켜올렸다. "그 가족이 모든 책임을 지고 사기죄로 판사 앞에 설 거라고요?"

리브는 자신이 이 문제의 범죄적 측면을 충분히 생각하지 못했다는 사실을 깨달았다. "어쨌든 아이는 배가 고프면 머지않아 전부 포기하고 고백할 거예요."

하지만 리브는 이렇게 말하면서도 그럴 리가 없다는 생각이 들어 기분이 오싹했다. 애나 오도널은 이미 배고픔의 단계를 넘어선 상황이었다.

리브는 휘청이며 자리에서 일어섰다. "저는 이만 자야겠어요, 번 씨."

번은 머리카락을 뒤로 쓸어 넘기며 말했다. "정말 숨기는 게 없다면 10분이라도 아이를 직접 볼 수 있도록 저를 들여보내주세요. 그러면 다음 특전에서 라이트 씨를 한껏 칭찬해드릴게요."

"별로 내키는 제안은 아니네요."

이번에는 번이 리브를 순순히 보내주었다.

방으로 돌아온 리브는 열심히 잠을 청했다. 이번 여덟 시간 근무로 생체 리듬이 완전히 흐트러져버렸다. 리브는 푹 꺼진 매트리스에서 몸을 일으켜 베개를 평평하게 두드렸다.

불도 켜지 않고 침대에 앉아 있는데, 머릿속에 처음으로 이런 생각이 떠올랐다. 만약 애나가 거짓말을 하지 않았다면?

리브는 한참 동안 모든 사실을 제쳐두었다. 나이팅게일 선생님의 가르침에 따르면 질병을 이해하는 것이야말로 진정한 간호의 시작이었다. 간호사는 환자의 신체 상태뿐만 아니라 정신 상태도 파악해야 한다. 그렇다면 질문은 이것이다. 아이가 자신의 이야기를 믿고 있는가?

대답은 명확했다. 애나 오도널의 신념은 강력했다. 설령 애나가 **히스테리 환자**라 해도, 아이의 마음에는 한 치의 거짓도 없었다.

리브의 어깨가 툭 떨어졌다. 그렇다면 이 다정한 아이는 적이 아니었다. 무정한 죄수도 아니었다. 이 아이는 일종의 백일몽에 사로잡혀 자신도 모르게 벼랑 끝으로 걷고 있는 한 소녀일 뿐이었다. 한시라도 빨리 간호사의 도움을 받아야 하는 환자일 뿐이었다.

fast [파:스트]

단식하다
단식 기간
고정된, 둘러싸인, 단단한, 강화한
끊임없는, 변함없는, 완강한

목요일 새벽 5시, 리브는 침실로 들어섰다. 그녀는 기름 냄새가 나는 램프의 불빛으로 잠자는 애나 오도널을 바라본 뒤 수녀에게 속삭였다. "달라진 건 없나요?"

수녀는 두건 쓴 머리를 가로저었다.

어떻게 하면 의견을 배제한 채 스탠디시 선생이 방문했다는 얘기를 꺼낼 수 있을까? 어린아이가 **천국에서 내려온 만나**를 먹고 살 수 있다고 믿는 수녀는 애나가 스스로 음식을 거부하는 히스테리 환자라는 선생의 의견을 어떻게 생각할까?

미카엘 수녀는 망토와 가방을 챙겨 밖으로 나갔다.

베개에 놓인 아이의 얼굴은 나무에서 떨어진 열매 같았다. 오늘 아침은 눈 주위가 더 부어 보였다. 아마도 밤새 똑바로 누워 있었던 탓이리라. 한쪽 뺨에는 빨갛게 베개 자국이 나 있었다. 애나의 몸은 모든 일을 낱낱이 기록하는 백지 같았다.

리브는 의자 하나를 끌고 와 50센티미터 거리에 앉은 뒤 애나를 가만히 바라보았다. 둥근 뺨. 위아래로 오르내리는 흉곽과 배.

그러니까 이 아이는 자신이 4개월간 아무것도 먹지 않았다고 진심으로 믿고 있었다. 하지만 아이의 몸은 다른 이야기를 했다. 일요일 밤까지 누군가가 애나에게 음식을 먹였다. 그렇다면 애나는 음식을 먹은 뒤 어떠한 이유로⋯⋯ 그 사실을 잊어버린 걸까? 어쩌면 아예 알아차리지 못했을지도 모른다. 일종의 가수면 상태일 때 몰래 먹인 걸까? 아이가 곤히 자면서 목에 걸리지 않게 음식을 삼킬 수 있었을까? 몽유병 환자가 눈을 감고도 앞을 더듬으며 집 안을 돌아다니는 것처럼? 어쩌면 천상의 이슬을 먹은 듯 포만감을 느끼며 잠에서 깼을지도 모른다.

하지만 그걸로는 설명되지 않는 의문이 있었다. 왜 이 아이는 감시가 이어진 나흘 동안 낮에도 음식에 관심을 보이지 않았을까? 그뿐만이 아니었다. 기이한 증상들에 시달리면서도 음식 없이 살 수 있다는 애나의 신념은 결코 흔들리지 않았다.

집착과 열중. 이 상태는 그렇게 부를 수 있을 것 같았다. 마음의 병. 그 끔찍한 의사가 말한 대로 정말 히스테리였을까? 리브는 애나를 보며 마법에 걸린 동화 속 공주를 떠올렸다. 무엇으로 이 아이에게 평범한 삶을 되찾아줄 수 있을까? 왕자는 아니었다. 세상 끝에 있는 마법 약초? 독이 든 사과 조각을 목구멍에서 꺼내줄 갑작스러운 충격? 아니, 한 모금 공기처럼 단순한 무언가. 바로 이성이었다. 만약에 지금 당장 아이를 흔들어 깨워 이렇게 말해준다면? **정신 차려!**

하지만 리브가 알기로는, 자신이 미쳤다는 사실을 받아들이지 않는 것이야말로 정신 이상의 전형적인 증상이었다. 스탠디시의 병동은 그런 사람으로 가득했다.

게다가 아이들은 애초에 정신이 건강하다고 볼 수 없었다. 일곱 살이면 사리 분별을 하게 된다고 하지만, 리브가 생각하는 일곱 살은 여전히 상상력 넘치는 꼬마에 불과했다. 어린아이의 삶의 목적은 놀이였다. 물론 아이에게도 일을 시킬 수는 있었다. 하지만 아이는 시간만 나면 망상에 빠진 미치광이처럼 진지하게 놀이를 했다. 아이는 작은 신처럼 찰흙으로 축소된 세상을 만들었다. 아니, 말로만 만들기도 했다. 아이에게 진실은 절대 단순하지 않았다.

하지만 애나는 열한 살이었다. 열한 살은 일곱 살과 전혀 다르지 않냐고 리브는 스스로에게 질문했다. 다른 열한 살 꼬마들은 자신이 언제 음식을 먹고 언제 먹지 않았는지 확실히 알았다. 그들은 사실과 가짜를 충분히 구별할 수 있었다. 애나 오도널은 뭔가가 달라도 너무 달랐다. 분명 커다란 문제가 있었다.

애나는 여전히 깊이 잠들어 있었다. 아이 뒤쪽의 작은 창유리에서 지평선이 금빛 물감을 쏟아내고 있었다. **위로든 아래로든 관을 끼워 음식을 넣으면서 이 여린 아이를 공포에 떨게 하라니……**

리브는 생각을 떨치기 위해 『간호 노트』를 펼쳤다. 처음 읽을 때 표시해둔 문장이 눈에 들어왔다. 간호사는 쓸데없는 뒷말을 하지 말아야 한다. 환자에 관해 물을 권리가 있는 사람이 아니라면 그 누가 질문해도 절대 답하지 말아야 한다.

윌리엄 번에게는 그런 권리가 있었는가? 리브는 지난밤 식당에서 그렇게 솔직하게 번과 대화를 나누지 말아야 했다. 아니, 어쩌면 아예 말을 섞지 말아야 했는지도 모른다.

리브는 시선을 올리다가 깜짝 놀랐다. 아이가 자신을 똑바로 쳐다보고 있었다.

"일어났구나, 애나." 마치 죄를 인정하듯 인사가 너무 빨리 나와버렸다.

"안녕하세요, 이름은 절대 안 알려주시는 선생님."

다소 무례한 말이었지만 리브는 웃음을 터트렸다. "그렇게 궁금하면 알려줄게. 엘리자베스야."

왠지 낯선 기분이 들었다. 그 이름을 마지막으로 부른 사람은 11개월 동안 남편이었던 남자였다. 병원에서 리브는 줄곧 '라이트 씨'였다.

"안녕하세요, 엘리자베스 선생님." 애나가 테스트하듯 이름을 불렀다.

완전히 다른 여자의 이름처럼 들렸다.

"아무도 나를 그렇게 부르지 않아."

"그러면 뭐라고 불러요?" 애나가 물었다. 어느새 팔꿈치를 짚고 일어나 한쪽 눈을 비비고 있었다.

리브는 이름을 알려준 것이 벌써 후회스러웠다. 하지만 생각해보면 이곳에 오래 머물 것은 아니니 크게 문제 될 일은 없었다.

"'라이트 씨', 아니면 '간호사님', 아니면 '선생님'. 잠은 잘 잤니?"

아이는 힘겹게 몸을 일으켜 앉으며 중얼거렸다. "저는 잠을 자고 휴식을 취했습니다." 그러다 또 물었다. "선생님 가족은 선생님을 뭐라고 불러요?"

리브는 성경 구절에서 일상 대화로 이렇게 빨리 전환되는 것이 무척이나 당황스러웠다.

"나는 남은 가족이 없어."

엄밀히 따지면 맞는 말이었다. 동생이 아직 살아 있을지 모르지만, 그 아이는 이미 리브의 손이 닿지 않는 곳으로 떠나버렸다.

애나의 눈이 동그래졌다.

어린 시절을 돌이켜 보면 가족은 필연적인 존재이자 벗어날 수 없는 굴레 같았다. 그 가족이 수십 년 뒤 드넓은 땅 어딘가로 사라져버릴 거라고는 꿈에도 생각하지 못했다. 리브는 문득 자신이 세상에 완전히 홀로 남겨졌음을 실감했다.

"그럼 어릴 땐 뭐라고 불렀어요? 엘리자? 엘시? 에피?" 애나가 물었다.

리브는 이 질문을 웃어넘기려 했다. "뭐야, 룸펠슈틸츠헨 이야기 같은 거야?"

"그게 누군데요?"

"작은 도깨비인데……."

그때 로절린 오도널이 딸에게 인사를 하러 허겁지겁 방으로 들어왔다. 부인은 간호사 쪽은 쳐다보지도 않았다. 방패처럼 아이 앞을 가로막은 넓은 등, 작은 머리 위로 숙인 검은 머리. 애정이 한껏 느껴지는 음절들. 그것은 분명 게일어였으리라. 리브는 이 모든 과정이 무척이나 불편했다.

집에 아이가 한 명만 남으면 엄마의 열정은 오롯이 그 아이에게 집중되는 모양이었다. 혹시 팻과 애나에게 다른 형제자매가 있었을까? 리브는 궁금했다.

애나는 이제 엄마 옆에 무릎을 꿇고 앉아 두 손을 모은 채 눈을 감고 있었다.

"저는 생각과 말과 행동으로 죄를 많이 지었습니다. 제 탓이요, 제 탓이요, 저의 큰 탓이옵니다."

제 탓이라는 말이 나올 때마다 아이의 꼭 쥔 주먹이 가슴을 톡톡 두드렸다.

"아멘." 오도널 부인이 읊조렸다.

애나는 다른 기도를 외우기 시작했다.

"온순하고 온화하신 동정녀 어머니, 당신의 아이에게 저를 데려가소서."

리브는 앞으로 지루하게 이어질 오전 시간을 생각했다. 집을 방문하고 싶어 하는 사람이 있을지 모르니 조금 있으면 아이를 눈에 띄지 않게 꼭꼭 숨겨야 할 터였다.

리브는 엄마가 부엌으로 돌아가자마자 애나에게 말했다. "애나, 우리 이른 산책 하러 나갈까?"

"아직 해도 다 안 떴잖아요."

아직 애나의 맥박도 재지 않았지만 그건 나중에 해도 될 일이었다.

"뭐 어때? 어서 옷 입고 망토 걸쳐."

아이는 성호를 그은 뒤 머리 위로 잠옷을 벗으며 파트라 기도를 속삭였다. 저기 어깨뼈에 보이는 녹갈색 자국은 새로 생긴 멍인가? 리브는 이 내용을 수첩에 적었다.

부엌에 있던 로절린 오도널은 아직 밖이 어둡기 때문에 지금 나가면 소똥에 빠지거나 발목이 부러질 거라고 걱정했다.

"따님은 제가 빈틈없이 잘 돌볼게요." 리브는 이렇게 말하며 반쪽 문을 밀어젖혔다.

애나를 뒤에 세운 채 밖으로 나왔다. 닭들이 꼬꼬댁 울며 사방으로 흩어졌다. 촉촉한 산들바람이 매우 상쾌했다.

이번에 두 사람은 오두막 뒤쪽 밭 사이로 난 보일락 말락 한 길로 들어섰다. 애나는 뒤뚱뒤뚱 천천히 걸으며 주변의 모든 것에 관해 한마디씩 말을 얹었다. 종달새가 땅에서는 절대 안 보이다가 노래를 부르러 하늘 높이 날아오를 때만 발견되는 게 정말 웃기지 않아요? 보세요, 저기 해가 떠오르는 산 말이에요, 제가 고래산이라고 부르는 산이에요.

리브의 눈에는 단조로운 풍경뿐, 산이 보이지 않았다. 애나가 가리킨 것은 낮은 등성이였다. 아무래도 아일랜드 '정가운데'

사는 주민은 모든 산등성이를 봉우리로 생각하는 모양이었다.

애나는 가끔 바람이 실제로 보이는 것 같다고 이야기했다. '애칭은 모르지만 이름은 엘리자베스인 선생님'은 안 그러세요?

"'라이트 씨' 아니면……."

"'간호사님' 아니면 '선생님'이라고 부르라고요?" 애나가 낄낄 웃었다.

정말이지 활력이 넘쳤다. 대체 어떻게 이 아이가 **반쯤 굶어 죽고 있단 말인가?** 누군가는 아직 애나에게 음식을 먹이고 있었다.

어느새 산울타리가 반짝이기 시작했다.

"사람이 건너기에 가장 넓고 가장 안전한 물이 뭘까?" 리브가 물었다.

"수수께끼예요?"

"그럼. 내가 어릴 때 배운 거야."

"음. 가장 넓은 물이라." 애나가 문제를 곱씹었다.

"지금 바다 같은 걸 상상하고 있지? 그런 건 아니야."

"바다는 사진으로 본 적 있어요."

이 작은 섬에서 자라면서 아직 그 끝자락에도 못 가봤다니……

"하지만 큰 강들은 제 두 눈으로 직접 봤어요." 애나가 자랑했다.

"그래?" 리브가 말했다.

"털러모어강이랑 브로스나강요. 멀린가 박람회에 갔다가 봤어요."

리브는 윌리엄 번의 말이 다쳤다던 중부 지역 소도시의 이름을 기억했다. 번은 애나에 관해 더 알아낼 욕심으로 오늘도 리브 건넛방에 묵었을까? 아니면 현장에서 취재해 보낸 신랄한 특전만으로 《아이리시 타임스》를 만족시켰을까?

"내가 수수께끼로 낸 물은 가장 넓은 강처럼 생기지도 않았어. 땅 전체에 퍼져 있지만 건너기에 위험하지 않은 물을 생각해봐."

애나는 골똘히 생각하다가 결국 고개를 내저었다.

"이슬." 리브가 말했다.

"아! 그 생각을 못 했네."

"크기가 너무 작아서 아무도 기억을 못 하는 거야."

리브는 만나 이야기를 떠올렸다. 진영 주변에 이슬이 내렸다. 그것이 땅의 표면을 덮자…….

"또 내주세요." 애나가 애원했다.

"지금은 다른 게 안 떠올라." 리브가 말했다.

아이는 잠시 동안 말없이 걸었다. 거의 절뚝이는 것 같았다. 혹시 통증이 있나?

리브는 아이의 팔꿈치를 잡고 울퉁불퉁한 땅을 지나도록 돕고 싶었지만 그러지 않았다. 그냥 관찰만 하는 거야, 리브는 다시 한번 마음을 다잡았다.

앞쪽에 맬러키 오도널처럼 보이는 사람이 서 있었다. 하지만 가까이 가보니 그 사람은 나이가 더 많고 허리가 구부정한 남자였다. 남자는 땅에서 검은색 직사각형을 잘라내 한쪽에 쌓고 있었다. 리브는 그것이 연료용 토탄이라고 추측했다.

"신의 가호가 함께하시길 빌게요." 애나가 남자에게 외쳤다.

남자도 고개를 끄덕였다. 남자의 삽은 리브가 생전 처음 보는 모양이었다. 마치 날개처럼 삽날이 구부러져 있었다.

"그것도 꼭 해줘야 하는 기도니?" 남자를 지나친 뒤 리브가 아이에게 물었다.

"신의 가호를 비는 인사요? 네, 안 그러면 아저씨가 다칠지도 모르니까요."

"네가 아저씨 생각을 안 해주면 아저씨가 다친다는 거야?" 리브가 조롱 섞인 말투로 물었다.

애나는 어리둥절한 표정을 지었다. "아니요, 삽을 밟다가 발가락을 다칠지도 모른다고요."

아, 그러니까 일종의 보호 마법인 모양이었다.

아이는 이제 호흡이 섞인 목소리로 노래를 부르고 있었다.

주님의 상처 깊은 곳에
저를 숨겨 보호하소서.
그리하여 주님 곁을
절대 떠나지 않겠나이다.

리브의 관점에서 이 신나는 선율은 소름 끼치는 가사와 전혀 어울리지 않았다. 구더기처럼 상처 깊숙이 숨으려고 하다니…….

"저기 맥브리어티 선생님이 계세요." 애나가 말했다.

노인은 옷깃이 삐뚤어진 채 오두막에서 나와 두 사람을 향해 허둥지둥 달려왔다. 모자를 벗어 리브에게 인사한 뒤 애나를 바라보았다.

"너희 엄마 말이 네가 바람을 쐬러 나갔다더구나. 뺨에 장미가 핀 예쁜 얼굴을 보니 정말 반갑다, 애나."

애나의 얼굴이 조금 붉기는 했지만, 리브가 생각하기에 그건 산책하느라 힘이 들었기 때문이었다. 장미는 다소 과장된 표현이었다.

"여전히 대체로 건강하죠?" 맥브리어티가 리브에게 속삭였다.

나이팅게일 선생님은 환자가 듣는 자리에서 환자에 관해 상의하는 걸 엄격하게 금지하셨다.

리브가 애나에게 말했다. "먼저 걸어가렴. 방에 둘 꽃을 좀 꺾어도 좋겠다."

아이는 순순히 말을 따랐다. 하지만 리브는 아이에게서 눈을 떼지 않았다. 문득 주변에 설익은 견과나 열매가 있을지도 모른다는 생각이 들었다. 만에 하나…… 애나가 정말 히스테리 환자라면 자신도 모르는 사이 재빨리 먹을거리 몇 입을 집어삼킬 수도 있었다.

"그 질문에 어떻게 대답해야 할지 모르겠네요." 리브는 스탠디시의 반쯤 굶어 죽는다는 표현을 떠올리며 의사에게 말했다.

맥브리어티가 지팡이로 무른 땅을 쿡 찔렀다.

리브는 망설이다가 결국 그 이름을 입에 올렸다. "어젯밤 스탠디시 선생님이 애나를 만나고 나서 선생님과 이야기를 나누었나요?"

강제로 음식을 먹이는 처방에는 강력히 반대할 준비가 되어 있었다.

노인의 표정이 시큼한 음식을 씹은 것처럼 일그러졌다. "정말 신사답지 못한 말투였어요. 아이를 보고 싶어 하는 수많은 탄원인 가운데 그 사람만 특별히 예우해서 오두막에 들어가게 해줬는데 말이에요!"

리브는 기다렸다.

하지만 맥브리어티는 자신이 어떤 욕을 들었는지 더 이야기할 생각이 없는 듯했다. 대신 이렇게 물었다. "아이 호흡은 여전히 문제없나요?"

리브는 고개를 끄덕였다.

"심장 소리랑 맥박도요?"

"네." 리브는 인정하지 않을 수 없었다.

"잠도 잘 자고요?"

다시 한번 끄덕.

"보기에도 쾌활한 것 같고 목소리도 여전히 힘이 있네요. 구토나 설사는 안 하죠?" 의사가 물었다.

"먹지를 않으니 그런 증상이 생길 리가 없죠."

노인의 촉촉한 눈이 환하게 빛났다. "그럼 라이트 씨도 아이가 정말 음식 없이……."

리브가 의사의 말을 가로막으며 지적했다. "어떤 식으로든 배설을 할 만큼 음식을 충분히 섭취하지 않았다는 뜻이에요. 애나는 대변을 전혀 보지 않고 소변은 아주 조금만 배출해요. 제가 볼 때 이건 배설물이 생길 정도로 충분하진 않지만 어느 정도는 음식을 먹고 있다는 증거예요. 아니, 감시를 시작하기 전까지 먹었을 가능성이 큰 거죠."

애나가 지난 몇 달간 밤에 음식을 먹고 그것을 인지하지 못했을 가능성도 언급하는 게 좋았을까? 리브는 움츠러들었다. 갑자기 자신의 생각도 노인이 말한 가설들만큼이나 터무니없게 느껴졌다.

"혹시 아이 눈이 더 튀어나온 것처럼 보이지 않으시나요? 피부는 멍이랑 각질투성이고 잇몸에서는 피까지 나요. 저는 괴혈병이 아닐까 생각했어요. 아니면 펠라그라거나요. 빈혈은 확실히 있어 보여요." 리브가 말했다.

맥브리어티는 지팡이로 부드러운 풀밭을 쿡 찌르고는 말했다. "맙소사, 라이트 씨. 이제는 자기 소관 밖의 일에 나서려는 겁니까?"

너그러운 아버지가 아이를 꾸짖는 모양새였다.

"방금 뭐라고 하셨죠, 선생님?" 리브가 딱딱하게 말했다.

"그런 수수께끼는 훈련받은 전문가에게 맡기세요."

리브는 맥브리어티가 어디에서 훈련을 받았는지, 제대로 훈련받은 건 맞는지, 지난 세기에 훈련받은 방식을 고집하는 건 아닌지 너무도 알고 싶었다.

"라이트 씨가 하실 일은 단순한 관찰입니다."

하지만 이런 일은 절대 단순하지가 않았다. 사흘 전에는 몰랐지만 이제는 리브도 확실히 알게 되었다.

"저기 있다!"

멀리서 들리는 날카로운 외침. 그 소리는 오도널 가족의 집 앞에 서 있는 커다란 마차에서 흘러나왔다. 승객 몇 명이 열렬히 손을 흔들고 있었다.

이렇게 이른 시간부터 포위를 당하다니. 애나는 어디로 가버린 걸까? 리브는 고개를 획획 돌리며 아이를 찾았다. 아이는 어떤 꽃의 향기를 맡고 있었다. 리브는 아양과 아첨, 불쾌한 질문 공세를 감당할 수 없었다.

"애나를 안으로 데려가야겠어요."

리브는 달려가 애나의 팔을 붙잡았다.

"잠깐만요……."

"안 돼, 애나. 넌 저 사람들이랑 얘기할 수 없어. 그게 규칙이고 우리는 규칙을 지켜야 해."

리브는 들판 모퉁이를 가로질러 오두막으로 아이를 재촉했다. 의사도 두 사람 뒤를 따랐다. 그러던 중 애나가 발을 헛디디면서 커다란 부츠 한 짝이 옆으로 벗겨져버렸다.

"다쳤니?" 리브가 물었다.

부정의 고갯짓.

리브는 계속해서 아이를 끌고 오두막 옆을 돌아 방문객 사이로 지나갔다. 왜 이 집에는 뒷문이 없을까? 방문객 무리는 팔꿈치까지 밀가루를 묻힌 로절린 오도널과 언쟁을 벌이고 있었다.

"저기 꼬마 기적이 온다!" 한 남자가 소리쳤다.

한 여자가 가까이 다가왔다. "아가, 네 치맛단 한 번만 만지게 해줘……."

리브가 어깨를 들이밀어 아이를 막았다.

"……침 한 방울이나 손기름 조금이라도 괜찮아. 목에 난 이 상처를 치료하고 싶어서 그래!"

모두 안으로 들여보내고 맥브리어티 선생 뒤에서 문을 쾅 닫은 후에야 리브는 애나가 헐떡이고 있음을 알아차렸다. 애나는 단지 자신을 붙잡으려 뻗은 손들을 두려워하는 것이 아니었다. 리브는 아이가 연약하다는 사실을 되새겼다. 어느 간호사가 이런 아이를 힘에 부칠 정도로 성급하게 내몰겠는가? 나이팅게일 선생님이 불호령을 내릴 행동이었다.

"어디 아프니, 우리 딸?" 로절린 오도널이 물었다.

애나는 가장 가까운 의자에 털썩 주저앉았다.

"그냥 숨이 차서 그럴 거예요." 맥브리어티가 말했다.

"엄마가 수건 따뜻하게 데워줄게." 아이 엄마는 두 손을 깨끗이 닦은 뒤 불 앞에 수건을 널었다.

"산책을 하느라 몸이 좀 차가워졌구나." 맥브리어티가 아이에게 말했다.

"몸은 늘 찬 편이에요." 리브가 중얼거렸다.

아이의 손이 파래져 있었다. 리브는 난로 옆 등받이 의자에 아이를 앉힌 뒤 아이의 통통 부은 손가락을 자기 손가락 사이에 넣고 비벼주었다. 혹시라도 아이가 아파하지 않도록 아주 살살 움직였다.

수건이 데워지자 로절린이 애나의 목을 부드럽게 감쌌다.

리브는 수건을 만져보고 안에 먹을 게 숨어 있는지 먼저·확인하고 싶었지만 차마 용기가 나지 않았다.

"라이트 씨와는 어떻게 지내니, 애나?" 의사가 물었다.

"아주 잘 지내요." 애나가 대답했다.

예의를 차리는 건가? 리브가 기억하는 건 자신이 아이를 무뚝뚝하거나 엄하게 대한 순간뿐이었다.

"저한테 수수께끼를 알려주세요." 애나가 덧붙였다.

"멋지구나!" 의사는 손가락으로 아이의 통통 부은 손목을 잡고 맥박을 쟀다.

뒤쪽 창문가 탁자 앞에 키티와 함께 서 있던 오도널 부인이 귀리과자를 찰싹대며 모양을 빚다가 멈칫했다. "어떤 수수께끼인데?"

"기발한 것들이에요." 애나가 엄마에게 말했다.

"이제 몸은 좀 괜찮아졌니?" 맥브리어티가 물었다.

애나는 미소를 지으며 고개를 끄덕였다.

"그럼 난 이만 가보마. 로절린, 잘 지내요." 의사가 고개를 숙여 인사했다.

"선생님도요. 들러주셔서 감사합니다."

맥브리어티 뒤로 문이 닫히자 리브는 맥이 빠지고 암울해졌다. 의사는 리브의 말을 거의 듣지 않았다. 스탠디시의 경고도 무시했다. 그는 꼬마 기적이라는 자신의 매력적인 이론에 너무도 사로잡혀 있었다.

그때 문 옆에 놓인 빈 의자가 눈에 들어왔다.

"금고가 없어졌네요."

"코코런 아들한테 부탁해서 새디어스 씨한테 보냈어요. 호두 껍데기 안에 든 장갑이랑 같이요." 키티가 말했다.

"돈은 한 푼도 빠짐없이 불우 이웃을 돕고 위로하는 데 쓰여요." 로절린 오도널이 리브에게 슬쩍 눈길을 던지고는 말을 이었다. "생각해봐, 애나. 넌 지금 천국에 재물을 모으고 있는 거야."

로절린은 후광을 제대로 누리고 있었다. 리브는 아이 엄마가 단순히 공모자 중 한 명이 아니라 음모 뒤에 숨은 천재라고 거의 확신했다. 그녀는 적대감이 드러나지 않도록 조용히 시선을 돌려야 했다.

리브의 얼굴에서 몇 센티미터 떨어진 벽난로 선반, 온 가족이 다 같이 찍은 옛날 사진 옆에 새로운 사진이 세워져 있었다. 작은 소녀는 두 사진 모두에서 거의 똑같은 모습이었다. 단정히 모은 팔다리와 이 세상 사람이 아닌 듯한 표정. 애나의 시간은 전혀 흐르지 않은 것 같았다. 애나는 유리 뒤에 고스란히 보존된 것 같았다.

하지만 정말 이상한 사람은 오빠였다. 남자아이라 오른쪽으로 가르마를 탔다는 점만 제외하면 사춘기에 접어든 팻의 얼굴은 동생의 부드러운 얼굴과 매우 비슷했다. 하지만 저 눈빛이 어딘가 이상했다. 입술도 연지를 바른 듯 색이 어두웠다. 팻은 훨씬 어린 아이나 술 취한 맵시꾼처럼 꼿꼿이 앉은 엄마에게 등을 기대고 있었다. 그 『시편』 구절에서 뭐라고 했더라? 이방의 아이가 힘을 잃고…….

애나가 우아한 부채처럼 손을 펼쳐 불을 쬐었다.

어떻게 하면 팻에 관해 더 알아낼 수 있을까?

"아드님이 많이 보고 싶겠어요, 오도널 부인."

짧은 침묵. 뒤이어 로절린 오도널이 말했다. "그럼요, 보고 싶죠." 커다랗고 여윈 손으로 날이 넓은 식칼을 휘둘러 오래된 파스닙을 자르며 계속 말했다. "하지만 괜찮아요. 사람들 말대로 주님은 고통을 이겨낼 힘도 늘 함께 주시니까요."

그 힘을 잘도 이용하고 있군, 리브는 생각했다.

"소식을 들은 지 오래되었나요?"

로절린 오도널이 칼질을 멈추고 리브를 빤히 보다 말했다. "팻은 우리를 내려다보고 있어요."

그럼 팻 오도널이 신대륙에서 성공한 건가? 너무 성공해서 평민 가족에게는 굳이 편지를 쓰지 않는 건가?

"천국에서요." 키티가 보탰다.

리브는 눈을 깜빡였다.

가정부는 영국 여자가 확실히 이해하도록 손가락으로 위를 가리켰다. "지난 11월에 죽었어요."

리브의 손이 휙 올라가 입을 가렸다.

"열다섯 살도 되기 전이었죠." 가정부가 덧붙였다.

"맙소사, 오도널 부인, 제가 너무 눈치가 없었어요. 용서해주세요. 저는 이걸 보고……." 리브는 은판 사진을 가리키며 목소리를 높였다.

사진 속 소년이 경멸의 눈빛으로 리브를 보는 듯했다. 아니, 환희의 눈빛이었나? 이 사진은 아들이 죽기 전에 찍은 것이 아니었다. 바로 사후에 찍은 것이었다.

애나는 이 모든 대화에 무관심한 듯 의자에 기대앉은 채 넋을 놓고 불꽃만 바라보았다.

로절린 오도널은 화를 내기는커녕 흐뭇한 미소를 짓고 있었다. "라이트 씨가 보시기에도 살아 있는 아이 같나요? 사실 비결이 있어요."

엄마 무릎에 받쳐진 자세. 부패의 첫 번째 징후인 검은 입술. 리브는 왜 추측하지 못했을까? 오도널 아들은 온종일, 아니, 이삼일 내내 이 부엌에 누워 가족과 함께 사진사를 기다린 걸까?

로절린 오도널이 너무 가까이 다가오는 바람에 리브는 움찔했다.

부인이 유리를 두드렸다. "눈을 정말 섬세하게 잘 그렸죠?"

누군가 사진 속 시신의 감긴 눈꺼풀에 흰자와 눈동자를 그려놓았다. 그래서 시선이 그렇게 인위적인 것이었다.

그때 오도널 씨가 발을 굴러 부츠의 진흙을 털어내며 안으로 들어왔다.

아내는 게일어로 남편을 맞은 뒤 다시 영어로 말했다. "들어봐, 맬러키. 라이트 씨가 팻이 아직 살아 있는 줄 아셨대!"

이 여자는 끔찍한 일에서 즐거움을 찾는 재능이 있었다.

"불쌍한 팻." 맬러키가 말했다. 별로 기분 상한 눈치는 아니었다.

로절린 오도널이 손가락으로 유리를 쓰다듬었다. "눈 때문에 완전히 속으셨나 봐. 역시 돈을 쓴 보람이 있어."

애나는 이제 무릎에 팔을 축 늘어뜨리고 있었다. 아이의 눈에 불꽃이 비쳤다. 리브는 빨리 이 방에서 아이를 내보내고 싶었다.

"팻은 위장병으로 죽었어요." 맬러키 오도널이 말했다.

키티는 코를 훌쩍이며 너덜너덜한 소매로 한쪽 눈을 닦았다.

"저녁 식사를 전부 게워내고 다른 건 아무것도 못 먹었죠."

농부가 리브를 보며 말하고 있었으므로 리브는 어쩔 수 없이 고개를 끄덕였다.

맬러키는 자기 배꼽과 오른쪽 아랫배를 차례로 쿡쿡 찔렀다.

"녀석이 고통스러워한 부분은 여기랑 여기였어요. 달걀처럼 부풀더라고요."

농부의 말은 지금껏 리브가 들은 것 중 가장 유창했다.

"그러다 아침이 되니까 가라앉길래 괜히 맥브리어티 선생님을 귀찮게 하지 말자 생각한 거예요."

리브는 다시 한번 고개를 끄덕였다. 아이 아빠가 리브의 전문적 의견을 구하는 것이었을까? 일종의 용서를 받으려고?

로절린 오도널이 이어 말했다. "하지만 팻은 계속 어지럽고 추워했어요. 우리는 집에 있는 담요를 전부 팻 침대에 쌓아주고, 체온으로 몸을 덥히려고 동생까지 옆에 뉘어줬죠."

리브는 몸을 떨었다. 당시 상황 자체보다는 예민한 아이가 듣는 자리에서 그 일을 다시 이야기하는 모습이 더욱 소름 끼쳤다.

"팻은 마치 꿈을 꾸는 듯 숨을 헐떡이면서 이상한 말을 늘어 놨어요." 아이 엄마가 중얼거렸다.

"그렇게 아침 식사 전에 떠나버렸죠. 불쌍한 녀석. 신부님을 부를 시간도 없었어요." 맬러키 오도널이 파리를 쫓으려는 것처럼 고개를 저으며 말했다.

"이 세상엔 너무 과분한 아이였던 거예요." 로절린이 외쳤다.

"정말 속상하셨겠네요."

리브는 부모의 얼굴을 보지 않기 위해 다시 은판 사진으로 고개를 돌렸다. 하지만 이제는 사진 속 소년의 눈빛을 견딜 수가 없었다. 그래서 여전히 차가운 애나의 손을 잡고 다시 침실로 들어갔다.

리브의 눈길이 보물 상자에 닿았다. 리브가 깨트린 조각상 속 암갈색 머리카락. 그것은 분명 오빠의 머리카락이었다. 리브는 애나의 침묵이 걱정스러웠다. 아이에게 그런 짓을 하다니. 침대를 데우는 숯불 냄비처럼 죽어가는 오빠 옆에 눕게 하다니.

"오빠를 잃어서 많이 슬프겠구나."

아이의 얼굴이 일그러졌다. "그렇지는 않아요. 아니, 물론 슬프긴 하지만, 엘리자베스 선생님, 그게 다는 아니에요." 아이는 리브에게 가까이 다가오며 소리를 낮추었다. "엄마 아빠는 오빠가 천국에 있다고 생각해요. 하지만 그건 확실히 모르는 거잖아요. **절망하지 말되 함부로 확신하지도 말아라.** 그 두 가지는 절대 용서받지 못할 성령 모독죄예요. 연옥에 있다면 오빠는 지금 불에 타고 있을…….”

“애나, 쓸데없는 고민은 하지 마. 네 오빠는 그냥 어린아이였어.” 리브가 끼어들었다.

“하지만 우리는 모두 죄인이에요. 그런데 오빠는 너무 빨리 병세가 나빠져 제때 용서를 못 받았어요.”

아이의 목깃 안으로 눈물이 뚝뚝 떨어졌다.

고백. 그렇다. 가톨릭 신자는 모든 죄를 씻어주는 고해 성사의 특별한 힘에 병적으로 집착했다.

애나는 리브가 알아듣기 힘들 정도로 심하게 울부짖었다. “우리는 천국에 들어가기 전에 완전히 깨끗해져야 해요.”

“그래, 네 오빠도 분명 깨끗해질 거야.” 리브의 말투는 욕조 물을 채우는 보모처럼 지나치게 현실적이었다.

“이제는 불로 깨끗해질 수밖에 없어요!”

“오, 아가…….”

정말이지 낯선 단어였다. 솔직히, 입에 올리고 싶지도 않은 단어였다. 리브는 어색하게 아이의 어깨를 토닥였다. 툭 튀어나온 뼈가 그대로 만져졌다.

“이건 신문에 싣지 말아요.”

리브가 스튜처럼 보이는 음식 너머로 말했다. (리브는 근무를 마치고 1시 반쯤 라이언네 작은 식당으로 들어와 식사 중인 윌리엄 번을 발견한 참이었다.)

“계속 얘기해요.”

리브는 이 말을 약속으로 받아들이고 낮은 목소리로 이어나갔다.

"애나 오도널은 9개월 전 소화기 질환으로 죽은 하나뿐인 오빠를 애도하고 있어요."

번은 고개만 끄덕이며 빵 껍질로 접시에 묻은 국물을 닦았다.

리브는 슬슬 짜증이 났다. "그 일이 아이한테 정신 이상을 일으킬 정도로 충격적이지 않다고 생각하는 거예요?"

번은 어깨를 으쓱했다. "지금 우리는 나라 전체가 상중이라고 해도 과언이 아니에요, 라이트 씨. 기근과 역병을 7년이나 겪었는데 어느 가족이 멀쩡히 남아 있겠어요?"

리브는 뭐라고 대꾸해야 할지 알 수가 없었다.

"저런, 7년이나요?"

"45년에 망한 감자 농사가 52년에나 완전히 회복됐거든요." 번이 설명했다.

리브는 조심스럽게 입에서 뼛조각을 뱉어냈다. 토끼고기인 모양이었다. "하지만 애나가 그런 국가 문제에 관해 뭘 알겠어요? 애나는 자기만 오빠를 잃었다고 생각할지도 몰라요. 어쩌면 오빠 대신 자기가 죽어야 했다며 자학하고 있을지도 모르고요." 문득 머릿속에서 그 성가가 낮게 울려 퍼졌다. 그리하여 주님 곁을 절대 떠나지 않겠나이다.

"그럼 아이가 우울해 보이는 건가요?"

"가끔은요. 하지만 정반대일 때도 있어요. 남모를 기쁨으로 한껏 밝아질 때요." 리브는 확신이 없었다.

"남모를 비밀 얘기가 나와서 말인데, 아이가 몰래 음식을 먹으려 하는 순간은 아직 포착하지 못한 거죠?"

리브는 고개를 저은 뒤 소곤소곤 말했다. "아무래도 애나는 자기가 음식 없이 살고 있다고 진심으로 믿는 것 같아요." 망설여지기는 했지만 누군가에게 한 번은 자기 생각을 털어놓아야 했다. "가족 중 한 명이 아이의 망상을 이용하면서 아이가 자는 동안 음식을 먹였을지도 모른다는 생각이 문득 들었어요."

"에이, 말도 안 돼요." 윌리엄 번이 얼굴에서 붉은 곱슬머리를 떼어냈다.

"그런 속임수가 있었다면 애나가 넉 달간 아무것도 먹지 않았다고 스스로 믿는 게 설명이 돼요. 의식이 없는 동안 누군가 목구멍으로 음식을 쏟아부었다면……."

"가능은 하겠지만 그럴 확률이 높을까요? 이 내용 다음 특전에 보내도 돼요?" 번이 연필을 집어 들었다.

"절대 안 돼요! 이건 사실이 아니라 추측이라고요."

"담당 간호사의 전문적 의견이라고 할게요."

리브는 당황하면서도 번이 자신의 말을 진지하게 받아들였다는 사실에 짜릿한 기쁨을 느꼈다.

"게다가 나는 일요일 위원회 보고 전까지 어떤 의견도 내서는 안 된다고 단단히 지시받았어요."

번이 연필을 던지듯 내려놓았다. "한마디도 못 쓰게 하면서 왜 사람 약만 올리는 거예요?"

리브가 딱딱하게 말했다. "미안합니다. 이제 이 얘기는 그만

하죠."

번은 안타깝다는 듯 미소 지었다. "그럼 난 다시 소문이나 보도해야겠네요. 사실 모든 소문이 호의적인 건 아니에요. 아시겠지만, 이 동네 주민이 전부 그 아이를 좋아하지는 않거든요."

"아이가 거짓말쟁이라고 생각하는 사람이 있다는 뜻인가요?"

"물론이죠. 더 심한 경우도 있는걸요. 어젯밤 눈빛이 아주 거친 어떤 인부한테 술을 사줬는데, 그 사람은 이 일의 배후에 요정이 있다고 믿더군요."

"그게 무슨 말이에요?"

"애나가 음식을 먹지 않는 이유는 여자아이로 위장한 무시무시한 괴물이기 때문이래요."

그 아이의 손발이 되어 시중을 드는 또 다른 무리. 리브가 이곳에 도착한 날 밤 수염 기른 농부가 그렇게 말했다. 분명 보이지 않는 요정 무리가 애나 옆에서 돌봐주고 있다는 뜻이었으리라.

"심지어 그 남자는 치료법까지 제안했어요. 두들겨 패거나 불속에 집어넣으면 왔던 곳으로 돌아갈 거요!" 번은 잔인할 정도로 정확하게 아일랜드 말씨를 재현했다.

리브는 몸을 떨었다. 술김에 내뱉는 이런 무지한 발언이 무시무시하게 느껴졌다.

"애나 오도널과 조금이라도 비슷한 환자를 간호해본 적 있어요?"

리브는 고개를 저었다. "개인 간호를 할 때 겉모습만 환자인 사람을 만난 적은 있어요. 흥미로운 병에 걸린 척하는 건강한 사람들요. 하지만 애나는 정반대예요. 자신이 아주 원기 왕성하다고 주장하지만 사실은 심각한 영양 부족 상태죠."

"흠. 그런데 건강 염려증 환자도 꾀병으로 보나요?" 번이 물었다.

리브는 당황스러웠다. 마치 고용주를 조롱하다가 들킨 기분이었다.

기자가 지적했다. "정신은 몸을 속일 수 있어요. 가렵다고 생각하면 실제로 가려워지죠. 하품을 생각하면……." 번은 말을 멈추고 손으로 하품을 틀어막았다.

"하지만……." 리브도 말을 하다 말고 하품을 내뱉었다.

번은 껄껄 웃음을 터트린 뒤 조용히 허공을 응시했다. "단련된 정신이 몸에게 음식 없이 살라고 명령하는 것도 어느 정도 가능할 것 같기는 해요. 적어도 얼마 동안은요."

잠깐. 리브와 처음 만났을 때 번은 애나를 사기꾼이라고 불렀다. 그다음 만남에서는 애나가 아무것도 먹지 못하는 현실을 모두 리브의 탓으로 돌렸다. 그래놓고 이제는 리브의 '수면 급식' 가설을 비웃으며 이 모든 게 기적이라는 주장이 결국 사실일지도 모른다고 말하는 것인가?

"설마 오도널 가족 편으로 넘어간 건 아니죠?"

번의 입술이 일그러졌다. "나는 직업적으로 늘 열린 마음을 유지해야 해요. 예전에 반란을 취재하러 인도 러크나우에 파견된 적이 있는데, 거기는 파키르가 가사 상태를 주장하기로 유명해요."

"파키요?"

"파키르요. 그쪽 종교의 성인이에요." 번은 리브의 발음을 고쳐준 뒤 설명을 시작했다. "펀자브 총독부에서 일했던 웨이드 대령한테 들었는데, 라호르 지방의 파키르라는 사람이 땅을 파고 들어가는 걸 대령이 직접 봤대요. 빛도 없고 공기도 부족한 지하에서 먹을 것도 마실 것도 없이 40일 동안 지내다가 나왔는데, 여전히 건강하고 쌩쌩하더라는 거예요."

리브는 코웃음을 쳤다.

번은 어깨를 으쓱했다. "전쟁터에서 잔뼈가 굵은 늙은 군인이 얼마나 확신에 차서 떠들어대는지 나도 거의 믿을 뻔했다니까요."

"번 씨는 냉소적인 언론인이잖아요."

"내가요? 난 부정한 행위를 보면 부정하다고 얘기해요. 그게 냉소적인 건가요?" 번이 말했다.

"미안해요. 그런 뜻은 아니었어요." 리브가 당황해서 사과했다.

"언론인 사이의 흔한 악습이죠." 번이 입꼬리를 씩 올리자, 문득 물 위로 뛰어오르는 물고기가 연상되었다.

기자는 그저 리브를 곤란하게 하려고 상처받은 척한 것이었을까? 리브는 살짝 어지러웠다.

"애나 오도널이 아일랜드의 꼬마 요가 수행자일 수도 있을까요?"

"애나를 안다면 그렇게 비웃진 못할 거예요." 리브의 입에서 불쑥 튀어나온 말이었다.

남자가 자리에서 일어섰다. "그 초대는 기꺼이 수락할게요."

"아니요. 방문객을 받지 않는다는 규칙은 절대 타협할 수 없어요."

"그럼 더블린에서 온 스탠디시 선생은 어떻게 예외가 됐는지 물어봐도 될까요? 어젯밤에는 말 안 했잖아요, 의사는 두 번째 시도에 들여보내줬다면서요."

번의 말투는 여전히 짓궂었지만 그 안에는 억울함이 섞여 있었다.

"그 저질 인간!"

윌리엄 번이 다시 자리에 앉았다. "저질 인간이 들여보냈다고요?"

"스탠디시가 저질 인간이라고요. 전부 비밀로 해줄 거죠?" 리브가 말했다.

번은 수첩을 탁 엎어버렸다.

"스탠디시가 나더러 애나한테 강제로 경관 급식을 하라고 했어요."

번이 움찔했다.

"맥브리어티 선생이 상황도 잘 모르면서 내가 반대하는데도 고집스럽게 스탠디시를 들여보냈지만, 더 이상 그런 일은 없을 거예요." 리브가 덧붙였다.

"세상에, 이제 감시자에서 경호원으로 바뀐 건가요, 엘리자베스 라이트 씨? 아이 앞에 서서 용들이 다가오지 못하게 전부 막아줄 거예요?"

리브는 대답하지 않았다. 번이 리브의 이름을 어떻게 알았을까?

"보아하니 그 아이를 꽤 좋아하는 것 같은데, 내 생각이 맞나요?"

"이건 내 일이에요. 번 씨 질문은 전혀 무관한 내용이고요." 리브가 쏘아붙였다.

"내 일은 어떤 내용이든 모두 질문하는 거예요."

리브는 번을 날카롭게 쳐다보았다. "번 씨는 왜 아직 여기 있는 거예요?"

"라이트 씨는 동료 여행자를 참 편하게 해주는 재주가 있는 것 같아요." 번이 뒤로 기대자 의자가 삐걱거렸다.

"미안해요. 그냥 왜 이렇게 오랫동안 이 사례에 전념하는지 궁금해서 그래요."

"그럴 수 있죠. 나도 월요일에 출발하기 전까지는 더블린 거리의 굶주린 부랑아를 모아 취재해보겠다고 편집장을 설득했어요. 뭐 하러 이 먼 습지대까지 오겠어요?" 윌리엄 번이 설명했다.

"그랬더니 편집장이 뭐라던가요?" 리브가 물었다.

"내가 예상한 대로였죠. 길 잃은 양 한 마리야, 윌리엄."

리브는 잠시 후 성경 구절을 떠올렸다. 무리를 벗어난 양 한 마리를 찾기 위해 아흔아홉 마리 양 떼를 두고 떠난 목자.

번은 어깨를 으쓱하며 말했다. "기자의 조사는 범위가 아주 좁아야 해요. 독자의 관심을 다양한 대상으로 분산시키면 독자는 결국 어떤 대상에도 눈물을 흘리지 않을 거예요."

리브는 고개를 끄덕였다. "간호사도 마찬가지예요. 다수보다는 개인에 관심을 쏟기가 훨씬 쉽죠."

흐릿한 적갈색 눈썹 하나가 위로 올라갔다.

"그래서 나이……." 리브는 나이팅게일 선생님을 언급할 뻔하다가 고쳐 말했다. "나를 가르치신 선생님도 특정 환자 옆에 앉아 책을 읽어주지 말라고 하신 거예요. 그러면 애착이 생길 수 있으니까요."

"치근덕대거나 신체 접촉을 할 수도 있고요."

그런 말에 당황할 리브가 아니었다. "우리한테는 허비할 시간이 없었어요. 그래서 **필요한 처치만 하고 넘어가라고** 말씀하신 거예요."

"그런데 이제 나이팅게일 여사 본인이 환자가 되었죠." 번이 말했다.

리브는 번을 빤히 쳐다보았다. 그녀는 최근 몇 년 동안 스승이 공식 석상에 모습을 드러냈다는 이야기를 들은 적이 없었다. 그래서 나이팅게일 선생님이 병원 개혁 임무를 조용히 잘 수행하고 계시리라고만 생각했다.

"미안해요. 못 들은 모양이네요." 번이 탁자 너머로 몸을 기울이며 말했다.

리브는 애써 마음을 가라앉혔다.

"나이팅게일 여사는 사람들 말대로 그렇게 훌륭한 분이었나요?"

"훌륭하다는 말로는 부족해요. 투병 중이든 아니든 여전히 훌륭하시고요."

리브는 목이 메어 남은 스튜를 옆으로 밀어내고 자리에서 일어섰다. 이번만은 도저히 식사를 끝낼 수가 없었다.

"얼른 일어나고 싶어서 근질근질해요?" 윌리엄 번이 물었다.

리브는 이 비좁은 식당이 아니라 아일랜드 중부 지방을 떠나고 싶으냐고 질문받은 것처럼 대답하기로 했다. "글쎄요. 가끔은 여기가 아직 18세기인 것처럼 느껴지기는 해요."

번이 씩 웃었다.

"요정을 위한 우유, 불과 홍수를 막아주는 밀랍 원반, 아무것도 먹지 않고 사는 소녀……. 아일랜드 사람이 안 믿는 미신은 없나요?"

"요정 이야기만 빼면 우리 나라 사람은 대부분 신부가 하는 말을 곧이곧대로 다 믿어요." 번이 말했다.

결국은 번도 가톨릭 신자였다. 리브는 왠지 그 사실이 놀라웠다.

번은 리브에게 더 가까이 오라고 손짓했다. 리브가 아주 조금 몸을 기울이자, 번이 속삭였다.

"그래서 내가 새디어스 씨를 의심하는 거예요. 어쩌면 오도널 꼬마는 정말 결백할지도 몰라요. 라이트 씨 말대로 몇 달간 자면서 음식을 먹었을지도 모르죠. 그렇다면, 이제 그 꼭두각시를 조종한 사람은 누구일지 생각해야 해요."

갈비뼈를 한 대 얻어맞은 기분이었다. 리브는 왜 그 생각을 하지 못했을까? 실제로 그 신부는 너무 말주변이 좋고 너무 생글거렸다.

잠깐. 리브는 자세를 바로 했다. 편견 없이 논리적으로 따져 볼 필요가 있었다.

"새디어스 씨는 처음부터 애나한테 음식을 먹으라고 설득했댔어요."

"설득요? 겨우? 애나는 새디어스 씨의 교구민이에요. 그것도 아주 독실한 신자요. 새디어스 씨는 애나한테 기어서 산을 오르라고 명령할 수도 있어요. 내가 볼 때 이 사기극의 배후에는 처음부터 신부가 있었어요."

"하지만 무슨 동기로요?"

번은 엄지로 검지와 중지를 문질러 돈 세는 듯한 제스처를 취했다.

"방문객 기부금은 불우 이웃에 전해졌어요." 리브가 말했다.

"그게 바로 교회로 갔다는 뜻이에요."

리브의 머릿속이 빙빙 돌았다. 모든 이야기가 너무도 그럴듯했다.

"만약 애나의 사례가 기적으로 인정되고 이 따분한 시골 마을이 순례지가 되면 수익은 끝도 없이 생길 거예요. 단식 소녀는 성지를 짓는 기금 그 자체라고요!" 번이 설명했다.

"하지만 신부가 어떻게 밤에 몰래 아이한테 음식을 먹였겠어요?"

"그거야 모르죠. 분명 가정부나 오도널 부부와 결탁했을 거예요. 누가 의심스러워요?"

리브가 반박했다. "나는 독단적으로 그런 판단을……."

"비밀로 할 테니까 얘기해봐요. 월요일부터 밤낮으로 그 집에 있었잖아요."

리브는 망설이다가 아주 작은 목소리로 대답했다. "로절린 오도널요."

번은 고개를 끄덕였다. "어머니라는 단어가 아이들 언어로 신을 뜻한다고 누가 얘기했죠?"

리브는 그런 말을 들어본 적이 없었다.

번은 손가락 사이로 연필을 흔들었다. "어차피 증거가 없으면 이런 내용은 한마디도 신문에 실을 수 없어요. 잘못하면 명예 훼손으로 고소당할 거예요."

"당연히 실으면 안 되죠!"

"아이를 5분만 만나게 해주면 내가 진실을 캐내볼게요."

"절대 안 돼요."

"그럼 라이트 씨가 직접 아이 속을 떠보든가요." 번이 평소처럼 다시 우렁찬 목소리로 말했다.

리브는 번의 염탐꾼이 되고 싶지는 않았다.

"어쨌든, 말동무해줘서 고마워요, 라이트 씨."

벌써 오후 3시가 다 되었다. 다음 근무는 9시에 시작되었다. 리브는 바람을 쐬고 싶었다. 하지만 밖에는 보슬비가 내리고 있었다. 그리고 잠도 보충해둬야 했다. 결국 리브는 위층으로 올라가 부츠를 벗었다.

감자 마름병이 그렇게 긴 재앙이었고 고작 7년 전에야 끝이 났다면 지금 열한 살인 아이는 분명 기근 속에서 태어난 것이었다. 그 시기에 젖을 떼고 그 시기에 양육됐다면 인격 형성에도 큰 영향을 받았을 것이다. 애나의 몸 구석구석은 적은 영양분을 효율적으로 활용하는 법을 터득했을 것이다. **군것질거리를 탐내거나 달라고 떼쓴 적이 한 번도 없어요.** 로절린 오도널은 딸을 그렇게 칭찬했다. 애나는 분명 배부르다고 말할 때마다 애정을 받았을 것이다. 오빠나 가정부에게 조금씩 음식을 양보할 때마다 미소로 보상을 받았을 것이다.

하지만 그렇다고 해서 아일랜드의 다른 아이는 모두 저녁 식사를 원하는데 애나만 원하지 않는 이유가 설명되지는 않았다.

어쩌면 다른 점은 엄마일지도 몰랐다. 딸이 금실을 짓는다고 세상에 자랑하던 옛이야기 속 허풍쟁이 엄마처럼. 로절린 오도널은 어린 딸의 절제력이 강하다는 사실을 깨닫고 그 재능을 돈과 명성과 영광으로 바꿀 방법을 생각해냈을까?

리브는 눈을 감고 가만히 누워 있었다. 하지만 눈꺼풀 사이로 계속해서 빛이 들어왔다. 음식이 필요하다고 해서 음식을 즐기는 것은 아닌 것처럼, 피곤하다고 해서 잠을 잘 수 있는 건 아니었다. 결국 리브의 생각은 언제나 그랬듯 또다시 애나에게로 돌아갔다.

마지막 저녁 빛이 마을 길 너머로 사라지는 시간, 리브는 길

아래에서 오른쪽으로 들어섰다. 만월에 가까운 상현달이 묘지 위로 떠올랐다. 리브는 관 속에 누워 있을 오도널 소년을 떠올렸다. 9개월이면 썩고 있지만 아직 뼈만 남지는 않았을 시간이었다. 허수아비가 입고 있던 갈색 바지도 그 아이 것이었을까?

오두막 현관문에 붙여둔 안내문이 빗자국으로 얼룩덜룩했다.

미카엘 수녀는 침실에서 기다리고 있었다.

"벌써 곯아떨어졌어요." 수녀가 속삭였다.

낮 교대 때 리브는 자신의 근무에 관해 전달할 시간을 조금밖에 갖지 못했다. 지금은 두 사람이 조용히 이야기할 수 있는 아주 드문 기회였다.

"미카엘 수녀님……."

하지만 리브는 자신의 수면 급식 가설을 입에 올릴 수 없다는 사실을 깨달았다. 수녀는 분명 또다시 상자처럼 마음을 꼭 닫아버릴 것이었다. 그보다는 좁은 침대에 잠들어 있는 공통의 관심사, 이 아이 이야기를 꺼내는 편이 훨씬 나을 듯했다.

"아이 오빠가 죽은 거 알았어요?"

"주님 곁에서 편안히 잠들기를." 수녀가 고개를 끄덕이며 성호를 그었다.

도대체 왜 아무도 리브에게 말해주지 않은 것일까? 아니, 리브는 왜 지금껏 엉뚱한 오해를 하고 있었던 걸까?

"애나가 오빠 때문에 많이 괴로워하는 것 같아요." 리브가 말했다.

"당연히 그렇겠죠."

"아니요. 너무 지나칠 정도로 괴로워한다고요."

리브는 망설였다. 이 여자는 습지를 가로질러 춤추는 천사들을 보며 온갖 미신을 믿을지도 몰랐다. 하지만 아이를 가까이서 지켜본 사람과 의논하려면 선택지는 오직 수녀뿐이었다.

리브는 소곤소곤 말을 이어갔다. "아무래도 애나의 마음에 문제가 있는 것 같아요."

미카엘 수녀의 흰자위가 램프의 불빛을 받아 반짝거렸다. "아이의 마음을 들여다보는 건 우리가 할 일이 아니에요."

리브는 주장을 굽히지 않았다. "제가 증상을 기록하고 있는데, 그중 하나가 오빠를 너무 많이 생각한다는 거예요."

수녀는 손가락 하나를 꼿꼿이 펴 들었다. "추론일 뿐이에요, 라이트 씨. 우리는 이런 식으로 상의하면 안 돼요."

"그건 불가능해요. 우리가 하는 말이 모두 애나에 관한 건데 어떻게 상의를 안 할 수가 있겠어요?"

수녀가 격렬히 고개를 저었다. "아이가 음식을 먹느냐 마느냐. 우리가 신경 쓸 문제는 그것뿐이에요."

"**저한테는** 아니에요. 그리고 수녀님이 진짜 간호사라면 수녀님한테도 아니어야 해요."

수녀의 뺨이 굳어졌다. "우리 수녀원은 맥브리어티 선생님 지시에 따르라고 저를 이곳으로 보냈어요. 그럼 수고하세요."

수녀는 망토를 접어 팔에 걸친 뒤 방을 나섰다.

몇 시간 뒤 리브는 자리에 앉아 애나의 실룩이는 눈꺼풀을 바라보며 그날 오후 잠을 보충해두지 않은 것을 뼈저리게 후회했다. 하지만 이것은 익숙한 싸움이었다. 다른 간호사와 마찬가지로 리브도 계속해서 자신에게 말을 걸면 이 싸움에서 이길 수 있다는 사실을 매우 잘 알았다.

어떻게든 몸을 움직여야 했다. 수면이 아니라면 식사, 그것도 안 된다면 다른 자극이 필요했다. 리브는 발을 올려두던 따뜻한 벽돌을 치우고 숄을 내려놓은 뒤 앞뒤로 세 걸음씩 방 안을 왔다 갔다 했다.

리브는 문득 윌리엄 번이 자신의 뒷조사를 했겠다는 생각이 들었다. 번은 리브의 이름과 스승을 알고 있었다. 리브는 과연 번에 관해 뭘 알고 있지? 리브가 읽어본 적 없는 신문에 기사를 쓴다는 사실, 인도에 파견된 적이 있다는 사실, 다소 냉소적이긴 하지만 가톨릭 신자라는 사실. 솔직하고 화통하긴 하지만 번은 새디어스 씨에 관한 가설 외에 별로 드러낸 것이 없었다. 그 가설 역시 지금 생각해보면 전혀 설득력 없는 대담한 추론일 뿐이었다. 신부는 월요일 아침 이후로 오두막 근처에도 오지 않았다. 어떻게 애나에게 물어볼 수 있겠는가, **새디어스 씨가 음식을 못 먹게 하는 거니?**

리브는 수면 중 호흡수를 세기 시작했다. 분당 19회. 하지만 애나가 깨면 그 수는 달라지고 주기는 조금 불규칙해질 것이다.

냄비에서 뭔가를 굽는 냄새가 났다. 순무인가? 음식은 밤새 천천히 익으면서 오두막을 녹말 향으로 가득 채웠다. 라이언네서 든든히 저녁을 먹었지만 리브는 다시 배가 고파졌다.

리브는 무언가에 이끌려 침대를 돌아보았다. 어둠 속에서 빛나는 두 개의 눈동자와 마주쳤다.

"언제부터 깨어 있었어?"

애나가 작게 어깨를 으쓱했다.

"뭐 필요한 거라도 있니? 요강 줄까? 아니면 물?"

"괜찮아요, 엘리자베스 선생님."

애나의 말투가 어딘가 달라졌다. 지나치게 공손해서 딱딱하게 느껴질 정도였다.

"어디가 아프니?"

"그렇진 않은 것 같아요."

"그럼 왜 그래?" 리브는 가까이 다가가 침대 위로 몸을 기울였다.

"아무 일 아니에요." 애나가 나직이 속삭였다.

리브는 모험을 해보기로 했다. "혹시 배고프니? 순무 냄새 때문에 깬 거야?"

동정에 가까운 희미한 미소.

리브의 배가 꼬르륵거렸다. 사람은 배가 고프면 잠에서 깬다. 아기는 매일 아침 칭얼대며 몸을 뒤척인다. 먹을 걸 달라고. 하지만 애나 오도널은 더 이상 그러지 않았다. 히스테리, 정신 이상, 광기. 이런 단어는 애나에게 적합하지 않았다. 애나는 그저 음식이 필요 없는 어린아이일 뿐이었다.

정신 차리자, 리브는 스스로를 꾸짖었다. 애나가 자신이 여왕의 다섯 딸 중 하나라고 믿는다면 그것도 사실이 되는 것인가? 아이는 허기를 못 느낄지 몰라도 굶주림은 아이의 살, 머리카락, 피부를 조금씩 갉아먹고 있었다.

침묵이 너무 오래 이어져 리브는 아이가 눈을 뜬 채로 잠이 들었나 보다 생각했다. 그때 애나가 입을 열었다.

"작은 도깨비 얘기 해주세요."

"무슨 도깨비?" 리브가 물었다.

"룸펠 어쩌고 하던 도깨비요."

"아, 룸펠슈틸츠헨?"

리브는 그저 시간을 보낼 요량으로 옛날이야기를 들려주었다. 자세한 내용을 떠올려보니 정말이지 기이한 이야기였다. 어머니의 허풍 때문에 지푸라기로 금실을 짓는 불가능한 일을 떠맡은 소녀. 그 소녀를 도운 도깨비. 도깨비의 이상한 이름을 맞혀야만 첫아이를 지킬 수 있다는 황당한 제안……

이후로 애나는 한동안 가만히 누워 있었다. 문득 아이가 이 전설을 사실로 받아들일지도 모른다는 생각이 들었다. 애나에게는 초자연 현상도 똑같이 현실로 와 닿을까?

"벳."

"뭐라고?" 리브가 물었다.

"선생님 가족이 선생님을 부르던 이름 말이에요, 벳이에요?"

리브는 피식 웃었다. "또 그 바보 같은 질문이야?"

"태어나서부터 죽 엘리자베스라고 부르지는 않았을 거 아니에요. 벳시? 베티? 베시?"

"셋 다 아니야."

"어쨌든 엘리자베스랑 관련된 이름은 맞죠? 제인처럼 아예 다른 이름은 아니죠?" 애나가 물었다.

"그건 속임수지." 그 점은 리브도 인정할 수밖에 없었다.

리브는 사랑받던 시절에 불린 애칭이었다. 엘리자베스는 너무 길어서 발음하기가 힘들다며 동생이 지어준 이름이었다. 가족 모두가 리브라고 불러주었다. 리브에게 아직 가족이 있을 때, 아직 부모님이 살아 계실 때는 그랬다. 동생이 리브는 자신에게 죽은 사람이라고 선언하기 전까지는 그랬다.

리브는 회색 담요에 놓인 애나의 손에 자신의 손을 얹었다. 퉁퉁 부은 손가락이 얼음장 같았다.

애나의 손을 담요 안으로 넣어주며 물었다. "밤에 누가 옆에 있어서 좋으니?"

아이는 어리둥절한 표정을 지었다.

"혼자 있지 않아서 좋으냐는 뜻이야."

"저는 혼자가 아니에요." 애나가 말했다.

"지금은 그렇지." 감시가 시작된 이후로는 혼자인 적이 없으니까.

"절대로 혼자가 아니에요."

"그래." 리브는 맞장구쳤다. 감시자 둘이 쉬지 않고 번갈아 옆을 지켰으니까.

"제가 잠들면 제 안으로 곧장 남자가 들어와요."

어느새 푸르스름한 눈꺼풀이 파르르 떨리며 닫히고 있었으므로 리브는 그 남자가 누구인지 묻지 않았다. 답이 너무도 명확하지 않은가.

애나의 호흡이 다시 깊어졌다. 리브는 아이가 매일 밤 자신의 구세주 꿈을 꾸는지 궁금했다. 신은 긴 머리 남자의 모습으로 찾아올까? 아니면 후광이 비치는 소년? 아니면 아기? 신은 과연 어떤 위로를 해줄까? 이 땅의 잔치보다 얼마나 더 훌륭한 진수성찬을 베풀어줄까?

잠자는 아이를 지켜보는 것은 매우 강력한 수면제였다. 리브의 눈꺼풀이 다시 무거워졌다. 자리에서 일어나 양쪽으로 고개를 돌리며 목을 풀었다.

제가 잠들면 제 안으로 곧장 남자가 들어와요. 참 이상한 말이었다. 어쩌면 애나는 그리스도가 아니라 그냥 평범한 남자를 의미했을지도 모른다. 아이가 의식 없이 몽롱한 상태에 있을 때 아이 입에 액체를 넣어주는 누군가. 맬러키 오도널? 아니면 새디어스 씨? 애나는 자신도 거의 이해하지 못한 진실을 리브에게 말하려 했던 것일까?

리브는 소일거리를 찾아 아이의 보물 상자를 뒤적거렸다. 그런 다음 상본이 빠지지 않도록 조심하며 『그리스도를 본받아』를 펼쳤다. 리브는 책장 맨 위에 적힌 문장을 읽었다. 우리가 스스로 완전히 죽고 우리 마음에 얽매이지 않을 때에야, 비로소 신성한 것들을 맛볼 수 있을 것입니다.

리브는 몸을 떨었다. 누가 아이에게 스스로 죽으라고 가르친단 말인가? 애나를 사로잡은 터무니없는 생각 중 얼마나 많은 수가 이런 책에서 나온 것일까?

아니면 카드 속 밝은 파스텔 색조의 그림에서 나온 것일까?

수많은 식물, 빛을 향해 고개를 돌린 해바라기, 군중이 모인 나무 꼭대기에 앉은 예수. 고딕체로 적힌 딱딱한 표어에서 예수는 형제 또는 신랑으로 묘사됐다. 카드 한 장에는 절벽을 깎아 만든 가파른 계단, 지는 해처럼 커다랗게 뜬 하트, 그리고 맨 꼭대기에 십자가가 그려져 있었다. 다음 카드는 더 이상했다. 성 가타리나의 신비한 결혼. 젊고 아름다운 여자가 어머니 무릎에 앉은 아기 예수로부터 결혼반지를 받는 그림인 모양이었다.

하지만 가장 불편한 그림은 넓은 십자가 모양 뗏목을 타고 물 위를 떠가는 한 소녀의 그림이었다. 소녀는 주변에서 솟아오르는 거친 파도를 알아차리지 못한 채 팔다리를 쭉 뻗고 잠들어 있었다. 거기에는 이렇게 적혀 있었다. Je voguerai en paix sous la garde de Marie.[25] 마리아의 보호 아래 나는 무엇을 무엇한다? 그제야 리브의 눈에 소녀를 지켜보는 구름 속 슬픈 여자의 얼굴이 들어왔다.

리브는 책을 덮어 제자리에 내려놓았다. 그러고는 그 카드를 다시 찾아 카드가 꽂힌 페이지에 적힌 구절을 확인했다. 마리아나 바다에 관한 내용은 어디에도 없었다. 눈길을 끄는 단어는 배뿐이었다. 주님께서 텅 빈 배를 발견하시고 그곳에 축복을 내리십니다. 정확히 뭐가 있어야 하는데 텅 비었다는 것일까? 음식? 생각? 개성? 리브는 궁금했다. 다음 장을 넘겨보니 화가 난 듯한 천사의 그림 근처에 이렇게 적혀 있었다. 당신은 내게 천국의

---

25) '나는 성모의 가호 아래 평화로이 떠다닐 것이다'라는 뜻이다.

음식과 천사의 빵을 기꺼이 내주십니다. 몇 장 뒤에는 「최후의 만찬」 그림이 꽂혀 있었다. 당신께서 몸소 우리의 음식이 되어주시니 이 얼마나 달콤하고 즐거운 성찬입니까! 아니, 어쩌면 그 카드는 다음 문장을 기억하기 위함인지도 몰랐다. 내 사랑이여, 당신만이 저의 고기이자 음료입니다.

리브는 어린아이가 이렇게 화려한 장식체로 쓰인 문장들을 어떻게 오해할 수 있는지 알 것 같았다. 애나가 병이 난 뒤로 학교에 가지 않고 적절한 지도 없이 집에서 이런 책만 읽었다면……

물론 모든 아이가 은유를 이해하는 것은 아니었다. 리브는 학창 시절에 알던 한 여자아이를 떠올렸다. 한담 따위 나누지 않고 늘 차갑기만 했던 그 아이는 매우 학구적이었지만 일상적인 일에 너무도 무지했다. 애나는 그런 것 같지는 않았다. 하지만 시적인 언어를 곧이곧대로 받아들이는 건 어리석다고밖에 할 수가 없었다. 리브는 다시 아이를 흔들어 깨워 이렇게 말하고 싶었다. 예수는 **진짜** 고기가 아니야, 이 바보야!

아니, 바보는 아니었다. 애나는 아주 총명한 아이였다. 그저 분별력이 조금 약해진 것뿐이었다.

리브는 병원 간호사 중 한 명의 이야기를 떠올렸다. 그 간호사에게 사촌이 있었는데, 그 사촌은 《데일리 텔레그래프》에 찍힌 쉼표와 마침표가 자신을 위한 암호라고 굳게 믿었다.

새벽 5시가 다 됐을 무렵 키티가 머리를 들이밀고 한참 동안 잠자는 아이를 바라보았다.

리브는 문득 애나가 키티의 마지막 남은 사촌일지도 모른다는 생각이 들었다. 오도널 가족은 다른 친척을 전혀 언급하지 않았다. 혹시 애나가 사촌에게는 비밀을 털어놓을까?

"미카엘 수녀님 오셨어요." 가정부가 말했다.

"고마워요, 키티."

하지만 뒤이어 들어온 사람은 로절린 오도널이었다.

그냥 내버려둬요, 리브는 그렇게 말하고 싶었지만 입을 꾹 다물었다. 로절린은 허리를 숙여 긴 포옹으로 딸을 깨운 뒤 작게 기도를 속삭였다. 마치 웅장한 오페라의 한 장면처럼 하루에 두 번씩 이렇게 방으로 불쑥 들어와 자신의 모성을 과시했다.

수녀가 들어와 고갯짓으로 인사를 했다. 입은 조금도 열지 않았다. 리브는 짐을 챙겨 곧장 방을 나섰다.

오두막 밖으로 나와보니 가정부가 불 위에 걸쳐둔 커다란 통에 양동이 물을 붓고 있었다.

"뭐 하는 거예요, 키티?"

"빨래하는 날이에요."

리브의 관점에서는 빨래통이 배설물 더미에 너무 가까이 놓여 있었다.

"보통은 금요일이 아니라 월요일인데, 다음 월요일이 '라 엘러 미러 모르'잖아요."

"뭐라고요?"

"성모 승천 대축일요."

"아, 그래요?"

키티는 두 손을 허리에 얹고 리브를 뚫어져라 쳐다보다 말했다. "성모님이 8월 15일에 올라가셨잖아요."

리브는 그 말이 무슨 뜻인지 차마 물어볼 수가 없었다.

"육신이 천국으로 올라가셨다고요." 키티가 양동이를 높이 들어 올렸다.

"죽은 거예요?"

"죽기는요. 사랑하는 아드님이 구원해주셨죠." 숫제 비웃는 투였다.

이 여자와는 도저히 대화를 할 수가 없었다. 리브는 고개를 한 번 끄덕인 뒤 마을을 향해 발길을 돌렸다.

리브는 마지막 남은 어둠을 뚫고 영혼 식료품점으로 돌아갔다. 조금 이지러진 달이 지평선 위로 낮게 떠 있었다. 식료품점 위층 침실로 휘청휘청 올라가기 전, 리브는 잊지 않고 매기 라이언에게 아침 식사를 남겨달라고 부탁했다.

9시에 잠에서 깼다. 정신이 몽롱하기만 할 뿐 머리는 전혀 개운하지 않았다. 빗방울이 눈먼 이의 손가락처럼 지붕을 톡톡 두드리고 있었다.

식당에는 윌리엄 번의 흔적이 보이지 않았다. 이 사기극에 신부가 연관됐는지 더 알아보라고 해놓고 벌써 더블린으로 돌아간 것일까?

매기는 리브에게 차가운 팬케이크를 가져다주었다. 작은 알갱이가 오독오독 씹히는 걸 보니 잿불에서 바로 구운 모양이었다. 아일랜드 사람은 음식을 싫어하나? 기자의 안부를 물어보려다가 그런 질문이 어떻게 들릴까 싶어 이내 마음을 접었다.

다섯째 날, 리브는 한층 허기진 배를 붙잡고 잠에서 깨어 애나 오도널을 생각했다. 불현듯 욕지기가 치밀어 접시를 밀어놓고 방으로 올라갔다.

몇 시간 동안 책을 읽었다. 다양한 수필을 모아둔 모음집이었지만 머릿속에 남는 것은 아무것도 없었다.

우산에 떨어지는 빗소리를 들으며 영혼 식료품점 뒤로 난 길을 따라 내려가기 시작했다. 날씨가 어떻든 그저 밖으로 나가고 싶었다. 우울해 보이는 소 몇 마리가 들판에 나와 있었다. 이 근방에서 유일하게 높이 솟은 지대로 향하는 내내 땅의 상태는 점점 나빠지는 듯했다. 지금 리브가 가려는 애나의 고래산은 한쪽 끝이 뭉뚝하고 다른 쪽 끝이 뾰족한 기다란 능선이었다. 점점 좁아지며 습지로 이어지는 길을 계속해서 따라갔다. 그러면서 보라색 히스꽃으로 뒤덮인 더 높고 말라 보이는 구역을 되도록 벗어나지 않으려고 노력했다. 옆에서 뭔가가 움직이는 모습이 얼핏 보였다. 토끼인가? 몇몇 웅덩이는 따뜻한 코코아차 같은 액체로 가득 차 있었고 다른 웅덩이는 더러운 물로 반짝이고 있었다.

부츠를 흠뻑 적시지 않기 위해 버섯 모양 흙더미 위로 폴짝폴짝 뛰어서 이동했다. 그러면서 가끔 우산 끝을 아래로 내려 땅이 얼마나 단단한지 쿡쿡 찔러보았다. 한동안은 발아래서 들리는 물소리에 살짝 긴장한 채 넓은 띠 모양으로 펼쳐진 물잔디를 조심조심 건너갔다. 아마도 땅속에 개울이 흐르는 모양이었다. 이곳 지형은 모두 벌집처럼 곳곳이 물에 잠겨 있을까?

부리가 흰 새 한 마리가 성큼성큼 지나며 빽 소리를 질렀다. 젖은 땅을 가로질러 작은 흰색 머리들이 하나둘씩 고개를 끄덕거렸다. 리브는 특이한 이끼를 자세히 보려 허리를 구부렸다. 알고 보니 그 이끼에는 작은 사슴뿔 같은 것이 여러 개 달려 있었다.

그때 땅속 커다란 구덩이에서 뭔가를 내리찍는 소리가 들려왔다. 가까이 다가가 들여다보니 한 남자가 가슴까지 찬 갈색 물속에서 사다리 같은 물체에 한쪽 팔꿈치를 걸고 매달려 있었다.

"조금만 기다리세요!" 리브가 소리쳤다.

남자가 리브를 올려다보았다.

"최대한 빨리 사람을 불러올게요." 리브가 말했다.

"저는 괜찮아요."

"하지만……." 리브는 남자를 집어삼키고 있는 물을 가리켰다.

"그냥 좀 쉬는 거예요."

리브가 또 오해를 한 것이다. 두 뺨이 후끈 달아올랐다.

남자는 체중을 옮겨 다른 팔로 사다리를 잡았다. "그 영국 간호사님이로군요."

"맞아요."

"거기서는 토탄을 안 캐나요?"

리브는 그제야 사다리에 걸린 날개 모양 삽을 알아보았다.

"제가 살던 지역에서는 안 캤어요. 그런데 왜 그렇게 깊이 내려간 거예요?"

남자는 구덩이 가장자리를 가리키며 대답했다. "지표면 토탄은 풀이 자라서 별로 쓸모가 없거든요. 동물 잠자리에 깔거나 상처를 치료하는 데 이끼를 쓸 뿐이죠."

리브는 전쟁터에서라도 이 썩은 물질을 상처에 바르고 싶진 않을 것 같다고 생각했다.

"연료용 토탄을 캐려면 한두 사람 키 정도 깊이는 파고 내려가야 해요."

"굉장하네요." 리브는 유능한 사람처럼 보이려 노력했지만 이 말은 파티에 참석한 한심한 여자처럼 들렸을 것이다.

"간호사 선생은 길을 잃은 건가요?"

"아니요. 그냥 산보 좀 나왔어요. 운동하려고요." 끝말은 토탄꾼이 '산보'라는 단어에 익숙하지 않을까 봐 덧붙인 것이었다.

남자는 고개를 끄덕였다. "혹시 주머니에 빵 한 조각 있나요?"

리브는 당황해서 뒤로 물러섰다. 이 사람 설마 거지인가? "없어요. 돈도 한 푼 없고요."

"돈은 쓸모가 없어요. 산책할 때는 다른 무리를 쫓아내기 위해 빵을 조금 챙겨 나오는 게 좋아요."

"다른 무리요?"

"작은 녀석들요." 남자가 말했다.

또 요정 타령인 모양이었다. 리브는 발길을 돌렸다.

"초록길에 가시는 건가요?"

또 초자연 현상 이야기를 꺼내려고 그러나? 리브는 다시 돌아섰다.

"죄송하지만 그게 뭔지 모르겠네요."

"가보세요. 바로 근처예요."

토탄꾼이 가리키는 방향을 보니 놀랍게도 정말 길 하나가 나 있었다.

"감사합니다."

"꼬마는 좀 어때요?"

리브는 무의식적으로 **그럭저럭** 지낸다고 대답할 뻔했지만 다행히 제때 정신을 차렸다.

"환자에 관해서는 말씀드릴 수 없습니다. 수고하세요."

가까이서 보니 **초록길**은 깬자갈을 깔아 만든 번듯한 마찻길이었다. 습지 한가운데서 갑자기 시작하는 걸 보면 아마 옆 마을에서 이어졌으나 마지막 구간이 아직 완성되지 않은 모양이었다. 마지막 구간은 아마 오도널 가족의 마을까지 연결될 것이다. 길에 딱히 초록색이랄 것은 없었지만 그 이름은 분명 무언가를 약속해주었다. 리브는 드문드문 꽃이 핀, 걷기 편한 길가를 따라 빠른 속도로 걷기 시작했다.

30분 뒤 길은 뚜렷한 이유 없이 낮은 언덕 옆으로 구불구불 올라갔다가 다시 내려왔다. 리브는 짜증스럽게 혀를 찼다. 직선으로 길을 만드는 게 그렇게 어려운 일인가? 마침내 길은 허무하게 제자리로 돌아가는 듯 보였고 이제는 도로 포장도 깨지기 시작했다. 명색이 '길'이라고 불리는 이 녀석은 제멋대로 시작했듯 제멋대로 좁아졌고, 바닥에 깔린 돌들은 그렇게 잡초 사이로 자취를 감췄다.

한심한 아일랜드인 같으니. 게으르고 돈이나 낭비하고 희망도 없고 운도 없고 늘 과거의 잘못에만 얽매여 사는 사람들. 길은 아무 데로도 이어지지 않고 나무에는 썩은 천이나 걸어두지.

리브는 쿵쿵거리며 왔던 길을 되돌아갔다. 비가 우산 아래로 들이쳐 망토가 축축해졌다. 이 쓸데없는 산책길을 추천한 남자에게 한마디 할 생각이었지만 그 습지로 돌아가보니 구덩이는 이미 물로 가득 차 있었다. 설마 다른 구덩이와 헷갈린 건 아니겠지? 게다가 커다랗게 파헤쳐진 땅 옆에는 토탄 덩이 여러 개가 건조대에 놓여 비를 맞고 있었다.

라이언네로 내려오는 길에 리브는 작은 난초처럼 보이는 꽃을 발견했다. 애나에게 가져다주면 좋겠다고 생각하며 밝은 녹색 풀이 난 지점을 밟고 꽃을 향해 팔을 뻗었다. 발밑의 이끼가 무너지는 걸 느꼈을 땐 이미 너무 늦은 뒤였다.

리브는 앞으로 곤두박질쳐 끈적끈적한 진흙에 얼굴을 파묻었다. 곧바로 무릎을 꿇고 일어나기는 했지만 온몸은 이미 흠뻑 젖어 있었다. 치마를 들고 한쪽 발을 디디자 토탄 사이로 발이 빠졌다. 리브는 덫에 걸린 동물처럼 숨을 헐떡이며 겨우 밖으로 기어 나왔다.

비틀비틀 다시 길을 따라 내려가며 리브는 영혼 식료품점이 근처에 있다는 사실에 진심으로 안도했다. 이 상태로는 절대 마을 길을 오래 걷고 싶지 않았다.

입구에 들어서자 가게 주인이 덥수룩한 눈썹을 치켜올렸다.

리브의 치마에서 진흙이 뚝뚝 떨어졌다.

"여기 늪은 정말 위험하네요, 라이언 씨. 사람들이 늪에 많이 빠지는 편인가요?"

라이언은 코웃음을 치다가 발작적으로 기침을 시작했다. 이윽고 다시 말할 수 있게 됐을 때 이렇게 대답했다. "머리가 모자란 사람이나 그런 데 빠지죠. 아니면 달 없는 밤 술에 잔뜩 취한 사람이나요."

리브가 몸을 말리고 여분 근무복을 입었을 때 시간은 벌써 1시 5분이었다. 리브는 최대한 서두르며 오도널 집으로 성큼성큼 걸어갔다. 간호사 체면만 아니었다면 부랴부랴 뛰었을 것이다. 그동안 그렇게 높은 기준을 강조했는데 근무 시간에 20분이나 늦어버렸다……

오늘 아침 빨래통이 있던 자리에는 재 웅덩이만 남고 그 옆에는 네 발 달린 나무 수레가 놓여 있었다. 침대보와 옷은 관목에 널리거나 오두막과 구부러진 나무를 연결한 밧줄에 고정돼 있었다.

응접실을 보니 새디어스 씨가 버터 바른 스콘을 앞에 놓고 차를 홀짝이며 앉아 있었다. 리브의 마음속에 분노가 치밀었다.

하지만 생각해보면 새디어스 씨는 방문객이 아니라 교구 사제이자 위원회 일원이었다. 그리고 적어도 미카엘 수녀는 애나

바로 옆에 앉아 있었다. 리브는 망토를 벗으며 수녀의 눈길을
끈 뒤 입 모양으로 늦어서 미안하다고 사과했다.

신부가 설명하고 있었다. "애나, 네 질문에 답하자면 그곳은
위도 아래도 아니란다."

"그럼 어디예요? 중간에 떠 있나요?" 애나가 물었다.

"연옥은 실제 장소가 아니라 영혼을 정화하는 시간으로 생각
해야 해."

"그 시간이 얼마나 긴데요, 신부님? 우리가 짓는 대죄 하나에
7년이라는 건 알아요. 성령님이 주신 일곱 가지 선물에 반하는
거니까요. 하지만 팻 오빠가 죄를 몇 개나 지었는지 몰라서 계
산을 못 하겠어요." 허리를 꼿꼿이 펴고 앉은 애나의 얼굴이 우
유처럼 하얗게 질려 있었다.

신부는 한숨을 쉬었지만 아이 말에 반박하지는 않았다.

리브는 이 무의미한 미신의 덧셈뺄셈이 너무도 역겨웠다. 종
교적 광기에 사로잡힌 건 과연 애나일까, 아니면 이 나라 전체
일까?

새디어스 씨가 잔을 내려놓았다.

리브는 신부 접시에서 빵 부스러기가 떨어지는지 잘 지켜보
았다. 물론 부스러기가 떨어진다고 해서 애나가 손안에 감춰두
었다가 몰래 먹으리라고 생각하는 건 아니었다.

"그건 정해진 기간이 아니라 하나의 과정이야. 주님의 영원
한 사랑 안에서 시간은 존재하지 않거든." 신부가 애나에게 설
명했다.

"하지만 오빠는 아직 하느님과 천국에 있지 않은 것 같아요."

미카엘 수녀가 애나의 손가락을 쓰다듬었다.

리브는 아이를 보며 마음 아팠다. 남매가 둘뿐이었으니 아이들은 분명 힘든 시간 동안 서로 의지했을 것이다.

신부가 말했다. "물론 연옥에 간 사람은 기도를 할 수 없어. 하지만 우리가 그들을 위해 기도할 수는 있단다. 그들 대신 속죄하고 보상해주면, 그들을 둘러싼 불길에 물을 부어주게 될 거야."

애나가 두 눈을 크게 뜨고 확신에 차서 말했다. "기도는 했어요, 신부님. 불쌍한 영혼들을 위해 매달 9일씩 아홉 달 동안 기도했고, 묘지에서 성 제르트루다 기도도 했고, 성경도 읽었고, 성체도 받들었고, 모든 성인에게 오빠를 위해 기도해달라고 부탁했고……."

신부가 한쪽 손바닥을 보이며 애나를 진정시켰다. "그만. 그 정도면 이미 충분히 보상했어."

"하지만 오빠의 불길을 끄기에는 부족할지도 몰라요."

리브는 쩔쩔매는 신부가 거의 안쓰러울 지경이었다.

신부가 애나를 타일렀다. "진짜 불을 떠올리지는 말렴. 그 불길은 하느님 품으로 들어갈 자격을 얻지 못한 영혼의 고통이야. 일종의 자책감이라고. 알겠니?"

아이가 격하게 흐느꼈다.

미카엘 수녀는 아이의 왼손을 두 손으로 감싸 쥐고 속삭였다. "울지 말려무나. 주님께서 두려워 말라고 하셨잖니."

"맞아. 팻은 하늘에 계신 아버지께 맡겨두자꾸나." 새디어스 씨가 말했다.

애나는 통통 부은 얼굴에 뚝뚝 흐르는 눈물을 얼른 훔쳤다.

"하느님은 저 다정한 아이를 진심으로 사랑하세요." 리브 뒤쪽 문간에서 로절린 오도널이 속삭였다. 키티도 그 옆을 서성거리고 있었다.

리브는 이 자리에 낀 것이 갑자기 불편하게 느껴졌다. 아이 엄마와 신부가 이 모든 장면을 연출한 것일까? 그렇다면 미카엘 수녀는? 수녀는 아이를 위로하는 것일까, 아니면 더 깊은 미로 속으로 유인하는 것일까?

새디어스 씨가 두 손을 마주 잡았다. "우리 기도할까, 애나?"

"네." 아이는 두 손을 납작하게 모으고 기도문을 읊기 시작했다. "주님을 받드나이다, 구세주 예수님의 여리고 연약한 팔다리가 얹어지고 그분의 성스러운 피가 흩뿌려진, 오 가장 귀하신 십자가시여. 주님을 받드나이다, 저를 향한 사랑으로 십자가에 못 박히신, 오 나의 아버지시여."

파트라 기도였다! 파트라가 아니라 받드나이다와 팔다리. 리브는 지난 5일간 기도를 잘못 들은 것이었다.

수수께끼를 푼 희열도 잠시, 리브는 맥이 빠져버렸다. 그저 기도문 하나일 뿐인데 이 기도는 대체 뭐가 그리 특별한 걸까?

"이제 내가 여기 온 이유에 관해 얘기해보자, 애나. 나는 네가 음식을 거부하는 문제 때문에 여기 온 거야." 새디어스 씨가 말했다.

영국 여자가 듣는 자리에서 자신은 아무 책임도 없다는 걸 보여주려는 걸까? 그럼 당장 아이한테 그 통통한 스콘을 먹으라고 해요, 리브는 마음속으로 신부를 재촉했다.

애나가 아주 작은 소리로 뭐라고 중얼거렸다.

"더 크게 말해보렴."

"저는 거부하는 게 아니에요, 신부님. 그냥 안 먹는 거예요." 아이가 말했다.

리브는 그 통통 붓고 진지한 눈을 가만히 바라보았다.

"하느님은 네 마음을 들여다보셔. 그리고 네 선한 의도에 충분히 감동하셨어. 이제 너한테 음식을 먹는 축복을 내려달라고 기도해보자."

새디어스 씨의 말에 수녀는 고개를 끄덕였다.

음식을 먹는 축복! 개도 애벌레도 모두 태어나자마자 음식을 먹는데, 그게 무슨 신비한 능력이라도 된다는 말인가?

세 사람은 몇 분 동안 조용히 함께 기도했다. 기도가 끝나자 새디어스 씨는 스콘을 먹고 오도널 가족과 미카엘 수녀에게 신의 가호를 빌어준 뒤 자리를 떠났다.

리브는 애나를 데리고 침실로 돌아왔다. 도저히 할 말이 떠오르지 않았다. 아이의 믿음을 모욕하지 않고는 방금 나눈 대화를 언급할 수가 없었다. 전 세계 어딜 가나 사람들은 부적이나 우상, 주문 등을 믿지 않는가, 리브는 스스로를 타일렀다. 애나가 먹기만 한다면 그 아이가 무엇을 믿든 전혀 상관없을 것 같았다.

리브는《연중무휴》를 펴고 조금이라도 재미있어 보이는 기사를 찾으려 노력했다.

맬러키가 딸과 몇 마디 대화를 나누러 들어왔다. "이건 뭐니?"

애나는 병에 꽂힌 꽃들을 아빠에게 소개했다. 금광화, 조름나물, 에리카 테트랄릭스, 자색 습지 잔디, 벌레잡이제비꽃.

맬러키 씨는 손으로 멍하니 아이 귀의 곡선을 훑고 있었다.

머리숱이 적어지는 걸 알아챘을까? 군데군데 각질로 뒤덮인 피부, 얼굴의 솜털, 퉁퉁 부은 팔다리는? 아니면 아빠 눈에는 애나가 늘 똑같이 보일까? 리브는 궁금했다.

그날 오후 오두막 문을 두드리는 사람은 없었다. 아마도 끝없이 내리는 비가 호기심 많은 사람들을 저지한 모양이었다. 애나는 신부와 만난 뒤 아예 입을 닫아버린 듯했다. 무릎에 성가집을 펼쳐둔 채 앉아만 있었다.

리브는 눈이 따가울 정도로 아이를 뚫어져라 쳐다보며 생각했다. 닷새, 아무리 고집 센 아이라도 정말 물 몇 모금만 마시며 닷새를 버틸 수 있을까?

4시 15분 전 키티가 리브의 식사를 가지고 들어왔다. 양배추, 순무, 그리고 절대 빠질 수 없는 귀리과자. 리브는 배가 고팠으므로 그것이 최고의 진수성찬이라도 되는 양 식사를 시작했다. 이번 귀리과자는 겉이 살짝 타고 속은 덜 익었다. 그래도 꾸역꾸역 음식을 먹었다. 접시를 반쯤 비우고 나니 문득 애나가 떠올랐다. 애나는 1미터도 안 되는 거리에서 리브의 귀에는 여전히 '파트라'라고 들리는 기도를 중얼거리고 있었다. 배가 고프면 바로 이렇게 되는 것이다. 굶주림은 다른 모든 것을 보지 못하게 한다. 리브는 목구멍에 귀리 덩어리가 치밀어 오르는 기분이 들었다.

스쿠타리에서 알던 한 간호사는 미시시피주 농장에서 얼마간 시간을 보냈는데, 그곳 일꾼이 사슬과 족쇄의 존재를 너무도 빨리 잊어버린다는 사실이 가장 끔찍하다고 했다. 인간은 어떤 것에든 금방 익숙해질 수 있다.

리브는 접시를 내려다보며 애나의 시선으로 음식을 바라보는 상상을 했다. **편자나 통나무나 바위 보듯.** 불가능했다. 다시 시도했다. 마치 채소가 액자 안에 있는 듯 머릿속으로 초연하게 그림을 그렸다. 이것은 그저 기름 묻은 접시의 사진일 뿐이었다. 누구도 사진에 혀를 대거나 사진을 베어 물지는 않을 것이다. 리브는 그 위에 유리 한 장을 덮고 거기에 또 다른 액자와 유리판을 추가해 상자 깊숙이 넣어버렸다. 먹는 게 아니야.

하지만 양배추는 도무지 떨쳐내기 어려웠다. 따뜻하고 향긋한 냄새가 코끝을 간질였다. 리브는 포크로 양배추를 찍어 입안으로 집어넣었다.

애나는 더러운 창문에 얼굴을 붙이다시피 한 채 비를 구경하고 있었다.

나이팅게일 선생님은 환자에게 햇빛이 매우 중요하다고 강조하셨다. 햇빛이 없으면 환자는 식물처럼 움츠러들었다. 리브는 애나가 빛에 의지해 살고 있을지 모른다는 맥브리어티 선생의 난해한 가설을 떠올렸다.

6시쯤 되자 마침내 하늘이 갰다. 리브는 시간이 늦은 만큼 방문객을 마주칠 위험은 거의 없다고 판단하고 숄 두 개로 애나를 꽁꽁 감싼 다음 마당을 돌러 함께 밖으로 나갔다.

아이는 갈색 나비 한 마리를 향해 통통 부은 손을 내밀었다. 나비는 이리저리 피하기만 할 뿐 손바닥에 내려앉으려 하지는 않았다.

"저기 저 구름, 바다표범이랑 똑같이 생기지 않았어요?"

리브는 눈을 가늘게 뜨고 하늘을 올려다보았다. "넌 진짜 바다표범을 본 적도 없잖아, 애나."

"사진 속에선 진짜였어요."

아이들은 구름을 좋아한다. 형체가 없는, 아니, 그보다는 계속해서 모양을 바꾸는 만화경 같으니까. 아직 불완전한 이 아이의 마음은 한 번도 깔끔히 정리된 적이 없었다. 식욕 없는 삶이라는 기상천외한 야망에 희생양이 된 것도 어찌 보면 당연한 일이었다.

다시 안으로 들어와보니 키가 크고 수염이 난 남자 하나가 가장 좋은 의자에 앉아 담배를 피우고 있었다. 남자는 애나를 보며 활짝 웃었다.

"제가 등을 돌리자마자 낯선 사람을 들인 거예요?" 리브가 로절린 오도널에게 날카롭게 속삭였다.

아이 엄마는 목소리를 낮추지 않았다. "존 플린은 낯선 사람이 아니에요. 길 위쪽에서 큰 농장을 운영하고 종종 저녁에 들러서 맬러키한테 신문도 전해준다고요."

"방문객은 안 된다고 했잖아요." 리브가 상기시켰다.

수염 아래에서 그윽한 목소리가 울려 나왔다. "나는 라이트 씨에게 임금을 주는 위원회의 일원입니다."

또다시 헛다리를 짚었다.

"죄송합니다. 전혀 몰랐어요."

"위스키 한잔 마실래요, 존?" 오도널 부인이 난로 옆 구석에 손님을 위해 보관해둔 작은 병을 가리켰다.

"지금은 별로 내키지 않네요. 애나, 오늘 저녁은 몸이 좀 어떠니?" 플린이 아이에게 가까이 오라 손짓하며 부드러운 목소리로 물었다.

"아주 좋아요." 애나가 자신 있게 말했다.

"정말 굉장하구나." 농부의 눈이 마치 미의 화신을 보듯 초롱초롱 빛났다. 플린은 아이의 머리를 쓰다듬으려는 듯 커다란 손 하나를 앞으로 뻗으며 말을 이었다. "너는 우리 모두의 희망이야. 이렇게 암울한 시기에 꼭 필요한 존재지. 이 들판, 이 미개한 섬 전체를 밝혀주는 등대라고!"

애나는 한 발로 선 채 온몸을 배배 틀고만 있었다.

"나랑 기도 한번 해줄래?" 농부가 물었다.

"축축한 옷부터 갈아입어야 해요." 리브가 나서며 서둘러 아이를 침실로 데려갔다.

"그럼 자기 전에 나를 위해 기도 좀 해줘." 뒤에서 농부가 외쳤다.

"그럴게요, 플린 아저씨." 애나가 어깨 너머로 말했다.

"고맙다!"

램프가 없는 방은 너무나 비좁고 어둡게 느껴졌다.

"곧 어두워지겠어." 리브가 말했다.

"나를 따르는 이는 어둠 속을 걷지 않을 것이니."[26] 애나가 소매를 풀며 성경 구절을 인용했다.

"이제 잠옷을 입는 게 좋겠다."

"그럴게요, 엘리자베스 선생님. 아니면 엘리자 선생님인가요?" 피로 때문인지 씩 웃는 아이의 입꼬리가 한쪽만 올라갔다.

리브는 애나의 작은 단추에 시선을 집중했다.

"아니면 리지? 저는 리지가 좋아요."

"리지는 아니야." 리브가 말했다.

"이지? 이비?"

"이들리 디들리!"[27]

애나가 까르르 웃음을 터트렸다. "그럼 그렇게 부를게요, 이들리 디들리 선생님."

"꿈도 꾸지 마, 이 장난꾸러기." 리브가 말했다. 오도널 가족과 그들의 친구 플린은 벽 너머로 들리는 이 웃음소리에 깜짝 놀랐을까?

"그렇게 부를 거예요." 애나가 말했다.

"리브야. 가족들은 날 리브라고 불렀어." 자신도 모르게 기침

---

26) 「요한 복음서」8장 12절.

27) '아무것도 아니다'라는 뜻을 가진 diddly의 철자를 변형하고 겹쳐 말한 것이다.

처럼 튀어나온 말이었다. 말을 뱉기가 무섭게 후회가 밀려왔다.

"리브." 애나가 만족스럽게 고개를 끄덕였다.

참 듣기 좋은 소리였다. 어린 시절 동생이 리브를 잘 따르던 그때처럼, 자매가 늘 서로를 지켜주리라고 생각하던 그때처럼.

리브는 그 추억을 저 멀리 밀어냈다. "너는 어때? 애칭으로 불린 적 있어?"

애나는 고개를 저었다.

"너는 애니도 괜찮겠다. 아니면 해나, 낸시, 낸……."

"낸." 아이가 한 음절을 소리 내 보았다.

"낸이 가장 마음에 들어?"

"하지만 그건 제가 아니잖아요."

리브가 어깨를 으쓱했다. "여자는 이름을 바꿀 수 있어. 예를 들어, 결혼을 하면 이름이 바뀌지."

"리브 선생님도 결혼하셨죠?"

리브는 조심스레 고개를 끄덕였다. "나는 과부야."

"그래서 항상 슬프세요?"

리브는 당황해하면서 대답했다. "나는 남편을 1년도 알지 못했어."

너무 차갑게 들렸으려나?

"많이 사랑하셨겠어요." 애나가 말했다.

리브는 그 말에 대답할 수가 없었다. 마음속으로 라이트를 떠올려봤지만 남편의 얼굴은 흐릿하기만 했다.

"가끔은 재앙이 닥치면 처음부터 다시 시작하는 수밖에 없어."

"뭐를 시작해요?"

"전부 다. 완전히 새로운 삶을 사는 거지."

아이는 조용히 그 말을 곱씹는 눈치였다.

거의 앞이 보이지 않게 됐을 때 키티가 활활 타는 램프를 가지고 들어왔다.

잠시 후 로절린 오도널이 들어와 존 플린이 두고 간《아이리시 타임스》를 보여주었다. 신문에는 월요일 오후에 라일리가 찍은 애나의 사진이 실렸는데, 사진은 선과 명암이 더 거칠어져 마치 목판화처럼 보였다. 리브는 그 효과가 매우 불안하게 느껴졌다. 마치 이 비좁은 오두막에서 보낸 낮과 밤이 경고의 메시지로 번역된 기분이었다. 리브는 애나가 보기 전에 부인에게서 신문을 빼앗았다.

"밑에 긴 글이 있어요." 아이 엄마는 희열에 차 몸을 떨었다.

리브는 애나가 머리를 빗는 사이 램프 가까이로 가서 기사를 훑어보았다. 이 상황에 관해 확실한 정보가 전혀 없던 수요일 아침 윌리엄 번이 페트로니우스를 인용해 급하게 작성한 첫 번째 특전이었다. 리브는 **시골의 무지**라는 표현에 반대할 수가 없었다.

두 번째 문단은 리브도 처음 보는 내용이었다.

물론 자제력은 오래전부터 아일랜드인 특유의 장기였다. 옛날 아일랜드 격언에도 이런 말이 있다. **침대가 졸리고 식탁이 배고프도록 내버려둬라.**

리브가 볼 때 이것은 기사가 아니라 그저 잡담이었다. 경박한 어조가 왠지 씁쓸한 뒷맛을 남겼다.

게일어를 버린 대도시 교양인들은 이미 잊었겠지만, 우리 고대 언어에서 수요일은 '첫 번째 단식'을, 금요일은 '두 번째 단식'을 가리킨다. (전통적으로 이 두 날은 떼쓰는 아기가 세 번 울 때까지 젖병을 물리지 않는다.) 흥미롭게도, 목요일을 가리키는 단어는 반대로 '단식 사이에 낀 날'을 의미한다.

이 말이 모두 사실일까? 리브는 이 골칫덩이 글쟁이를 믿지 않았다. 번은 충분한 학식을 갖추었지만 그것을 장난스러운 글을 쓰는 데만 써먹었다.

아일랜드 관용 표현에 따르면 우리 조상에게는 범죄자나 채무자를 **상대로** 단식하는 관습이 있었다. 다시 말해 이목을 끌 목적으로 그들의 집 밖에서 단식을 한 것이다. 성 파트리치오는 메이오 지역 동명의 산에서 자신의 조물주를 상대로 단식을 했다고 전해진다. 그 단식은 매우 성공적이었다. 그는 신을 부끄럽게 함으로써 최후의 날에 아일랜드인을 심판할 권리를 얻어냈다. 인도에서도 현관 계단에 앉아 단식하는 시위가 너무 유행하면서 총독이 금지법을 발의하고 있다. 오도 널 꼬마가 넉 달간 아침, 저녁, 밤참을 거부하며 청소년의 고충을 토로하고 있는지는 본 통신원도 아직 파악하지 못한 상태다.

리브는 신문을 불 속으로 던져버리고 싶었다. 이 인간은 심장도 없는 것인가? 애나는 신문 독자들의 여름철 오락을 위한 농담거리가 아니라 곤경에 빠진 어린아이였다.

"저에 관해 뭐라고 적혀 있어요, 리브 선생님?"

리브는 고개를 저었다. "너에 관한 글이 아니야, 애나."

리브는 관심을 돌리기 위해 세계 주요 소식을 전하는 큰 활자의 머리기사들을 훑어보았다. 총선, 몰다비아와 왈라키아의 연합, 포위된 베라크루스, 계속되는 하와이의 화산 폭발.

소용없었다. 리브는 이런 일들에 전혀 관심이 없었다. 개인 간호는 늘 시야를 좁아지게 했고 이 이상한 일은 그 현상을 더욱 악화시켰다. 리브의 세상은 이제 작은 방 하나로 줄어들어 있었다.

리브는 신문을 길게 접어 단단한 막대기로 만든 다음 문 옆에 놓인 차반에 올려두었다. 그러고는 다시 한번 방 안의 모든 표면을 샅샅이 살펴보았다. 아직도 애나가 음식을 숨겨놨다가 수녀의 근무 시간에 몰래 나와 먹을 거라고 생각해서가 아니었다. 그저 다른 할 일이 없기 때문이었다.

아이는 잠옷으로 갈아입고 앉아 털 스타킹을 짜고 있었다. 애나한테 말하지 못한 **고충**이 있기는 할까? 리브는 궁금했다.

"이제 침대로 들어가렴." 리브는 아이 머리가 바르게 놓이도록 베개를 두드려 모양을 잡았다. 그런 다음 기록을 했다.

부종, 나아지지 않음.

잇몸, 이전과 같음.

맥박: 분당 박동수 98회.

폐: 분당 호흡수 17회.

수녀가 교대하러 들어왔을 때 애나는 이미 잠들어 있었다.

리브는 수녀에게 말해야 했다. 아무리 말을 걸어도 제대로 받아주지 않은 수녀지만 그래도 말해야 했다.

"수녀님, 4박 5일이 지났는데 저는 아무것도 못 봤어요. 우리 환자를 위해 제발 솔직히 말해주세요. 수녀님은 뭔가를 봤나요?"

수녀는 잠시 망설이다가 고개를 저었다. 그러고는 아주 작은 목소리로 대답했다. "어쩌면 볼 것 자체가 없었는지도 몰라요."

그래서? 애나가 정말 기도만으로도 잘 사는 기적의 소녀이기 때문에 몰래 음식을 먹지 않았다는 뜻인가? 말로 표현할 수 없는 답답한 공기가 이 오두막, 아니, 이 나라 전체를 가득 채우고 있었다. 리브는 속이 메스꺼워졌다.

리브는 최대한 수녀의 눈치를 살피며 말했다. "잠깐 드릴 말씀이 있어요. 애나가 아니라 우리에 관한 얘기예요."

그 말에 마음이 흔들렸는지 한참 뒤 수녀가 입을 열었다. "우리요?"

"우리는 여기 관찰을 하러 왔어요. 그렇죠?"

미카엘 수녀가 고개를 끄덕였다.

"하지만 무언가를 살핀다는 건 훼방을 의미할 수도 있어요. 관찰할 목적으로 물고기를 어항에 넣거나 식물을 화분에 심으면 조건이 바뀌잖아요. 지난 넉 달간 애나가 아무리 잘 살았다고 해도 지금은 모든 게 달라졌어요. 그렇게 생각하지 않아요?"

수녀는 그저 고개만 갸우뚱했다.

"우리 때문에요. 감시 때문에 감시당하는 사람의 상황이 달라져버렸다고요." 리브가 찬찬히 설명했다.

미카엘 수녀의 눈썹이 위로 올라가 흰색 리넨 띠 안으로 사라졌다.

리브는 계속 말했다. "혹시라도 지난 몇 달간 이 집에 속임수가 있었다면 그 속임수는 월요일에 감시가 시작되면서 끝났을 거예요. 그러니까 지금은 수녀님과 제가 아이의 영양 섭취를 막고 있을 가능성이 아주 높아요."

"우리는 아무 짓도 안 하고 있어요!"

"우리는 매 순간 감시를 하고 있어요. 아이를 나비처럼 핀으로 고정해둔 거라고요."

잘못된 예시. 너무도 끔찍한 이미지가 떠오른다.

수녀는 고개를 저었다, 한 번이 아니라 여러 번 반복해서.

리브가 말했다. "저도 제 생각이 틀렸으면 좋겠어요. 하지만 제 말이 맞는다면, 아이가 정말 닷새 동안 아무것도 못 먹었다면……."

미카엘 수녀는 그럴 리 없어요라거나 애나한테는 음식이 필요 없어요라고 말하지 않았다. 그저 이렇게만 대답했다. "라이트 씨가 보기에 아이 상태가 급격히 달라졌나요?"

"아니요. 콕 집어 말할 수 있는 변화는 없어요." 그 점은 리브도 인정할 수밖에 없었다.

"그럼 됐네요."

"뭐가 됐어요, 수녀님?" 신이 하늘에 있으니 세상은 모두 평안하다[28]는 뜻인가? "어떻게 할까요?"

"우리는 지시받은 일만 하면 돼요, 라이트 씨. 그 이상도 이하도 하지 말고요." 수녀는 그 말을 끝으로 자리에 앉아 장벽을 치듯 성경을 펼쳤다.

리브는 화가 치밀어 올랐다. 자비의 집으로 들어간 이 시골 여자는 분명 좋은 사람이었다. 나름대로 똑똑하기도 했을 것이다. 하지만 수녀는 로마의 수녀원과 상급자들이 정한 경계 밖으로 조금도 나가려 하지 않았다. 저희는 쓸모 있는 사람이 되기로 맹세합니다, 미카엘 수녀는 그렇게 자랑했다. 하지만 여기서 수녀가 실제로 무슨 쓸모 있는 일을 하고 있단 말인가? 리브는 나이팅게일 선생님이 스쿠타리에서 한 간호사를 2주 만에 런던으로 돌려보내며 하신 말씀을 떠올렸다. 전선에서 쓸모없는 사람은 방해만 될 뿐이에요.

부엌에서 묵주 기도가 시작됐다. 리브가 지나갈 때 오도널 부부와 존 플린, 가정부는 이미 무릎을 꿇고 앉아 함께 기도를 외

---

28) 빅토리아 시대를 대표하는 영국 시인 로버트 브라우닝이 1841년 발표한 극시(劇詩) 「피파가 지나가다」의 마지막 두 행.

우고 있었다.

"오늘 저희에게 일용할 양식을 주소서."[29]

이 사람들은 자신들의 입에서 나온 말이 들리지 않는 것일까? 애나 오도널의 일용할 양식은 어디 있단 말인가?

리브는 문을 밀어젖히고 밤을 향해 걸어 나갔다.

꿈속에서 리브는 상본에 그려진 그 절벽 아래로 계속해서 돌아갔다. 가장 높은 곳에는 십자가가 떠 있고, 그 아래에선 거대하고 새빨간 하트가 고동치고 있었다. 리브는 암벽에 난 계단을 올라야 했다. 다리가 아파 후들거렸지만 아무리 계단을 많이 올라도 정상은 전혀 가까워지지 않았다.

어둠 속에서 깨어난 뒤 지금이 토요일 아침이라는 사실을 깨달았다.

오두막에 다다르자 관목에 널어둔 빨래가 보였다. 어제 내린 비 탓에 옷들은 그 어느 때보다 축축해 보였다.

미카엘 수녀는 침대 옆에 앉아 헝클어진 담요 아래에서 오르내리는 작은 가슴을 바라보고 있었다. 리브는 무슨 일이냐는 의미로 조용히 눈썹을 치켜올렸다.

수녀는 고개를 저었다.

"물은 얼마나 마셨어요?"

"세 숟가락요." 미카엘 수녀가 속삭였다.

---

29) 「루카 복음서」 11장 3절.

사실 그건 중요하지 않았다. 그저 물일 뿐이니까.

수녀는 짐을 챙겨 다른 말 없이 방을 나섰다.

창으로 들어온 네모난 빛이 애나 위를 천천히 움직였다. 오른손, 가슴, 왼손. 열한 살 아이가 보통 이렇게 오래 자던가? 아니면 애나의 몸이 연료 없이 돌아가느라 그런 것일까? 리브는 궁금했다.

바로 그때 부엌에서 로절린 오도널이 들어왔다. 애나도 끔뻑끔뻑 눈을 떴다. 리브는 모녀가 아침 인사를 나누도록 옷장 쪽으로 자리를 비켜주었다.

아이 엄마는 연한 레몬색 태양과 딸 사이에 섰다. 로절린이 평소처럼 아이를 안으려 허리를 숙이자 애나가 엄마의 앙상한 가슴팍에 손바닥을 댔다.

로절린 오도널은 얼어붙었다.

애나는 아무 말 없이 고개를 저었다.

로절린 오도널은 허리를 펴고 아이 뺨에 손가락을 가져다 댔다. 그러고는 밖으로 나가며 리브에게 원망 어린 눈빛을 보냈다.

리브는 당황스러웠다. 그녀는 아무 짓도 하지 않았다. 아이가 마침내 위선적인 엄마의 아첨에 질려버린 것이 리브의 잘못이란 말인가? 이 사기극의 배후에 있든 아니면 그저 모르는 척만 했든, 로절린 오도널은 적어도 딸이 단식 6일째 아침을 맞을 때까지 아무런 개입도 하지 않았다.

엄마의 인사를 거부함, 리브는 수첩에 기록했다. 그러고는 곧

바로 후회했다. 이 기록은 의학적 사실에만 국한되어야 하기 때문이었다.

그날 오후 마을로 돌아가는 길에 리브는 묘지의 녹슨 문을 밀어 열었다. 팻 오도널의 무덤을 보고 싶었다.

묘비들은 생각만큼 오래된 것들이 아니었다. 1850년 이전 비문은 어디에도 보이지 않았다. 리브는 연약한 지반과 습한 공기 때문에 이렇게 많은 묘비가 기울고 이끼로 뒤덮였으리라고 추측했다.

불쌍히 여기시어…… 좋은 기억으로…… 애틋하게 추모하며…… 여기 누운 육신은…… 신께 바치나니…… 이승을 떠난 첫 번째 부인을 기리며…… 후손을 위해 세워져…… 두 번째 부인 역시…… 영혼을 위해 기도하고…… 부활에 대한 확실한 희망을 품고 구세주 안에서 기쁘게 눈을 감나이다. (정말 기쁘게 죽는 사람이 세상에 어디 있을까? 리브는 생각했다. 이런 구절을 쓴 바보가 누구든 그 사람은 침대 옆에 앉아 고인이 마지막으로 내뱉는 거친 숨소리에 귀 기울여본 적이 없을 것이다.)

56세 나이에…… 23년을 살고…… 92년…… 39년. 승리를 안겨주신 하느님께 감사드립니다. 리브는 거의 모든 무덤에 작은 표시가 새겨졌음을 알아차렸다. 햇살 모양으로 IHS라는 글자가 조각돼 있었다. 리브는 이것이 I Have Suffered[30]의 약어라는

---

30) '나는 고난을 겪었습니다'라는 뜻이다.

것을 어렴풋이 기억했다. 사뭇 다른 분위기의 매장지도 있었다. 관 스무 개를 나란히 놓을 수 있을 만큼 넓지만 묘비는 하나도 없는 매장지. 여기는 누가 누워 있을까? 다음 순간, 이것이 무명인들의 합장 무덤이라는 사실을 깨달았다.

리브는 몸을 떨었다. 직업상 늘 죽음과 가까웠지만 지금은 적진 한가운데로 걸어 들어온 기분이었다.

어린아이가 언급된 비문을 볼 때마다 시선이 돌아갔다. 고인의 1남 2녀 역시…… 세 자녀 역시…… 어린 나이에 죽은 자식들 역시…… 여덟 살 나이에…… 2년 10개월 만에……. (이 부모는 아이가 지상에 머문 개월 수를 세며 얼마나 상심했을까.)

천사가 활짝 핀 꽃을 보고
기쁨과 사랑으로 서둘렀네.
천사는 더 아름다운 집으로 꽃을 데려가
저 위 들판에서 피게 하였네.

리브는 자신도 모르는 사이 손톱으로 손바닥을 찌르고 있었다. 신이 만든 최고의 피조물에 이 땅이 그렇게 어울리지 않았다면 신은 왜 쓸데없이 이곳에 아이들을 보낸 것일까? 이 짧고 황폐한 삶의 의미는 대체 무엇일까?

찾기를 그만 포기하려던 찰나, 리브의 눈에 그 아이가 들어왔다.

패트릭 메리 오도널

1843년 12월 3일~1858년 11월 21일

주님 품 안에 잠들다.

리브는 소박하게 새겨진 글을 가만히 바라보며 이것이 애나에게 어떤 의미일지 느껴보려고 노력했다. 살아 숨 쉬는 호리호리한 소년, 가죽이 갈라진 부츠와 우중충한 바지 차림에 혈기왕성한 열네 살 아이를 상상해보려 했다.

팻의 무덤은 오도널 이름이 적힌 유일한 무덤이었다. 적어도 이 마을에서는 맬러키의 성을 이어갈 희망이 팻뿐이었던 모양이다. 만약 오도널 부인이 애나의 동생을 임신했더라도 그 아이는 태어나지 못한 것이 분명했다. 리브는 로절린 오도널을 향한 반감을 잠시 미뤄두고 그 여자가 겪었을 일을 생각해보았다. 대체 무엇이 그녀를 무정하게 만들었을까? 7년간 이어진 기근과 역병, 번은 성서를 인용하듯 그렇게 말했다. 한 소년과 그의 여동생, 그리고 아이들에게 먹일 것이 거의 또는 전혀 없던 힘든 시기. 로절린은 그 끔찍한 시간을 이겨낸 뒤 다 키운 아들을 하룻밤 사이에 떠나보냈다……. 그런 고통이 이상한 변화를 일으켰을지도 모른다. 로절린은 하나 남은 아이에게 더 집착하는 대신 자신의 심장을 꽁꽁 얼려버렸을 것이다. 리브는 그 마음을 이해할 수 있었다. 더 이상 내줄 것이 남아 있지 않은 느낌. 그래서 로절린은 이렇게 애나를 숭배하는 섬뜩한 종교를 만든 것일까? 딸이 인간보다는 성인이 되기를 바라면서?

산들바람이 교회 경내를 가로질렀다. 리브는 망토를 더 단단히 여민 뒤 묘지 문을 끼익 닫고 오른쪽으로 돌아 교회를 지나갔다. 슬레이트 지붕 위 작은 돌 십자가만 제외하면 교회는 주변에 있는 집들과 거의 다른 점이 없어 보였다. 하지만 그 제단에서 새디어스 씨는 실로 엄청난 권력을 행사했다.

리브가 마을에 다다를 때쯤 다시 해가 나면서 사방이 반짝이기 시작했다. 길로 들어서자 얼굴이 붉은 한 여자가 그녀의 소매를 붙잡았다.

리브는 움찔했다.

"죄송합니다, 선생님. 한 가지만 여쭤볼게요. 그 아이는 좀 어떤가요?"

"저는 말씀드릴 수가 없어요." 리브는 여자가 알아듣지 못할까 봐 재빨리 덧붙였다. "그건 기밀이에요."

여자가 '기밀'이라는 단어를 알까? 리브를 빤히 쳐다보는 표정만 봐서는 정확히 판단할 수가 없었다.

이번에 리브는 오른쪽으로 돌아 멀린가 방향으로 걸었다. 그쪽 길을 걸어본 적이 없어서 그냥 가보고 싶었다. 지금은 입맛도 없고 아직 라이언네 방에 틀어박힐 준비도 되어 있지 않았다.

뒤에서 또각또각 금속성 말발굽 소리가 들렸다. 기수가 가까워질 때쯤에야 리브는 넓은 어깨와 적갈색 곱슬머리를 알아보았다. 리브는 윌리엄 번이 가볍게 인사만 하고 그대로 지나가기를 기대하며 고개를 까딱했다.

"라이트 씨. 이렇게 우연히 만나니 정말 반갑네요." 번이 안장에서 미끄러져 내려왔다.

"산책 좀 하고 있었어요." 리브는 다른 할 말이 떠오르지 않아 이렇게 말했다.

"폴리랑 나도 산책 중이었어요."

"이제 다 나은 건가요?"

"거의요. 그래서 시골 생활을 마음껏 즐기고 있죠." 번은 윤기 나는 말 옆구리를 찰싹 때리고는 물었다. "라이트 씨는 어때요? 명소 좀 돌아봤어요?"

"아니요. 환상 열석 같은 건 하나도 못 보고 방금 묘지에만 다녀왔어요. 그런데 역사적으로 흥미로운 건 전혀 없더라고요." 리브가 말했다.

"옛날에는 우리 가톨릭 신자의 시신을 매장하는 게 불법이었어요. 그러니까 오래된 가톨릭 무덤은 전부 옆 마을 개신교 묘지에 있을 거예요." 번이 리브에게 설명해주었다.

"아. 몰랐네요. 미안해요."

"미안하긴요. 이 아름다운 풍경의 매력을 거부하는 게 더 용서하기 힘든 죄죠." 번은 과하게 손사래를 치며 말했다.

리브는 입술을 한번 오므렸다가 대꾸했다. "이곳은 물을 잔뜩 머금은 끝없는 수렁일 뿐이에요. 어제 난 늪에 완전히 곤두박질쳐서 영원히 못 나오는 줄 알았어요."

번이 싱긋 웃었다. "여기서는 출렁이는 습지대만 조심하면 돼요. 단단한 땅처럼 보이지만 사실은 둥둥 떠 있는 스펀지거든요. 거기에 발을 디디면 그 밑에 있는 흙탕물로 곧장 빨려 들어가요."

리브는 얼굴을 찡그렸다. 어느새 감시가 아닌 다른 주제로 대화하는 걸 꽤 즐기고 있었다.

번이 말을 이어갔다. "그리고 움직이는 늪도 있어요, 그건 산사태 같은 건데……."

"그건 순전히 지어낸 이야기잖아요."

"진짜예요. 폭우가 내리면 습지 표면이 홀랑 벗겨지면서 수백 제곱미터의 토탄이 사람이 달리는 속도보다 더 빨리 흘러내려요."

리브는 고개를 저었다.

가슴에 얹은 손. "기자의 명예를 걸고 맹세할게요! 이 동네 사람 아무나 붙들고 물어봐요."

리브는 갈색 파도가 밀려오는 모습을 상상하며 번을 흘겨보았다.

"습지는 정말 굉장한 존재예요. 아일랜드의 부드러운 피부인 셈이죠." 번이 말했다.

"불에 태우기에도 좋고요."

"뭐가요? 아일랜드가요?"

번의 물음에 리브는 웃음을 터트렸다.

"땅만 바싹 마르면 나라 전체에 불을 붙일 사람이네." 번이 놀렸다.

"나는 그렇게 말한 적 없어요."

윌리엄 번이 능글맞게 웃었다. "그거 알아요? 토탄에는 무시무시한 힘이 있어서, 뭐든 늪에 잠긴 순간의 모습이 그대로 보존돼요. 여기 늪에서도 검, 가마솥, 채색 필사본 같은 보물이 많이 나왔어요. 놀라울 정도로 온전히 보존된 시신도 가끔 나오고요."

리브는 잠시 움찔한 뒤 화제를 바꾸려고 다른 이야기를 꺼냈다. "더블린의 도시적인 즐거움이 많이 그립겠어요. 거기에 가족이 있나요?"

"부모님이랑 형제 셋이 있어요." 번이 대답했다.

질문의 의도는 그게 아니었지만 어쨌든 리브는 답을 얻었다. 이 남자는 독신이었다. 뭐, 아직 젊으니까.

"사실 나는 소처럼 일하는 편이에요, 라이트 씨. 영국 신문사 여러 곳의 아일랜드 통신원으로 일하면서 《더블린 데일리 익스프레스》에 강경한 통합주의 기사도 내고 《네이션》에 페니언[31] 옹호 글도 쓰고 《프리먼스 저널》에 가톨릭 신앙심도 드러내고……."

"그냥 복화술 하는 소네요."

리브의 말에 번은 낄낄 웃었다. 리브는 맥브리어티 선생의 편지를 떠올렸다. 애나의 단식을 알린 그 편지 한 통으로 이 모든 논란이 시작되었다.

"《아이리시 타임스》에는 풍자하는 논평을 쓰나요?"

---

31) 19세기 중반 아일랜드 독립을 목적으로 결성된 단체.

"아니요. 국가 문제와 일반 관심사에 관해서는 **중도적** 관점을 유지해요." 번은 노부인처럼 떨리는 목소리로 말했다. "그리고 남는 시간에는 물론, 변호사 공부를 하죠."

번의 재치 덕분에 그의 자랑은 나름 들어줄 만했다. 리브는 어제저녁 불 속에 던져버리고 싶었던 기사를 떠올렸다. 결국은 번도 리브처럼 주어진 조건에서 최선을 다해 자기 일을 한 것뿐이리라. 애나를 직접 보지도 못하는데 경박한 지식 자랑 외에 무엇을 할 수 있었겠는가?

날이 너무 따뜻해졌다. 리브는 트위드 원피스 사이로 바람이 통하도록 망토를 벗어 한쪽 팔에 걸쳤다.

"혹시 그 어린 환자를 데리고 산책을 나가기도 하나요?" 번이 물었다.

리브는 번에게 어림없다는 표정을 지어 보였다. "여기 들판은 참 특이하게 고랑이 졌네요."

"원래 감자밭이었을 거예요. 씨감자를 줄지어 심고 그 위에 토탄을 덮은 거죠." 번이 설명했다.

"그런데 잡초가 잔뜩 자랐네요."

번은 어깨를 으쓱했다. "기근 이후로 먹여야 할 입이 줄었으니까요."

리브는 교회 묘지에 있던 합장 무덤을 떠올리고 물었다. "감자 곰팡이 같은 게 원인 아니었나요?"

"곰팡이 때문만은 아니었어요."

번이 너무 열정적으로 말하는 바람에 리브는 한 발짝 옆으로 물러섰다.

"지주들이 계속해서 옥수수를 해외로 보내고 가축을 빼앗고 터무니없이 비싼 소작료를 받고 소작농을 쫓아내고 오두막에 불을 지르지 않았다면…… 국민 절반이 죽는 일은 없었을 겁니다. 가만히 앉아서 아일랜드 사람들이 굶어 죽는 걸 보고만 있는 게 최선이라고 생각한 웨스트민스터의 정부 관료들 탓도 아주 컸고요." 번은 땀으로 반들반들한 이마를 쓱 닦았다.

"하지만 **당신은** 굶어 죽지 않았잖아요." 리브는 번의 거친 말투를 꾸짖듯 맞받았다.

번은 기분 나빠 하지 않고 씁쓸한 미소만 지었다. "가게 주인의 아들은 웬만하면 굶어 죽지 않죠."

"그 시기에 더블린에 있었어요?"

"열여섯 살에 처음 특파원으로 일하기 전까지는요." '특파원'이라는 단어에 살짝 비꼬는 듯한 어조가 실렸다. "그때 편집장이 감자 농사 실패의 영향을 취재하라며 나를 태풍의 눈으로 보냈어요. 우리 아버지가 그 비용을 댔고요. 나는 중립적 어조를 유지하고 비난은 하지 않으려고 노력했어요. 그런데 네 번째 기사를 쓸 때쯤 되니까 아무것도 안 하는 게 심각한 죄악처럼 느껴지더라고요."

리브는 번의 굳은 얼굴을 바라보았다.

번은 저 멀리 좁은 길을 응시하고 있었다. "그래서 이렇게 써버렸어요. '마름병은 신이 내렸을지 몰라도 기근은 영국인이 만들었다.'"

리브는 크게 당황했다. "편집장이 그 기사를 실었어요?"

번은 눈을 부릅뜨며 우스꽝스러운 목소리로 말했다. "이건 선동이야! 그렇게 소리쳤죠. 그날 나는 런던으로 도망쳤어요."

"똑같은 영국 악당들 밑에서 일하려고요?"

번은 심장에 칼을 맞은 시늉을 하고는 말했다. "라이트 씨는 아픈 곳을 잘 찾는 재주가 있나 봐요. 맞아요. 나는 한 달 만에 신이 주신 재능을 사교계와 경마에 쏟기 시작했어요."

리브는 조롱을 멈추고 진지하게 말했다. "번 씨는 최선을 다했어요."

"잠깐은 그랬죠. 열여섯 살에요. 그 뒤로는 입을 닫고 은화를 받았어요."

두 사람은 한동안 조용히 걸었다. 폴리가 걸음을 멈추고 나뭇잎을 뜯어 먹었다.

"아직도 신을 믿어요?" 리브가 물었다.

너무도 사적인 질문이었지만 두 사람이 사소한 이야기만 주고받을 단계는 넘어섰다는 생각이 들었다.

번은 고개를 끄덕였다. "그렇게 많은 고통을 목격했는데 신기하게도 믿음이 사라지지는 않았어요. 엘리자베스 라이트 씨는 신을 전혀 믿지 않나요?"

리브는 허리를 곧게 세웠다. 번은 마치 리브가 황야에서 루시퍼[32]를 부르는 정신 나간 마녀인 것처럼 이야기했다.

---

32) 하느님을 섬기는 천사였다가 반역하여 쫓겨난 존재를 가리키는 말.

"대체 무슨 자격으로……."

번이 말을 끊었다. "질문은 라이트 씨가 했잖아요. 진정한 신자는 그런 걸 묻지 않아요."

번의 말에도 일리가 있었다.

"나는 보이는 것만 믿어요."

"감각으로 증명되는 것만 믿는 거예요?" 붉은 눈썹 하나가 위로 올라갔다.

"시행착오, 과학. 우리가 믿을 수 있는 건 그것뿐이에요." 리브가 말했다.

"남편을 잃고 나서 그렇게 됐어요?"

리브는 목부터 이마까지 시뻘겋게 물들었다. "나에 관한 정보는 누구한테 들은 거예요? 그리고 왜 항상 여자의 관점은 개인적 문제에 기반한다고 생각해요?"

"그럼 전쟁 때문이에요?"

번이 지능적으로 리브의 급소를 노렸다.

"스쿠타리에 있을 때 그런 생각이 들었어요. 이런 **끔찍한 일도 막지 못한다면 창조주가 대체 무슨 소용일까?**" 리브는 순순히 인정했다.

"할 수 있는데 하지 않는다면 신은 악마임이 틀림없다."

"그렇게 말하지 않았어요."

"흄이 한 말이에요." 번이 설명했다.

리브는 들어본 적 없는 이름이었다.

"흄은 오래전에 죽은 철학자예요. 라이트 씨보다 똑똑한 사람들도 똑같이 막다른 골목에 닿았어요. 이건 풀리지 않는 수수께 끼예요." 번이 말했다.

이제 들리는 소리라고는 마른 진흙 위를 걷는 두 사람의 부츠 소리와 부드럽게 또각거리는 폴리의 발굽 소리뿐이었다.

"애초에 무슨 바람이 불어서 크림반도에 가게 된 거예요?"

리브는 반쯤 미소를 지었다. "우연히 신문 기사를 읽었어요."

"《타임스》의 러셀이 쓴 기사요?"

"기자 이름은 잘……."

"빌리 러셀도 나처럼 더블린 출신이에요. 그 사람이 전선에서 보낸 특전으로 모든 게 달라졌어요. 도저히 못 본 척할 수 없게 돼버렸죠." 번이 말했다.

리브는 고개를 끄덕였다. "부상자들 몸이 썩어가는데 도와줄 사람은 하나도 없었으니까요."

"가장 끔찍한 게 뭐였어요?"

번의 직설적인 질문에 리브는 움찔했다. 하지만 대답을 피하지는 않았다. "서류 작업요."

"왜요?"

"예를 들어, 군인 한 명한테 침대를 마련해준다고 생각해봐요. 그러려면 병동 장교한테 정해진 색깔의 신청서를 내고 거기에 공급업자 서명도 받아야 해요. 그러고 나서야 비로소 병참부대로부터 침대를 보급받을 수 있죠. 유동식이나 고기 식단, 약품, 심지어는 마취제가 긴급하게 필요할 때도 다른 색깔의 신청서를 의사에게 제출해 관계자에게 보급 요청을 해달라고 설득해야 해요. 그런 다음 다른 장교 두 명에게 또 서명을 받아야 하고요. 그때쯤 되면 환자는 이미 숨을 거둔 뒤이기 십상이죠."

"빌어먹을." 번은 욕을 한 것에 대해 사과하지 않았다.

리브는 마지막으로 누군가 자신의 이야기를 이렇게 집중해서 들어준 것이 언제였는지 기억나지 않았다.

"병참 부대 용어로 불필요 항목은 군에서 보급할 수 없는 물품을 의미해요. 셔츠와 포크처럼 군인이 직접 자기 배낭에 챙겨 와야 하는 물품이죠. 하지만 어떤 경우에는 배낭 자체가 배에서 내려오지 않기도 해요."

"관료들이란 빌라도처럼 모든 일에서 책임을 지지 않으려 하는 냉혈한 집단이에요." 번이 투덜거렸다.

"우리는 숟가락 세 개로 백 명한테 음식을 떠먹였어요." 리브는 숟가락이라는 단어를 말하며 살짝 목소리를 떨었다. "어떤 보급품 창고에 숨겨둔 재고가 있다는 소문도 들렸는데 우리는 못 찾겠더라고요. 결국 나이팅게일 선생님이 내 손에 본인 지갑을 쥐여주면서 시장으로 가 숟가락 백 개를 사 오라고 시키셨어요."

아일랜드 남자는 반쯤 웃음을 터트렸다.

그날 리브는 너무 바쁜 나머지 왜 나이팅게일 선생님이 그 많은 간호사 중 하필 자신을 보냈는지 자문해보지 못했다. 지금 생각하면 그것은 간호 실력이 아니라 신뢰의 문제였다. 리브는 그 심부름을 수행하도록 선택받은 것이 망토에 다는 어느 훈장보다도 커다란 영광이었다는 사실을 문득 깨달았다.

두 사람은 조용히 걸었다. 이제 마을에서 제법 멀리 떨어져 있었다.

"하늘과 땅 사이에는 더 많은 것이 있어, 호레이쇼,[33] 이런 말을 아직 믿는 걸 보면 나는 철없는 어린아이거나 바보인가 봐요." 윌리엄 번이 말했다.

"나는 그런 말을 하려던 게 아니라……."

"아니에요. 나도 인정해요. 나는 위안이라는 방패 없이 공포를 마주할 수 없어요."

"나도 할 수만 있다면 위안을 얻고 싶어요." 리브가 속삭이듯 말했다.

두 사람과 폴리의 발소리, 그리고 산울타리에서 들리는 날카로운 새소리.

"동서고금을 막론하고 인간은 늘 조물주에게 절규하지 않았나요?"

번의 말은 잠시 치기 어리고 거만하게 들렸다.

리브가 속삭였다. "그건 우리가 신을 원한다는 증거일 뿐이에요. 그 강렬한 열망만 보더라도 신은 그저 꿈일 가능성이 더 크지 않나요?"

"너무 냉정하네요."

리브는 하고 싶은 말을 꾹 참은 채 입술만 깨물었다.

"그럼 죽은 사람은요? 그들이 완전히 사라지지 않았다는 느

---

33) 셰익스피어의 희곡 「햄릿」 1막 5장.

낌도 희망 사항일 뿐인가요?" 번이 물었다.

기억이 경련처럼 리브를 장악했다. 팔에 느껴지던 무게. 아직 따뜻하지만 움직이지 않던 부드럽고 창백한 몸. 리브는 눈물로 시야가 가려진 채 번에게서 도망치려 비틀비틀 앞으로 나아갔다.

번이 리브를 따라잡아 팔꿈치를 붙들었다.

리브는 자신의 행동을 설명할 수 없어 입술만 깨물었다. 입에서 피 맛이 느껴졌다.

"정말 유감이에요." 번은 이해한다는 듯이 말했다.

리브는 번의 손을 뿌리치고 두 팔로 자신의 몸을 감쌌다. 팔에 걸친 기름 먹인 망토에 눈물이 흘러내렸다.

"미안해요. 대화하는 게 내 일이긴 한데, 그래도 입 다무는 법을 빨리 배워야겠네요." 번이 말했다.

리브는 애써 미소를 지었다. 그러면서도 그 모습이 기괴해 보일까 봐 괜히 걱정스러웠다.

이후 함께 걷는 몇 분 동안 번은 입을 다물 줄 안다는 사실을 증명이라도 하려는 듯 한마디도 하지 않았다.

마침내 리브가 쉰 목소리로 말했다. "내가 미쳤나 봐요. 이번 일 때문에 너무…… 불안정해졌어요."

번은 고개만 끄덕였다.

리브가 쓸데없는 말을 하지 말아야 하는 수많은 사람 중 기자는 단연 1순위였다. 하지만 이 사람이 아니라면, 그 누가 이 상황을 제대로 이해하겠는가?

"나는 두 눈이 아플 정도로 그 아이를 감시했어요. 그 애는 아무것도 먹지 않는데 여전히 살아 있어요. 내가 아는 그 누구보다도 생기가 넘친다고요."

"그럼 그 아이한테 얼마간 동요된 거네요? 라이트 씨처럼 냉철한 사람이 거의 넘어간 거예요?" 번이 물었다.

리브는 그 말에 얼마나 조롱이 담겨 있는지 판단할 수가 없었다. 지금 할 수 있는 말이라고는 이것뿐이었다.

"그 아이를 어떻게 이해해야 할지 도무지 모르겠어요."

"그럼 내가 해볼게요."

"번 씨……."

"새로운 시각으로 본다고 생각해요. 자랑처럼 들리겠지만 나는 사람과 대화하는 법을 아주 잘 알아요. 내가 그 아이한테서 진실을 캐낼지도 모르잖아요."

리브는 시선을 내린 채 고개를 저었다. 이 남자는 분명 대화하는 법을 잘 알았다. 그 사실은 부인할 수가 없었다. 번은 비밀을 잘 지켜야 하는 사람에게서 정보를 빼내는 재주가 아주 탁월했다.

"나는 닷새나 여기서 어슬렁거렸어요, 그동안 아무것도 건지지 못했고요." 번이 좀 더 단호하게 말했다.

리브의 목구멍에서 울컥 뜨거운 것이 올라왔다. 물론 이 기자는 영국 간호사와 대화한 모든 시간을 쓸데없고 따분하다고 생각했을 것이다. 아름답지도 똑똑하지도 않고 더 이상 어리지도 않은 여자였으니까. 자신이 목적을 위한 수단일 뿐이라는 사실을 리브는 왜 잊고 있었을까?

리브는 이 선동가와 더 말을 섞을 의무가 없었다. 뒤로 돌아 마을을 향해 성큼성큼 걸어갔다.

Vigil .4

vigil [비질]
종교적 의식
특정한 목적으로 밤을 새우는 경우
축제 전야에 경계하는 것

관목에 널어둔 빨래가 사라지고 오두막에서 증기와 뜨거운 금속 냄새가 났다. 여자들이 오후 내내 다림질을 한 것이리라. 오늘 저녁에는 묵주 기도를 하지 않는 모양이었다. 맬러키 오도널은 파이프 담배를 피우고 있었고 키티는 암탉을 찬장 안으로 몰고 있었다.

"부인은 나가셨나요?" 리브가 물었다.

"토요일은 여성 신심회가 모이는 날이에요." 키티가 말했다.

"그게 뭐죠?"

하지만 가정부는 말 안 듣는 닭 한 마리를 쫓아가고 있었다.

리브는 오늘 오후 침대에서 눈을 떴을 때 더 시급한 문제를 떠올렸다. 그녀는 왠지 머릿속이 요정과 천사 생각으로 가득 찬 키티를 가족 중에서 가장 믿고 싶었다. 사실 첫날부터 가정부와 친해지려고 더 노력하지 않은 자신이 조금 원망스러웠다.

리브는 몇 발짝 더 가까이 다가갔다. "키티, 혹시 사촌 동생이 생일 전에 마지막으로 뭘 먹었는지 기억나요?"

"당연히 기억나죠. 그걸 어떻게 잊겠어요?"

키티의 목소리가 떨려 나왔다. 키티는 허리를 굽혀 찬장을 닫으며 **생채**처럼 들리는 말을 덧붙였다.

"생채요?"

"'성체'라고 한 겁니다. 빵 형태로 된 주님의 몸요." 맬러키 오도널이 어깨 너머로 말했다.

리브는 로마가톨릭교 신자가 진짜 신의 육체라고 믿는 작은 원반 모양 빵을 애나가 입으로 받아먹는 모습을 상상했다.

가정부는 팔짱을 낀 채 집주인 말에 고개를 끄덕였다. "애나의 첫 성체 성사였어요. 신의 가호가 그 아이와 함께하시길."

"속세의 음식으로 마지막 식사를 하고 싶지 않았던 겁니다. 그렇지, 키티?" 맬러키가 다시 불을 바라보며 중얼거렸다.

"맞아요."

마지막 식사. 마치 사형수처럼. 그러니까 애나는 처음이자 마지막으로 성체를 먹고 입을 닫아버린 것이었다. 어떤 왜곡된 교리가 애나를 몰아붙였을까? 애나는 이제 신성한 영양분을 받았으니 더 이상 속세의 음식은 필요 없다고 생각한 걸까? 리브는 궁금했다.

일렁이는 불빛 속에서 아이 아버지의 얼굴이 한쪽으로 축 처진 것처럼 보였다. 지난 몇 달간 누군가는 애나를 계속 살아 있게 했다. 과연 맬러키였을까? 맬러키는 그럴 사람으로 보이지 않았다.

물론 무죄와 유죄 사이에는 불분명한 영역이 있었다. 아내의 속임수든 신부의 속임수든 둘 다든, 진실을 알게 되었지만 이미 딸의 명성이 너무 멀리 퍼진 탓에 적극적으로 개입할 수 없었다면?

침실로 들어가니 미카엘 수녀가 잠자는 아이 옆에서 벌써 망토 단추를 채우고 있었다.

수녀가 속삭였다. "오후에 맥브리어티 선생님이 다녀가셨어요."

리브가 한 말을 의사가 드디어 이해한 것일까?

"어떻게 하라던가요?"

"다른 지시는 없으셨어요."

"뭐라고 했는데요?"

"별말씀 안 하셨어요."

수녀의 표정은 읽을 수가 없었다.

그 상냥한 노인은 그간 리브와 함께 일한 수많은 의사 중 가장 다루기 까다로웠다.

수녀가 떠나고 애나는 계속 잠을 잤다.

밤 근무는 너무도 조용했다. 리브는 계속 서성거리며 잠을 쫓아야 했다. 어느 순간 보스턴에서 온 장난감을 집어 들었다. 한쪽에는 노래하는 새가, 다른 쪽에는 새장이 그려져 있었다. 하지만 빠르게 줄을 돌리자 착시 현상이 일어나 공존할 수 없는 두 그림이 하나로 합쳐졌다. 새장에 갇혀 파르르 떨며 노래하는 새 한 마리.

3시가 지났을 때 애나가 눈을 깜박이며 깨어났다.

"뭐 필요한 거 있니? 어디가 불편해?" 리브가 애나 위로 몸을 기울이며 물었다.

"발이요."

"발이 왜?"

"아무것도 느껴지지가 않아요." 애나가 속삭였다.

담요 아래 자그마한 발가락은 얼음장처럼 차가웠다. 이렇게 어린 아이가 이렇게나 혈액 순환이 안 된다니.

"일어나. 잠깐 나와서 피 좀 다시 돌게 하자."

아이는 천천히 뻣뻣한 다리를 침대 밖으로 내밀었다. 리브는 아이를 부축해 방을 가로질렀다.

"군인처럼, 왼발, 오른발."

애나는 제자리에서 어설프게 행진을 했다. 눈은 열린 창문을 향했다.

"오늘 밤은 별이 많네요."

"별은 늘 저만큼 많아. 우리가 보질 않아서 그렇지." 리브는 북두칠성, 북극성, 카시오페이아자리를 가리켜 보였다.

"별 이름을 다 아세요?" 애나는 놀란 눈치였다.

"그냥 우리 별자리만."

"어떤 게 우리 건데요?"

"북반구에서 잘 보이는 별자리 말이야. 남쪽에서는 다르게 보이거든." 리브가 설명했다.

"정말요?"

아이가 말하면서 이를 딱딱 부딪히는 탓에 리브는 아이를 다시 침대에 눕혔다.

저녁 내내 불 속에 있던 벽돌은 수건에 싸인 채 여전히 열을 품고 있었다. 리브는 벽돌을 아이의 발밑에 밀어 넣었다.

"이건 선생님 거잖아요." 아이가 덜덜 떨며 말했다.

"따뜻한 여름밤에는 필요 없어. 온기가 좀 느껴지니?"

애나가 고개를 저었다. "하지만 곧 느껴질 거예요."

리브는 무덤 속 십자군 병사처럼 반듯이 누워 있는 작은 형체를 내려다보았다. "이제 다시 자렴."

하지만 애나는 눈을 말똥말똥 뜬 채 파트라 기도를 속삭였다. 리브는 그 기도를 하도 자주 들어 더 이상 신경조차 쓰이지 않았다. 애나는 뒤이어 들릴락 말락 한 목소리로 성가를 불렀다.

밤은 어둡고
나의 집은 머나니
이끌어주소서.

일요일 아침, 리브는 부족한 잠을 보충하고 싶었지만 시끄럽게 울리는 교회 종소리 때문에 도저히 잠들 수가 없었다. 침대에 누워 뻣뻣한 팔다리를 풀지도 않은 채 애나 오도널에 관해 알아낸 사실을 모두 되짚어보았다. 이상한 증상이 너무도 많았지만 그 증상들은 리브가 아는 어떤 질병과도 맞아떨어지지 않았다. 리브는 맥브리어티 선생과 다시 이야기해봐야겠다고 생각했다. 이번에는 반드시 의사에게 확답을 듣고 말리라.

오후 1시, 수녀의 보고에 따르면 아이는 교회에 가지 못하는 것을 괴로워하다가 미카엘 수녀와 함께 미사 전서를 보며 오늘의 전례문을 낭송하는 것으로 미사를 대신하는 데 동의했다.

리브는 지난번처럼 애나를 지치게 하지 않기 위해 아주 느린 속도로 산책을 했다. 그녀는 지평선을 살피며 근처에 구경꾼이 없는 것을 확인한 뒤 발걸음을 옮기기 시작했다.

두 사람은 부츠를 끌며 마당을 가로질러 조심조심 걸어갔다.

리브가 서쪽을 가리키며 말했다. "네가 조금 더 건강해 보였다면 저쪽으로 몇백 미터 가보자고 했을 거야. 가지마다 기다란 천 조각이 묶인 이상한 산사나무 한 그루를 찾았거든."

애나는 열정적으로 고개를 끄덕였다. "우리 마을 신성한 우물의 넝마 나무예요."

"정확히 우물이라고 할 만한 건 없었어. 작은 웅덩이뿐이었지."

리브는 물에서 나던 고약한 타르 냄새를 떠올렸다. 혹시 그 물에 약하게 살균 효과가 있나? 하지만 미신에서 과학의 씨앗을 찾는 건 아무런 의미도 없는 일이었다.

"그 넝마가 일종의 제물 같은 거니?"

"우물물에 적셔서 상처나 아픈 곳을 문지르는 거예요. 그런 다음 나무에 묶는 거고요." 애나가 설명했다.

리브는 고개를 절레절레 저었다.

"상처를 닦아서 나쁜 게 넝마에 남으면 그걸 두고 가는 거예요. 넝마가 썩어 없어지면 우리를 아프게 한 것들도 같이 사라져요."

결국은 시간이 약이라는 뜻이었다. 참으로 교활한 전설이었다. 천은 분해되는 데 아주 오래 걸리고, 천이 분해될 무렵이면 환자의 병은 대부분 치유되기 마련이다.

애나가 걸음을 멈추고 벽에 붙은 폭신한 이끼를 쓰다듬었다. 어쩌면 호흡을 가다듬으려는 의도인지도 몰랐다. 새 한 쌍이 산울타리에서 까치밥나무 열매를 쪼아 먹었다.

리브는 반짝이는 열매를 한 움큼 따 아이 얼굴 가까이 들어보였다. "이게 어떤 맛이었는지 기억나니?"

"어렴풋이요." 애나의 입술은 열매에서 고작 한 뼘 거리에 있었다.

"입안에 침 안 고여?" 리브가 부추기는 투로 물었다.

아이는 고개를 저었다.

"하느님이 이 열매를 만드신 거잖아." 리브는 하마터면 너희 하느님이라고 말할 뻔했다.

"하느님은 모든 걸 만드세요." 애나가 말했다.

리브는 까치밥나무 열매 한 알을 이 사이에 넣고 터트렸다. 과즙이 입안에 너무 빨리 차올라 밖으로 흘러나올 뻔했다. 이렇게 황홀한 맛은 생전 처음이었다.

애나는 리브의 손에서 작고 빨간 열매 하나를 집어 들었다.

리브의 심장이 귀에 들릴 정도로 시끄럽게 쿵쾅거렸다. 지금
이 바로 그 순간인가? 이렇게 쉽게? 평범한 삶이 달랑달랑 매달
린 열매처럼 코앞으로 다가왔다.

하지만 아이는 손바닥을 평평히 펴 쑥 내민 채 가운데에 열매
를 올려놓고 가장 용감한 새가 달려들기를 기다렸다.

오두막으로 돌아오는 길에 애나는 마치 물속을 걷듯 느릿느
릿 움직였다.

그날 저녁 9시가 넘어 비틀비틀 영혼 식료품점으로 돌아온 리
브는 너무 피곤한 나머지 베개에 머리만 대면 곧바로 잠들 수
있으리라 확신했다.

하지만 머릿속은 윙윙대는 말벌처럼 쌩쌩했다. 어제 오후 윌
리엄 번을 오해했을지도 모른다는 생각이 리브를 무겁게 짓눌
렀다. 번은 그저 애나와의 면담을 한 번 더 요청한 것뿐이었다.
사실 그는 리브를 모욕하지 않았다. 너무 예민하게 속단한 것
은 오히려 리브 쪽이었다. 번이 정말 리브와 함께 있는 걸 지루
해했다면 대화는 짧게 하고 애나 오도널에게만 집중하지 않았
을까?

번의 방은 바로 복도 건너편이었다. 아마 아직 잠들지 않았으
리라. 리브는 아이의 마지막 식사가 성체 성사였다는 사실을 똑
똑한 로마가톨릭교 신자와 논의하고 싶었다. 사실 아이에 관한
다른 사람의 의견이 점점 절실해지고 있었다. 적대적인 스탠디
시, 비현실적 희망으로 가득 찬 맥브리어티, 편협한 수녀나 무

264 더 원더

심한 신부, 명성에 취해 부패했을 가능성이 큰 부모 말고 리브가 믿을 수 있는 사람의 의견이. 리브가 현실 감각을 잃고 있다면 그렇다고 말해줄 수 있는 사람의 의견이.

내가 해볼게요, 리브의 머릿속에서 번이 다시 말했다. 유혹하듯이, 매력적인 목소리로.

두 가지가 동시에 사실일 수도 있었다. 번은 돈을 받고 이 사건을 캐는 기자였다. 하지만 동시에 진심으로 돕고 싶어 할 수도 있지 않을까?

런던을 떠나 이곳에 도착한 지 정확히 일주일이 지났다. 리브는 너무도 자신만만했다. 하지만 지금 보니 그것은 자신의 판단력에 대한 잘못된 확신이었다. 지금쯤이면 병원으로 돌아가 수간호사의 코를 납작하게 해주고 있을 줄 알았다. 하지만 그녀는 일주일 전보다 애나 오도널을 조금도 더 이해하지 못한 채 세탁이 덜 된 이 침대보에 갇혀버린 기분이었다. 오히려 더 혼란스럽고 고단하고 자신의 역할이 곤욕스럽기만 했다.

월요일 새벽이 오기 전, 리브는 번의 방문 아래에 쪽지를 밀어 넣었다.

정확히 5시, 리브가 오두막에 도착했을 때 키티는 아직 나무 의자에 뻗어 있었다. 가정부 말에 따르면 오늘은 의무 축일이기 때문에 꼭 필요한 일 외에는 하지 않아도 되었다.

리브는 걸음을 멈췄다. 지금은 키티와 단둘이 이야기할 수 있는 흔치 않은 기회였다.

"키티는 사촌 동생을 많이 아끼죠?" 리브가 조용히 물었다.

"그럼요. 저 사랑스러운 아이를 어떻게 안 아끼겠어요?"

목소리가 너무 컸다. 리브는 입술에 손가락을 가져다 댔다.

"혹시 애나가 왜 음식을 안 먹는지 은연중에……." 좀 더 쉬운 말을 골라야 할 것 같았다. "다른 사람 모르게 언니한테 얘기한 적 있어요?"

키티는 고개를 저었다.

"뭐라도 먹어보라고 애나를 채근한 적은 있어요?"

가정부는 깜짝 놀란 듯 벌떡 일어나 앉으며 눈을 깜빡였다. "저는 아무 짓도 안 했어요. 비난하지 마세요!"

"그런 거 아니에요. 난 그냥……."

"키티?"

곁채에서 오도널 부인의 목소리가 흘러나왔다.

키티 때문에 소중한 기회가 날아가버렸다. 리브는 곧장 침실로 들어갔다.

아이는 담요를 세 개나 덮은 채 아직 잠들어 있었다.

"어서 오세요." 미카엘 수녀가 그날 밤에 적은 몇 줄 안 되는 기록을 보여주며 속삭였다.

스펀지 목욕.

찻숟가락으로 물 두 모금 섭취.

"피곤해 보이네요, 라이트 씨."

"그런가요?" 말이 퉁명스럽게 나왔다.

"마을을 여기저기 돌아다녔다고 들었어요."

혼자 있을 때 목격된 것일까? 아니면 기자와 있을 때? 마을 사람들 입방아에 올랐나?

"운동을 하면 잠이 잘 와서요." 리브는 거짓말을 했다.

수녀가 떠난 뒤 리브는 한동안 자신이 적어놓은 기록을 살펴보았다. 흰색 벨벳 종이가 리브를 조롱하는 것 같았다. 숫자는 앞뒤가 맞지 않았다. 이 숫자가 보여주는 것은 단 한 가지, 애나는 애나이며 다른 사람과 전혀 다르다는 사실뿐이었다. 연약하고, 얼굴이 통통하고, 어깨는 앙상하고, 생기가 넘치고, 몸이 차고, 잘 웃고, 덩치가 작은 아이. 아이는 계속해서 책을 읽고, 카드를 정리하고, 바느질을 하고, 뜨개질을 하고, 기도를 하고, 노래를 했다. 모든 원칙에 대한 한 가지 예외. 기적? 리브는 그 단어가 내키지 않았지만 사람들이 왜 그 표현을 쓰는지 조금씩 이해하기 시작했다.

애나가 눈을 번쩍 떴다. 호박색 반점이 박힌 녹갈색 눈동자.

리브는 아이 위로 몸을 기울였다. "좀 괜찮니, 애나?"

"아주 좋아요, 리브 선생님. 오늘이 성모 승천 대축일이잖아요."

"그렇다더라. 성모님이 천국으로 올라가신 날 맞지?" 리브가 물었다.

애나는 고개를 끄덕이며 눈을 가늘게 뜨고 창문을 보았다.

"오늘은 모든 것에 알록달록한 후광이 비쳐서 너무나 눈이 부셔요. 이 히스꽃 향기 좀 맡아보세요!"

리브가 느끼기에 침실은 눅눅하고 퀴퀴하기만 했다. 병에 꽂힌 보라색 꽃다발은 아무런 향도 나지 않았다. 하지만 아이들은 감각에 활짝 열려 있었고, 이 아이는 특히나 더 그랬다.

8월 15일 월요일 오전 6시 17분.

밤새 잘 잤다고 함.

겨드랑이로 잰 체온, 여전히 낮음.

맥박: 분당 박동수 101회.

폐: 분당 호흡수 18회.

계속 오르내리기는 했지만 전체적으로 보면 수치는 조금씩 올라가고 있었다. 위험한 건가? 리브는 확신할 수가 없었다. 그런 판단을 내리도록 훈련받는 사람은 의사였다. 물론 맥브리어티는 그 일에 적합하지 않은 듯했지만 말이다.

오도널 부부와 키티가 아침 일찍 들어와 교회에 다녀오겠다며 애나에게 인사를 했다.

"첫 수확물을 바치려고요?" 애나가 눈을 반짝이며 물었다.

"그래야지." 아이 엄마가 대답했다.

"그게 정확히 뭘 의미하나요?" 리브가 예의상 물었다.

"처음 수확한 밀로 만든 빵이요. 거기에, 어…… 귀리와 보리도 조금씩 들어가죠." 맬러키가 설명했다.

"들쭉나무 열매도 바칠 거예요." 키티가 끼어들었다.

"엄지손가락 한 마디보다 작은 햇감자 몇 알도요, 축복이 있기를." 로절린이 말했다.

리브는 더러운 창문을 통해 세 사람이 떠나는 모습을 지켜보았다. 농부가 몇 발짝 뒤에서 두 여자를 따라가고 있었다. 감시가 2주 차에 들어섰는데 어떻게 축제를 신경 쓸 수 있을까? 양심에 걸릴 일이 전혀 없는 것일까, 아니면 모두 냉혹한 괴물인 것일까? 리브는 궁금했다. 오늘 아침 키티는 그리 냉혹해 보이지 않았다. 오히려 사촌 동생을 매우 걱정하는 것 같았다. 하지만 영국 간호사에게 겁을 집어먹은 듯 보이기도 했다. 키티는 리브의 질문을 오해해 자신이 몰래 아이에게 음식을 먹였다며 비난을 받고 있다고 생각했다.

리브는 오전 10시가 되어서야 애나를 데리고 밖으로 나갔다. 바로 그 시간이 쪽지에 명시해둔 시간이었다. 오늘은 리브가 이곳에 도착한 이후 날씨가 가장 좋은 날이었다. 햇빛도 적당하고 하늘도 영국에서처럼 아주 맑았다. 아이의 팔을 자신의 팔에 끼우고 조심조심 걷기 시작했다.

리브는 문득 애나의 자세가 이상하다는 생각이 들었다. 애나는 턱을 쑥 내민 채 움직이고 있었다. 하지만 아이는 주변의 모든 것에 흥미를 보였다. 소와 닭 냄새가 아니라 장미유 향이 난다는 듯 공기를 들이마시고, 이끼 낀 바위를 지날 때마다 그것을 쓰다듬었다.

"오늘 무슨 일 있니, 애나?"

"아니요. 아주 행복해요."

리브는 의심의 눈초리로 애나를 바라보았다.

"성모님이 모든 것에 빛을 잔뜩 쏟아부어주시잖아요. 빛에서 향기가 나는 것 같아요."

음식을 적게 먹거나 아예 안 먹으면 모공이 활짝 열리나? 감각이 예민해지나? 리브는 궁금했다.

"제 발이 보이는데 마치 다른 사람 발을 보는 기분이에요."

애나가 오빠의 낡은 부츠를 내려다보며 말했다.

리브는 아이를 잡은 손에 힘을 주었다.

오두막이 시야에서 사라졌을 때 길 끝에서 검은 재킷을 걸친 형체가 나타났다. 윌리엄 번이었다. 번이 모자를 들자 흐트러진 곱슬머리가 드러났다.

"라이트 씨."

"아, 제가 아는 신사분이군요." 리브는 최대한 무심하게 말했다. 그러면서 속으로 자신이 정말 번을 아는지 생각해보았다. 리브가 이 면담을 주선했다는 소식을 위원회 중 한 명이라도 듣게 된다면 리브는 즉시 해고될 수 있었다.

"번 씨, 이쪽은 애나 오도널이에요."

"안녕, 애나."

번은 애나와 악수를 했다. 리브는 번이 통통 부은 애나의 손가락을 눈여겨보는 모습을 포착했다.

리브는 재미없는 날씨 이야기를 시작했다. 하지만 머릿속은 그 이면을 빠르게 달리고 있었다. 다른 사람 눈에 띌 위험이 가장 적은 산책길은 어디일까? 가족들은 언제쯤 미사에서 돌아올까? 리브는 번과 애나를 마을 반대편으로 이끌어 거의 쓰이지 않는 듯 보이는 마찻길로 들어섰다.

"번 아저씨는 방문객인가요, 리브 선생님?"

리브는 아이의 질문에 깜짝 놀라 고개를 저었다. 간호사가 스스로 정한 규칙을 깼다는 사실은 아이 부모의 귀에 절대 들어가서는 안 되었다.

"나는 그냥 잠깐, 경치 구경하러 이쪽 동네에 온 거야." 번이 말했다.

"아저씨 아이랑요?" 애나가 물었다.

"안타깝게도 나는 아직 아이가 없단다."

"부인은 있어요?"

"애나!"

"괜찮아요." 번은 리브를 안심시킨 뒤 다시 애나를 돌아보았다. "부인도 없어. 한때 결혼할 뻔했는데 마지막 순간에 여자가 마음을 바꿨거든."

리브는 고개를 돌렸다. 길게 뻗은 습지 여기저기로 반짝이는 웅덩이가 보였다.

"저런." 애나가 깊게 탄식했다.

번은 어깨를 으쓱했다. "그 여자는 코크에 정착했어. 잘 헤어졌지, 뭐."

리브는 번의 태도가 마음에 들었다.

번은 애나가 꽃을 좋아한다는 사실을 알아내고는 자신과 취향이 비슷한 사람을 만나다니 정말 대단한 인연이라고 이야기했다. 그러고는 마지막 흰 꽃 한 송이가 달린 산딸나무의 붉은 줄기를 꺾어 애나에게 건네주었다.

애나가 번에게 말했다. "선교회에 있을 때 예수님이 돌아가신 십자가가 산딸나무로 만들어졌다는 얘기를 들었어요. 그래서 오늘날 산딸나무는 슬픈 마음에 짧고 구불구불하게만 자란대요."

번은 허리를 숙인 채 애나의 말을 경청했다.

"보세요. 꽃이 십자가 모양이잖아요. 긴 꽃잎 두 장, 짧은 꽃잎 두 장. 이 갈색 점은 못 자국이고, 가운데 있는 건 가시관이에요." 애나가 설명했다.

"굉장하구나." 번이 감탄했다.

리브는 위험을 무릅쓰고 이 만남을 주선하길 잘했다는 생각이 들었다. 그 전까지 이 사건에 관해 농담밖에 할 줄 몰랐던 번은 이제 애나가 실제로 어떤 아이인지 이해하기 시작했다.

번은 고작 버즘나무 한 그루를 감상하기 위해 며칠 동안 행군을 멈춘 페르시아 왕의 이야기를 들려주었다. 그러다가 문득 말을 멈추고 지나가는 뇌조를 가리켰다. 연한 적갈색 몸통이 수풀에 선명히 대비되었다.

"나처럼 눈썹이 붉은 거 보이니?"

"아저씨보다 더 붉은데요?" 애나가 웃었다.

번은 애나에게 페르시아뿐만 아니라 이집트에도 직접 가보았다고 말했다.

"번 씨는 여행을 정말 많이 다녔어." 리브가 말했다.

"사실 더 멀리 갈까도 생각했어요." 번이 말했다.

리브는 곁눈으로 번을 보았다.

"캐나다에 정착해볼까 생각했죠. 아니면 미국도 좋고요. 아예 호주나 뉴질랜드로 갈까도 생각해봤어요. 수평선이 끝없이 이 어지는 곳이잖아요."

"하지만 그러려면 모든 관계를 끊어야 하잖아요. 일적이든 개인적이든……." 리브는 적당한 말을 고민하다 겨우 말했다. "너무 죽음 같지 않을까요?"

번은 고개를 끄덕였다. "이민은 보통 다 그럴 거예요. 새 삶을 얻는 대가죠."

"수수께끼 하나 들어보실래요?" 애나가 갑자기 번에게 물 었다.

"좋지." 번이 대답했다.

애나는 바람, 종이, 불꽃에 관한 수수께끼를 다시 읊었다. 그 러면서 한두 단어가 헷갈릴 때만 잠깐씩 리브를 돌아보았다. 번 은 하나도 맞히지 못하고 정답을 들을 때마다 자기 머리를 톡톡 두드렸다.

다음으로는 번이 애나에게 새소리 문제를 냈다. 애나는 노랫 소리처럼 들리는 마도요 울음소리와 '습지 염소'라는 새의 날갯 소리를 정확히 알아맞혔다. 나중에 알고 보니 '습지 염소'는 도 요새를 가리키는 아일랜드 말이었다.

마침내 애나가 조금 피곤하다고 인정했다. 리브는 아이를 살 피며 이마를 짚어보았다. 햇볕이 따뜻하고 운동을 많이 했는데도 아이의 이마는 여전히 서늘했다.

"여기서 조금 쉬다가 돌아갈래?" 번이 물었다.

"좋아요."

번은 옷자락을 펄럭이며 외투를 벗어 커다랗고 평평한 바위
에 깔아주었다.

"앉아." 리브는 허리를 숙여 아직 체온이 남아 있는 등 부분
의 갈색 안감을 톡톡 두드렸다.

애나는 재킷을 깔고 앉아 손가락 하나로 부드러운 옷감을 쓰
다듬었다.

"내가 뒤에서 계속 지켜볼게." 리브는 아이에게 약속한 뒤 번
과 함께 물러섰다.

두 사람은 부서진 벽 앞으로 자리를 옮겼다. 그런 다음 번의
셔츠 소매에서 증기처럼 뿜어져 나오는 열기가 느껴질 정도로
가까이 섰다.

"어때요?"

"뭐가 어떤데요, 라이트 씨?" 번의 목소리가 이상하게 날카
로웠다.

"아이가 어떤 것 같냐고요."

"아주 사랑스러워요." 번이 너무 조용히 말해서 리브는 정확
히 알아듣기 위해 몸을 기울여야 했다.

"그렇죠?"

"사랑스럽게 죽어가고 있어요."

리브는 숨이 턱 막혔다. 어깨 너머로 애나를 보았다. 기다란

남자 재킷 한쪽 끝에 앉은 자그마한 형체.

"정말 안 보여요? 라이트 씨 앞에서 점점 쇠약해지고 있잖아요." 번은 다정한 말을 할 때처럼 여전히 부드러운 말투였다.

리브는 말을 더듬었다. "번 씨, 어떻게…… 어떻게……."

"바로 이게 문제 같아요. 라이트 씨는 현실을 보기에는 아이와 너무 가까워요."

"어떻게…… 어떻게 그렇게 확신해요?"

"나는 애나보다 겨우 다섯 살 많을 때 기근을 조사하러 파견됐어요." 번은 조용하지만 가시 돋친 말투로 지난 대화를 상기시켰다.

"애나는 아니…… 애나는 배가 나왔잖아요." 리브가 힘없이 반박했다.

"어떤 사람은 빨리 굶어 죽고, 어떤 사람은 천천히 굶어 죽어요. 천천히 죽는 사람은 몸이 붓지만, 그건 그냥 물일 뿐 안에는 아무것도 없어요." 번은 녹색 들판에 시선을 고정한 채 말을 이었다. "뒤뚱대는 걸음걸이, 얼굴에 난 징그러운 솜털. 최근에 입 냄새는 맡아봤어요?"

리브는 기억을 되짚어보았다. 그건 기록하라고 배운 항목이 아니었다.

"몸이 자신을 공격하기 시작하면 입에서 시큼한 냄새가 나요. 아마 스스로를 먹어치우나 봐요."

리브는 고개를 돌렸다가 아이가 낙엽처럼 쓰러진 모습을 발견하고 곧장 달려갔다.

"저 기절한 거 아니에요. 그냥 쉬고 있었어요." 애나는 재킷을 덮은 채로 윌리엄 번 품에 안겨 집으로 가면서 계속 고집을 부렸다. 아이의 눈은 수렁처럼 깊어 보였다.

리브는 두려움에 목이 막혔다. 사랑스럽게 죽어가고 있어요. 번의 말이 맞았다. 빌어먹을 인간.

"나도 들어가게 해줘요. 부모한테는 내가 우연히 지나가다가 도와줬다고 하면 돼요." 오두막 밖에서 번이 말했다.

"어서 가요." 리브는 번의 품에서 애나를 빼앗아 들었다.

번이 길 쪽으로 돌아선 뒤에야 리브는 아이 얼굴에 코를 대고 냄새를 맡아보았다. 바로 그 냄새였다. 희미하지만 불쾌한 과일 냄새.

그날 오후 리브는 라이언네 지붕에 요란하게 떨어지는 빗소리를 듣고 잠에서 깼다. 정신이 몽롱했다. 문 아래 보이는 흰색 직사각형이 눈을 더 혼란스럽게 했다. 처음에는 햇빛인 줄 알았는데, 침대에서 간신히 일어나 보니 그것은 종이였다. 급하게 쓴 글이었지만 잘못 쓴 글자는 하나도 없었다.

본 통신원은 단식 소녀와의 짧고 우연한 만남을 통해 요즘 가장 뜨거운 논쟁에 관한 개인적 의견을 마침내 확립했다. 그 아이는 과연 대중을 기만하는 이 극악한 사기에 이용되고 있는 것일까?

첫째, 애나 오도널은 정말 특별한 소녀임에 틀림이 없다.

마을의 국립 학교에서, 구두 수선으로 생계비를 보충해야 하는 교사의 지도 아래 제한된 교육만 받았음에도, 오도널 양은 한없이 상냥하고 차분하고 솔직하다. 알려진 대로 신앙심이 깊을 뿐만 아니라 자연을 아끼는 마음도 매우 크고, 그렇게 어린 나이인데도 동정심 역시 뛰어나다. 약 5000년 전 이집트 현자는 이렇게 말했다. '현명한 말은 에메랄드보다 귀하지만 그것은 가난한 노예 소녀의 입에서 나온다.'

둘째, 애나 오도널의 건강에 관한 기사들이 거짓임을 밝히는 일은 이제 본 통신원의 몫이 되었다. 아이의 금욕적 성격과 밝은 영혼이 진실을 가려줄지는 몰라도, 비틀대는 걸음걸이와 불편한 자세, 몸의 냉기, 퉁퉁 부은 손가락, 푹 꺼진 눈, 그리고 무엇보다 기근의 냄새로 알려진 날카로운 구취까지, 모두 심각한 영양 부족 상태를 여실히 증명한다.

8월 8일 감시를 시작하기 전 4개월 동안 애나 오도널이 어떤 은밀한 방식으로 생존했는지 추측할 수는 없지만, 현재 상황은 이렇게 정리할 수 있을 듯하다. 아니, 모호하게 말할 것도 없이 이렇게 정리해야만 한다. 그 아이는 지금 커다란 위험에 처해 있으며, 아이의 감시자는 반드시 이 점을 유의해야 한다.

리브는 종이를 꽉꽉 뭉쳐 주먹 안에 쥐었다. 단어 하나하나가 비수처럼 꽂혔다.

그간 수많은 위험 징후를 수첩에 기록했다. 그러면서 왜 아이의 건강이 나빠지고 있다는 명백한 결론은 부정했을까? 아마도 오만 때문이리라. 리브는 자신의 판단을 굳게 믿고 자신의 지식을 과대평가했다. 희망에도 책임이 있었다. 리브가 환자들을 간호하며 그 가족에게서 보았던 나쁜 희망. 리브는 아이가 해를 입지 않기를 원했다. 그래서 일주일 내내 아이가 무의식중에 야식을 먹었다거나 설명할 수 없는 정신력이 아이를 지탱했다는 환상에 빠져 있었다. 하지만 윌리엄 번 같은 외부인 눈에는 모든 것이 명백했다. 애나는 굶어 죽고 있을 뿐이었다.

아이의 감시자는 이 점을 유의해야 한다.

죄책감을 느꼈다면 리브는 이 남자에게 고마워해야 마땅하다. 그런데 왜 그녀는 지금 번의 잘생긴 얼굴을 떠올리며 화를 내고 있을까?

리브는 침대 아래에서 요강을 꺼내 저녁으로 먹은 삶은 햄을 모두 토해냈다.

그날 저녁 리브가 오두막에 도착하기 직전, 해가 저물고 둥그렇게 부푼 하얀 보름달이 떠올랐다.

리브는 의자에 앉아 차를 마시는 오도널 부부와 키티에게 간단히 인사만 한 뒤 곧장 침실로 향했다. 수녀에게 경고를 해야 했다. 미카엘 수녀를 설득해 맥브리어티 선생과 이야기하도록 하면 의사도 진실을 더 잘 받아들일지 몰랐다.

하지만 이번에 애나는 침대에 반듯이 누워 한쪽 끝에 앉은 자비의 집 수녀의 이야기에 완전히 몰두해 있었다. 아이는 리브를 처다보지도 않았다.

"백 살까지 내내 끔찍한 고통에 시달렸다는 거야." 미카엘 수녀는 리브를 슬쩍 본 뒤 다시 애나에게 시선을 돌렸다. "그 늙은 여자는 어릴 때 미사에서 성체 성사를 하다가 입을 제때 다물지 않아 성체를 바닥에 떨어뜨렸다고 고백했어. 남한테 말하기 너무 부끄러워서 그 자리에 그냥 두고 왔다고도 했지."

애나는 헉 하고 숨을 들이쉬었다.

리브는 이 동료 간호사가 이렇게 말을 많이 하는 모습을 본 적이 없었다.

"이제 그 신부는 어떻게 했을까?"

"성체가 입에서 떨어졌을 때요?" 애나가 물었다.

"아니. 여자가 백 살이 됐을 때 고해한 신부 말이야. 신부는 그때 그 교회로 돌아갔어. 교회는 폐허가 되어 있었지. 그런데 깨진 돌바닥 바로 옆에 관목 하나가 자라 있는 거야. 신부는 뿌리 사이를 뒤져 바로 그 성체를 찾아냈어. 거의 한 세기 전 그 아이 입에서 떨어졌을 때 모습 그대로."

애나는 작게 탄성을 내뱉었다.

리브는 수녀의 팔꿈치를 붙잡아 방에서 끌어내고 싶은 마음을 겨우 억눌렀다. 애나한테 왜 이런 얘기를 하는 것일까?

"신부는 성체를 가져와 늙은 여자의 혀에 올려주었어. 그러자 저주가 풀리고 여자는 마침내 고통에서 벗어났지."

아이는 더듬더듬 성호를 그었다. "오, 주여, 그에게 영원한 안식을 허락하시고 끝없는 빛을 비추어 편안히 쉬게 하소서."

리브는 **고통에서 벗어났다**는 말이 죽었다는 의미임을 깨달았다. 이런 결말을 행복하다고 여기는 나라는 분명 아일랜드뿐일 것이다.

애나가 깜짝 놀라 리브를 쳐다보았다. "안녕하세요, 리브 선생님. 거기 계신 줄 몰랐네요."

"안녕, 애나."

미카엘 수녀가 일어나 짐을 챙겼다. 수녀는 가까이 다가와 리브의 귀에 속삭였다. "오후 내내 한껏 들떠서는 쉬지 않고 성가를 불렀어요."

"그래서 진정시키려고 그렇게 끔찍한 이야기를 하셨나요?"

리넨 테두리 안에서 수녀의 얼굴이 딱딱하게 굳었다. "우리 이야기를 전혀 이해하지 못하시는 것 같네요."

미카엘 수녀답지 않게 매우 공격적인 말투였다. 수녀는 미끄러지듯 방에서 나가버렸고, 리브는 결국 오후 내내 벼르던 말을 하지 못했다. 번을 언급할 수는 없지만, 자신이 보기에 애나가 정말 위험한 것 같다는 말을 입 밖으로 꺼내보지도 못했다.

리브는 밤사이 필요한 물건을 바쁘게 준비했다. 램프, 연소 액체 통, 심지 가위, 물잔, 담요. 그런 다음 수첩을 꺼내고 애나의 팔목을 들어 올렸다. 사랑스럽게 죽어가고 있어요.

"좀 어떠니?"

"아주 좋아요, 리브 선생님."

애나는 통통 부은 얼굴에 눈만 퀭하니 들어가 있었다. 리브는 이제야 그 모습을 알아볼 수 있었다.

"네 몸 말이야."

"붕 뜬 것 같아요." 아이가 한참 있다가 대답했다.

현기증? 리브는 수첩에 기록했다.

"더 불편한 건 없고?"

"붕 뜬 기분은 불편하지 않아요."

"그럼 평소랑 다른 점은 더 없니?"

리브는 철필을 준비했다.

애나는 대단한 비밀을 털어놓으려는 듯 몸을 앞으로 기울였다.

"멀리서 종소리 같은 게 들려요."

이명, 리브는 기록했다.

맥박: 분당 박동수 104회.

폐: 분당 호흡수 21회.

증거를 찾을 마음으로 살펴보니 아이의 움직임은 확연히 느려져 있었다. 손발은 일주일 전보다 더 차고 더 파랬다. 하지만 심장은 작은 새의 날갯짓처럼 점점 더 빠르게 파닥파닥 뛰고 있었다. 오늘 밤 피는 애나의 뺨에 몰린 듯했다. 피부는 군데군데가 육두구 강판처럼 거칠었다. 아이에게서 약간 시큼한 냄새가 났다. 리브는 스펀지로 목욕을 시켜주고 싶었지만, 아이가 더 추워할까 봐 걱정돼 그럴 수가 없었다.

"주님을 받드나이다, 구세주 예수님의……." 애나가 천장을 응시하며 파트라 기도를 속삭였다.

리브는 갑자기 인내심을 잃고 물었다. "그 기도는 왜 그렇게 자주 외우는 거야?"

이렇게 물으면서도 **혼자** 하는 기도라는 대답을 다시 듣게 되려니 생각했다.

"서른세 번."

"뭐라고?"

"하루에 서른세 번만 하면 돼요."

애나의 대답에 리브는 머리가 핑 돌았다. 하루에 서른세 번이면 한 시간에 한 번 이상, 자는 시간을 제외하면 깨어 있는 내내 매시간 두 번 이상이었다. 번이 여기 있다면 뭐라고 물었을까? 어떻게 이야기를 풀어갔을까?

"새디어스 씨가 그래야 한다고 말씀하신 거니?"

애나는 고개를 저었다.

"그게 그분의 나이였어요."

리브는 그 말을 이해하는 데 조금 시간이 걸렸다. "그리스도?"

끄덕.

"죽었다가 부활하셨을 때요."

"그런데 왜 그 기도를 하루에 서른세 번 외워야 해?"

"팻 오빠를⋯⋯."

애나가 말을 멈춰서 돌아보니 오도널 부인이 열린 문 앞에 서 두 팔을 내밀고 있었다.

"안녕히 주무세요, 엄마." 아이가 말했다.

저 돌처럼 굳은 얼굴. 리브는 여기서도 부인의 슬픔을 느낄

수 있었다. 아니, 포옹처럼 작은 행위조차 거부당한 데 대한 분노였을까? 자신을 낳아준 어머니에게 자식이 그 정도는 해줘야 하지 않을까?

로절린 오도널은 뒤로 돌아 문을 쾅 닫아버렸다.

그렇다. 그것은 분노였다. 엄마와 거리를 두는 아이뿐만 아니라 그 모습을 목격한 간호사에 대한 분노이기도 했다.

리브는 문득 애나가 자신도 모르게 엄마에게 고통을 주려 하고 있을지도 모른다는 생각이 들었다. 자신을 박람회 구경거리로 만든 엄마를 상대로 하는 단식.

벽 너머에서 묵주 기도를 주고받는 소리가 높아졌다. 리브는 애나가 오늘 밤 기도에 참여해도 되냐고 묻지 않았다는 사실을 깨달았다. 아이의 기력이 쇠하기 시작했다는 또 다른 신호였다.

아이는 이제 옆으로 웅크리고 누워 있었다. 사람들은 왜 평화롭게 자는 사람을 아기처럼 잔다고 표현했을까? 리브는 궁금했다. 아기는 종종 고장 난 물건처럼 아무렇게나 널브러져 있기도 하고, 시간을 거슬러 자신이 억지로 끌려 나온 기나긴 망각 속으로 돌아가려는 듯 공처럼 몸을 말기도 했다.

리브는 애나 주변으로 담요를 꼭꼭 눌러 덮어주었다. 그러고도 아이가 계속해서 몸을 떨자 그 위에 네 번째 담요를 덮어주었다. 리브는 자리에 선 채 애나가 잠들고 옆방의 기도 소리가 끝나기를 기다렸다.

"라이트 씨." 미카엘 수녀가 다시 문가에 나타나며 말했다.

"안 가셨어요?"

리브는 수녀와 얘기할 기회가 한 번 더 생겼다는 사실에 안도했다.

"묵주 기도 올리느라 잠깐 남았어요. 혹시……."

"들어오세요, 들어오세요." 리브는 이번에 모든 걸 명확히 설명해 수녀를 설득하고 말리라고 다짐했다.

미카엘 수녀는 조심스레 문을 닫고 나지막이 말했다. "그 전설, 제가 애나한테 들려준 옛날이야기 말이에요."

리브는 얼굴을 찡그렸다. "그게 왜요?"

"고백에 관한 이야기예요. 이야기 속 아이는 성체를 떨어뜨린 죄가 아니라 자신의 실수를 평생 숨긴 죄로 벌을 받았어요."

리브는 이런 사소한 신학적 논쟁에 허비할 시간이 없었다. "수수께끼 같은 말씀을 하시네요."

"그 늙은 여자는 그 일을 고백한 뒤에야 마침내 짐을 내려놓았어요." 수녀는 침대로 시선을 돌리며 작게 속삭였다.

리브는 눈을 깜빡였다. 이 말인즉슨, 수녀도 애나가 끔찍한 비밀을 품고 있다고 생각하는 것일까? 결국 아이는 기적이 아니었다고 생각하는 것일까?

리브는 지난주에 수녀와 나눈 짧은 대화들을 떠올려보았다. 애나가 정말 음식 없이 살고 있다고 믿는다는 말을 수녀가 실제로 한 적이 있던가?

없었다. 리브가 편견에 눈이 멀어 그저 그렇게 추측한 것이었다. 미카엘 수녀는 섣불리 생각을 드러내지 않으면서 일반적인 이야기를 했을 뿐이었다.

이윽고 리브는 수녀에게 아주 가까이 다가가 속삭였다. "쭉 알고 계셨군요."

미카엘 수녀가 급히 손을 올렸다. "저는 그냥……."

"수녀님은 저만큼 영양에 관해 잘 아세요. 우리는 둘 다 이 모든 게 속임수라는 걸 처음부터 알았어요."

"알지는 않았어요. 확실한 건 아무것도 없어요." 미카엘 수녀가 속삭였다.

"애나가 빠르게 쇠약해지고 있어요, 수녀님. 매일 더 약해지고 차가워지고 감각이 없어져요. 혹시 아이 입 냄새 맡아봤나요? 위장이 스스로를 갉아먹고 있어요."

수녀의 툭 튀어나온 눈이 반짝반짝 빛났다.

리브는 수녀의 팔목을 잡고 말했다. "수녀님과 제가 진실을 파헤쳐야 해요. 단순히 우리가 이 일을 맡았기 때문만이 아니에요. 아이의 목숨이 우리한테 달렸어요."

미카엘 수녀는 휙 돌아서더니 방에서 급히 도망쳐버렸다.

리브는 수녀를 따라갈 수 없었다. 그녀는 이곳에 발이 묶여 있었다. 리브는 괴로움에 신음했다.

하지만 아침이 되면 수녀는 돌아올 수밖에 없었다. 리브는 그때를 기다리기로 했다.

그날 밤 애나는 자다 깨기를 반복했다. 아이는 계속 고개를 돌리거나 반대쪽으로 몸을 웅크렸다. 감시가 끝나기까지는 엿새가 남아 있었다. 아니, 그것은 애나가 엿새를 더 버틴다는 전제하에만 가능한 일이었다. 어린아이가 물 몇 모금만으로 얼마나 오래 목숨을 유지할 수 있을까?

사랑스럽게 죽어가고 있어요. 리브는 지금이라도 진실을 알아 다행이라고 생각했다. 이제는 행동에 들어갈 수 있었다. 하지만 리브는 애나를 위해 아주 신중해져야 했다. 다시는 오만을 드러 내거나 이성을 잃지 말아야 했다. 리브는 스스로를 타일렀다, **잊지 마, 여기서 너는 이방인이야.**

단식은 빠르게 진행되지 않았다. 더할 나위 없이 느리게 진 행되었다. 굳게 닫힌 문. 요새. 단식은 공허함을 단단히 붙든 채 거절하고, 거절하고, 또 거절하는 과정이었다.

애나가 벽에 비친 램프 그림자를 무기력하게 응시하고 있었다.

"뭐 필요한 거 있니?"

부정의 고갯짓.

이방의 아이가 힘을 잃고 나아가던 길을 멈추었습니다. 리브는 뻑뻑한 눈을 깜빡이며 자리에 앉아 아이를 지켜보았다.

새벽 5시가 조금 지나 수녀가 문 사이로 머리를 들이밀었을 때, 리브는 너무 서둘러 벌떡 일어나는 바람에 등 근육에 경련 을 느꼈다. 로절린 오도널 코앞에서 문을 쾅 닫다시피 하고는 들릴 듯 말 듯 한 목소리로 말했다.

"잘 들으세요, 수녀님. 우리는 맥브리어티 선생님께 현재 상 황을 말씀드려야 해요. 아이가 오빠를 잃은 슬픔에 매몰돼 서서 히 자신을 죽이고 있다고요. 이제 감시를 중단할 때가 됐어요."

"우리는 이 일을 수락했어요." 수녀는 힘없이 대답했다. 마치 음절 하나하나가 땅속 깊은 곳에서 올라오는 듯했다.

"하지만 이렇게까지 되리라고 생각했나요?" 리브는 침대에서 자는 아이를 가리켰다.

"애나는 아주 특별한 아이예요."

"죽지 않을 정도로 특별하지는 않아요."

미카엘 수녀는 몸을 뒤틀었다. "저는 순명을 맹세했고 우리가 받은 지시는 아주 명확했어요."

"그래서 그 지시를 문자 그대로 따랐죠. 마치 고문 기술자처럼요."

리브는 이 일격의 결과가 수녀의 얼굴에 나타나는 모습을 지켜보았다. 다음 순간 머릿속에 한 가지 의혹이 고개를 들었다.

"혹시 다른 지시를 받으시나요, 수녀님? 새디어스 씨한테? 아니면 수녀원 관리자한테?"

"무슨 말이죠?"

"이 오두막에서 무슨 일이 벌어지고 있다고 생각하든 아무것도 보지도 듣지도 말하지도 말라고 지시받았어요? 기적이라고 증언하라고?" 거의 다그치는 듯한 말투였다.

"라이트 씨!" 수녀의 얼굴이 붉으락푸르락했다.

"제 말이 틀렸다면 사과할게요. 대신 왜 저랑 선생님께 가서 얘기하려 하지 않는지 말해주세요." 심기가 불편하다는 듯 말했지만 리브는 수녀를 믿었다.

"저는 간호사일 뿐이니까요." 미카엘 수녀가 말했다.

"저는 그 단어의 의미를 똑똑히 알고 있어요. 수녀님은 아닌가 보죠?" 리브는 벌컥 화를 냈다.

그때 문이 벌컥 열렸다. 로절린 오도널이었다. "제 아이한테 아침 인사 좀 해도 될까요?"

"애나는 아직 자고 있어요." 리브는 이렇게 말하며 침대를 돌아보았다.

하지만 아이는 눈을 말똥말똥 뜨고 있었다. 얼마나 들은 걸까?

"잘 잤니, 애나?" 리브가 흔들리는 목소리로 인사했다.

아이는 오래된 양피지 속 그림처럼, 껍데기만 남은 사람처럼 보였다.

"좋은 아침이에요, 라이트 선생님, 수녀님, 엄마."

아이의 미소가 약하게 사방으로 퍼져나갔다.

9시. 리브는 예의상 최대한 늦게까지 기다린 뒤 맥브리어티 선생 집으로 걸어갔다.

"선생님은 나가셨어요." 가정부가 말했다.

"어디로요?" 리브는 너무 피곤한 나머지 더 공손한 문장을 만들지 못했다.

"혹시 오도널 아이 문제인가요? 몸이 안 좋아요?"

리브는 풀 먹인 모자 아래 상냥한 얼굴을 가만히 바라보았다. 리브는 소리치고 싶었다. 애나는 4월부터 제대로 된 식사를 하지 않았어요, 어떻게 몸이 좋을 수 있겠어요?

"급하게 상의드릴 일이 있어요."

"선생님은 병석에 누운 오트웨이 블래킷 경의 호출을 받고 가셨어요."

"그게 누군데요?"

"준남작님요. 마을의 치안 판사님이기도 하시고요." 여자는 리브가 블래킷 경을 모른다는 사실에 충격을 받은 게 틀림없었다.

"그분 댁은 어디예요?"

간호사가 준남작 댁까지 의사를 찾아가겠다고 하자 가정부는 일순 멈칫했다. 그러고는 수 킬로미터나 가야 하니 나중에 다시 오는 게 훨씬 나을 거라고 리브에게 조언했다.

리브는 현관 계단에 쓰러질지도 모른다는 인상을 풍길 정도로만 아주 살짝 몸을 흔들었다.

"아니면 아래층 제 방에서 기다리시든가요." 여자가 말했다.

가정부는 나이팅게일 제자의 지위가 어느 정도인지 몰라서 리브를 부엌으로 데려가는 게 더 적절하지 않을지 갈팡질팡하는 듯 보였다.

리브는 차가운 차를 마시며 한 시간 반 동안 기다렸다. 그 답답한 수녀라도 옆에 있어주면 훨씬 나을 텐데.

"선생님께서 돌아오셨어요. 이제 만나보세요." 가정부가 말했다.

리브는 황급히 벌떡 일어나는 바람에 순간 눈앞이 캄캄해졌다.

맥브리어티 선생은 서재에서 두서없이 서류를 옮기고 있었다.

"라이트 씨, 와주셔서 감사합니다."

차분하게 말하는 것이 중요했다. 꽥꽥대는 여자 목소리는 남자의 귀를 닫게 했다. 리브는 준남작의 안부를 물으며 대화를 시작했다.

"머리가 아프다고 하셨는데 다행히 심각한 문제는 아니었어요."

"선생님, 저는 애나 건강이 너무 걱정돼서 왔어요."

"맙소사."

"어제 애나가 기절을 했어요. 맥박은 점점 빨라지는데 혈액순환은 너무 느려져서 이제는 발에 감각을 거의 못 느껴요. 입 냄새도······."

맥브리어티가 한 손을 들어 리브의 말을 막았다.

"저도 우리 애나 생각을 많이 했고, 그 아이 상태를 이해하려고 역사 기록을 열심히 찾아봤어요."

"역사 기록이요?" 리브가 멍하니 되물었다.

"그거 알아요? 아니, 당연히 모르겠죠. 암흑기에는 많은 성인이 오랫동안 식욕을 완전히 잃은 채로 살았대요. 심지어 몇십 년 동안이나요. 그걸 Inedia prodigiosa, 즉 '경이로운 단식'이라고 불렀어요."

그러니까 이 기이한 현상에도 특별한 이름이 있었다. 마치 돌이나 신발처럼 실재한다는 듯이. 암흑기였으니까. 그리고 암흑기는 아직 끝나지 않았으니까. 리브는 라호르 지방의 파키르를 떠올렸다. 나라마다 그런 말도 안 되는 초자연적 생존 이야기가 있는 걸까?

노인은 계속해서 열정적으로 말했다. "그들은 성모님처럼 되기를 열렬히 원했어요. 성모님은 아기 때 하루 한 번만 젖을 먹었다고 알려졌거든요. 성 가타리나는 억지로 음식을 조금 삼켰다가 나뭇가지로 목구멍을 쑤셔 전부 도로 토해냈대요."

리브는 고행복과 못 박힌 벨트, 그리고 길거리에서 살갗이 벗겨질 정도로 자신에게 채찍질하는 수도승의 모습을 떠올리며 몸서리를 쳤다.

"육신을 내려놓고 영혼을 끌어올리려 한 거예요." 의사가 설명했다.

하지만 왜 꼭 둘 중 하나여야만 할까? 둘 다이면 안 되는 걸까? 리브는 궁금했다.

"선생님, 지금은 암흑기가 아니라 현대예요. 애나 오도널은 그저 어린아이일 뿐이고요."

"압니다, 압니다. 하지만 그 옛날이야기 뒤에 생리적 불가사의가 숨어 있을지도 모르잖아요. 라이트 씨가 언급한 그 지속적인 냉기를 예로 들어봅시다. 제가 조심스레 가설을 세워봤어요. 혹시 아이의 신진대사가 연소를 덜 하는 방식으로 변하고 있지는 않을까요? 포유류보다는 파충류의 특성에 더 가깝게요."

파충류라고요? 리브는 소리를 지르고 싶었다.

"매년 과학자들이 멀리 떨어진 지구 반대편에서 설명할 수 없는 현상을 발견하잖아요. 어쩌면 미래에 흔해질 희귀한 유형을 우리 어린 친구가 대표하는 걸지도 모릅니다. 인류 전체에 희망을 안겨줄 유형을요." 맥브리어티의 목소리가 흥분으로 떨렸다.

이 남자가 미친 것일까?

"무슨 희망요?"

"욕구가 없는 상태요, 라이트 씨! 만약 생명이 음식 없이 지속될 수 있다면…… 빵이나 땅을 두고 싸울 이유가 뭐가 있겠어요? 그러면 차티스트 운동,[34] 사회주의, 전쟁은 모두 종말을 고하게 될 거예요."

리브는 세상의 모든 독재자가 참 편리해지겠다고 생각했다. 모든 국민이 아무것도 먹지 않고 얌전히 잘 살 테니 말이다.

의사의 표정은 더없이 행복해 보였다. "어쩌면 위대한 치료자께 불가능이란 없을지도 몰라요."

리브는 '위대한 치료자'가 누구를 말하는 건지 이해하는 데 조금 시간이 걸렸다. 이 나라의 진정한 독재자는 언제나 신이었다. 리브는 의사에게 통할 만한 언어로 대답하려고 노력했다.

"신이 준 음식을 먹지 않으면 우리는 죽어요."

"지금까지는 죽었죠. 지금까지는요."

마침내 리브는 똑똑히 보았다, 한 노인이 품은 꿈의 초라한 실체를.

리브는 다시 맥브리어티를 본론으로 이끌어야 했다. "하지만 애나는 빠르게 쇠약해지고 있어요. 그건 우리가 끼어들기 전까지 아이가 음식을 먹었다는 뜻이에요. 전부 우리 탓이라고요."

의사는 얼굴을 찌푸리며 안경다리를 만지작거렸다. "어떻게

---

34) 19세기 중반 영국 노동자들이 선거권을 요구하며 벌인 운동.

그런 결론이 나오는지 모르겠네요."

"지난 월요일 처음 만났을 때 그 아이는 생기가 넘쳤어요. 그런데 지금은 제대로 서 있지도 못해요. 제가 볼 때 선생님은 이 감시를 중단하고 어떻게든 아이에게 음식을 먹으라고 설득하셔야 해요."

의사가 종잇장처럼 얇은 손을 획 들어 올렸다. "맙소사, 정말 지나치게 선을 넘네요. 라이트 씨가 할 일은 뭔가를 **추정**하는 게 아닙니다. 물론 보호 욕구가 천성이기는 하겠지만요." 그러고는 조금 더 온화하게 덧붙였다. "이렇게 어린 환자를 간호하니 잠자는 모성애가 깨어나나 보죠? 라이트 씨 아기는 살아남지 못했잖아요."

리브는 표정을 읽히지 않기 위해 고개를 돌렸다. 의사는 예고도 없이 오랜 상처를 쿡 찔렀다. 리브는 고통으로 머리가 어지러웠다. 분노도 치밀어 올랐다. 수간호사는 정말 이 남자에게 리브의 과거를 얘기해야만 했을까?

맥브리어티는 거의 놀리듯 구부러진 손가락 하나를 흔들며 말을 이었다. "하지만 개인적 상실 때문에 판단을 왜곡해서는 안 됩니다. 제대로 통제하지 않으면 이런 모성적 불안은 비이성적 공포와 자기 과시로 이어질 수 있어요."

리브는 침을 한번 삼킨 뒤 최대한 부드럽고 차분한 목소리로 말했다. "부탁드릴게요, 선생님. 선생님께서 위원회를 소집해 애나 상태가 나빠지고 있다고 경고해주시면……."

의사는 그만하라는 손짓을 해 보였다. "오늘 오후에 다시 들러볼게요. 그러면 마음이 편해지겠죠?"

리브는 비틀비틀 문을 향해 걸어갔다.

그녀는 이 면담을 완전히 망쳐버렸다. 맥브리어티를 차근차근 설득해, 감시를 그만두게 하는 것이 자신의 의무인 것처럼, 그런 생각을 스스로 떠올린 것처럼 여기게 만들어야 했다. 처음이 일을 시작한 것도 결국은 맥브리어티였으니 말이다. 리브는 8일 전 이 나라에 온 이후로 계속해서 실수를 저질렀다. 나이팅게일 선생님이 얼마나 부끄러워하실까.

1시가 되어 리브가 오두막에 도착했을 때 애나는 발 주위 담요에 뜨거운 벽돌을 두른 채 침대에 누워 있었다.

"마당을 돌고 들어와서는 잠깐 낮잠을 자고 싶다더라고요." 미카엘 수녀가 망토 단추를 채우며 속삭였다.

리브는 말을 할 수가 없었다. 아이가 대낮에 침대에 누운 것은 이번이 처음이었다. 요강에 고인 소량의 액체를 살펴보았다. 기껏해야 찻숟가락 하나 정도 양이었고 색깔도 아주 어두웠다. 소변에 피가 섞여 나온 것일까?

애나가 선잠에서 깨어난 뒤 두 사람은 햇빛에 관해 담소를 나누었다. 맥박은 112회, 리브가 기록한 것 중 가장 높은 수치였다.

"몸은 어떠니, 애나?"

"아주 좋아요."

들릴 듯 말 듯 한 목소리.

"목 안 건조해? 물 좀 마실래?"

"그럴게요."

애나는 몸을 일으켜 앉아 물 한 모금을 마셨다.

숟가락에 조그맣게 빨간 자국이 묻어 나왔다.

"잠깐 입 한번 벌려볼래?"

리브는 애나의 턱을 밝은 쪽으로 기울여 안을 들여다보았다. 치아 몇 개 주변이 선홍색으로 채워져 있었다. 적어도 출혈은 위장이 아니라 잇몸에서 생긴 것이었다. 어금니 하나가 이상한 각도로 박혀 있었다. 리브가 손톱으로 살살 밀자 어금니가 옆으로 기울어졌다. 엄지와 검지로 잡아당겨서 뽑아보니 그것은 유치가 아니라 영구치 중 하나였다.

애나는 끔뻑끔뻑 어금니를 내려다본 뒤 무슨 말이라도 해보라는 듯 간호사를 쳐다보았다.

리브는 앞치마 주머니에 어금니를 집어넣었다. 나중에 맥브리어티에게 보여주리라. 리브는 지시를 따르며 자신의 주장을 뒷받침할 정보를 모을 생각이었다. 그렇게 때를 기다리겠지만 시간이 그리 많지는 않았다.

아이의 입술 주변과 눈 밑이 거뭇거뭇했다. 리브는 수첩에 모든 걸 기록했다. 뺨에 난 원숭이 같은 솜털은 더 굵어지고 목에서도 보이기 시작했다. 쇄골 주변에 각질로 뒤덮인 갈색 자국들. 피부가 아직 창백한 부분도 사포처럼 울퉁불퉁하게 변하고 있었다. 동공 역시 평소보다 커진 것 같았다. 마치 검은 구멍이 날마다 자라 주변의 담갈색을 집어삼키고 있었던 듯이.

"눈은 어떠니? 예전처럼 잘 보여?"

"봐야 하는 건 다 보여요." 애나가 말했다.

시력 저하, 리브는 수첩에 추가했다.

"더 불편한…… 어디 아픈 덴 없니?"

애나가 애매하게 배 주변을 가리켰다. "그냥 지나가고 있어요."

"네 몸을?"

"저 말고요."

목소리가 너무 작아 리브는 제대로 들었는지 확신이 서지 않았다.

통증이 애나가 아니라고? 통증이 지나가는 몸이 애나가 아니라고? 애나는 애나가 아니라고? 어쩌면 아이의 뇌가 힘을 잃기 시작한 것일지 몰랐다. 어쩌면 리브의 뇌도 같은 상태일지 몰랐다.

아이는 『시편』 책장을 넘기며 이따금 소리를 내어 구절을 읽었다.

"저를 성문에서 끌어 올려주소서. 저를 적의 손에서 구원하여주소서."[35]

리브는 애나가 아직 글자를 알아보는 것인지 아니면 아예 암송을 하는 것인지 알 수가 없었다.

"사자의 입에서 저를 구하시고, 유니콘의 뿔에서 저의 천한 목숨을 살려내소서."[36]

---

35) 「시편」 9편 15절, 30편 16절.

유니콘?[37] 리브는 이 동화 속 동물을 포식자로 상상한 적이 없었다.

애나는 팔을 뻗어 옷장에 책을 올려놓은 뒤 다시 밤이라도 된 듯 기분 좋게 침대로 미끄러져 들어갔다.

리브는 침묵 속에서 아이에게 뭔가를 읽어주는 게 좋을지 고민했다. 아이들은 종종 이야기를 읽기보다는 듣고 싶어 하지 않나? 하지만 리브는 아무 이야기도 떠오르지 않았다. 노래도 마찬가지였다. 애나는 보통 혼자 노래를 흥얼거렸다. 노랫소리는 언제 멈춘 것일까?

아이의 눈이 출구를 찾듯 벽에서 벽으로 움직였다. 네 귀퉁이와 간호사의 긴장한 얼굴 말고는 시선이 머물 만한 곳이 없었다.

리브는 문에서 가정부를 부르며 병을 내밀었다. "키티, 깨끗한 침구 좀 가져다줄래요? 여기 꽃도 좀 채워주고요."

"어떤 꽃이요?"

"아무거나 알록달록한 거로요."

키티는 10분 뒤 침대보 두 장과 꽃과 풀 한 움큼을 가지고 돌아왔다. 그녀는 고개를 옆으로 돌려 침대 위 작은 아이를 가만히 바라보았다.

리브는 가정부의 또렷한 이목구비를 유심히 살펴보았다. 이

---

36) 「시편」21편 22절.

37) '유니콘'은 일부 영어 성경의 번역이며 '들소'로 옮겨야 한다는 의견이 주를 이룬다.

표정은 그저 다정함일까, 아니면 죄책감일까? 직접 나서지 않았더라도 키티는 애나가 최근까지 어떻게 음식을 먹었는지 알고 있을까? 리브는 가정부를 겁주지 않고 어떻게 질문할 수 있을지 생각해보았다. 애나를 살릴 수 있는 정보를 가정부가 순순히 내놓도록 설득하려면 어떻게 해야 좋을지 고민해보았다.

"키티!" 로절린 오도널이 짜증스럽게 외쳤다.

"지금 가요." 가정부는 서둘러 방을 나섰다.

리브는 애나를 부축해 의자에 앉힌 뒤 침구를 갈았다.

애나는 병 위로 몸을 웅크린 채 꽃줄기를 가지런히 정돈했다. 그중 하나는 산딸나무꽃이었다. 리브는 갈색 못 자국이 있는 십자가 모양 꽃을 갈기갈기 찢어버리고 싶었다.

아이가 평범한 잎사귀 하나를 쓰다듬었다. "보세요, 리브 선생님. 작은 이 위에도 더 작은 이가 잔뜩 나 있어요."

리브는 앞치마 속에 넣어둔 어금니를 떠올렸다. 새 침대보를 당겨 아주 팽팽하고 매끄럽게 펼쳤다. (주름은 채찍처럼 또렷하게 피부에 자국을 낼 수 있어요. 나이팅게일 선생님은 늘 말씀하셨다.) 그러고는 애나를 다시 침대에 눕힌 뒤 담요 세 장을 덮어주었다.

4시에 받은 저녁 식사는 생선스튜 같은 음식이었다. 리브가 귀리빵으로 접시를 닦고 있을 때 맥브리어티 선생이 부산스레 안으로 들어왔다. 리브는 너무 빨리 일어나는 바람에 하마터면 의자를 넘어뜨릴 뻔했다. 음식을 먹는 모습을 보인 것이 왠지 모르게 부끄러웠다.

"안녕하세요, 선생님." 아이가 힘겹게 몸을 일으키며 쉰 목소리로 인사했다. 리브는 재빨리 달려가 아이 뒤에 베개 하나를 더 받쳐주었다.

"그래, 애나. 오늘은 안색이 아주 좋구나."

노인은 정말 저 소모열 홍조를 건강의 신호로 착각한 것일까?

의사는 적어도 아이에게는 상냥했다. 유난히 맑은 날씨에 관해 잡담을 하며 아이를 진찰했다. 그러면서 계속 달래는 말투로 리브를 여기 이 훌륭하신 우리 라이트 씨라고 불렀다.

"방금 애나 이 하나가 빠졌어요." 리브가 말했다.

"그렇군요." 의사가 대답했다.

"내가 너 주려고 뭘 가져왔는지 아니, 애나? 오트웨이 블래킷 경께서 친절하게도 바퀴 달린 의자를 직접 빌려주셨어. 네가 힘들이지 않고 바람을 쐴 수 있도록 말이야."

"감사합니다, 선생님."

잠시 후 의사가 작별 인사를 하자 리브는 침실 문 바로 밖까지 따라 나갔다.

"굉장하네요." 의사가 중얼거렸다.

리브는 그 말을 듣고 말문이 막혔다.

의사가 리브의 귀에 대고 속삭였다. "팔다리 부종, 칙칙해진 피부, 파란빛이 도는 입술과 손톱…… 애나는 분명 몸 전체가 변하고 있어요. 음식 외에 다른 물질로 힘을 얻는 체질은 당연히 다르게 작동할 테니까요."

리브는 분노를 감추기 위해 고개를 돌려야 했다.

준남작의 의자는 현관문 바로 안쪽에 세워져 있었다. 낡은 녹색 벨벳이 깔리고 바퀴 세 개와 접이식 덮개가 달린 커다란 의자. 키티는 기다란 탁자 앞에 선 채 빨개진 눈으로 눈물을 흘리며 양파를 썰고 있었다.

"하지만 체온이 급격히 떨어지거나 얼굴이 계속 파리하지는 않은 걸 보면 당장 심각하게 위험한 상황은 아닌 것 같네요." 맥브리어티가 구레나룻을 문지르며 말을 이었다.

파리! 이 남자는 프랑스 소설을 읽으며 의학을 공부한 걸까?

"저는 임종 직전의 환자가 창백하기보다 누렇거나 붉게 보인다고 알고 있는데요." 갖은 노력에도 불구하고 리브의 목소리가 점점 높아졌다.

"그런가요? 하지만 라이트 씨도 봤다시피 애나는 발작도 하지 않고 섬망 증상도 없어요. 물론 심각한 탈진 증세가 보이면 반드시 저를 불러야 합니다." 의사는 더 들을 필요도 없다는 투로 말했다.

"애나는 이미 몸져누웠어요!"

"며칠만 쉬면 훨씬 좋아질 겁니다. 아마 주말쯤이면 완전히 회복할걸요."

맥브리어티는 리브가 생각한 것보다 두 배는 더 멍청한 인간이었다.

"선생님, 선생님이 이 감시를 중단하지 않으시면⋯⋯."

다소 위협적인 리브의 말투에 의사의 얼굴이 딱딱하게 굳었다.

의사가 쏘아붙였다. "우선, 그런 조치를 취하려면 위원회가 만장일치로 동의를 해야 해요."

"그럼 요청하세요."

의사가 갑자기 귀에 대고 말을 하는 바람에 리브는 깜짝 놀랐다. "아이가 몰래 음식을 먹지 못해 건강이 위험해졌다는 이유로 감시를 중단하자고 하면 상황이 어떻게 보이겠어요? 제 오랜친구인 오도널 부부가 비열한 사기꾼이라고 선언하는 거나 다름없다고요!"

리브도 의사의 귀에 속삭였다. "선생님의 오랜 친구들이 자기딸을 죽게 내버려두면 상황이 어떻게 보일까요?"

맥브리어티가 숨을 들이쉬었다. "나이팅게일 선생님이 상관에게 이렇게 말하라고 가르치던가요?"

"그분은 환자를 살리기 위해 싸우라고 가르치셨어요."

"라이트 씨, 이만 제 소매 좀 놔주시죠."

리브는 자신도 모르는 사이 의사의 소매를 꽉 붙잡고 있었다. 노인은 리브의 손에서 팔을 뺀 뒤 오두막 밖으로 나가버렸다.

키티는 입을 떡 벌리고 있었다.

리브가 서둘러 침실로 돌아왔을 때 애나는 다시 잠들어 있었다. 아이의 들창코에서 작게 코 고는 소리가 흘러나왔다. 수도없이 문제가 많았지만 아이는 여전히 이상하리만큼 사랑스러웠다.

합리적으로 생각한다면 리브는 당장 짐을 싸 자신을 애슬론기차역으로 데려다줄 이륜마차 마부를 불러야 했다. 이 감시가정말 정당하지 않다고 믿는다면 더 이상 이 일에 가담하지 말아야 했다.

하지만 리브는 도저히 떠날 수가 없었다.

화요일 밤 10시 반 라이언네, 리브는 살금살금 복도를 건너 윌리엄 번의 방문을 두드렸다.

대답이 없었다.

리브가 애나 오도널에게 하고 있는 짓이 역겨워 번이 더블린으로 돌아가버린 것일까? 다른 손님이 문을 열면 리브는 뭐라고 변명해야 할까? 리브는 갑자기 이 모습이 다른 사람 눈에 어떻게 보일지 깨달았다. 남자의 침실 밖에 서 있는 절박한 여자.

리브는 셋만 세고 돌아서기로 했다. 그런데 그때…….

문이 획 열렸다. 헝클어진 머리와 셔츠 차림의 윌리엄 번.

"라이트 씨."

리브의 얼굴이 아플 정도로 빨개졌다. 번이 잠옷을 입고 있지 않아서 그나마 다행이었다.

"미안해요."

"아니에요. 무슨 일 있어요? 잠깐……."

번의 눈이 침대와 방을 향했다.

번과 리브의 방은 둘 다 대화를 나누기에 너무 작았다. 그렇다고 번에게 아래층으로 내려오라고 할 수도 없었다. 이렇게 늦은 시간에 내려가면 더 이목을 끌 것이 분명했다.

리브가 속삭였다. "사과하려고 왔어요. 애나 상태에 관해 번 씨가 한 말이 전부 맞아요. 이 감시는 정말 끔찍한 짓이에요."

마지막 말이 너무 크게 나와버렸다. 매기 라이언이 계단을 뛰어 올라올지도 몰랐다.

번은 의기양양한 기색 없이 고개만 끄덕였다.

리브가 말했다. "미카엘 수녀님께 말씀드렸는데 수녀님은 수녀원의 명백한 허락 없이는 한 발짝도 움직이지 않겠대요. 맥브리어티 선생한테도 감시를 멈추고 아이가 굶지 않도록 최선을 다해 설득해야 한다고 건의해봤지만, 선생은 내가 비이성적으로 겁을 내고 있다고 비난만 했어요."

"내가 볼 때 라이트 씨는 지금 완전히 이성적이에요."

번의 차분한 목소리를 듣자 리브의 기분이 조금 나아졌다. 이 남자와의 대화가 리브에게 이만큼 중요한 일이 되어버리다니. 그것도 이렇게나 빨리.

번이 문틀에 몸을 기댔다. "간호사도 맹세를 하나요? 의사의 히포크라테스 선서처럼, 절대 환자를 죽이지 않고 치료하겠다고?"

"그냥 위선자 선서겠죠!"

번은 그 말을 듣고 활짝 웃었다.

"우리는 선서가 없어요. 직업으로서 간호는 아직 걸음마 단계거든요."

"그럼 라이트 씨한테 이건 양심의 문제겠네요."

"맞아요."

리브는 그제야 모든 것이 이해됐다. 지시가 중요한 게 아니었다. 더 근본적인 의무가 있었다.

"그리고 그 이상이기도 하죠. 라이트 씨는 그 아이를 아끼니까요."

리브가 부정한다고 해도 번은 믿지 않았을 것이다.

"아끼지 않았다면 지금쯤 영국으로 돌아가 있었겠죠."

정은 너무 많이 주지 않는 게 좋아요, 일전에 애나는 그렇게 말했다. 나이팅게일 선생님도 연애 감정만큼이나 개인적 애착을 조심하라고 경고하셨다. 리브는 어떤 형태의 애착이든 늘 경계하고 뿌리 뽑아야 한다고 배웠다. 그런데 이번엔 뭐가 잘못된 것일까?

번이 물었다. "애나한테 음식을 먹어야 한다고 간단명료하게 얘기한 적 있어요?"

리브는 기억해보려고 애를 썼다. "말을 꺼낸 적은 확실히 있어요. 하지만 나는 대체로 객관적이고 중립적인 태도를 유지하려고 했어요."

"중립을 지킬 시간은 이미 지나갔어요." 번이 말했다.

계단에서 발소리가 들렸다. 누군가 올라오고 있었다.

리브는 자신의 방으로 도망쳐 소리가 나지 않도록 조심조심 문을 닫았다.

뜨거운 뺨, 쿵쾅대는 머릿속, 차가운 손. 이렇게 늦은 밤 영국 간호사가 기자와 대화하는 모습을 목격했다면 매기 라이언은 어떻게 생각했을까? 그 생각은 과연 오해였을까?

누구에게나 비밀은 있다.

리브의 마음은 불을 보듯 뻔했다. 애나에게 그렇게 정신이 팔리지 않았다면 더 일찍 위험을 감지했을 것이다. 아니, 어쩌면 감지하지 못했을지도 모른다. 리브에게 이런 일은 처음이기 때문이었다. 리브는 남편에게도, 그 어떤 남자에게도 이런 감정을 느낀 적이 없었다.

번은 리브보다 얼마나 더 어릴까? 그 열정적 기운과 우윳빛 피부. 머릿속에서 나이팅게일 선생님이 한마디로 정리해주셨다. 간호사의 삶이라는 메마른 토양에 잡초처럼 싹튼 한 줄기 갈망이죠. 리브는 정말 자신의 마음을 조금도 알아차리지 못했던 것일까?

리브는 피로로 정신이 몽롱했지만 한참 만에야 겨우 잠이 들었다.

그녀는 남동생처럼 보이는 한 아이와 손을 잡은 채 다시 초록 길 위에 서 있었다. 꿈속에서 풀밭은 황량한 습지로 바뀌고 길은 점점 희미해졌다. 리브는 축축한 진창에 빠져 앞으로 나아갈 수가 없었다. 리브의 만류에도 동생은 손을 놓고 저 멀리 앞서 갔다. 동생이 부르는 소리와 머리 위 새소리가 더 이상 구분되지 않을 때, 리브는 동생이 빵 껍질로 길을 표시해둔 것을 발견했다. 하지만 리브가 따라가기도 전에 새들은 날카로운 부리로 빵 껍질을 빠르게 물어 갔다. 이제 길의 흔적은 전혀 없었고, 리브는 혼자가 되었다.

수요일 아침, 거울 속 리브의 얼굴은 너무도 초췌했다.

리브는 5시가 되기 전 오두막에 도착했다. 바퀴 달린 의자가 오두막 문밖으로 옮겨져 있었다. 의자의 벨벳이 이슬을 맞아 축축했다.

애나는 얼굴에 베개 주름 자국을 그대로 남긴 채 곤히 잠들어 있었다. 요강에는 거무스름한 액체 한 방울만이 담겨 있었다.

"라이트 씨." 미카엘 수녀가 변명하려는 듯 리브를 불렀다.

리브는 수녀의 눈을 똑바로 쳐다보았다.

수녀는 잠시 망설이다가 다른 말 없이 밖으로 나가버렸다.

리브는 밤사이 전략을 세웠다. 아이를 흔들 가능성이 가장 큰 무기를 선택하기로 했다. 성서. 리브는 애나의 종교 서적을 모두 무릎에 쌓아둔 채 한 권씩 훑어보기 시작했다. 그러고는 틈틈이 자신의 수첩 뒷장을 찢어낸 조각들을 끼워 몇몇 구절을 표시했다.

잠시 후 아이가 깨어났을 때 리브는 아직 준비가 되어 있지 않았다. 그래서 그냥 책들을 다시 보물 상자에 집어넣었다.

"내가 수수께끼 하나 내줄게."

애나는 간신히 미소를 지으며 고개를 끄덕였다.

리브는 목을 가다듬었다.

당신이 간 적도 없고 가지도 않을 곳에서
나는 당신을 봤어요.
당신은 바로 그 자리에서
계속 내 눈에 보일 거예요.

"거울." 애나가 거의 문제를 듣자마자 대답했다.

"너무 똑똑해졌는걸? 수수께끼가 바닥나고 있어."

리브는 충동적으로 애나의 얼굴 앞에 손거울을 들어 보였다.

아이는 잠시 움찔한 뒤 거울 속 자기 모습을 가만히 들여다보았다.

"요즘 네 모습이 어떤지 보이니?" 리브가 물었다.

"보여요." 애나는 성호를 그은 뒤 침대 밖으로 기어 나왔다.

하지만 아이가 너무 휘청거려 리브는 아이를 곧바로 앉게 했다. 그녀는 서랍에서 깨끗한 옷을 꺼냈다.

"잠옷 갈아입혀줄게."

리브는 작은 단추를 잡고 끙끙대는 아이를 위해 단추를 대신 풀어주었다. 그러고는 애나의 머리 위로 잠옷을 벗기다가 숨을 헉 들이쉬었다. 피부 위 갈색 얼룩, 적청색 반점 들이 어느새 흩어진 동전처럼 넓게 퍼져 있었다. 보이지 않는 공격자가 밤새 아이를 때리기라도 한 듯 이상한 위치에 새로운 멍도 들어 있었다.

옷을 입히고 숄 두 장으로 감싸주었는데도 애나가 계속 덜덜 떨자 리브는 아이를 설득해 물 한 숟가락을 마시게 했다. 그런 다음 문가로 가서 외쳤다.

"매트리스 하나만 더 가져다줘요, 키티."

가정부는 설거지통에 팔꿈치까지 담근 채 말했다. "매트리스는 더 없어요. 우리 아가씨한테 필요한 거면 제 거 쓰세요."

"키티는 어쩌고요?"

"자기 전에 적당한 걸 찾으면 돼요. 걱정하지 마세요." 키티의 말투가 왠지 쓸쓸하게 들렸다.

리브는 망설이다 말했다. "알았어요, 그럼. 그 위에 깔 폭신한 것도 좀 찾아줄래요?"

가정부는 빨개진 팔뚝으로 눈썹을 닦았다. "담요요?"

"담요보다 폭신한 거요."

리브는 담요 세 개를 침대에서 끌어내 탁탁 소리가 나도록 세게 털었다. **집에 있는 담요를 전부 팻 침대에 쌓아줬어요**, 로절린 오도널은 그렇게 말했다. 문득 머릿속에 한 가지 생각이 스쳤다, 이 침대가 팻의 침대였구나. 부모가 자는 곁채를 제외하면 이 집에는 다른 침대가 없었다. 리브는 맨 아래 더러운 침대보를 벗겨 매트리스를 드러냈다. 그녀의 눈이 남아 있는 얼룩을 좇았다. 그러니까 팻은 바로 이곳에서 동생의 따뜻한 품에 안겨 차갑게 식어갔던 것이다.

의자에 앉은 애나는 리머릭 신사가 가져온 호두 껍데기 속 장갑처럼 거의 아무것도 아닌 상태로 쪼그라든 듯 보였다. 부엌에서 말다툼 소리가 들려왔다.

15분 뒤 로절린 오도널이 키티의 매트리스와 코코런 가족에게 빌린 양가죽을 가지고 부산스레 들어왔다.

"오늘 아침은 조용하네, 우리 잠꾸러기?" 그러고는 두 손을 내밀어 딸의 보기 흉한 두 손을 꼭 잡았다.

이 여자는 어떻게 이렇게 무기력한 아이에게 **잠꾸러기**라는 표현을 쓸 수 있을까? 애나가 싸구려 양초처럼 녹아내리고 있는 게 이 여자 눈에는 정말 보이지 않는 걸까? 리브는 궁금했다.

"그래. 속담에도 나오듯, 엄마는 자식이 말하지 않는 것까지 이해하니까. 여기 아빠 오신다."

"안녕, 우리 딸." 문가에서 맬러키가 인사했다.

애나는 마른기침을 하고는 대답했다. "안녕히 주무셨어요, 아빠."

맬러키는 가까이 다가와 아이의 머리를 쓰다듬었다. "오늘은 기분이 어떠니?"

"괜찮아요." 아이가 대답했다.

맬러키는 수긍하듯 고개를 끄덕였다.

가난한 사람은 그날만을 위해 산다, 이건가? 환경을 통제할 수 없으니 괜히 멀리 내다보며 긁어 부스럼을 만들지 않기로 한 것일까? 리브는 궁금했다.

그게 아니라면 이 범죄자 부부는 자신들이 딸에게 무슨 짓을 저지르고 있는지 정확히 아는 것이 분명했다.

부부가 나간 뒤 리브는 다시 침대를 정리했다. 매트리스 두 개를 쌓고 양가죽을 깐 다음 그 위에 침대보를 씌웠다.

"이제 다시 침대에 쏙 들어가서 조금 더 쉬자."

쏙. 엉금엉금 기어서 침대로 들어가는 애나의 모습에 참 어울리지 않는 단어였다.

"폭신하다." 아이가 도톰한 표면을 톡톡 두드리며 중얼거렸다.

"이렇게 하면 욕창이 안 생길 거야." 리브가 설명했다.

"어떻게 다시 시작하셨어요, 리브 선생님?" 낮고 걸걸한 목소리가 흘러나왔다.

리브는 고개를 갸우뚱 기울였다.

"남편을 잃었을 때요. **완전히 새로운 삶을 시작했다고 하셨잖아요.**"

어린아이가 자신의 고통을 초월해 리브의 과거에 관심을 보이다니, 리브는 그 사실이 무척이나 씁쓸하면서도 놀라웠다.

"동쪽에서 끔찍한 전쟁이 일어났어. 그리고 난 아프고 다친 사람을 돕고 싶었지."

"그래서 도왔어요?"

토하고 오물 범벅이 되고 피를 뿜고 진물을 흘리다 죽는 남자들. 나이팅게일 선생님이 리브에게 배정한 환자들. 때로 그들은 리브의 품에서 죽었지만, 대부분은 리브가 다른 방에서 귀리죽을 끓이거나 붕대를 접는 사이 숨을 거뒀다.

"몇 명한테는 도움이 됐을 거야. 어느 정도는."

리브는 적어도 그 자리에 있었다. 노력을 했다. 그 노력은 얼마나 의미 있었을까?

"우리 선생님은 그곳이 지옥의 왕국이라고 말씀하셨어. 우리가 할 일은 그곳을 천국으로 조금 더 가까이 옮기는 거라고 하셨지."

애나는 충분히 이해한다는 듯 고개를 끄덕였다.

리브는 기록했다. 8월 17일 수요일 오전 7시 49분, 감시 10일째.

맥박: 분당 박동수 109회.
폐: 분당 호흡수 22회.

걷지 못함.

다시 책을 꺼내 필요한 정보를 얻을 때까지 열심히 훑어보았다. 애나에게서 뭘 하느냐는 질문을 들으리라 기대했지만, 아니었다. 아이는 가만히 누워 아침 햇살 속에서 춤추는 먼지만 바라보았다.

"수수께끼 하나 더 내줄까?" 마침내 리브가 물었다.

"좋아요."

내게는 두 개의 몸이 있지만
그 둘은 하나로 합쳐졌어요.
나는 가만히 서 있을수록
더 빠르게 달려요.

"'가만히 서 있는다', '두 개의 몸'." 애나가 웅얼웅얼 문제를 곱씹었다.

리브는 고개를 끄덕여준 뒤 조금 기다렸다가 물었다. "포기할래?"

"잠깐만요."

리브는 째깍째깍 돌아가는 시계의 초바늘을 들여다보았다. "모르겠어?"

애나는 고개를 저었다.

"모래시계야." 리브가 말했다.

"아래로 떨어지는 모래처럼, 흐르는 시간은 무슨 수를 써도 늦출 수 없거든."

아이는 흔들림 없이 리브를 마주 보았다.

리브는 침대 가까이 의자를 끌어당겼다. 싸움을 시작할 시간이었다.

"애나. 하느님이 이 세상 모든 사람 가운데 음식을 먹지 않는 자식으로 너를 선택하셨다고 생각하지?"

애나가 말을 하려 숨을 들이쉬었다.

"내 말 끝까지 들어. 여기 네 성서들에는 그 믿음에 반대되는 설명이 훨씬 많아."

리브는 『영혼의 정원』을 펼쳐 미리 표시해둔 문장을 찾았다.

"고기와 음료를 약으로 여겨라. 그것은 네 건강에 반드시 필요하다. 여기 『시편』도 마찬가지야."

리브는 해당 페이지로 책장을 넘겼다.

"저는 음식 먹기를 잊어버려 풀처럼 시들고 마음이 크게 다쳤습니다.[38] 이건 어때? 먹고 마시고 즐겨라.[39] 아니면 네가 매일 외우는 이 구절은? 오늘 저희에게 일용할 양식을 주소서."

"거기서 말하는 건 진짜 음식이 아니에요." 애나가 중얼거렸다.

"진짜 아이에게 필요한 건 진짜 음식이야. 예수님도 5000명

---

38) 「시편」 101편 5절.
39) 「전도서」 8장 15절.

의 사람에게 빵과 물고기를 나눠주셨잖아." 리브가 말했다.

애나는 목구멍에 돌이 걸린 것처럼 천천히 침을 삼킨 뒤 말했다. "사람들이 약해서 자비를 베푸신 거예요."

"그들이 인간이었기 때문이란 뜻이지? 예수님은 배가 **고파도 참고 나의 설교만 들어라**라고 하지 않으셨어. 사람들에게 저녁 식사를 내주셨다고." 리브의 목소리가 분노로 떨렸다. "최후의 만찬에서도 제자들과 빵을 나누셨잖아. 그때 뭐라고 하셨니? 제자들에게 정확히 뭐라고 하셨어?"

아주 작은 목소리. "받아먹어라.[40]"

"그것 봐!"

애나가 다급히 말했다. "예수님께서 축성하신 뒤 그 빵은 더 이상 빵이 아니었어요. **예수님 자신**이었죠. 만나처럼요." 그러고는 책이 고양이라도 되는 듯 『시편』의 가죽 표지를 소중히 쓰다듬으며 다시 말했다. "저는 몇 달 동안 천국에서 내려온 만나를 먹었어요."

"애나!"

리브가 아이 손에서 책을 너무 세게 잡아당기는 바람에 책이 바닥에 쿵 떨어지며 귀중한 카드가 사방으로 흩어져버렸다.

"웬 소란이에요?" 로절린 오도널이 문 사이로 얼굴을 들이밀고 물었다.

"아무 일 아니에요." 리브는 무릎을 꿇고 앉아 작은 그림들을

---

40) 「마태오 복음서」 26장 26절.

주우며 대답했다. 심장이 쿵쾅거렸다.

숨 막히는 정적.

리브는 고개를 들지 않았다. 감정이 드러날까 두려워 부인과 눈을 마주칠 수가 없었다.

"괜찮니, 우리 딸?" 로절린이 딸에게 물었다.

"네, 엄마."

애나는 왜 영국 여자가 자기 책을 패대기치고 단식을 멈추라며 자신을 괴롭힌다고 말하지 않을까? 그러면 오도널 부부가 분명 불만을 제기하고 리브를 내쫓아줄 텐데 말이다.

애나가 다른 말을 하지 않자 로절린은 조용히 물러났다.

다시 두 사람만 남자 리브는 자리에서 일어나 아이의 무릎에 책을 내려놓았다. 그러고는 그 위에 작게 카드를 쌓았다.

"카드가 빠져버렸네. 미안."

"어디에 끼워야 하는지 다 알아요."

애나는 두툼하지만 여전히 능숙한 손가락으로 카드를 한 장 한 장 제자리에 끼워 넣었다.

리브는 자신이 이 일에서 잘릴 각오가 되어 있음을 다시 한번 되새겼다. 윌리엄 번은 열여섯 살에 굶주린 동포를 위해 '선동적' 진실을 기사로 썼다가 해고당하지 않았던가? 번은 아마 그 일로 더 온전한 사람이 됐을 것이다. 해고 자체보다는 그 시련을 이겨낸 일로, 실패하고도 다시 시작할 수 있다는 사실을 깨달으면서.

애나가 숨을 길게 들이쉬자 희미하게 타닥거리는 소리가 들렸다. 리브는 아이의 폐에 물이 고였음을 알아챘다. 그 말은 시간이 얼마 남지 않았다는 뜻이었다.

당신이 간 적도 없고 가지도 않을 곳에서 나는 당신을 봤어요.

"내 말 좀 들어."

리브는 하마터면 아가라고 덧붙일 뻔했다. 하지만 그 단어는 엄마가 쓰는 다정한 호칭이었다. 리브는 단호하게 말해야 했다.

"네 건강이 나빠지고 있다는 거 너도 잘 알잖아."

애나가 고개를 저었다.

"여기 안 아파?" 허리를 숙여 애나의 배에서 가장 볼록한 부분을 꾹 눌렀다.

아이의 얼굴에 고통이 스쳐 지나갔다.

"미안." 리브는 진심을 반만 담아 사과한 뒤 애나의 모자를 벗기며 말했다. "네 머리카락이 매일 얼마큼씩 빠지는지 봐."

"그분은 네 머리카락까지 모두 세어두셨다."[41]

아이가 속삭였다.

과학은 리브가 아는 가장 강력한 마력이었다. 이 아이를 사로잡은 주문은 오직 과학으로만 깰 수 있었다.

리브는 나이팅게일 선생님의 훈계조 말투를 따라 하려고 애쓰며 입을 열었다. "몸은 엔진 같은 거야. 소화는 연료를 태우는 거고. 연료를 얻지 못한 몸은 자기 조직을 파괴해버려." 그러고는 의자에 앉으며 애나의 배에 다시 한번 살포시 손바닥을 올려

---

41) 「루카 복음서」 12장 7절.

놓았다. "이건 난로야. 네가 열 살 때 먹은 음식, 그해에 너를 그만큼 자라게 한 영양분…… 그건 지난 넉 달간 모두 사용됐어. 네가 아홉 살, 여덟 살 때 먹은 걸 생각해봐. 이미 다 타서 재가 돼버렸다고."

내키지는 않지만 시간을 거슬러 올라가기로 했다.

"네가 일곱 살, 여섯 살, 다섯 살 때. 너희 아빠가 힘들게 일해 식탁에 올린 모든 식사, 너희 엄마가 요리한 모든 음식. 지금 그것들은 네 안에서 필사적으로 타오르는 불에 소모되고 있어."

애나가 처음 문장으로 말한 네 살, 세 살 때. 걸음마를 시작한 두 살 때. 한 살 때. 이 세상에 처음 나와 엄마 젖을 처음 빤 그날까지.

"하지만 적절한 연료가 없으면 엔진은 더 오래 움직일 수 없어."

애나의 평정은 깨지지 않는 수정이었다.

"너는 그냥 매일 조금씩 작아지고 있는 게 아니야. 모든 기능이 서서히 멈추고 있는 거라고. 고장 나기 시작한 거야."

"저는 기계가 아니에요."

"기계에 비유를 하면 그렇다는 거야. 너희 창조주를 모욕할 생각은 전혀 없어. 하느님을 가장 유능한 기계공이라고 생각해봐." 리브가 말했다.

애나가 고개를 저었다. "저는 그분의 자식이에요."

"잠깐 부엌에서 얘기 좀 나눌 수 있을까요, 라이트 씨?" 로절린 오도널이 긴 팔을 허리에 얹은 채 문가에 서 있었다.

부인이 얼마나 들은 것일까?

"지금은 좀 어렵겠어요."

"지금이어야 해요."

리브는 짧게 한숨을 쉬며 자리에서 일어났다.

애나를 혼자 방에 두고 나가면 규칙을 어기는 셈이 되지만, 지금 그게 무슨 상관이란 말인가? 리브는 아이가 침대 밖으로 몸을 기울여 어느 비밀 공간에서 빵 부스러기를 긁어 먹는 모습을 상상할 수 없었다. 솔직히 그런 일이 일어난다면 오히려 기쁠 것 같았다. 뭐든 먹기만 한다면 얼마든지 나를 속이고 기만해도 좋아.

리브는 애나가 한마디도 듣지 못하도록 뒤에서 문을 닫았다.

로절린 오도널은 혼자 부엌에 선 채 가장 작은 창문으로 밖을 내다보고 있었다. 부인이 돌아서며 신문을 흔들었다.

"오늘 아침 존 플린이 멀린가에서 이걸 가져왔어요."

리브는 깜짝 놀랐다. 그러니까 이 대화는 리브가 방금 아이에게 한 말에 관한 것이 아니었다. 리브는 안쪽 면이 드러나도록 접힌 신문을 내려다보았다. 맨 위를 보니 그 신문은 《아이리시 타임스》였다. 리브의 눈이 곧장 애나가 쇠약해졌다는 사실을 알리는 번의 기사를 알아보았다. 본 통신원은 단식 소녀와의 짧고 우연한 만남을 통해……

"이 무뢰한이 어떻게 우리 아이를 우연히 만났는지 여쭤봐도 될까요?" 로절린이 물었다.

리브는 어디까지 인정해야 할지 열심히 머리를 굴렸다.

"애나가 커다란 위험에 처해 있다는 황당한 생각은 또 어디서 얻었을까요? 오늘 아침에는 키티가 앞치마로 얼굴을 가리고 펑펑 울고 있더라고요. 라이트 씨가 선생님께 임종 어쩌고 하는 걸 들었다면서요."

리브는 받아치기로 결심했다.

"그럼 지금 아이 상태를 뭐라고 부르겠어요, 오도널 부인?"

"어떻게 감히!"

"요즘 따님을 본 적은 있나요?"

"라이트 씨가 애나의 주치의보다 더 잘 안다는 말씀인가요? 산 아이와 죽은 아이도 구분 못 한 분이?" 로절린은 벽난로 선반에 놓인 사진을 가리키며 리브를 조롱했다.

비수처럼 날아와 꽂히는 한마디였다.

"맥브리어티 씨는 따님이 도마뱀 같은 존재로 변하고 있다고 생각해요. 부인은 노망난 늙은이에게 딸의 목숨을 맡기고 있는 거예요."

로절린은 붉은 손마디가 허예질 정도로 두 주먹을 꽉 쥐었다.

"라이트 씨가 위원회에서 임명되지만 않았다면 저는 당장 라이트 씨를 우리 집에서 내쫓았을 거예요."

"왜요? 애나를 더 빨리 죽게 하려고요?"

로절린 오도널이 리브에게 달려들어 손을 휘둘렀다.

리브는 깜짝 놀라 옆으로 비켜서며 주먹을 피했다.

"당신은 우리에 관해 아무것도 몰라!" 부인이 소리쳤다.

"애나가 침대에서 나오지 못할 정도로 굶주렸다는 건 알아요."

"저 아이가…… 조금이라도 고통받고 있다면, 그건 죄수처럼 감시당하는 데서 오는 긴장감 때문이야."

리브는 코웃음을 친 뒤 뻣뻣하게 몸이 굳은 부인에게 가까이 다가갔다.

"어떤 엄마가 상황을 이 지경까지 방치하나요?"

로절린 오도널은 리브가 전혀 예상하지 못한 행동을 했다. 와락 울음을 터트린 것이다.

리브는 부인을 가만히 바라보았다.

"나라고 최선을 다하지 않은 줄 알아요? 저 애는 내 핏줄이자 내 마지막 희망이에요. 나는 저 애를 세상에 내놓고 사랑으로 키웠어요. 아이가 거부하기 전까지 열심히 음식을 먹였다고요." 부인이 울부짖었다. 얼굴 주름을 따라 눈물이 주룩주룩 흘러내렸다.

순간 리브는 사건의 전말을 어렴풋이 알아챘다. 오도널 부부의 착한 딸이 열한 살이 되던 그 봄날, 아이는 아무 설명 없이 음식을 거부하기 시작했다. 아마도 그 일은 아이 부모에게 지난가을 아들을 앗아 간 질병만큼이나 끔찍한 공포로 다가왔을 것이다. 로절린 오도널이 연이은 재난을 이해할 유일한 방법은 이 모든 것이 신의 계획이라고 자신을 납득시키는 것뿐이었으리라.

리브가 입을 열었다. "오도널 부인, 제가 장담하는데……."

하지만 부인은 몸을 돌려 밀가루 포대 커튼 뒤 작은 곁채로 휙 들어가버렸다.

리브는 침실로 돌아왔다. 몸이 떨렸다. 저렇게 혐오스러운 여자에게 동정심이 느껴지다니, 너무도 혼란스러웠다.

애나는 기색만 봐서는 다툼 소리를 들은 것 같지 않았다. 그저 베개에 기댄 채 자신의 상본에만 몰두하고 있었다.

리브는 애써 마음을 가라앉힌 뒤 애나의 어깨 너머로 십자가 모양 뗏목을 타고 물 위를 떠가는 소녀의 그림을 바라보았다.

"바다는 강이랑 전혀 달라."

"더 크죠." 애나가 말했다. 그러고는 물을 느끼기라도 하려는 듯 한 손가락 끝을 카드에 가져다 댔다.

"훨씬 크지. 그리고 강은 한 방향으로만 흐르는 반면 바다는 숨을 쉬듯 움직여. 들어왔다 나갔다 들어왔다 나갔다." 리브가 아이에게 설명했다.

애나는 숨을 들이쉬며 힘겹게 폐에 공기를 채웠다.

시계를 확인하니 거의 시간이 다 되어 있었다. 리브는 동이 트기 전 번의 문 밑에 **정오**라고만 적은 쪽지를 밀어 넣었다. 쥐색 구름이 마음에 들지 않지만 어쩔 수 없었다. 게다가 아일랜드 날씨는 15분마다 바뀌었다.

정확히 12시, 부엌에서 떠들썩한 삼종 기도 소리가 들려왔다. 리브는 이것으로 가족의 주의를 돌릴 수 있으리라 생각했다.

"잠깐 산책 좀 다녀올까, 애나?"

로절린 오도널과 가정부는 무릎을 꿇고 앉아 있었다. 리브는 서둘러 두 사람을 지나 현관문 밖에 있는 환자용 바퀴 의자를 가지러 갔다.

"주님의 천사가 마리아께 아뢰니…… 지금과 저희가 죽는 순간에…….

부엌을 가로질러 의자를 밀자 뒷바퀴가 삐걱거렸다.

애나는 용케도 침대에서 기어 나와 그 옆에 무릎을 꿇고 앉은 채 기도를 외우고 있었다.

"당신의 말대로 제게 이루어지소서."

리브는 담요 하나를 의자에 깔고 아이를 앉힌 뒤 담요 세 개를 추가로 덮어 두툼해진 아이의 발을 꼭꼭 감싸주었다. 그러고는 기도하는 어른들을 지나 문밖으로 빠르게 의자를 몰았다.

벌써 여름이 가기 시작했다. 긴 줄기에 핀 노란색 별 모양 꽃 몇 개가 청동색으로 어두워지고 있었다. 커다란 구름 덩어리가 솔기를 따라 갈라지듯 쪼개지고 그 사이로 빛이 쏟아졌다.

"해가 나요." 애나가 푹신한 받침에 머리를 기댄 채 쉰 목소리로 말했다.

리브는 바큇자국과 돌 위로 덜컹덜컹 의자를 밀며 서둘러 진입로를 내려갔다. 그렇게 길에 들어서자 몇 미터 떨어진 곳에서 윌리엄 번이 보였다.

번은 웃지 않았다. "의식을 잃었나요?"

리브는 그제야 애나가 의자에서 미끄러져 내려와 머리를 한쪽으로 떨구고 있는 것을 발견했다. 리브가 아이 뺨을 가볍게 두드리자 그쪽 눈꺼풀이 살짝 움직였다.

리브는 안도하며 번에게 말했다. "그냥 잠든 거예요."

오늘 번은 잡담을 하지 않았다. "어때요? 라이트 씨 주장이 먹히던가요?"

"그냥 물처럼 흘러가버렸어요." 리브는 순순히 인정하고는 마을 반대쪽으로 몸을 돌려 아이가 깨지 않도록 조심조심 의자를 밀었다. "이 단식은 애나의 반석이에요. 애나의 일과이자 애나의 소명이죠."

번은 암울하게 고개를 끄덕였다. "계속 이렇게 빠르게 내리막을 걸으면……."

어떻게 되는 것일까?

번의 눈은 거의 진한 남색에 가깝게 어두운 색이었다. "혹시…… 억지로 먹이는 건 어때요?"

리브는 그 과정을 머릿속으로 그려보았다. 애나를 제압해 목구멍에 관을 꽂은 뒤 음식을 먹이는 과정을.

리브는 고개를 들어 번의 이글거리는 눈을 마주 보고 단호하게 말했다. "못 할 것 같아요. 그건 단순히 마음만 불편한 문제가 아니에요."

"치러야 할 대가도 만만치 않겠죠."

그것도 아니었다. 아니, 그게 전부는 아니었다. 리브는 설명할 수가 없었다.

둘은 잠시 조용히 걸었다. 1분, 2분. 리브는 문득 세 사람이 바람을 쐬러 나온 가족처럼 보일 수도 있겠다는 생각이 들었다.

번이 다시 입을 열었다. 이번에는 좀 더 무뚝뚝한 말투였다. "알고 보니 신부는 이 속임수 뒤에 있는 사람이 아니었어요."

"새디어스 씨요? 어떻게 확신해요?"

"학교 교사인 오플래허티 씨 말에 따르면 주민들을 설득해 위원회를 구성한 사람은 맥브리어티였을지 몰라도 경험 있는 간호사를 구해 아이를 감시하자고 주장한 사람은 신부였대요."

리브는 곰곰이 생각해보았다. 번의 말이 맞았다. 죄가 있다면 어떻게 감시를 제안했겠는가? 어쩌면 리브는 사제들을 향한 경계심 때문에 새디어스 씨를 의심한 번의 의견에 너무 쉽게 동조한 것일지 몰랐다.

번이 이어서 말했다. "애나가 언급한 선교회에 관해서도 더 알아봤어요. 지난봄 벨기에에서 구세주회가 왔는데……."

"구세주회요?"

"선교 사제들이에요. 교황이 전 세계 기독교 국가에 사제를 보내 사냥개처럼 신자를 모으고 이단을 찾아내거든요. 시골 사람 머릿속에 규칙을 주입하고 그 사람들 영혼에 신을 향한 두려움을 다시 불어넣는 거죠. 어쨌든, 그때 그 구세주회가 3주 동안 하루 세 번 이쪽 토탄 지대에서 잘 보존된 시신을 발굴했대요." 번이 손가락으로 얼룩덜룩한 땅 너머를 가리키며 말했다. "매기 라이언 말에 따르면 어떤 설교는 정말 가관이었다고 하더라고요. 지옥 불과 유황이 비처럼 쏟아지고 아이들은 비명을 지르고……. 그 설교가 끝난 뒤에는 고해하려는 사람이 급하게 몰리는 바람에 한 남자가 군중에 깔려 갈비뼈가 부러지기도 했대요. 결국 선교는 대규모 성체 조배로……."

"뭐요?" 리브가 또 알아듣지 못하고 물었다.

"마흔 시간 동안 이어지는 예배예요. 그러니까…… 주님이 무덤에 계신 시간이 마흔 시간이었거든요. 무교라고 정말 아무것도 모르는 거예요?" 번의 입에서 억센 아일랜드 억양이 튀어나왔다.

리브는 그 말을 듣고 미소를 지었다.

"마흔 시간 동안 도보 거리에 있는 모든 교회에 성체가 모셔지고, 신자 무리가 그 앞에 엎드리기 위해 길을 가득 메웠대요. 모든 소란은 나이가 찬 아이들의 견진 성사에서야 비로소 끝이 났고요."

"애나도 그 아이 중 하나였겠네요." 리브가 추측했다.

"그날이 애나의 열한 살 생일 전날이었어요."

견진 성사. 결정의 순간. 애나는 그날을 아이로서의 **삶이 끝나는 날**이라고 묘사했다. 혀에 놓인 성체, 작고 동그란 빵 모양을 한 아이의 신. 하지만 애나는 어쩌다가 그것을 자신의 마지막 식사로 삼겠다는 끔찍한 결심을 하게 됐을까? 외국인 사제가 군중을 극도의 흥분 상태로 끌어올리며 한 말을 애나가 오해한 것일까?

리브는 속이 너무 메스꺼워 잠시 걸음을 멈추고 바퀴 의자의 가죽 손잡이에 몸을 기댔다.

"그렇게 소동을 일으킨 설교가 어떤 내용이었는지 혹시 들었어요?"

"간음이지 뭐겠어요?"

리브는 그 단어를 듣고 외면하듯 고개를 돌렸다.

"저거 독수리예요?"

가느다란 목소리에 두 사람은 깜짝 놀랐다.

"어디?" 번이 애나에게 물었다.

"저 멀리 초록길 위에요."

"아마 아닐 거야. 그냥 까마귀들의 왕이겠지." 번이 아이에게 대꾸했다.

"얼마 전에 그 초록길이라는 곳을 다녀왔어요. 쓸데없이 길고 구불구불하기만 하더라고요." 리브가 대화를 이어가려 말을 꺼냈다.

"공교롭게도 영국인 작품이에요." 번이 말했다.

리브는 곁눈으로 번을 쳐다보았다. 농담을 하는 건가?

"1847년 겨울, 아일랜드 역사상 처음으로 가슴까지 눈이 쌓였을 때였어요. 당시 자선 행위는 수혜자를 타락시킨다고 여겨졌기 때문에 굶주린 사람들은 대신 공공사업으로 보내졌죠." 번은 '타락'이라는 단어를 비꼬듯 강조했다. "이 지역에서는 그게 아무 데로도 이어지지 않는 길을 만드는 거였어요."

리브는 얼굴을 찌푸리며 아이 쪽으로 고개를 까딱했다.

"애나도 이런 얘기는 다 들어봤을 거예요." 번은 허리를 숙여 애나를 들여다보았다.

애나는 의자 구석으로 머리를 축 늘어뜨린 채 다시 잠들어 있었다. 리브는 흘러내린 담요 자락을 집어 아이 주변으로 꼭꼭 끼워 넣었다.

번이 낮은 목소리로 이어 말했다. "그래서 남자는 땅에서 돌을 캐서 깨부수는 일로 바구니당 얼마씩 소소하게 돈을 벌었고,

여자는 그 바구니를 가져와 돌 조각을 맞추는 작업을 했어요. 어린아이는······."

"번 씨." 리브가 항의했다.

"그 길에 관해 알고 싶다면서요." 번이 리브에게 상기시켰다.

번은 리브가 영국인이라는 사실만으로 리브에게 화가 난 걸까? 리브는 궁금했다. 리브가 자신에게 어떤 감정을 품었는지 알면 번은 경멸의 반응을 보일까? 아니면 연민? 연민이 더 끔찍했다.

"그냥 짧게 얘기할게요. 추위나 굶주림이나 고열로 쓰러졌다가 일어나지 못한 사람은 모두 포대에 넣고 길가에 묻었어요. 겨우 몇 센티미터 정도만 파고서요."

리브는 꽃이 핀 초록길의 부드러운 가장자리를 부츠로 밟으며 걸었던 기억을 떠올렸다. 늪은 절대 잊지 않았다. 그것은 무엇이든 **놀라울 정도로 온전히 보존했다.**

리브가 애원했다. "그만. 이제 그만해요."

마침내 두 사람 사이에 자비로운 침묵이 찾아왔다.

애나가 움찔하더니 너덜너덜한 벨벳에 얼굴을 처박았다. 하나둘 빗방울이 떨어졌다. 리브는 바퀴 의자에서 뻑뻑한 검은색 덮개를 잡아 뺐고, 번이 도와준 덕분에 잠자는 아이에게 비가 쏟아지기 직전 덮개를 펼칠 수 있었다.

라이언네 숙소로 돌아온 리브는 잠을 잘 수도, 책을 읽을 수도 없었다. 초조해하는 것 말고는 도무지 할 수 있는 게 없었다.

저녁을 먹어야 했지만 목구멍마저 꽉 막혀버린 것 같았다.

자정 무렵, 애나의 옷장에 놓인 램프는 약하게 타고 있었고, 아이는 평평히 덮인 담요를 거의 흐트러뜨리지 않은 채 베개에 어두운색 머리카락 한 줌을 늘어뜨리고 누워 있었다. 리브는 저녁 내내 아이와 대화를 했다. 아니, **일방적으로** 아이에게 말했다. 목이 쉴 때까지.

이제 리브는 침대 가까이 앉아 관을 떠올렸다. 빨대보다 굵지 않을 정도로 아주 좁고 유연하고 미끌미끌한 관이 아이의 입술 사이로 꿈틀꿈틀 들어가는 모습. 아주 천천히 부드럽게 움직이면 애나는 아예 깨지 않을지도 몰랐다. 리브는 그 관을 통해 아이의 배 속으로 신선한 우유를 조금씩 흘려보내는 상상을 했다.

만약 애나의 집착이 단식의 원인인 동시에 그 **결과**이기도 하다면? 어느 누가 빈속에 제대로 생각을 할 수 있겠는가? 어쩌면 역설적으로 아이는 음식을 먹어야 다시 정상적인 허기를 느낄지 몰랐다. 경관 급식을 하면 애나는 분명 기운을 되찾을 것이다. 벼랑 끝에서 애나를 끌어내 정신 차릴 시간을 주는 것이다. 그 정도 강제력을 쓴다고 해서 죄를 물을 일이 생기는 것도 아니었다. 애나 오도널을 그 아이 자신으로부터 구출해내는 데 필요한 일을 기꺼이 해줄 수 있는, 주변 어른들 가운데 유일한 사람, 간호사 라이트.

리브는 턱이 아플 정도로 이를 앙다물었다.

원래 어른들은 종종 아이들에게 고통을 안겨주지 않던가? 다 너 잘되라고 이러는 거라면서. 간호사들도 환자에게 그러지 않던가? 리브는 화상 입은 피부 조직을 절제하고 상처에서 파편을 뽑는 등 거친 방법을 쓰며 꽤 많은 환자를 산 자의 세상으로 되돌려놓았다. 게다가 미치광이와 죄수는 하루에도 몇 번씩 강제급식을 받으며 목숨을 이어간다.

리브는 애나가 잠에서 깨어 몸부림치고 숨 막혀 하고 구역질하기 시작하는 모습을 상상했다. 배신감으로 젖은 아이의 눈. 리브는 아이의 작은 코를 잡고 머리를 베개에 내리누른다. 가만 있어, 아가. 내가 도와줄게. 넌 먹어야 해. 거침없이 관을 밀어 넣는다.

안 돼! 머릿속으로 너무 크게 외치는 바람에 순간 자신이 소리를 질렀다고 생각했다.

소용없을 거예요. 리브는 오늘 오후 번에게 그렇게 말해야 했다. 생리적으로는 물론 말이 되었다. 목구멍으로 유동식을 밀어 넣으면 에너지가 공급되는 것은 사실이었다. 하지만 그렇게 해서는 아이를 계속 살려둘 수 없었다. 그런 시도를 해봤자 애나는 세상으로부터 더 빨리 멀어지기만 할 것이다. 영혼이 부서져버리기만 할 것이다.

리브는 시계를 보며 1분 동안 호흡수를 쟀다. 25회. 너무 많고, 위험할 정도로 빨랐다. 하지만 동시에 너무도 완벽하게 규칙적이었다. 계속해서 빠지는 머리카락, 회갈색 자국들, 입꼬리 종기에도 애나는 곤히 자는 여느 아이만큼이나 무척 아름다웠다.

저는 몇 달 동안 천국에서 내려온 만나를 먹었어요. 오늘 아침 애나는 그렇게 말했다. 저는 천국에서 내려온 만나를 먹고 살아요. 지난주 강신론자 방문객에게는 그렇게 말했다. 하지만 리브는 같은 문장이 오늘은 아련한 과거형으로 바뀌었음을 알아차렸다. 저는 몇 달 동안 천국에서 내려온 만나를 먹었어요.

혹시 리브가 잘못 들은 것일까? 몇 달이 아니라 넉 달이었을까? 저는 넉 달 동안 천국에서 내려온 만나를 먹었어요. 애나는 넉 달 전 4월에 단식을 시작해 만나를 먹고 살았다. 만나를 먹었다는 건 은밀한 방식으로 영양분을 섭취했다는 뜻이었다. 간호사가 오기 전까지는 그럴 수 있었다.

하지만 그 가정은 말이 되지 않았다. 그랬다면 이삼일 안에 완전한 단식의 효과가 나타나기 시작했을 것이다. 리브는 둘째 주 월요일에 번으로부터 경고를 들을 때까지 건강 악화의 어떤 징후도 알아차리지 못했다. 어린아이가 정말 축 늘어지기까지 7일을 버틸 수 있었을까?

리브는 수첩을 다시 획획 넘겨보았다. 머나먼 전선에서 날아온 전보 같은 문구가 계속 이어졌다. 첫째 주는 매일이 거의 똑같았다. 그러다가……

엄마의 인사를 거부함.

리브는 그 간결한 글을 가만히 바라보았다. 감시 6일째인 토요일 아침. 의학적 기록도 전혀 아니었다. 리브가 이걸 적은 이유는 그저 아이가 난데없이 행동의 변화를 보였기 때문이었다.

어쩌면 이렇게 눈먼 장님 같았을까?

그것은 그냥 하루에 두 번 나누는 인사가 아니었다. 커다랗고 앙상한 몸으로 아이의 얼굴을 가리는 포옹. 새끼에게 먹이를 주는 커다란 새를 닮은 입맞춤.

리브는 나이팅게일 선생님의 규칙을 어기고 아이를 흔들어 깨웠다.

애나는 강렬한 램프 불빛에 눈을 깜빡였다.

리브가 속삭였다. "네가 만나를 먹을 때, 누가……." **누가 줬**냐는 질문은 의미가 없었다. 분명 신에게서 받았다고 말할 테니까. "누가 그걸 가져다줬니?"

리브는 저항과 부정을 기대했다. 천사에 관한 정교한 거짓말이 나오기를 바랐다.

"엄마요." 애나가 중얼거렸다.

물어보기만 했다면, 아이는 언제든 기꺼이 솔직한 대답을 해주지 않았을까? 종교적 전설을 조금만 덜 무시했다면 아이가 하려는 말에 더 주의를 기울일 수 있었을 텐데.

리브는 로절린 오도널이 아침저녁으로 허용된 포옹을 하러 조용히 들어오던 모습을 떠올렸다. 미소는 띠었지만 이상하리만치 말이 없던 모습. 다른 때는 무척 수다스러웠지만 딸을 안으러 올 때만은 그렇지 않았다. 그렇다. 로절린은 허리를 숙여 자신의 몸으로 애나를 폭 감쌀 때까지 항상 입을 꾹 다물고 있었다.

리브는 아이의 작은 귀에 더 가까이 다가가 물었다. "엄마 입에서 네 입으로 전해주셨어?"

"거룩한 입맞춤으로요." 애나는 부끄러운 기색 없이 고개를 끄덕였다.

리브는 피가 거꾸로 치솟는 듯했다. 그러니까 아이 엄마는 부엌에서 음식을 잘게 씹은 뒤 하루에 두 번 간호사들을 조롱하듯 바로 눈앞에서 그것을 애나에게 먹인 것이었다.

리브가 물었다. "만나는 어떤 맛이야? 우유? 아니면 귀리죽?"

"천국이요." 애나는 답이 너무도 뻔하지 않느냐는 투로 대답했다.

"엄마가 그게 천국에서 왔다고 했어?"

애나는 그 질문에 어리둥절한 표정을 지었다. "만나는 원래 그런 거예요."

"다른 사람은 알아? 키티는? 너희 아빠는?"

"아마 모를 거예요. 제가 말 안 했거든요."

"왜? 엄마가 말하지 말라고 했니? 너를 협박했어?"

"혼자만 알아야 하니까요."

말로 옮기기에는 너무도 성스러운 은밀한 교환. 그렇다. 리브는 강인한 성격의 여자가 어린 딸을 설득하는 모습을 상상할 수 있었다. 특히 신비의 세계에서 자란 애나 같은 아이는 자신을 맡아 돌보는 어른을 아주 깊이 신뢰했다. 그렇게 음식을 먹이는 방식은 애나의 열한 살 생일에 시작됐을까, 아니면 훨씬 이전부터 조금씩 발전했을까? 아이 엄마가 딸에게 성경 속 만나 이야기를 읽어주고 신비하면서 모호한 말로 딸을 혼란스럽게 한 건 일종의 교묘한 속임수였을까? 아니면 두 사람 다 이 죽음의 게임에 무언의 기여를 한 것이었을까? 어쨌든 이 아이는 엄마보다 훨씬 똑똑하고 박식했으니까. 모든 가족에게는 외부인이 알아차릴 수 없는 독특한 생활 방식이 존재했다.

"그럼 나한테는 왜 얘기하는 거야?" 리브가 물었다.

"선생님은 제 친구잖아요."

턱을 위로 젖히며 말하는 아이의 모습에 리브는 가슴이 찢어졌다.

"이제 만나는 안 먹지? 지난 토요일부터 그랬지?"

"필요 없으니까요." 애나가 말했다.

아이가 거부하기 전까지 열심히 음식을 먹었다고요, 로절린은 그렇게 울부짖었다. 리브는 부인의 비탄과 회한을 듣고도 전혀 이해하지 못했다. 아이 엄마는 애나를 받침대 위에 세워 세상의 등불처럼 빛나게 했다. 그녀는 이 비밀스러운 방식으로 계속 딸을 살려두려고 했다. 감시 시작 일주일 만에 그 모든 걸 끝낸 사람은 바로 애나 자신이었다.

아이는 결과가 어떻게 될지 조금이라도 예상했을까? 지금은 충분히 이해하고 있을까?

리브는 일부러 노골적으로 말했다. "너희 엄마가 네 입으로 넣어준 건 부엌에서 가져온 음식이었어. 지난 몇 달간 네가 살 수 있었던 건 네 엄마가 음식을 씹어서 먹여준 덕분이야."

리브는 잠시 멈춰 반응을 기다렸다. 하지만 아이의 눈은 이미 초점을 잃은 상태였다.

리브는 아이의 퉁퉁 부은 손목을 움켜쥐었다. "너희 엄마가 거짓말한 거야, 모르겠어? 너도 다른 사람과 똑같이 음식이 필요해. 조금도 특별하지 않다고." 이러려던 게 아닌데, 마음에도 없는 말이 빗발치듯 쏟아져 나왔다. "애나, 음식을 먹지 않으면 너는 죽을 거야."

애나는 리브를 똑바로 쳐다본 뒤 고개를 끄덕이며 미소를 지었다.

shift [시프트]

변화, 변경
근무 시간
목적을 위한 수단, 방편
움직임, 시작

목요일 날씨는 찌는 듯 더웠고, 8월의 하늘은 지독하게 파랬다. 정오 무렵 리브가 홀로 앉아 자신의 수프를 들여다보고 있을 때, 윌리엄 번이 식당으로 걸어 들어왔다. 리브는 고개를 들고 번에게 애써 미소를 지었다.

"애나는 어때요?" 번이 맞은편에 앉으며 물었다. 기자의 무릎이 리브의 치마에 닿았다.

리브는 대답할 수가 없었다.

번이 리브의 그릇을 향해 고갯짓했다. "잠을 안 잘 거면 이렇게라도 힘을 보충해야 해요."

리브가 숟가락을 들어 올리자 금속 긁는 소리가 났다. 숟가락을 거의 입술까지 가져갔다가 작게 첨벙 소리를 내며 다시 내려놓았다.

번이 식탁 위로 몸을 기울였다. "말해봐요."

리브는 그릇을 옆으로 밀었다. 그러고는 라이언 씨 딸이 오는지 문을 확인하며 **천국에서 내려온 만나**가 포옹을 틈타 전달된 이야기를 차근차근 설명했다.

"맙소사. 그런 뻔뻔한 여자가 있다니." 번이 혀를 내둘렀다.

마음의 짐을 내려놓으니 속이 한결 후련해졌다. 리브가 말했다. "로절린 오도널이 하루에 두 입만으로 아이를 먹여 살린 것도 끔찍하지만, 지난 닷새간 애나가 만나를 거부했는데 엄마로서 한마디도 하지 않은 게 더 소름 끼쳐요."

"자기 죄를 드러내지 않고 얘기할 방법을 모르니 그러는 거겠죠."

갑작스러운 불안이 리브를 덮쳤다. "이 내용은 신문에 실으면 안 돼요. 아직은요."

"왜요?"

그걸 몰라서 묻는단 말인가?

"모든 사실을 널리 알리는 게 번 씨 직업의 본질인 건 알지만, 지금 중요한 건 아이를 살리는 일이에요." 리브가 쏘아붙였다.

"그건 나도 알아요. 그러는 라이트 씨 직업은 어떤데요? 애나와 함께 보낸 그 긴 시간 동안 라이트 씨는 뭘 했어요?"

리브는 두 손에 얼굴을 묻었다.

"미안해요. 너무 답답해서 한 말이에요." 번이 리브의 손가락을 잡았다.

"다 맞는 말이에요."

"그래도요. 용서해줘요."

리브는 번의 손에서 자기 손을 빼냈다. 잡혔던 자리가 여전히 화끈거렸다.

번이 말했다. "나를 믿어요. 애나를 위해서라도 이 속임수는 널리 알려야 해요."

"하지만 세상이 알게 돼도 애나는 음식을 먹지 않을 거예요!"

"어떻게 확신해요?"

"지금 애나는 혼자서 이 일을 끝낼 생각을 하고 있어요. 죽음이 다가온다는 사실을 기꺼이 받아들이는 것 같아요." 리브의 목소리가 흔들렸다.

번이 얼굴에 흘러내린 곱슬머리를 쓸어 넘겼다. "하지만 왜요?"

"번 씨 종교가 아이 머리에 무시무시한 헛소리를 채워 넣었나 보죠."

"아이가 무시무시한 헛소리를 진짜 종교로 착각한 거겠죠!"

리브는 한발 물러섰다. "애나가 왜 이러는지 나도 모르겠어요. 내가 아는 건 오빠를 향한 그리움과 관련이 있다는 것뿐이에요."

번은 혼란스러운 듯 인상을 찌푸렸다. "수녀님한테는 만나 얘기 해봤어요?"

"오늘 아침에 기회가 없었어요."

"맥브리어티한테는요?"

"번 씨한테 처음 얘기하는 거예요."

번의 눈빛이 변하는 것을 보며 리브는 그 말을 뱉은 것을 후회했다.

"좋아요. 라이트 씨가 알아낸 사실을 오늘 밤 위원회 전체와 공유해요."

"오늘 밤에요?" 리브가 어리둥절한 표정으로 되물었다.

"수녀님이랑 같이 호출받지 않았어요? 의사 주도로 10시에 이 건물 뒷방에서 모인다던데요." 번이 벗겨지고 있는 벽지 쪽으로 고개를 까딱했다.

어제 리브가 한 말을 맥브리어티가 마침내 받아들인 모양이었다.

"아니요. 우리는 한낱 간호사일 뿐이잖아요. 뭐 하러 우리 의견을 듣고 싶어 하겠어요?" 리브는 냉소적으로 말하고는 깍지낀 손에 턱을 기댔다. "지금 의사한테 가서 만나 속임수에 관해 얘기하면……."

번이 고개를 저었다. "회의에 쳐들어가서 임무를 완수했다고 위원회 전체에 발표하는 게 나아요."

완수? 이 임무는 오히려 회복 불가능한 실패처럼 느껴졌다.

"하지만 그런다고 애나한테 도움이 될까요?"

번이 손을 휘저었다. "일단 감시가 끝나면 애나는 세간의 이목에서 벗어나 시간과 여유를 되찾을 거예요. 마음을 바꿀 기회가 생기는 거죠."

"애나는 《아이리시 타임스》 독자로부터 주목을 받으려고 단식하는 게 아니에요. 이건 애나와 욕심 많은 신 사이의 문제라고요." 리브가 말했다.

"신자의 어리석음을 신의 탓으로 돌리지 말아요. 하느님은 그저 우리가 살기를 바라실 뿐이에요."

두 사람은 서로를 가만히 바라보았다.

다음 순간 환한 미소가 번의 얼굴을 밝혔다. "그거 알아요? 나는 살면서 라이트 씨처럼 신성을 모독하는 여자…… 아니, 사람을 만난 적이 없어요."

번의 시선이 머무는 순간, 리브의 온몸에 따스한 기운이 은은히 퍼져나갔다.

햇살이 눈부셨다. 리브의 근무복은 옆구리에 철썩 달라붙은 지 오래였다. 리브는 초대를 받았든 받지 않았든 오늘 밤 위원회 모임에 참석해야겠다고 결심을 굳히며 오두막에 도착했다.

문으로 들어서자 침묵이 리브를 맞이했다. 로절린 오도널과 가정부는 기다란 탁자에서 앙상한 닭의 털을 뽑고 있었다. 지금까지 줄곧 숨 막히는 침묵 속에서 일한 것일까, 아니면 대화를 하다가 (혹시 영국 간호사 얘기를 하다가?) 리브가 들어오는 소리를 듣고 멈춘 것일까?

"안녕하세요." 리브가 인사했다.

"어서 오세요." 두 사람은 죽은 닭에 시선을 고정한 채 인사했다.

리브는 로절린 오도널의 길쭉한 뒷모습을 보며 생각했다. 당신이 한 짓을 내가 알아냈어, 이 종교에 미친 여자야. 이 여자의 한심한 사기극을 뒤엎어버릴 무기를 손에 쥐고 있다고 생각하니 자못 유쾌했다.

하지만 아직은 때가 아니었다. 일단 무기를 사용하면 다시는 상황을 되돌릴 수 없었다. 오두막에서 쫓겨나면 애나의 마음을 돌릴 기회도 영영 사라질 테니까.

침실로 들어가보니 아이는 창문을 마주한 채 몸을 웅크리고 누워 있었다. 갈비뼈가 위아래로 오르내렸다. 갈라진 입술이 공기를 깊게 들이마셨다. 요강에는 아무것도 들어 있지 않았다.

수녀의 얼굴이 핼쑥했다. **더 안 좋아졌어요.** 수녀가 망토와 가방을 챙기며 입 모양으로 말했다.

리브는 수녀의 팔에 손을 얹고, 나가려는 수녀를 막아섰다. 그러고는 들릴 듯 말 듯 한 목소리로 수녀의 귀에 속삭였다. "애나가 고백했어요."

"신부님께요?"

"저한테요. 지난 토요일 전까지 엄마가 음식을 씹어 입을 맞출 때 먹여줬대요. 아이한테는 그게 만나라고 얘기하고요."

미카엘 수녀는 창백해진 얼굴로 성호를 그었다.

리브가 이어 말했다. "오늘 밤 10시 라이언네에서 위원회가 열릴 거예요. 우리가 가서 얘기해요."

"맥브리어티 선생님이 그러라고 하셨나요?"

리브는 거짓말을 하고 싶었지만 대신 이렇게 말했다. "그 사람은 망상에 빠졌어요. 애나가 냉혈 동물로 변하고 있다고 생각한다고요! 그게 말이 돼요? 우리는 나머지 위원들에게 보고해야 해요."

"지시받은 대로 일요일에 하죠."

"사흘은 너무 길어요! 애나가 못 버틸지도 모른다고요. 수녀님도 아시잖아요." 리브가 속삭였다.

수녀는 커다란 눈을 깜빡이며 고개를 돌렸다.

"설명은 제가 할게요. 수녀님은 옆에 서 계시기만 해주세요."

머뭇거리다 나온 대답. "제 자리는 여기예요."

"한 시간 정도 애나를 봐줄 사람은 충분히 구할 수 있어요. 라이언 씨 딸한테 부탁해도 되고요." 리브가 말했다.

수녀는 고개를 저었다.

"우리는 애나를 감시하는 게 아니라 애나가 음식을 먹도록 어떻게든 설득해야 해요. 죽지 않고 살도록요."

머리쓰개로 매끈하게 가려진 머리가 종처럼 연신 갸웃갸웃한 뒤에 대답이 나왔다. "우리가 받은 지시는 그게 아니에요. 정말 끔찍하리만큼 슬픈 일이지만……."

"슬퍼요? 그게 맞는 말인가요?" 리브의 목소리가 너무 크고 매섭게 나왔다.

미카엘 수녀의 얼굴이 절로 일그러졌다.

리브가 화를 내며 말했다. "좋은 간호사는 규칙을 따르지만, 최고의 간호사는 언제 규칙을 깨야 하는지 알아요."

수녀는 도망치듯 방에서 나가버렸다.

리브는 길고 거친 숨을 한번 몰아쉰 뒤 애나 옆에 가 앉았다.

잠에서 깬 아이의 심장 박동은 마치 피부 바로 아래에서 진동하는 바이올린 줄 같았다. 8월 18일 목요일 오후 1시 3분, 맥박 129회, 약함, 숨 쉬기를 힘들어함, 리브는 변함없이 또렷한 글씨로 적어나갔다.

리브는 키티를 불러 집에 있는 베개를 모두 가져오라고 지시했다.

키티는 빤히 쳐다보다가 베개를 모으러 허둥지둥 나갔다.

리브는 애나 뒤에 베개를 쌓아 아이가 되도록 똑바로 앉을 수 있게 해주었다. 그러고 나니 아이의 호흡이 조금 편해지는 듯 보였다.

"저를 성문에서 끌어 올려주소서. 저를 적의 손에서 구원하여주소서." 애나가 눈을 감은 채 중얼거렸다.

방법만 알았다면 리브는 기꺼이 그렇게 했을 것이다. 애나를 구원하고 속박에서 벗어나게 해줬을 것이다. 메시지를 전하거나 일격을 가하거나 아기를 받아내듯이.

"물 더 마실래?" 리브가 숟가락을 내밀었다.

애나는 눈꺼풀을 실룩이기만 할 뿐 눈은 뜨지 않은 채로 고개를 저으며 말했다. "제게 이루어지소서."

"목이 마르지 않아도 물은 마셔야 해."

진득하게 붙어 있던 아이의 입술이 열려 물 한 숟가락을 받아 들였다.

밖에서 솔직하게 말하는 것이 훨씬 간편하리라.

"바퀴 의자 타고 다시 나가볼래? 오늘 날씨가 정말 좋아."

"아니요. 괜찮아요, 리브 선생님."

리브는 이것 역시 기록했다. **바퀴 의자에 타지도 못할 정도로 쇠약해짐.** 수첩은 더 이상 기억을 보완하는 도구가 아니었다. 이것은 범죄의 증거였다.

"이 정도 배면 저한테는 충분히 커요." 애나가 중얼거렸다.

오빠에게서 물려받은 침대를 엉뚱하게 비유한 것일까? 아니면 뇌가 단식에 영향을 받기 시작한 것일까? 리브는 이것도 적었다, **가벼운 정신 착란?** 그때 문득 아이의 불분명한 발음 때문에 **침대를 배로** 잘못 들었을지도 모른다는 생각이 뇌리를 스쳐 지나갔다.

리브는 아이의 부은 손을 자신의 두 손으로 꼭 잡았다. 그것은 마치 도자기 인형의 손처럼 차가웠다.

"애나. 자살이라는 죄가 있는 거 알지?"

녹갈색 눈이 떠졌지만 시선은 리브를 비껴가 있었다.

"내가 『양심의 시험』 한 구절을 읽어줄게."

리브는 기도서를 휙 낚아채 어제 표시해둔 페이지를 찾았다.

"**자신의 목숨을 단축하거나 죽음을 재촉하는 행위를 한 적이 있는가? 자신의 죽음을 열정적으로 혹은 조급하게 바란 적이 있는가?**"

애나는 고개를 저으며 속삭였다. "**나는 날아가 쉴 것입니다.**"[42]

"확실해? 자살을 하면 지옥에 가는 거 아니야? 너는 팻이랑 묻히기는커녕 교회 묘지에도 못 묻힐 거야." 리브는 가차 없이

---

42) 「시편」 54편 7절.

몰아붙였다.

애나는 귓병을 앓는 아기가 칭얼대듯 베개 위로 뺨을 돌렸다.

리브는 아이에게 처음 냈던 수수께끼를 떠올렸다. 나는 보이지 않고 보일 수도 없어요. 몸을 바짝 기울이고 속삭였다.

"왜 죽으려고 하는 거야?"

"저를 바치는 거예요."

애나는 의혹을 부인하지 않고 정정하기만 했다. 그러고는 또다시 파트라 기도를 반복해서 중얼거리기 시작했다.

"주님을 받드나이다, 구세주 예수님의 여리고 연약한 팔다리가 얹어지고 그분의 성스러운 피가 흩뿌려진, 오 가장 귀하신 십자가시여."

오후의 햇빛이 저물 무렵, 리브는 침구를 털고 침대보를 정돈하기 위해 아이를 부축해 의자에 앉혔다. 애나는 턱 아래 무릎을 세운 채 앉아 있다가 절뚝절뚝 요강으로 걸어가 어두운색 액체 한 방울을 내보낸 뒤 침대로 돌아왔다. 아이의 움직임은 흡사 노인 같았다. 하지만 애나는 절대 노인이 될 수 없을 것이다.

아이가 선잠이 든 사이 리브는 방 안을 서성거렸다. 뜨거운 벽돌을 더 가져다 달라고 하는 것 외에는 딱히 할 수 있는 일이 없었다. 한낮의 더위에도 애나의 오한은 가라앉지 않았다.

15분 뒤 가정부가 빨개진 눈으로 벽돌 네 개를 가지고 들어왔다. 가정부는 난로의 재가 묻어 있는 벽돌을 애나의 담요 아래로 쑥 밀어 넣었다. 아이는 이제 깊은 잠에 빠져 있었다.

"키티."

리브는 자신도 모르게 입을 열었다. 맥박이 미친 듯이 요동쳤다. 만약 리브가 잘못 판단했다면, 가정부가 오도널 부인만큼 나쁜 사람이고 부인과 함께 음모를 꾸몄다면, 이 시도는 더 나쁜 결과만 가져올 것이 분명했다. 어떻게 운을 떼야 할까? 비난은 금물이었다. 정보 제공도 마찬가지였다. 연민. 이 젊은 여자에게 불러일으켜야 하는 감정은 바로 그것이었다.

"당신 사촌이 죽어가요."

키티의 눈에 곧장 눈물이 차올랐다.

"하느님의 자녀는 모두 음식을 먹어야 해요." 리브는 이렇게 말하고 목소리를 한층 낮췄다. "며칠 전까지 애나는 사악한 속임수로 목숨을 유지했어요. 전 세계를 상대로 사기 범죄를 저지른 거예요."

리브는 가정부의 눈에 어른거리는 두려움을 보고 **범죄**라는 단어를 쓴 것을 후회했다.

"내가 지금 무슨 말 하려는지 알겠어요?"

"그걸 제가 어떻게 알아요?" 키티는 여우 냄새를 맡은 토끼의 표정이었다.

"당신의 안주인……." 작은어머니? 먼 친척? 리브는 그제야 궁금해졌다. "오도널 부인이 그동안 아이에게 입을 맞추는 척하면서 몰래 음식을 먹였어요." 문득 키티가 아이를 탓할지도 모른다는 생각이 들었다. "애나는 순진하게도 자기가 천국에서 내려온 신성한 만나를 받아먹고 있다고 생각했고요."

커다란 눈이 갑자기 가늘어지더니 목구멍에서 거친 소리가 흘러나왔다.

리브는 몸을 앞으로 기울였다. "뭐라고요?"

답이 없었다.

"충격받은 거 나도 알아요. 하지만……."

"당신!"

이번에는 잘못 들을 수가 없었다. 분노로 일그러진 가정부의 얼굴도 잘못 볼 수가 없었다.

"그래요, 당신 사촌 동생의 목숨을 구하도록 제발 나 좀 도와 줘요."

굳은살 박인 손 한 쌍이 리브의 얼굴을 부여잡고 입을 틀어막 았다. "그 더러운 입으로 거짓말하지 말아요."

리브는 움찔 뒤로 물러났다.

"당신은 질병처럼 이 집에 들어와 독을 퍼트렸어요. 믿음도 없고 인정도 없고, 부끄럽지도 않아요?"

그때 침대에 누운 아이가 목소리에 깬 듯 몸을 뒤척였다. 두 여자는 얼어붙었다.

키티는 팔을 내린 뒤 침대로 두 걸음 다가갔다. 그러고는 허 리를 굽혀 애나의 관자놀이에 가볍게 입을 맞췄다. 다시 자세를 바로 한 가정부의 얼굴은 눈물로 얼룩져 있었다.

키티의 뒤로 문이 쾅 닫혔다.

시도는 좋았어, 리브는 꼼짝 않고 선 채 다시 한번 마음을 가다 듬었다.

이번에는 뭘 잘못했는지 판단이 서지 않았다. 어쩌면 키티가 맹목적으로 오도널 부부를 펀드는 것이 더 당연한 일일지 몰랐다. 키티에게는 이 부부가 세상의 전부니까. 가족이자 집이자 유일한 밥벌이 수단이니까.

아무것도 안 하는 것보다 시도라도 해보는 게 훨씬 나았다고? 리브의 양심에는 그랬을 것이다. 하지만 굶주린 아이에게는 아무런 도움도 되지 않았다.

리브는 쪼그라든 꽃을 버리고 기도서를 다시 상자에 가지런히 집어넣었다.

그러다가 충동적으로 다시 책을 꺼내 한 번 더 책장을 뒤적이며 파트라 기도를 찾았다. 애나는 왜 수많은 기도 중 하필 그 기도를 하루에 서른세 번씩 외웠을까?

찾았다. 「성 비르지타에게 묵시하신 연옥 영혼을 위한 성금요일 기도」. 기도문은 전혀 새로울 것이 없었다. 주님을 받드나이다, 구세주 예수님의 여리고 연약한 팔다리가 얹어지고 그분의 성스러운 피가 흩뿌려진, 오 가장 귀하신 십자가시여. 리브는 그 아래 작은 글씨로 적힌 주석을 가는 눈으로 들여다보았다. 금요일에 단식하며 서른세 번 외우면 세 명의 영혼이 연옥에서 풀려날 것이다. 성금요일에는 서른세 영혼이 거두어질 것이다. 부활절에는 특별히 보상을 열한 배 늘려주는 모양이었다. 리브가 책을 덮으려는 순간 뒤늦게 한 단어가 눈에 들어왔다. 단식.

단식하며 서른세 번 외우면.

"애나, 애나!" 리브는 허리를 숙여 아이의 뺨을 만졌다.

아이가 리브를 올려다보며 눈을 깜빡거렸다.

"네 기도 말이야. **주님을 받드나이다** 기도. 혹시 그것 때문에 음식을 안 먹는 거니?"

애나의 입가에 너무나도 기괴한 미소가 걸렸다. 기쁜 듯 보이지만 입꼬리는 한없이 어두웠다.

드디어, 드디어. 리브는 생각했다. 하지만 거기서 느껴지는 건 만족감이 아니라 무거운 슬픔뿐이었다.

"그분이 말씀해주셨어요?" 애나가 물었다.

"누구?"

애나가 천장을 가리켰다.

"아니. 그냥 내가 추측했어." 리브가 말했다.

"우리가 추측하는 건 전부 하느님이 말씀해주시는 거예요." 아이가 말했다.

"오빠를 천국에 보내려는 거구나."

애나는 확신에 차 고개를 끄덕였다. "단식을 하며 매일 서른세 번씩 기도하면……."

"애나, 거기서 말하는 단식은 분명 금요일 **하루** 동안 **한 끼**만 건너뛰는 걸 거야. 그러면 세 영혼을 구할 수 있어. 성금요일에는 서른셋을 구할 수 있고." 리브가 울부짖었다.

아이는 왜 장부를 읽듯 이 터무니없는 숫자를 반복해서 말하며 거기에 신빙성을 부여하고 있었을까?

"이 책에 완전히 음식을 끊으라는 말은 한마디도 나오지 않아."

애나의 눈이 반짝였다. "영혼은 정화를 많이 해야 해요. 하지만 하느님께는 불가능한 일이 없어요. 그래서 저는 포기하지 않을 거예요. 계속 기도하면서 팻 오빠를 천국으로 데려가달라고 하느님께 간청할 거예요."

"하지만 네가 하는 단식은……."

"그래야 보상이 돼요." 애나는 힘겹게 숨을 쉬었다.

"그렇게 황당하고 끔찍한 거래는 살면서 처음 들어본다." 리브가 말했다.

애나는 나무라듯 반박했다. "하늘에 계신 우리 아버지는 거래를 하지 않으세요. 그분은 저에게 아무것도 약속하지 않으셨어요. 하지만 어쩌면 오빠한테 자비를 베풀어주실지도 몰라요. 그리고 저한테도요." 아이가 덧붙였다. "그러면 오빠와 저는 다시 함께할 수 있어요. 오빠와 동생으로요."

그 계획은 이상하리만치 그럴듯하게 들렸다. 열한 살짜리가 이해할 수 있는 일종의 '기적의 논리'.

리브는 애나에게 간청했다. "우선 살고 봐. 팻은 기다릴 거야."

"오빠는 벌써 불속에서 9개월이나 기다렸어요." 애나가 흐느꼈지만 아이의 뺨은 여전히 분필처럼 건조했다.

아이 몸에 더는 눈물을 만들 액체가 남아 있지 않은 것일까? 리브는 궁금했다.

"너희 엄마 아빠가 너를 얼마나 그리워하실지 생각해봐."

리브가 할 수 있는 말은 그것뿐이었다. 로절린 오도널은 이 끔찍한 사기극을 시작할 때 이런 결과가 나오리라는 걸 조금이라도 예상했을까?

애나는 얼굴을 일그러뜨리며 말했다. "엄마랑 아빠는 오빠랑

제가 저 위에서 안전하게 있다는 걸 아실 거예요." 그러고는 얼른 바로잡았다. "물론 그건 전부 신의 뜻에 달렸지만요."

"너는 그냥 축축한 땅속에 있을 거야." 리브는 흙을 다져 만든 바닥을 뒤꿈치로 쿵쿵 찍으며 말했다.

"육체만 그런 거예요. 영혼은……." 아이는 경멸하는 기색을 내비친 뒤 몸을 꼼지락댔다.

"영혼은 뭐? 어떻게 되는데?"

"낡은 코트처럼 육체를 벗어버려요."

리브는 문득 이 아이가 죽으려 한다는 사실을 확실히 아는 사람은 이 세상에 자신뿐이라는 걸 깨달았다. 마치 어깨에 납으로 된 망토를 두른 기분이었다.

"네 육체…… 아니, 모든 육체는 경이로운 거야. 기적의 창조물이라고."

리브는 적당한 말을 찾으려고 노력했다. 아무래도 익숙지 않은 언어였다. 이 작은 광신자에게 기쁨이나 행복을 말하는 건 아무런 소용도 없는 짓이었다. 이 아이에게 통하는 건 오직 의무뿐이었다. 번이 뭐라고 했더라?

"애나, 네가 처음 눈을 뜬 날 신은 단 한 가지만을 요구했어. 네가 사는 것."

애나는 리브를 마주 보았다.

"나는 죽은 채 태어나는 아기들을 봤어. 몇 주, 몇 달간 고통받다가 결국 싸움을 포기하는 아기도 봤고. 거기엔 규칙이나 이유가 존재하지 않아." 자신도 모르게 목소리가 갈라져 나왔다.

"전부 그분의 계획이에요." 애나가 색색거렸다.

"좋아. 그럼 네가 살아남는 것도 다 신의 계획이겠네." 리브는 교회 묘지에 있는 넓은 아사자 매장지를 떠올리며 말을 이었다. "네가 아주 어릴 때 너희 나라 사람 수십만 명이 죽었어. 어쩌면 수백만일지도 몰라. 그 말인즉슨 계속 사는 건 너의 신성한 임무라는 뜻이야. 계속 숨 쉬고, 우리처럼 먹고, 일상을 영위하는 것 말이야."

리브는 아이의 턱이 미세하게 움직이는 걸 볼 수 있었다. '아니에요'라고 말하고 있었다. 언제나 그렇듯이 '아니에요'.

엄청난 피로감이 리브를 사로잡았다. 물 반 컵을 마신 뒤 자리에 앉아 허공을 응시했다.

그날 저녁 8시, 맬러키 오도널이 밤 인사를 하러 들어왔을 때 애나는 곤히 잠들어 있었다. 맬러키는 겨드랑이가 땀으로 흠뻑 젖은 채 방 안을 서성거렸다.

리브는 온 힘을 다해 정신을 차렸다. 그러고는 농부가 문 쪽으로 움직일 때 마침내 기회를 잡았다.

리브가 속삭였다. "오도널 씨, 잘 들으세요. 지금 따님에게는 시간이 별로 없어요."

농부의 눈에 공포가 비쳤다. "선생님 말씀으로는……."

"선생님이 틀렸어요. 아이 심장이 빨리 뛰고 체온이 떨어지고 폐에 물이 차고 있어요."

"맙소사!"

농부는 담요 아래 작은 몸이 그려낸 윤곽을 가만히 내려다보왔다.

리브는 만나에 관한 모든 이야기를 당장 내뱉어버리고 싶었다. 하지만 부부 사이에 끼어드는 일은 그리 가벼운 문제가 아니었다. 너무 위험하기도 했다. 맬러키가 어떻게 안주인이 아닌 영국 여자의 말을 믿을 수 있겠는가? 안주인에 대한 리브의 비난을 듣고 키티가 그렇게 격분했으니, 맬러키 역시 똑같지 않겠는가? 어쨌든 리브에게는 명확한 증거가 없었다. 리브는 애나를 깨워 아까 한 얘기를 아빠에게 다시 하라고 강요할 자신이 없었다. 설사 강요한다고 해도 아이가 순순히 털어놓을지는 알 수가 없었다.

아니. 중요한 건 진실이 아니라 애나였다. 일단 장막을 걷었으니 이제는 맬러키 스스로 볼 수 있는 현실에 집중해야 했다. 맬러키 내면에 숨은 아버지의 보호 심리를 깨울 정도로만 이야기해야 했다.

리브가 말했다. "애나는 죽을 마음을 먹었어요. 아드님을 연옥에서 빼내겠다는 희망으로요."

"뭐라고요?"

격렬한 반응이었다.

"일종의 교환이자 희생인 거죠."

리브는 말하면서도 이 악몽 같은 이야기를 제대로 설명하고 있는 것인지 자신이 없었다.

"신이시여, 저희를 구원하소서." 맬러키가 중얼거렸다.

"아이가 깨면 그게 잘못된 일이라고 말씀 좀 해주세요."

농부가 커다란 손으로 얼굴을 가리는 바람에 뭐라고 대답하는지 잘 들리지 않았다.

"뭐라고 하셨어요?"

"애나한테는 그런 말 못 한다고요."

"그런 터무니없는 말이 어디 있어요. 애나는 아이잖아요. 오도널 씨 아이요." 리브가 콕 집어 말했다.

"애나는 저보다 두 배 이상으로 똑똑해요. 우리한테서 어떻게 이런 아이가 나왔는지 모르겠어요." 맬러키가 말했다.

"빨리 대처하지 않으면 아이를 영영 잃을 거예요. 엄하게 말씀해주세요. 아빠로서요."

"저는 속세의 아버지일 뿐입니다. 애나는 그분 말씀만 들을 거예요." 맬러키는 애처롭게 말하며 하늘을 향해 고개를 까딱했다.

수녀가 문가에 서서 인사를 했다. "안녕하세요, 라이트 씨."

벌써 9시인 모양이었다.

맬러키가 서둘러 나가자 리브는 할 말을 잃었다. 이 사람들은 대체!

리브는 망토를 입다가 뒤늦게 그 끔찍한 모임을 기억하고 미카엘 수녀에게 상기시켰다. "저는 오늘 밤 위원회에 얘기할 거예요."

수녀는 말없이 고개만 끄덕였다. 리브는 수녀가 오두막으로 대체 근무자를 데리고 오지 않았음을 깨달았다. 모임에 가지 않겠다는 단호한 거절이었다.

"물을 끓여 증기를 내주면 애나가 숨 쉬기 훨씬 편할 거예요." 리브는 그렇게 말하고 방을 나섰다.

리브는 위층에 있는 자신의 방에서 배를 꽉 부여잡고 기다렸다. 고용주들이 모인 회의장으로 불쑥 쳐들어갈 생각에 긴장되기 때문만은 아니었다. 그 지독한 양가감정이 문제였다. 리브가 만나 속임수에 관해 모두 이야기하고 감시의 목적을 달성했다고 보고하면, 위원회는 고맙다는 말과 함께 리브를 즉시 해임할 가능성이 매우 높았다. 그렇게 되면 리브는 영국으로 떠나기 전 애나에게 작별 인사를 할 기회조차 얻지 못할 것이다. (머릿속으로 병원을 그려보았다. 하지만 웬일인지 그곳에서 다시 옛날처럼 사는 모습은 잘 상상이 되지 않았다.)

리브는 개인적 손실이 중요한 게 아니라며 자신을 다독였다. 모든 간호사는 모든 환자와 어떤 식으로든 작별해야 했다. 하지만 애나는? 애나는 누가 돌본단 말인가? 애나를 설득해 죽음의 단식을 멈추게 할 사람이, 혹은 무언가가, 존재하기는 할까? 리브는 중요한 역설을 깨달았다. 그녀는 아직 아이에게 빵 부스러기 하나 먹이지 못했다. 그러면서도 오직 자신만이 그 일을 해낼 수 있다고 너무도 확신했다. 리브는 망상에 빠질 정도로 그렇게 오만한 사람이었을까?

아무것도 안 하는 게 심각한 죄악처럼 느껴지더라고요. 번은 자신의 기근 기사에 관해 그렇게 말했다.

리브는 시계를 확인했다. 10시 15분. 아일랜드인은 항상 지각을 한다지만 지금쯤이면 위원회도 모두 모였으리라. 리브는 자리에서 일어나 회색 근무복을 단정히 하고 머리를 매끄럽게 정리했다.

리브는 식료품점 뒤쪽 회의실로 가 아는 목소리가 들릴 때까지 밖에서 기다렸다. 그러고는 의사와 신부의 목소리를 듣자마자 똑똑 문을 두드렸다.

답이 없었다. 노크 소리를 못 들은 모양이었다. 저건 여자 목소리인가? 미카엘 수녀가 결국 모임에 참석한 건가?

안으로 들어갔을 때 리브 눈에 처음 보인 사람은 로절린 오도널이었다. 두 여자의 시선이 마주쳤다. 맬러키도 아내 뒤에 서 있었다. 부부는 간호사의 등장에 깜짝 놀란 듯 보였다.

리브는 입술을 깨물었다. 아이 부모가 이곳에 오리라고는 전혀 예상하지 못했다.

키가 작고 코가 긴 남자가 낡은 양단 옷을 입은 채 등받이가 화려하게 조각된 커다란 의자에 앉아 있었다. 남자는 발판 세 개에 널빤지를 얹어 임시로 만든 테이블에서 회의를 이끌고 있었다. 태도를 보니 저 사람이 은퇴한 고위 공직자 오트웨이 블래킷 경인 모양이었다. 리브는 탁자에 놓인 《아이리시 타임스》를 알아보았다. 다들 번이 쓴 기사에 관해 논의하고 있었던 걸까?

"누구시죠?" 오트웨이 경이 물었다.

"그 영국 간호사예요. 초대도 안 했는데 찾아오셨네요." 옆 의자에 앉은 덩치 큰 이웃 존 플린이 말했다.

"이건 비공개 모임이에요, 라이트 씨." 맥브리어티 선생이 말했다.

리브가 머무는 숙소의 주인인 라이언 씨는 다시 위층으로 올라가라는 듯 리브를 향해 고개를 까딱했다.

리브가 유일하게 모르는 기름진 머리의 남자는 학교 교사 오플래허티가 분명했다. 리브는 주눅 들지 않고 위원회 얼굴을 차례차례 훑어보았다. 수첩에 기록해둔 명백한 사실부터 이야기하면 되었다.

"여러분, 죄송합니다. 여러분께 애나 오도널의 건강과 관련해 최신 소식을 알려드려야 할 것 같아서 이렇게 찾아왔습니다."

"무슨 소식요? 제가 30분 전에 평화롭게 자는 아이를 보고 나왔는걸요." 로절린 오도널이 비웃었다.

"아이 상태는 제가 이미 보고했습니다, 라이트 씨." 맥브리어티 선생이 꾸짖듯 말했다.

리브는 의사를 돌아보았다. "애나가 부종으로 통통 부어서 더이상 걷지도 못한다는 얘기는 하셨나요? 지금 아이는 기운도 없고 몸도 차고 이도 빠지고 있어요." 수첩을 획획 넘기며 말을 이었다. 글을 읽어야 해서가 아니라 이 모든 게 확실히 기록돼 있음을 보여주기 위해서였다. "맥박은 매시간 빨라지고, 폐는 안에서 물이 차기 시작해 탁탁거리는 소리가 나요. 피부는 각질과 멍으로 뒤덮였고, 머리카락은 노인처럼 몇 움큼씩……."

리브는 오트웨이 경이 한쪽 손바닥을 들어 자신을 저지하고 있음을 뒤늦게 알아차렸다.

"무슨 말인지 알겠습니다, 라이트 씨."

잠시 침묵이 흐른 뒤 가게 주인 라이언이 먼저 입을 열었다. "전부 다 헛소리라고 제가 늘 얘기하지 않았습니까. 이제 인정들 하세요. 세상에 어느 누가 음식 없이 살 수 있겠어요?"

정말 처음부터 그렇게 의심스러웠다면 라이언 씨는 왜 이 감시에 동의한 걸까? 리브는 묻고 싶었다.

존 플린이 라이언 씨를 돌아보았다. "조용히 좀 해요."

"나도 당신이랑 똑같이 이 위원회 일원이에요."

"그렇다고 우리끼리 싸울 필요는 없잖아요." 신부가 끼어들었다.

"새디어스 씨, 왜 애나한테 단식을 멈추라고 하지 않으셨나요?" 리브가 신부에게 한 발짝 다가가며 물었다.

"제가 멈추라고 하는 거 라이트 씨도 들으셨을 텐데요." 신부가 말했다.

"가볍게 제안만 하셨잖아요! 애나는 지금 오빠의 영혼을 구하겠다는 정신 나간 희망에 사로잡혀 자신을 굶기고 있어요." 리브는 한 사람 한 사람의 얼굴을 쳐다보며 그들이 이 말을 제대로 이해하는지 확인했다. 그러고는 오도널 부부를 향해 한쪽 팔을 뻗었다. "아이 부모는 그런 행위를 허락하고 있고요."

로절린이 버럭 소리 질렀다. "아무것도 모르는 이단자 주제에!"

그래, 드디어 속마음을 시원하게 드러내는군.

리브는 새디어스 씨를 돌아보며 말했다. "새디어스 씨는 이 마을에서 로마를 대표하시잖아요. 그러니까 애나한테 음식을 먹으라고 명령 좀 해주세요."

신부가 발끈했다. "신부와 교구민의 관계는 신성한 겁니다, 라이트 씨. 라이트 씨는 절대 이해하지 못하겠지만요."

"새디어스 씨가 명령해도 애나가 뜻을 굽히지 않으면, 주교님을 모셔 올 순 없을까요?"

신부의 눈이 휘둥그레졌다. "저는 제 상관이나 교회를 이 일에 일체 끌어들이지 않을 겁니다. 절대 그럴 수 없어요."

"끌어들인다니, 그게 무슨 뜻인가요? 애나가 영적인 방법으로만 살고 있다는 게 증명되면 교회에는 큰 영광 아닌가요? 이 꼬마가 13세기 이후 처음으로 아일랜드의 성인이 될 수도 있잖아요." 플린이 물었다.

새디어스 씨는 무슨 소리냐는 듯 펄쩍 뛰며 두 손을 올렸다. "그 절차는 아직 시작도 안 했어요. 증거를 충분히 모으고 다른 가능성을 모두 배제한 뒤에야 그분은 개인의 성스러움이 기적을 행했는지 조사하는 위원단을 파견하실 거예요. 그때까지는, 아무런 증거가 없는 한, 그분과 확실히 거리를 둬야 해요."

그분. 리브는 그것이 교회를 뜻한다는 사실을 깨달았다. 그녀는 이 상냥한 신부가 마치 설명서를 읽듯 이렇게 차갑게 말하는 것을 들어본 적이 없었다. 아무런 증거가 없는 한. 신부는 오도널 부부의 주장이 거짓이라고 위원회 전체에 암시하는 것일까? 어쩌면 이 사람들 중 적어도 한 명은 리브를 지지하고 있을지 몰랐다. 새디어스 씨는 오도널 가족의 친구임에도 철저한 조사가 필요하다며 위원회를 압박한 장본인이니까. 너무 많은 말을 내뱉었음을 알기라도 하는 듯 신부의 포동포동한 이목구비가 자꾸만 씰룩거렸다.

존 플린이 새빨개진 얼굴로 몸을 기울이며 신부에게 손가락질했다. "새디어스 씨는 그 아이의 작은 신발 끈을 묶어줄 자격이 없어요!"

커다란 부츠 끈이겠지. 리브는 속으로 플린의 말을 바로잡았다. 애나의 발은 이미 오래전 너무 퉁퉁 부어서 죽은 오빠의 부츠 말고는 어떤 신발도 맞지 않았다. 이 사람들에게 그 아이는 그저 상징일 뿐, 더 이상 육체를 가진 인간이 아니었다.

리브는 이 위기의 순간을 잘 활용해야 했다. "보고드릴 사항이 더 있습니다, 여러분. 아주 중대하고 시급한 문제예요. 그것 때문에 초대도 받지 않고 여기까지 온 거고요." 로절린 오도널의 매 같은 눈빛에 기가 죽을까 두려워 애써 그쪽은 쳐다보지 않았다. "아이가 그동안 어떤 방법으로……."

삐거덕. 마치 유령이라도 들여보내듯 방문이 휙 열렸다가 다시 닫히기 시작했다. 다음 순간 문틈에서 검은 형체가 나타났다. 미카엘 수녀가 바퀴 의자를 끌며 뒷걸음질로 들어왔다.

리브는 할 말을 잃었다. 수녀에게 오라고는 했지만, 애나를 데려왔다고?

작은 아이는 담요에 꽁꽁 싸인 채 준남작의 의자에 삐딱하게 누워 있었다. 머리가 놓인 각도는 이상했지만 눈은 확실히 뜨고 있었다.

애나가 웅얼거렸다. "아빠. 엄마. 리브 선생님. 새디어스 신부님."

맬러키 오도널의 뺨이 촉촉해졌다.

"애나, 몸이 안 좋다는 얘기 들었다." 새디어스 씨가 말했다. 최악의 아일랜드식 완곡어법이었다.

"저는 멀쩡해요." 애나가 들릴 듯 말 듯 한 목소리로 말했다.

리브는 그 순간 위원회에 만나 이야기를 할 수 없게 됐음을 깨달았다. 지금 여기서는 안 되었다. 어쨌든 자신은 아이의 말을 간접적으로 전달하는 것뿐이었으니까. 로절린 오도널은 영국 여자가 악의를 품고 불경한 이야기를 지어냈다며 소리를 지를 게 뻔했고, 위원회는 애나를 돌아보며 그 말이 사실인지 직접 물어볼 것이 분명했다. 그러면 어떻게 되겠는가? 아이에게 간호사와 로절린 중 한 명을 선택하라고 강요하는 건 리브에게 너무 위험 부담이 컸다. 어떤 자식이 자기 엄마 편을 들지 않겠는가? 게다가 그건 말도 못 할 정도로 잔인한 짓이었다.

리브는 전략을 바꿔 수녀에게 고개를 끄덕인 뒤 바퀴 의자로 걸어갔다. "안녕, 애나."

아이가 천천히 미소를 지었다.

"이 신사분들이 너를 더 잘 보실 수 있게 내가 담요를 치워도 괜찮겠니?"

작은 끄덕임. 아이가 하품을 하며 숨을 들이쉬자 쌕쌕 소리가 들렸다.

리브는 아이를 덮은 담요를 걷고 탁자 가까이로 의자를 밀었다. 아이의 흰색 잠옷이 촛불 아래 드러났다. 이제 위원회는 기이할 정도로 불균형한 아이의 몸을 한눈에 볼 수 있게 되었다. 요정의 몸에 접목된 거인의 손과 아랫다리. 푹 꺼진 눈, 늘어진 팔다리, 소모열 홍조, 파란 손가락, 발목과 목에 생긴 이상한 자국. 애나의 만신창이 몸은 리브가 제시할 수 있는 그 어떤 증거보다 명확했다.

"여러분, 제 동료 간호사와 저는 지금껏 한 아이가 천천히 처형되는 과정을 지켜봤습니다. 2주는 임의로 정한 기간이었죠? 그러니 오늘 밤 당장 이 감시를 철회하고 앞으로 애나의 목숨을 살리는 데 전력을 다해주실 것을 여러분께 간청합니다."

오랜 시간 아무 말도 나오지 않았다. 리브는 맥브리어티를 지켜보았다. 자신의 가설에 대한 의사의 믿음은 흔들리고 있었다. 종잇장처럼 얇은 의사의 입술이 파르르 떨렸다.

"그만하면 충분히 본 것 같군요." 오트웨이 블래킷 경이 말했다.

"그래요. 이제 애나를 집으로 데려가주세요, 수녀님." 맥브리어티가 말했다.

수녀는 늘 그렇듯 얌전히 고개를 끄덕인 뒤 의자를 밀고 밖으로 나갔다. 오플래허티가 벌떡 일어나 두 사람을 위해 문을 잡아주었다.

"오도널 씨 내외도 이만 나가보세요."

로절린은 반항적인 표정을 지으면서도 맬러키와 함께 순순히 방을 나섰다.

"라이트 씨도……." 새디어스 씨가 리브에게도 나가라고 손 짓했다.

"이 모임이 끝날 때까지 안 나갈 거예요." 리브는 이를 악문 채 신부에게 말했다.

오도널 부부의 등 뒤로 문이 닫혔다.

"우리가 합의한 방침에서 벗어나 감시 기간을 단축하려면 아 주 강한 확신이 필요하다는 점에 모두 동의하리라 생각합니다." 준남작이 말했다.

테이블에서 우물쭈물하는 분위기가 이어진 뒤 라이언이 입을 열었다. "어차피 이삼일밖에 안 남았잖아요."

사방에서 고개가 끄덕여졌다.

일요일이 사흘밖에 남지 않았으니 이만 감시를 끝내자는 이 야기가 아니잖아, 리브는 그 말뜻을 알아차리고 현기증을 느꼈 다. 그들은 일요일까지 감시를 계속하자고 말하는 것이었다. 아 이를 **보지** 못한 것인가?

준남작과 존 플린은 증명의 절차와 책임에 관해 지겹도록 떠 들었다.

맥브리어티가 위원회에 상기시켰다. "어쨌든 감시는 진실을 확실히 알아내는 유일한 방법입니다. 과학을 위해, 인류를 위 해……."

리브는 더 참지 못하고 의사에게 손가락질하며 목소리를 높 였다. "당신은 의사회에서 제명당할 거예요." 이것은 그냥 엄포 였다. 리브는 어떻게 해야 의사가 자격을 박탈당하는지 알지 못했다. "당신들 전부…… 당신들의 태만은 충분히 **범죄**로 볼 수 있어요. 아이의 생존에 꼭 필요한 요소를 제공하지 않은 죄." 한 사람 한 사람을 손가락질하며 머리에 떠오르는 대로 말했다. "정의 실현을 방해할 음모를 꾸미고 자살을 공모한 죄."

준남작이 빽 고함을 질렀다. "라이트 씨, 잊었나 본데, 라이트 씨는 약속한 2주 동안 매일 적지 않은 보수를 받기로 하고 고용되었습니다. 아이가 어떤 영양분이든 섭취하는 걸 목격했다면, 그 최종 증언은 일요일에 듣겠습니다."

"애나는 일요일 전에 죽을 거예요!"

"라이트 씨, 진정하세요." 신부가 리브를 설득했다.

"라이트 씨는 고용 조건을 위반하고 있어요." 라이언이 지적했다.

존 플린이 고개를 끄덕였다. "시간이 사흘보다 더 남았다면 저는 간호사를 교체하자고 제안했을 거예요."

준남작이 맞장구쳤다. "맞아요. 위험할 정도로 균형이 맞지 않아요."

리브는 비틀비틀 문으로 향했다.

리브의 꿈속, 뭔가를 긁는 소리. 쥐 떼가 긴 병동을 우르르 지나가고, 통로를 가득 메우고, 침대에서 침대로 뛰어오르고, 신선한 피를 핥아 먹었다. 남자들이 비명을 질렀지만, 그 목소리 위로 뭔가를 긁는 소리가 계속 들렸다. 나무와 발톱의 격렬한 마찰 소리…….

아니다. 문. 라이언네 위층에서 리브의 방문을 긁는 소리다. 리브 외에는 아무도 깨우고 싶지 않은 누군가가 문밖에 서 있었다.

리브는 침대에서 기어 나와 더듬더듬 가운을 걸치고 문을 조금 열었다.

"번 씨!"

번은 리브를 깨운 것에 대해 사과하지 않았다. 두 사람은 흔들리는 촛불 위로 서로를 가만히 바라보았다. 리브는 계단의 어두운 공간을 힐끗 쳐다보았다. 누군가 언제든 올라올 수 있었다. 리브는 번에게 방으로 들어오라고 손짓했다.

번은 망설임 없이 안으로 들어섰다. 종일 말을 타다 돌아온 듯 번에게서 따뜻한 냄새가 났다. 리브가 하나뿐인 의자를 가리키자 번이 의자에 앉았다. 리브는 헝클어진 침대에 걸터앉기로 했다. 남자의 다리로부터는 충분히 멀지만 낮은 목소리로 대화는 할 수 있을 정도의 거리.

"모임 얘기 들었어요." 번이 입을 열었다.

"어느 위원한테서요?"

번은 고개를 저었다. "매기 라이언한테서요."

리브는 번이 그 여자와 그렇게 친밀하다는 사실에 바보같이 가슴이 아팠다.

"대화는 토막토막밖에 못 들었는데, 분위기는 위원회 전체가 라이트 씨한테 이리 떼처럼 달려드는 느낌이었대요."

리브는 웃음을 터트릴 뻔했다.

그녀는 번에게 모든 걸 이야기했다. 자신을 번제물로 바쳐 오빠의 죄를 갚으려는 애나의 비뚤어진 소망. 신부가 리브를 이 나라로 데려온 이유는 감시를 통해 기적이 없다는 사실을 밝히고 자신의 귀중한 교회가 가짜 성인을 발표하는 낭패를 겪지 않도록 하기 위함인 것 같다는 추측. 계획에서 조금도 벗어나지 않으려 하는 위원회의 미련한 거절.

"위원회는 잊어버려요." 번이 말했다.

리브는 번을 빤히 바라보았다.

"어차피 이제 그 사람들은 그 아이에게 이 미친 짓을 그만두라고 설득하지도 못해요. 하지만 라이트 씨는…… 애나는 라이트 씨를 좋아해요. 라이트 씨에겐 영향력이 있어요."

"충분하지 않아요." 리브가 반박했다.

"아이가 상자 안에 눕는 걸 보고 싶지 않으면 그 영향력을 활용해요."

리브는 잠시 아이의 보물 상자를 떠올렸다가 이내 번이 말한 건 관이었음을 깨달았다. 117센티미터, 리브는 처음 쟀던 애나의 치수를 기억했다. 이 세상에 태어나 매년 겨우 10센티미터 정도씩 자란 것이었다.

"내 방 침대에 가만히 누워 리브 라이트 씨에 관해 생각해봤어요."

리브가 발끈했다. "나에 관해 뭘요?"

"이 아이를 구하기 위해 어디까지 갈 거예요?"

리브는 그 질문을 듣고 나서야 비로소 자신이 답을 안다는 사실을 깨달았다. "어떤 방해에도 멈추지 않을 거예요."

한쪽 눈썹이 의심스럽다는 듯 위로 올라갔다.

"나는 번 씨가 생각하는 그런 사람이 아니에요."

"내가 라이트 씨를 어떻게 생각하는데요?"

"까다롭고 유난스럽고 고상한 척하는 과부로요. 솔직히 말하면 나는 과부도 아니에요." 리브의 입에서 예고도 없이 그 말이 불쑥 튀어나왔다.

"결혼을 안 했어요?" 아일랜드 남자가 허리를 곧추세웠다. 저 얼굴에 비친 감정은 호기심일까, 아니면 혐오감일까?

"했어요. 그리고 아직 기혼이에요. 내가 알기로는요." 리브는 자신이 최악의 비밀을 털어놓고 있다는 사실을 도무지 믿을 수가 없었다. 그것도 하필이면 신문 기자에게. 하지만 거기에는 나름 긍지도 있었다. 자신의 모든 것을 내걸 때 느끼는 흔치 않은 짜릿함. "남편은 죽지 않았어요. 그냥……." 종적을 감췄다고 할까? 겁을 먹고 도망쳤다고 할까? 떠났다고 할까? "그냥 떠났어요."

"왜요?" 번의 입에서 그 한마디 말만이 터져 나왔다.

리브는 어깨를 급하게 으쓱해 보이다가 그 자리에 통증을 느꼈다.

"남편한테 이유가 있었겠거니 생각하나 보네요." 리브는 번에게 아기 이야기를 할 수도 있었다. 하지만 그러고 싶지가 않았다. 지금은 아니었다.

"아니에요! 라이트 씨가 오해한 거예요. 나는……."

리브는 이 남자가 말문이 막힌 적이 있는지 기억을 더듬어보았다.

번이 물었다. "도대체 뭐에 홀려야 라이트 씨 같은 여자를 떠날 수 있을까요?"

리브의 눈에 눈물이 고였다. 그녀를 대신해 화를 내주는 듯한 말투에 생각지도 못하게 무너져버리고 말았다.

리브의 부모는 공감을 잘하는 사람들이 아니었다. 그들은 오히려 리브가 운이 없는 탓에 남편을 잡은 지 1년도 안 돼 놓쳐버렸다며 진저리를 쳤다. (대놓고 말하진 않았지만 아마 어느 정도는 리브가 소홀했다고 생각했을 것이다.) 부모님은 리브가 런던으로 가 과부 행세를 하며 살도록 열심히 도와주었다. 리브의 여동생은 이 모의에 너무 충격을 받아 이후 다시는 세 가족 중 누구와도 말을 섞지 않았다. 하지만 부모님도 리브에게 끝내 묻지 않은 한 가지 질문이 있었다. 바로 남편이라는 사람이 어떻게 그럴 수 있느냐는 것이었다.

리브는 눈을 세게 깜빡였다. 눈물 한 방울의 가치도 없는 남편 때문에 자신이 운다고 번이 오해하면 정말 견디기 힘들 것 같았다. 리브는 대신 옅게 미소를 지었다.

"영국 남자가 아일랜드 남자더러 멍청하다고 할 처지가 아니네요!" 번이 덧붙였다.

리브는 그 말을 듣고 크게 웃음을 터트렸다가 손으로 겨우 입을 막았다.

윌리엄 번이 리브에게 입을 맞췄다. 너무 빠르고 너무 강한 입맞춤에 리브는 하마터면 뒤로 넘어질 뻔했다. 번은 말 한마디 없이 그렇게 입만 맞춘 뒤 리브의 방에서 성큼성큼 걸어 나갔다.

참 이상한 일이지만 머릿속이 시끄러운 와중에도 금세 잠이 들었다.

다시 깨어난 리브는 탁자에서 더듬더듬 시계를 찾아 버튼을 눌렀다. 주먹 안에서 시계가 울렸다. 하나, 둘, 셋, 넷. 금요일 아침. 리브는 그제야 번의 입맞춤을 떠올렸다. 아니, 두 사람의 입맞춤을 떠올렸다.

리브는 죄책감에 벌떡 일어나 앉았다. 밤사이 애나가 더 안 좋아지지는 않았는지, 마지막 거친 숨을 내쉬지는 않았는지, 어떻게 확신할 수 있단 말인가? 이 밤 저와 함께하시며, 저를 비추고 지키소서. 리브는 그 작고 답답한 방으로 빨리 돌아가고 싶었다. 리브가 모임에서 한 말을 듣고도 오도널 부부가 오늘 아침 리브를 들여보내줄까?

리브는 촛불도 켜지 않은 채 손의 감촉으로만 옷을 입었다. 그러고는 사뿐사뿐 계단을 내려가 현관문과 씨름한 뒤 마침내 빗장을 올려 밖으로 나갔다.

아직 어두운 시간. 구름 한쪽이 하현달을 느슨히 감싸고 있었다. 어떤 재앙이 온 나라를 초토화하고 리브만이 마지막으로 남아 이 진흙길을 걷고 있는 듯, 너무나 조용하고 너무나 쓸쓸했다.

오도널 가족 오두막의 작은 창문에 불빛 하나가 어른거렸다. 마치 깜빡이는 법을 잊어버린 괴물의 눈처럼 벌써 11일째 밤낮으로 꺼지지 않는 불빛. 리브는 그 이글거리는 사각형으로 걸어가 안쪽 풍경을 슬쩍 들여다보았다.

미카엘 수녀가 침대 옆에 앉아 애나의 옆모습을 바라보고 있었다. 빛에 의해 왜곡돼 보이는 작은 얼굴. 잠자는 미녀, 보존된 순수. 움직이지 않고, 아무것도 요구하지 않고, 아무 문제도 일으키지 않아서, 어쩌면 더 완벽해 보이는 아이. 싸구려 종이에 그려진 삽화. **최후의 축일 전야. 혹은 작은 천사의 마지막 휴식.**

리브가 움직인 건지, 아니면 미카엘 수녀에게 시선을 느끼는 섬뜩한 능력이 있는 건지, 수녀가 위를 보고는 힘없는 고갯짓으로 인사를 했다.

리브는 현관문으로 가 퇴짜 맞을 준비를 한 채 안으로 들어갔다.

맬러키 오도널이 불 옆에서 차를 마시고 있었다. 로절린과 키티는 한 냄비에서 뭔가를 긁어 다른 냄비로 옮기고 있었다. 가정부는 고개를 숙이고 있었고, 안주인은 그저 외풍을 느낀 듯 리브 쪽을 흘끗 본 뒤 금세 다시 시선을 돌렸다. 그러니까 오도널 부부는 위원회 말을 거역하고 리브를 오두막에 못 들어오게 하지는 않을 모양이었다. 적어도 오늘은 막지 않았다.

침실로 들어갔을 때 애나는 너무 깊이 잠들어 있어 마치 밀랍 인형처럼 보였다.

리브가 미카엘 수녀의 차가운 손을 꼭 잡자 수녀가 깜짝 놀랐다.

"어젯밤에 와주셔서 감사했어요."

"어차피 아무 도움도 안 되지 않았나요?" 미카엘 수녀가 물었다.

"그래도요."

6시 15분이 되자 해가 떠올랐다. 애나는 빛의 부름이라도 받은 듯 베개에서 벌떡 일어나 빈 요강을 향해 손을 뻗었다. 리브는 서둘러 애나에게 요강을 건넸다.

아이가 게워낸 물질은 햇살처럼 노랗고 투명했다. 물밖에 들어가지 않은 이 텅 빈 배에서 어떻게 이런 화려한 색이 나올 수 있을까? 애나는 남은 액체 방울을 떨어뜨리려는 듯 입술을 오므리며 몸을 부르르 떨었다.

"아프니?" 리브가 물었다.

정말 얼마 남지 않은 것이리라.

애나는 두 번 침을 뱉은 뒤 다시 베개에 몸을 기대고 옷장을 향해 고개를 돌렸다.

리브는 수첩에 글을 적었다.

담즙을 게워냄. 200밀리리터 정도?

맥박: 분당 박동수 128회.

폐: 분당 호흡수 30회. 양쪽으로 탁탁거리는 분비물 소리가 들림.

목정맥 팽창.

체온 매우 낮음.

눈에 생기가 없음.

애나는 마치 시간의 흐름이 빨라진 것처럼 노화하고 있었다. 아이의 피부는 흡사 잉크로 글을 썼다가 줄을 그어 지운 뒤 구겨버린 양피지 같았다. 아이가 쇄골을 문지르자 피부에 주름이 남았다. 맨 위 베개를 가로질러 진한 붉은색 머리카락이 흩어져 있었다. 리브는 그 머리카락을 긁어모아 자신의 앞치마 주머니에 밀어 넣었다.

"애나, 목이 뻣뻣하니?"

"아니요."

"그럼 왜 그쪽으로 고개를 돌려?"

"창문이 너무 눈부셔서요." 애나가 말했다.

라이트 씨의 영향력을 활용해요, 번은 그렇게 말했다. 하지만 더 이상 어떻게 설득한단 말인가?

리브가 말했다. "애나, 대체 어떤 신이 네 오빠 영혼과 네 목숨을 바꾸려고 하겠어?"

"저는 선택을 받았어요." 애나가 속삭였다.

키티가 아침상을 가지고 들어와 흔들리는 목소리로 유난히 맑은 날씨에 관해 이야기했다. "오늘 몸은 좀 어때, 우리 귀염둥이?"

"아주 좋아." 애나가 색색거리며 사촌에게 말했다.

가정부는 빨개진 손으로 자기 입을 틀어막더니 이내 부엌으로 돌아갔다.

아침 식사는 팬케이크와 달콤한 버터였다. 리브는 **버터케이크를 기다리며** 대문 앞에 서 있는 성 베드로를 떠올렸다. 음식에서 재 맛이 났다. **지금과 저희가 죽는 순간에.** 리브는 속이 메스꺼워 다시 팬케이크를 접시에 내려놓고 쟁반을 문 옆에 가져다 두었다.

"모든 게 늘어나고 있어요, 리브 선생님." 애나가 코맹맹이 소리로 중얼거렸다.

"늘어나?"

"방이요. 바깥이 안이랑 하나로 합쳐져요."

섬망이 시작된 것일까?

리브가 침대 옆에 앉으며 물었다. "지금 춥니?"

애나가 고개를 저었다.

"더워?" 리브가 물었다.

"아무렇지도 않아요. 달라진 게 없어요."

아이의 멍한 눈을 보니 은판 사진에 그려진 팻 오도널의 눈빛이 떠올랐다. 애나의 눈은 이따금 씰룩이는 듯 보였다. 아마 시력에 문제가 생긴 모양이었다.

"바로 앞에 뭐가 있는지 보이니?"

망설이다 나온 대답. "대부분은요."

"뭐가 있는지 대부분 보인다는 뜻이야?"

"다 보여요. 대부분의 시간 동안은 보인다고요." 애나가 리브의 말을 바로잡았다.

"그럼 가끔은 안 보이니?"

"그냥 캄캄해져요. 대신 다른 게 보이죠." 아이가 말했다.

"어떤 거?"

"아름다운 거요."

사람이 굶으면 그렇게 되는 거야, 리브는 외치고 싶었다. 하지만 세상에 어느 누가 소리를 질러서 어린아이의 마음을 바꿀 수 있겠는가? 아니다. 리브는 그 어느 때보다 더 호소력 있게 말해야 했다.

"아는 수수께끼 또 있어요, 리브 선생님?" 아이가 물었다.

리브는 깜짝 놀랐다. 아무리 죽어가는 사람이라도 가벼운 놀이로 시간을 보내고 싶기는 한 모양이었다.

"어디 보자. 그래, 하나 있는 것 같다. 작을수록 더 무서워지는 게 뭘까?"

애나가 문제를 곱씹었다. "무서운 거? 쥐?"

"쥐는 몇 배나 커도 더 무서우면 무서웠지 덜 무섭지는 않잖아." 리브가 지적했다.

아이는 숨을 내쉬었다. "그러네요. 더 작으면 **훨씬** 무서운 거라……."

"작다기보다는 '더 가늘고 좁으면'이야." 리브가 좀 더 범위를 좁혀주었다.

"화살, 칼." 애나가 중얼거리다 또다시 거친 숨을 쉬며 말했다. "힌트 좀 주세요."

"그 위를 걷는다고 상상해봐."

"그러면 다치나요?"

"발을 잘못 디뎠을 때만."

"다리." 애나가 큰 소리로 답을 말했다.

리브는 고개를 끄덕였다. 무슨 이유에서인지 리브는 번의 입맞춤을 떠올리고 있었다. 그 기억은 어떻게 해도 사라질 수 없었다. 리브는 남은 인생 동안 그 입맞춤을 기억할 것이다. 그 기억은 리브에게 용기를 주었다.

"애나, 너는 할 만큼 했어." 리브가 말했다.

아이가 리브를 향해 눈을 깜빡였다.

"충분히 단식하고 충분히 기도했어. 팻은 이미 천국에서 행복하게 지내고 있을 거야."

속삭임이 들렸다. "확실히는 모르잖아요."

리브는 다른 방법을 시도하기로 했다. "너의 지혜, 친절, 힘, 그 모든 재능은 이 땅에 꼭 필요한 것들이야. 신은 네가 여기서 신이 맡긴 일을 하기를 바랄 거야."

애나가 고개를 저었다.

"나는 지금 네 친구로서 말하는 거야. 너는 나한테 아주 소중한 존재가 됐어. 이 세상에서 가장 소중한 아이가 됐다고." 리브의 목소리가 흔들렸다.

작은 미소.

"너 때문에 내 마음이 너무 아파."

"죄송해요, 리브 선생님."

"그럼 먹어! 제발. 한 입만이라도. 한 모금만이라도. 내가 이렇게 빌게."

애나의 표정은 매우 단호하고 진지했다.

"부탁이야! 나를 위해서. 너를 아끼는 모든……."

문가에 키티가 나타났다. "새디어스 씨가 오셨어요."

리브는 벌떡 일어섰다.

검은 옷을 겹겹이 껴입은 신부는 숨 막힐 정도로 더워 보였다. 어젯밤 모임에서 리브의 말을 듣고 양심의 가책을 느낀 걸까? 애나와 인사하는 동안 신부의 입꼬리는 여전히 위를 향했지만 눈은 슬픔으로 가득 차 있었다.

리브는 신부에 대한 반감을 깊숙이 치워두었다. 어쨌든 애나가 굳게 믿는 신학 이론이 얼마나 어리석은지 아이에게 납득시킬 사람이 있다면 그 사람은 분명 신부일 테니까.

"애나, 새디어스 씨랑 단둘이 얘기할래?"

작은 부정의 고갯짓.

오도널 부부가 신부 뒤에서 서성거리고 있었다.

신부는 리브의 신호를 알아차렸다. "혹시 고백하고 싶은 게 있니, 애나?"

"지금은 없어요."

로절린 오도널이 울퉁불퉁한 손가락으로 깍지를 끼며 말했다. "저렇게 천사처럼 누워 있는 아이가 무슨 죄를 짓겠어요?"

애나가 신부한테 만나 얘기를 할까 봐 무서운가 보지? 이런 괴물 같으니! 리브가 속으로 말했다.

"그럼 우리 성가나 부를까?" 새디어스 씨가 물었다.

"그게 좋겠네요." 맬러키 오도널이 턱을 문지르며 말했다.

"좋아요." 애나가 숨을 헐떡였다.

리브가 물잔을 내밀었지만 아이는 고개를 가로저었다.

키티도 어느새 슬며시 다가와 있었다. 여섯 사람이 들어오니 방은 참을 수 없을 정도로 답답하게 느껴졌다.

로절린 오도널이 1절을 시작했다.

이 유배의 땅에서
저 당신을 부릅니다.
그리하면 우리 어머니 마리아께서
다정히 저를 지켜보십니다.

왜 아일랜드가 유배의 땅일까? 리브는 궁금했다.

다른 이들이 노래에 합류했다. 남편, 가정부, 신부, 침대에 누운 애나까지.

그리하면 마리아께서 불쌍히 여기시어
저를 내려다보십니다.
이것은 당신을 부르는
당신 자녀의 목소리입니다.

분노가 대못처럼 리브의 뒤통수를 찔렀다. 아니, 이 아이는 **당신** 도움이 필요한 **당신** 자식이야, 리브는 마음속으로 로절린 오도널에게 말했다.

키티가 놀랍도록 감미로운 알토로 다음 절을 불렀다. 항상 찌푸리고 있던 가정부 얼굴이 환하게 펴졌다.

슬픔 속에서, 어둠 속에서,
여전히 제 옆을 지켜주시는
나의 빛, 나의 피신처,
나의 수호자, 나의 안내자.
수많은 덫이 저를 둘러싼다고 한들
제가 왜 두려워하겠습니까?
저 힘없음을 제가 알지만
우리 어머니가 여기 계시나이다.

리브는 그제야 이해했다. 유배의 땅은 이 땅 전체를 의미했다. 삶이 주는 모든 재미와 만족은 서둘러 천국으로 가려는 영혼에게 한심한 덫으로 여겨졌다.

하지만 덫은 여기에 있었다. 배설물과 피, 털과 젖으로 세워진 이 오두막. 작은 아이 한 명을 붙잡아두고 처참하게 망가뜨리는 올가미.

"신의 가호가 너와 함께하시길. 내일 다시 들르마." 새디어스 씨가 애나에게 말했다.

이게 정말 신부가 할 수 있는 최선이란 말인가? 성가를 부르고 축복을 빌고 그냥 **가버리는** 게?

오도널 부부와 키티 역시 신부를 따라 줄줄이 방을 나섰다.

영혼 식료품점에는 번의 흔적이 보이지 않았다. 리브가 방문을 두드려도 전혀 대답이 없었다. 혹시 입을 맞춘 걸 후회하고 있을까?

리브는 오후 내내 건조하고 빽빽한 눈을 뜬 채로 침대에 누워 있었다. 잠은 그저 먼 나라 이야기였다.

세상이 소용돌이쳐도 여러분의 의무를 다하세요. 리브의 스승은 그렇게 지시했다.

지금 애나에 대한 리브의 의무는 무엇일까? **저를 적의 손에서 구원하여주소서,** 애나는 그렇게 기도했다. 리브는 애나의 구원자일까, 아니면 또 다른 적일까? **어떤 방해에도 멈추지 않을 거예요,** 리브는 지난밤 번에게 큰소리쳤다. 하지만 구조를 거부하는 아이를 도대체 무슨 수로 구한단 말인가?

7시가 되자 현기증을 느낀 리브는 아래층으로 내려가 저녁을 먹었다. 이제 구운 토끼고기가 배 속에 납처럼 들어앉았다.

8월의 저녁은 숨이 턱턱 막혔다. 리브가 오두막에 도착할 무렵 어두운 지평선이 태양을 집어삼키고 있었다. 리브는 두려움으로 잔뜩 긴장한 채 문을 두드렸다. 근무를 교대하는 사이 애나가 의식을 잃었을지도 모르는 일이었다.

부엌은 항상 피워놓는 난롯불과 귀리죽 냄새로 가득했다.

"아이는 어떤가요?" 리브가 로절린 오도널에게 물었다.

"작은 천사의 모습 그대로예요."

천사가 아니라 인간 아이라고.

칙칙한 침대보에 누운 애나가 이상하리만큼 누레 보였다.

"안녕, 애나. 내가 눈 좀 봐도 되겠니?"

아이가 깜빡깜빡 두 눈을 떴다.

리브는 한쪽 눈 아래 피부를 당겨 눈 안을 확인해보았다. 역시 흰자위가 수선화 같은 노란색을 띠고 있었다. 리브는 미카엘 수녀에게 시선을 던졌다.

"오늘 오후에 의사 선생님이 와서 황달이라고 진단해주셨어요." 수녀가 망토 단추를 채우며 소곤거렸다.

리브는 문가에 서 있는 로절린 오도널을 돌아보며 말했다. "이게 바로 애나의 몸 전체가 망가지고 있다는 신호예요."

아이 엄마는 그 말에 아무 대꾸도 하지 않았다. 부인은 그것을 폭풍이나 먼 지역 전쟁 소식처럼 받아들였다.

요강은 바싹 말라 있었다. 리브는 요강을 기울여보았다.

수녀가 고개를 가로저었다.

소변이 전혀 나오지 않은 모양이었다. 모든 수치가 한 가지를 가리키고 있었다. 애나 안의 모든 것이 서서히 멈추고 있었다.

"내일 저녁 8시 반에 봉헌 미사가 열릴 거예요." 로절린 오도널이 말했다.

"봉헌요?" 리브가 물었다.

"특별한 목적으로 바치는 미사예요." 미카엘 수녀가 작은 목소리로 설명했다.

"애나를 위해서요. 정말 멋지지 않니, 우리 딸? 네가 몸이 안 좋다고 새디어스 씨가 특별 미사를 올려주신대. 다들 거기 참석할 거야." 아이 엄마가 말했다.

"감사하네요." 말은 그렇게 하지만 애나는 숨을 쉬는 데에만 온 신경을 집중한 듯 보였다.

리브는 청진기를 꺼내 들고 두 여자가 나가기를 기다렸다.

오늘 저녁 애나의 심장에서 뭔가 새로운 소리가 들린 것 같았다. 달리는 말의 발굽 소리. 그냥 상상이었을까? 리브는 귀를 기울였다. 그래, 평범한 두 박자 대신 들리는 세 박자 고동 소리.

다음으로 호흡수를 셌다. 1분에 29회. 점점 빨라지고 있었다. 지난 이틀간 날이 더웠음에도 체온 역시 더 낮아진 것 같았다.

리브는 자리에 앉아 각질로 뒤덮인 애나의 손을 잡고 말했다. "네 심장이 너무 빨리 뛰기 시작했어. 너도 느꼈니?" 아이가 팔다리를 못 쓰는 사람처럼 가만히 누워 있는 모습이 왠지 기이하게 보였다. "많이 고통스럽겠다."

"그건 맞는 단어가 아니에요." 애나가 속삭였다.

"그럼 어떤 단어를 써야 하는데?"

"수녀님이 이건 예수님의 입맞춤이라고 하셨어요."

"뭐가?" 리브가 물었다.

"아픈 거요. 제가 예수님 십자가에 가까워져서 그분이 허리를 숙이고 입을 맞춰주시는 거래요."

수녀는 분명 아이를 위로할 의도였겠지만 리브는 그 말이 섬뜩하기만 했다.

가르랑거리는 숨소리. "그냥 얼마나 걸릴지만 알았으면 좋겠어요."

리브가 물었다. "죽는 거 말이야?"

아이가 고개를 끄덕였다.

"네 나이에 죽음은 자연스럽게 오지 않아. 어린아이는 원래 생기가 넘치거든."

이 대화는 리브가 지금껏 환자와 나눈 대화 중 단연코 가장 이상한 내용이었다.

"혹시 무섭니?"

망설임. 그리고 작은 끄덕임.

"나는 네가 진심으로 죽고 싶어 한다고 생각하지 않아."

그 순간 아이의 얼굴에 엄청난 괴로움이 드러났다. 애나는 그전까지 이런 감정을 보인 적이 없었다.

"당신의 뜻이 이루어지게 하소서." 아이가 성호를 그으며 속삭였다.

"이건 신이 하는 일이 아니야. 네가 하는 일이지." 리브가 애나에게 상기시켰다.

힘없는 눈꺼풀이 파르르 떨리더니 마침내 완전히 감겼다. 커다란 숨소리도 조금씩 누그러지고 안정되었다.

리브는 퉁퉁 부은 손을 놓지 않았다. 잠은 잠깐의 자비였다. 리브는 그것이 밤새 이어지기를 희망했다.

벽 반대편에서 묵주 기도가 시작됐다. 이번에는 낮게 읊조리는 소리만 들렸다. 리브는 기도가 끝나기를 기다렸다. 오도널 부부가 벽 속 구멍으로 들어가고 키티가 부엌 나무 의자에 누워 오두막이 잠잠해지기를 기다렸다. 작은 소리들이 모두 사라지기를 기다렸다.

이제 깨어 있는 사람은 오직 리브뿐이었다. 감시자. **이 밤 저와 함께하소서.**

리브는 문득 궁금해졌다. 나는 왜 애나가 이 금요일 밤을, 다음 날 밤을, 얼마나 남았을지 모를 여러 밤을, 살아 넘기기를 바랄까? 연민 때문이라면 이 상황이 빨리 끝나기를 바라야 하지 않을까? 애나를 편안하게 해주려고 하는 모든 행위, 예컨대 물 한 모금을 먹이고 베개 하나를 더 받쳐주는 행위는 결국 아이의 고통을 연장하기만 할 뿐이었다.

리브는 잠시 이 모든 걸 끝내는 상상을 해보았다. 담요 하나를 접어 아이 얼굴 위에 내려놓고 온 체중을 실어 있는 힘껏 짓누르는 상상. 그리 어렵지도 않고 시간도 이삼 분 이상 걸리지 않을 것이다. 그것은 정말 자비로운 행동이리라.

살인.

어쩌다가 환자를 죽일 생각까지 하게 되었을까?

수면 부족과 불확실한 상황 탓이었다. 모든 것이 뒤죽박죽 엉망이었다. 질척한 황무지, 길을 잃은 아이, 그리고 그 뒤를 비틀비틀 따라가는 리브.

절대로 절망하지 마. 리브는 자신에게 명령했다. 그것은 용서받지 못할 죄악 가운데 하나 아니었나? 리브는 밤새 천사와 싸우며 수없이 내던져졌다는 한 남자 이야기를 떠올렸다. 이기지는 못해도 절대 포기하지 않았던 남자.

생각하자. 생각해. 리브는 훈련된 사고 방식을 적용해보려 애썼다. 어린아이한테 무슨 이력이 있겠어요? 로절린 오도널은 첫날 아침 리브의 질문에 그렇게 반응했다. 하지만 모든 질병에는 시작과 중간과 끝이 있었다. 이 병은 어떻게 처음까지 거슬러 올라갈 수 있을까?

리브의 눈이 방 안을 훑었다. 그 시선이 애나의 보물 상자에 닿자 자신이 깨트린 촛대와 어두운 곱슬머리를 떠올렸다. 애나의 오빠 팻 오도널. 리브는 눈을 그린 사진으로만 그 아이를 알았다. 팻의 여동생은 어쩌다가 자기 영혼을 바쳐 오빠 영혼을 구해야 한다고 굳게 믿게 되었을까?

리브는 애나의 고통을 나름대로 이해해보려고 노력했다. 이 옛날이야기들을 틀림없는 사실로 받아들이는 소녀의 입장이 되어보려고 무진 애를 썼다. 넉 달 반 동안의 단식. 고작 남자아이 한 명의 죄를 보상하는 데 어째서 그만큼의 희생도 충분하지 않다는 것일까?

"애나." 리브는 작게 속삭이다가 좀 더 큰 소리로 아이를 불렀다. "애나!"

아이는 쉽게 잠에서 깨지 못했다.

"애나!"

애나의 무거운 눈꺼풀이 깜빡거렸다.

리브는 아이의 귀에 입을 바짝 가져다 대고 말했다. "혹시 팻이 나쁜 짓을 했니?"

대답이 없었다.

"다른 사람은 아무도 모르는 나쁜 짓을 했어?"

리브는 대답을 기다리며 아이의 실룩이는 눈꺼풀을 바라보았다. 그냥 내버려두자, 리브는 스스로를 다독였다. 갑자기 피로가 몰려왔다. 이제 와서 이런 게 다 무슨 소용이란 말인가?

"오빠는 괜찮다고 했어요." 애나가 간신히 목소리를 냈다. 아직 꿈을 꾸는 듯 두 눈은 여전히 감겨 있었다.

리브는 숨을 죽이고 기다렸다.

"그러면 두 배가 된다고 했어요."

리브는 그 말뜻을 골똘히 생각했다. "뭐가 두 배가 돼?"

"사랑이요."

앞니 사이로 공기를 밀어내는 시옷 소리, 윗잇몸에 가볍게 혀끝을 댄 리을 소리.

내 사랑은 나의 것, 나는 그의 것. 애나의 성가 중에 그런 가사가 있었다.

"그게 무슨 뜻이야?"

이제 애나의 눈이 떠졌다. "오빠랑 저는 밤에 결혼했어요."

리브는 눈을 깜빡였다. 한 번, 두 번. 방은 움직이지 않았지만, 세상은 그 주변으로 어지럽게 무너져 내렸다.

제가 잠들면 제 안으로 곧장 남자가 들어와요, 애나는 그렇게 말했다. 여기서 아이는 예수를 의미한 것이 아니었다. 저는 선택을 받았어요.

"저는 오빠의 동생이자 신부였어요. 두 배인 거죠." 아이가 속삭였다.

리브의 속에서 욕지기가 올라왔다. 이 집에는 다른 침실이 없기 때문에 남매는 이 방을 함께 써야만 했다. 팻이 죽은 이 침대와 바닥에 깐 애나의 매트리스를 분리해준 것은 리브가 첫날 방 밖으로 옮겨둔 그 병풍뿐이었다.

"언제 그랬어?" 단어들이 리브의 목구멍을 긁으며 밖으로 나왔다.

작은 으쓱임.

"팻이 몇 살이었는지 혹시 기억나니?"

"아마 열세 살이었을 거예요."

"너는?"

"아홉 살요." 애나가 대답했다.

리브의 얼굴이 일그러졌다. "그 일이 딱 한 번 일어난 거니, 애나? 아니면……."

"결혼은 영원한 거예요."

이렇게 순진한 아이가 또 있을까. 리브는 작은 소리를 내어 애나에게 계속 이야기하라고 재촉했다.

"남매의 결혼은 성스러운 신비예요. 우리와 천국 사이의 비밀이라고 오빠가 말해줬어요. 그런데 그러고 나서 죽어버린 거예요." 애나의 목소리가 조개껍데기처럼 갈라졌다. 아이는 눈을 리브에게 고정한 채 덧붙였다. "저는 오빠가 틀린 게 아닐까 생각했어요."

리브는 고개를 끄덕였다.

"어쩌면 하느님은 우리가 한 일 때문에 오빠를 데려가신 걸지도 몰라요. 그럼 그건 너무 불공평해요, 리브 선생님. 오빠 혼자 벌을 다 받는 거잖아요."

리브는 아이가 이야기를 계속하도록 자신의 입술을 앙다물었다.

"그런데 선교회에서……." 애나가 크게 한 번 흐느끼고는 말을 이었다. "벨기에 신부님이 설교하시면서 남매의 결혼은 크나큰 죄라고 말씀하셨어요. 음욕의 여섯 종류 중 두 번째로 나쁜 죄라고요. 불쌍한 팻 오빠는 그걸 몰랐던 거예요!"

그 **불쌍한** 팻 오빠는 자신이 매일 밤 여동생에게 무슨 짓을 저지르는지 정확히 알았고, 그 행위에 반짝이는 덫까지 쳐놓았단다.

"오빠는 너무 빨리 죽어서 고해할 기회도 없었어요. 아마 곧장 지옥으로 갔을 거예요." 아이가 울부짖었다. 어느새 촉촉해진 두 눈은 불빛 아래에서 거의 초록색처럼 보였다. 말들이 울컥울컥 쏟아져 나왔다. "지옥의 불길은 정화가 아니라 고통을 위한 거예요. 그 과정은 절대 끝나지 않아요."

"애나." 리브는 더 들을 수가 없었다.

"오빠를 빼낼 수 있을지 모르겠지만 시도는 해봐야 해요. 하느님은 분명 지옥에서 영혼을……."

"애나! 너는 아무 잘못도 하지 않았어."

"했어요."

"너는 몰랐잖아. 이건 네 오빠가 너한테 잘못한 거야." 리브가 주장했다.

애나는 고개를 저었다. "저도 오빠를 두 배로 사랑했어요."

리브는 아무 말도 할 수가 없었다.

"하느님이 허락하신다면 우리는 곧 함께할 수 있어요. 이번에는 육신으로 말고요. 결혼은 하지 않고 그냥 다시 오빠와 동생이 될 수 있어요." 애나가 호소했다.

"애나, 더는 못 듣겠다. 나는……." 리브는 방이 물로 변하는 느낌에 눈앞이 아찔해져 침대 가장자리를 붙잡고 허리를 숙였다.

"울지 마세요, 리브 선생님, 우리 리브 선생님." 가늘고 긴 두 팔이 리브의 머리를 감싸 아래로 끌어당겼다.

리브는 담요에 얼굴을 묻고 조용히 눈물을 흘렸다. 딱딱하게 솟은 아이의 두 무릎이 느껴졌다. 상황이 거꾸로 되어버렸다. 아이에게 위로를 받는 상황. 그것도 이런 아이에게.

"마음 쓰지 마세요. 괜찮아요." 애나가 속삭였다.

"아니, 안 괜찮아!"

"괜찮아요. 다 괜찮아질 거예요."

리브는 믿지도 않는 신에게 기도를 하고 있었다. 이 아이를 도와주세요. 저를 도와주세요. 우리를 도와주세요.

하지만 들리는 거라곤 오직 침묵뿐이었다.

리브는 더 기다릴 수가 없었다. 그래서 한밤중 어둠을 더듬어 부엌을 가로지르고, 나무 의자에서 자는 가정부의 형체를 지나갔다. 리브의 뺨은 눈물의 소금기 때문에 여전히 당기고 따끔거렸다. 곁채를 분리하는 거친 커튼에 손가락이 닿자 리브가 속삭였다.

"오도널 부인."

뒤척임.

"애나한테 무슨 일 있나요?" 로절린이 잠긴 목소리로 물었다.

"아니요. 애나는 자고 있어요. 부인과 얘기를 좀 나누고 싶어요."

"무슨 얘기요?"

"단둘이요. 부탁드릴게요." 리브가 말했다.

리브는 오랜 시간을 곱씹은 뒤 애나의 비밀을 알려야 한다는 결론에 도달했다. 하지만 그 비밀은 오직 한 사람, 애석하게도 리브가 가장 믿지 않는 사람에게만 알려야 했다. 로절린 오도널. 리브는 고통받는 아이를 향한 로절린의 자비심이 이 폭로를 통해 마침내 깨어나기를 희망했다. 이 이야기는 이 가족의 것이었고, 팻과 애나의 엄마는 한 아이가 다른 아이에게 어떤 짓을 저질렀는지 진실을 들을 자격이 그 누구보다 충분했다.

마리아에게 바치는 성가가 리브의 머릿속에 울려 퍼졌다. 우리 어머니께서 다정히 저를 지켜보십니다.

로절린 오도널이 커튼을 옆으로 밀며 작은 방에서 기어 나왔다. 난로 바람막이 사이로 어른거리는 불빛에 부인의 눈은 무척이나 기괴해 보였다.

리브가 손짓하자 로절린은 단단한 흙바닥을 가로질러 따라왔다. 리브는 현관문을 열었다. 로절린은 잠시 망설이다가 리브를 따라 밖으로 나섰다.

뒤에서 문이 닫히자 리브는 용기를 잃기 전에 빠르게 말을 시작했다. 먼저 우위를 점해야 했다.

"저는 만나에 관해 모두 알아요."

로절린은 눈 한 번 깜빡이지 않은 채 리브를 마주 보았다.

"하지만 위원회에는 얘기하지 않았어요. 지난 몇 달간 애나가 어떻게 살았는지 세상은 몰라도 돼요. 중요한 건 '애나가 계속 살 것이냐'예요. 오도널 부인, 따님을 사랑한다면 아이가 음식을 먹도록 온 힘을 다해 설득해주세요."

여전히 아무 말도 없었다.

잠시 후 아주 낮은 목소리가 들렸다. "애나는 선택했어요."

"선택받았다고요? 신에게 말씀이신가요? 열한 살에 순교하라고 부름받았다는 거예요?" 리브가 넌더리를 내며 되물었다.

로절린이 리브의 말을 정정했다. "애나가 선택한 일이라고요."

리브는 이 황당한 말에 숨이 턱 막혔다.

"애나가 얼마나 절박해하는지, 얼마나 죄책감에 시달리는지, 정말 모르겠어요? 애나는 늪구덩이에 빠지기로 선택하지 않는 것처럼 이번 일도 절대 선택하지 않았어요."

아무 대꾸도 없었다.

"애나는 온전하지 않아요." 에둘러 말하고 보니 너무나 점잖게 들렸다.

로절린의 눈이 가늘어졌다.

"애나는 아주 나쁜 일을 당했어요. 그것도 부인 아들한테요.

동생이 겨우 아홉 살 때 손을 대기 시작했대요."

한 음절 한 음절이 명확하고 잔인하게 흘러나왔다.

"라이트 씨, 그런 더러운 추문을 입에 담다니, 더 들어줄 수가 없군요." 부인이 말했다.

로절린이 받아들이기에는 너무나 터무니없는 공포일까? 그래서 이 모든 게 리브가 지어낸 이야기라고 믿어야만 하는 걸까?

로절린이 계속 말했다.

"팻의 장례식이 끝나고 애나도 라이트 씨와 똑같이 더러운 거짓말을 했어요. 그래서 제가 불쌍한 오빠를 모욕하지 말라고 야단쳤죠."

리브는 꺼끌꺼끌한 오두막 벽에 기대야 했다. 그러니까 이 이야기는 부인에게 전혀 새로운 소식이 아니었다. **엄마는 자식이 말하지 않는 것까지 이해한다.** 속담에 그렇게 이르지 않았던가? 심지어 애나는 말을 했다. 지난 11월 오빠를 떠나보낸 슬픔에 용기를 내어 엄마에게 부끄러운 이야기를 모두 고백했다. 하지만 로절린은 아이를 거짓말쟁이라 불렀고 지금도 그 태도를 유지하고 있다. 딸이 야위어가는 모습을 코앞에서 지켜보면서도.

"라이트 씨 말은 더 이상 듣고 싶지 않네요. 지옥에나 떨어지세요."

로절린은 벌컥 화를 낸 뒤 다시 안으로 획 들어가버렸다.

토요일 아침 6시가 조금 지난 시각. 리브는 번의 방문 아래로 쪽지를 밀어 넣었다.

그러고는 영혼 식료품점을 나와, 작아진 달 아래 진흙밭을 서둘러 가로질렀다. 이곳은 되돌릴 수 없을 정도로 천국의 궤도에서 벗어나고 있는 지옥의 왕국이었다.

작고 신성한 우물 옆 산사나무가 리브의 앞에 우뚝 섰다. 조금씩 분해되는 넝마들이 따뜻한 산들바람에 맞춰 이리저리 춤을 췄다. 리브는 이제 이런 미신의 의미를 알 것 같았다. 특별한 의식을 치러 애나를 살릴 가능성이 조금이라도 생긴다면 어떻게 시도해보지 않겠는가? 리브는 아이를 위해 나무, 바위, 조각된 순무, 어디에든 엎드려 절할 수 있었다. 리브는 수 세기 동안 이 나무에 다녀갔을 수많은 사람을 떠올리며 그들이 고통과 슬픔을 확실히 털어냈다고 믿어보려 노력했다. 그들 중 일부는 오랜 시간 이렇게 되새겼으리라. 내가 아직 **고통**을 느낀다면 그건 넝마가 아직 충분히 썩지 않았기 때문이야.

애나는 자신의 몸을 떠나고 싶어 했다. **낡은 코트**처럼 벗어버리고 싶어 했다. 주름진 피부, 이름, 망가진 역사를 없애고 싶어 했다. 그 모든 걸 끝내고 싶어 했다. 그렇다. 리브도 아이가 그러기를 바랐다. 더 나아가 동아시아 사람들이 가능하다고 믿는 것처럼 애나가 완전히 다시 태어나기를 바랐다. 내일 눈을 뜨면 전혀 다른 사람이 되어 있기를 바랐다. 어떤 피해도 입지 않았고 갚아야 할 빚도 없는 아이. 배불리 음식을 먹을 수 있고 얼마든 그래도 되는 아이.

그때 환해지는 하늘을 배경으로 윤곽 하나가 서둘러 다가왔다. 그 순간 리브는 지금껏 전혀 알지 못했던 무언가를 느꼈다.

몸이 하는 말은 결코 부인할 수 없는 것이었다.

윌리엄 번의 곱슬머리는 뱀처럼 구불거렸고 조끼는 단추가 잘못 채워져 있었다. 번은 리브의 쪽지를 움켜쥐고 있었다.

"나 때문에 깼어요?" 리브가 바보같이 물었다.

"안 자고 있었어요." 번이 리브의 손을 잡으며 대답했다.

이런 상황에서도 리브의 몸에 사르르 온기가 퍼졌다.

번이 말했다. "어젯밤 라이언네에서 모든 사람이 애나 얘기를 했어요. 애나가 빠르게 쇠약해지고 있다고 라이트 씨가 위원회에 보고했다는 소문이 온 동네에 퍼진 거예요. 아마 마을 주민 전체가 이번 미사에 참석할 거예요."

도대체 이 마을 사람들은 어떤 집단적 광기에 사로잡힌 것일까?

리브가 물었다. "아이의 자살이 방조되는 게 그렇게 걱정이라면 왜 오두막으로 쳐들어가지 않는 거예요?"

번은 어깨를 크게 으쓱했다. "우리 아일랜드 사람들이 잘하는 게 하나 있다면, 바로 체념이에요. 다르게 표현하자면 운명론을 믿는 거죠."

번은 리브의 팔을 자기 팔에 끼운 뒤 나무 아래를 걷기 시작했다. 태양이 떠올랐다. 오늘도 소름 끼치게 아름다운 날이 될 것 같았다.

번이 리브에게 말했다. "어제 애슬론에서 경찰이랑 언쟁을 하고 왔어요. 모자를 쓰고 머스킷 총을 든 어떤 경찰이 거드름을 피우고 심드렁히 콧수염만 만지작거리면서 이 상황은 **상당히 민**

감한 상황이라고 하더라고요. 범죄 증거도 없이 **집이라는 성소**에 들이닥치는 건 경찰 소관이 아니라나 뭐라나."

리브는 고개를 끄덕였다. 사실 경찰이 무얼 할 수 있겠는가? 그래도 리브는 뭐든 시도하려고 한 번의 노력이 무척 고마웠다.

리브는 지난밤 알게 된 사실을 모두 번에게 이야기하고 싶었다. 마음의 짐을 덜고 싶은 이유도 있었지만, 번이 리브만큼 애나를 아끼기 때문이기도 했다.

아니다. 아무리 애나를 옹호해주는 사람이라도, 그 작고 연약한 몸에 간직한 아이의 비밀을 남자에게 폭로하는 건 엄청난 배신이 될 것이었다. 그 이야기를 들으면 번이 어떻게 이 순진한 아이를 예전처럼 볼 수 있겠는가? 리브는 애나를 위해 입을 다물어야 했다.

이 이야기는 다른 사람에게도 할 수가 없었다. 애나의 엄마가 애나를 거짓말쟁이라고 불렀다면 나머지 세상도 그럴 가능성이 매우 컸다. 리브는 애나에게 신체검사의 폭력을 겪게 할 수 없었다. 그 몸은 이미 너무도 많은 탐색을 견뎌야 했다. 게다가 진실을 증명하더라도, 리브에게는 가족 성폭력으로 보이는 일이 다른 이에게는 유혹으로 치부될 것이었다. 피해자가 얼마나 어리든, 이런 경우에는 여자아이가 눈빛으로 가해자를 부추겼다고 비난받는 일이 훨씬 허다하지 않던가?

"아주 끔찍하지만 인정할 수밖에 없어요. 애나는 이 가정에서 살 수 없어요." 리브가 번에게 말했다.

번이 미간을 찌푸렸다. "하지만 애나에게는 그 사람들밖에 없어요. 애나는 그 사람들밖에 몰라요. 어린아이가 가족 없이 어떻게 살겠어요?"

굴뚝새한테는 둥지만 있으면 된다는 말도 있잖아요, 로절린 오도널은 큰소리쳤다. 하지만 깃털이 희귀한 새끼 새가 엉뚱한 둥지로 들어갔고, 어미 새가 그 새끼에게 날카로운 부리를 들이댄다면?

리브는 번에게 말했다. "내 말 믿어요. 그 사람들은 가족이 아니에요. 애나를 살리기 위해 손가락 하나 까딱하지 않을 거예요."

번은 고개를 끄덕였다.

하지만 정말 수긍한 것일까?

리브가 말했다. "나는 어린아이가 죽는 걸 본 적이 있어요. 다시는 그러고 싶지 않아요."

"그 직업에서는……."

"아니요. 번 씨는 이해 못 해요. 내가 말한 건 내 아이예요. 내 딸 말이에요."

번은 리브를 빤히 보았다. 간호사와 팔짱을 낀 기자의 팔에 힘이 들어갔다.

"3주하고도 사흘. 그 아이는 딱 그만큼밖에 못 버텼어요."

염소처럼 기침하고 칭얼대던 아이. 리브의 모유가 시큼했는지 아기는 계속해서 모유를 거부하거나 뱉어버렸다. 그러다가 조금이라도 삼키면 그것이 음식의 정반대 물질, 작아지는 마법약이라도 되는 양 몸집이 점점 줄어들기만 했다.

번은 그런 일이 생기기도 하잖아요라고 말하지 않았다. 리브의 상실이 인간의 고통이라는 바다에 한 방울 물일 뿐이라는 말도 하지 않았다.

"그때 남편이 떠난 거예요?"

리브는 고개를 끄덕였다. "남아 있을 이유가 없다고 하더라고요." 그러고는 다시 덧붙였다. "그때는 나도 별로 상관없겠다 싶었고요."

"그놈은 라이트 씨 남편 자격이 없었어요." 날카로운 일갈이 날아들었다.

하지만 이 모든 건 자격의 문제가 아니었다. 리브는 자격이 없어서 딸을 잃은 것이 아니었다. 그녀는 가장 암울한 시기에도 그 사실에 의문을 품지 않았다. 남편은 은근히 리브를 비난했지만 리브는 하지 말아야 할 짓을 한 적이 한 번도 없었다. 해야 할 일을 방관한 적도 없었다. 운명은 얼굴이 없고, 인생은 변덕스러웠다. 그저 바보가 들려주는 이야기[43]일 뿐이었다.

하지만 지금은 얘기가 다르다. 더 나은 인생을 열어줄 빈틈이 언뜻 보이는, 아주 드문 순간이니 말이다.

리브의 머릿속에서 나이팅게일 선생님이 물었다. 밀려오는 파도에 온몸을 내던질 수 있겠어요?

리브는 하늘에서 내려온 동아줄에 매달리듯 번의 팔에 매달렸다. 이제야 확실히 마음이 정해졌다.

---

43) 셰익스피어의 희곡 「맥베스」 5막 5장.

리브가 번에게 말했다. "애나를 데리고 떠날 거예요."

"어디로요?"

"여기만 아니면 돼요. 멀수록 더 좋고요." 리브의 눈이 평평한 지평선을 샅샅이 훑었다.

번이 몸을 돌려 리브를 마주 보았다. "그런다고 아이한테 음식을 먹일 수 있겠어요?"

"나도 몰라요. 알아도 설명은 못 하겠지만, 애나가 이 장소와 그 사람들을 떠나야 하는 것만은 확실해요."

번이 빈정대듯 말했다. "그 망할 놈의 숟가락을 사는 거네요."

리브는 잠시 혼란스러워하다가 이내 스쿠타리에서 산 숟가락 백 개를 떠올리고 설핏 미소 지었다.

번이 다시 점잖게 말했다. "우리 확실히 해둡시다. 라이트 씨는 지금 아이를 납치하려는 거예요."

"그 사람들은 그렇게 얘기하겠죠. 하지만 난 애나한테 강요하지 않을 거예요." 리브의 목소리가 두려움에 거칠어졌다.

"그럼 애나가 기꺼이 따라갈 거라고 생각해요?"

"잘만 설명하면 그럴지도 몰라요."

번은 계획의 비현실성에 주목하기보다는 실행 방법부터 짚었다. "이동은 어떻게 하려고요? 마부를 고용해서? 옆 마을에 도착하기도 전에 잡힐 거예요."

리브는 갑자기 피로가 몰려오는 기분이었다. "나는 감옥에 가고, 애나는 죽고, 아무것도 달라지지 않을 가능성이 훨씬 크죠."

"그래도 시도해보겠다는 거군요."

리브는 힘겹게 대답했다. "아무것도 안 하고 물가에 서 있느니 파도에 빠져 죽는 게 나아요."

나이팅게일 선생님의 말을 인용하는 건 정말이지 우스운 일이었다. 제자가 아동 유괴로 체포됐다는 소식을 들으면 스승님은 엄청난 충격을 받을 것이다. 하지만 가르침은 종종 스승이 아는 것보다 더 많은 내용을 담고 있었다.

번의 다음 말에 리브는 깜짝 놀랐다.

"그렇다면 오늘 밤에 떠나야 해요."

토요일 1시, 리브가 교대하러 도착했을 때 침실 문은 닫혀 있었다. 미카엘 수녀, 키티, 오도널 부부는 모두 부엌에 무릎을 꿇고 앉아 있었고, 맬러키는 한 손에 모자를 들고 있었다.

리브는 문으로 다가가 손잡이를 돌리려 했다.

"들어가지 마세요. 새디어스 씨가 애나한테 고해 성사를 해주고 계세요." 로절린이 쏘아붙였다.

고해. 그것은 고백의 다른 말이었다,

"마지막 의식의 일부예요." 미카엘 수녀가 리브에게 속삭였다.

애나가 죽어가는 것일까? 리브의 몸이 흔들렸다. 당장이라도 쓰러질 것 같았다.

"이건 환자의 **선종**[44]만 돕는 의식이 아니에요." 수녀가 리브

---

44) 가톨릭에서 숨이 끊어지기 전에 병자 성사를 받고 큰 죄 없는 상태에서 죽는 일.

를 안심시켰다.

"뭘 돕는다고요?"

"선한 죽음이요. 이 의식은 위태로운 사람에게도 도움이 돼요. 하느님의 뜻에 따라 건강을 회복하기도 한대요."

또 동화 같은 이야기였다.

침실에서 높은 종소리가 울리고 새디어스 씨가 문을 열었다.

"이제 성유를 바를 테니 모두 들어오셔도 됩니다."

무리는 자리에서 일어나 발을 질질 끌며 리브를 따라 안으로 들어갔다.

애나는 담요 없이 침대에 누워 있었다. 흰 천을 깐 옷장 위에는 굵은 흰색 양초와 십자가상, 금 접시, 마른 잎사귀, 작은 흰색 공, 빵 한 조각, 물과 기름을 담은 접시, 그리고 흰색 가루가 놓여 있었다.

새디어스 씨가 오른손 엄지손가락을 기름에 담근 뒤 읊조렸다. "Per istam sanctam unctionem et suam piissima misericordiam, Indulgeat tibi Dominus quidquid per visum, auditum, gustum, odoratum, tactum et locutionem, gressum deliquisti."[45] 신부는 애나의 눈꺼풀, 귀, 입술, 코, 손, 마지막으로 보기 흉한 발의 바닥을 만졌다.

"저게 뭐 하는 거예요?" 리브가 미카엘 수녀에게 속삭였다.

---

45) '거룩한 기름 부음과 그분의 가장 신성한 자비를 통해, 보고, 듣고, 맛보고, 냄새 맡고, 만지고, 말하고, 걸음걸음마다 범한 모든 죄를 주님께서 용서하소서'라는 뜻이다.

"얼룩을 닦는 거예요. 몸의 각 부위로 저지른 죄를 씻어내는 거죠." 수녀는 신부에게 충실히 시선을 고정한 채 리브의 귀에 대고 말했다.

리브의 안에서 분노가 차올랐다. **애나에게 저질러진 죄는 어쩌고?**

다음 순간 신부가 흰색 덩어리를 잔뜩 담은 접시를 집어 들었다. 그러고는 기름 묻은 자리를 각각 하나의 덩어리로 가볍게 두드렸다. 솜인가? 신부는 접시를 내려놓은 뒤 빵에 엄지손가락을 문질렀다. 신부가 가족에게 말했다.

"부디 이 성유가 위로와 평안을 가져다주기를 바랍니다. 잊지 마세요. 하느님은 그들의 눈에서 모든 눈물을 닦아주실 겁니다."

"신의 가호가 새디어스 씨와 함께하시길." 로절린 오도널이 큰 소리로 호응했다.

"얼마 지나지 않아서든 몇 년 뒤든 우리는 모두 다시 만나 슬픔과 이별이 끝난 세상에서 영원히 함께할 겁니다." 신부의 목소리는 잔잔한 음악 같았다.

"아멘."

신부는 물을 담은 접시에 손을 씻은 뒤 천으로 물기를 닦았다.

맬러키 오도널이 딸에게 다가가 이마에 입을 맞추려 허리를 숙이다가 불쑥 멈추었다. 마치 이제는 애나가 너무 성스러워져서 더는 만질 수조차 없게 된 듯했다.

"뭐 필요한 거 있니, 우리 딸?"

"그냥 담요만 덮어주세요, 아빠." 아이가 이를 딱딱 부딪히며 아빠에게 말했다.

맬러키는 담요를 끌어당겨 아이의 턱까지 덮어주었다.

새디어스 씨가 모든 도구를 가방에 집어넣자 로절린이 신부를 문까지 배웅했다.

"잠시만요. 드릴 말씀이 있어요." 리브가 방을 가로지르며 신부에게 외쳤다.

로절린 오도널이 리브의 소매를 너무 세게 움켜쥐는 바람에 실밥이 툭 터져버렸다. "신부가 성체를 옮길 때 한담 따위로 신부를 붙잡으면 안 돼요."

리브는 부인을 뿌리치고 서둘러 신부를 따라갔다.

마당으로 나가 소리쳤다. "새디어스 씨!"

"무슨 일이시죠?" 신부가 걸음을 멈추고 먹이를 쪼는 암탉을 다리로 밀어내며 물었다.

리브는 애나가 자기 죽음으로 팻을 구하려는 계획을 방금 신부에게 이야기했는지 알아야 했다.

"애나가 새디어스 씨께 오빠 얘기를 하던가요?"

신부의 매끈한 얼굴이 경직되었다. "라이트 씨, 우리 종교를 잘 모르고 하는 이야기일 테니, 고해 비밀 의무를 깨려고 시도한 건 한 번 눈감아드리겠습니다."

"그럼 새디어스 씨도 아는 거네요."

"그런 불행은 가족 안에서만 간직해야지 집 밖으로 퍼트리면 안 됩니다. 애나는 라이트 씨와 그런 대화 자체를 나누지 말아야 했어요."

"하지만 새디어스 씨가 아이를 논리적으로 설득해주신다면…… 신은 절대로……."

신부가 더 크게 목소리를 높였다. "저는 몇 달 동안 저 불쌍한 아이에게 죄가 용서됐다고 얘기했습니다. 그리고 우리는 망자에 관해 험담을 해서는 안 돼요."

리브는 신부를 빤히 보았다. **망자.** 신부는 자신의 목숨과 오빠의 구원을 맞바꾸려는 애나의 계획에 관해 얘기하는 것이 아니었다. **죄.** 새디어스 씨가 의미하는 건 팻이 애나에게 한 짓이었다. **저는 몇 달 동안 저 불쌍한 아이에게 얘기했어요.** 그 말은 선교회가 다녀간 지난봄 애나가 교구 사제에게 진실을 털어놓았다는 뜻이었다. **비밀 결혼**에 관한 혼란과 부끄러움을 모두 이야기했다는 뜻이었다. 물론 로절린 오도널과 달리 신부는 명석한 판단력으로 아이를 믿어주었다. 하지만 신부가 제공한 위안은 그 아이의 **죄**가 용서됐으니 더는 그 일을 입에 올리지 말라고 말하는 것뿐이었다!

신부가 길까지 반 정도 갔을 때쯤에야 리브는 정신을 차렸다. 그녀는 신부가 산울타리를 돌아 사라지는 모습을 지켜보았다. 새디어스 씨는 지금껏 얼마나 많은 가족의 얼마나 많은 '불행'을 은폐했을까? 어린아이의 고통을 그렇게밖에 다룰 수 없었던 걸까?

연기가 자욱한 오두막 안에서는 키티가 작은 접시에 담았던 내용물을 불 속에 던지고 있었다. 소금, 빵, 심지어 물까지 뿌려 불이 맹렬히 지지직거렸다.

"뭐 하는 거예요?" 리브가 물었다.

"여기에는 아직 성유가 조금 묻어 있어요. 그래서 묻거나 태워야 해요." 가정부가 리브에게 설명했다.

전 세계에서 물을 태우는 사람은 오직 이 나라 사람뿐일 것이다.

로절린 오도널은 벽을 파 종이를 깔아둔 식기장에 찻잎과 설탕 통을 넣고 있었다.

"맥브리어티 선생님은요? 신부보다 의사를 먼저 부를 생각은 안 하셨나요?" 리브가 물었다.

"아침에 다녀가셨어요." 로절린은 돌아보지도 않고 대답했다. 키티가 타버린 귀리죽을 바쁘게 대야로 긁어 담았다.

리브가 계속 물었다. "그래서 애나가 어떻다고 하시던가요?"

"이제 하느님 손에 달렸대요."

키티가 조그맣게 소리를 냈다. 흐느낀 건가?

"우리 모두가 그렇듯이요." 로절린이 중얼거렸다.

분노가 전기 충격처럼 리브를 관통했다. 의사, 엄마, 가정부, 위원회를 향한 분노가.

하지만 리브는 자신에게 임무가 있음을 다시 한번 되새겼다. 절대로 다른 곳에 정신을 팔아서는 안 되었다.

리브는 최대한 차분한 목소리로 키티에게 말했다. "오늘 밤 8시 반에 열리는 특별 미사 말인데요. 그런 의식은 보통 얼마나 걸리나요?"

"알 수 없어요."

"일반 미사보다 오래 걸리나요?"

"훨씬 오래 걸리죠. 두 시간쯤 되려나? 아니면 세 시간?" 키티가 말했다.

리브는 놀란 척 고개를 끄덕였다. "오늘 밤은 내가 늦게까지 여기 있을까 싶어요. 수녀님이랑 다 같이 미사에 다녀와요."

"그러실 필요 없어요." 수녀가 침실 문에서 모습을 드러냈다.

"하지만 수녀님……."

리브는 당황한 나머지 숨이 턱 막혔다. 머리를 굴리다가 난로 옆에서 심각하게 신문을 읽고 있는 맬러키 오도널을 돌아보았다.

"아이가 미카엘 수녀님을 아주 좋아하니까 수녀님도 가셔야 하지 않을까요?"

"물론 가셔야죠."

맬러키의 대답을 듣고도 수녀는 인상을 찌푸리며 망설였다.

"맞아요. 저희랑 같이 가서 저희에게 힘을 실어주세요, 수녀님." 로절린 오도널이 거들었다.

"그럴게요." 수녀가 말했다. 눈에는 여전히 어리둥절한 기색이 서려 있었다.

리브는 사람들이 마음을 바꾸기 전에 서둘러 침실로 들어갔다.

"안녕, 애나."

적어도 늦게까지 남을 수는 있게 됐다는 안도감으로 목소리가 이상하리만치 밝게 나왔다.

"안녕하세요, 리브 선생님."

아이의 얼굴은 수척하고 누리끼리했다. 마치 두꺼운 발목이 침대에 묶여버린 듯 몸은 꼼짝도 하지 못한 채 가끔 부르르 떨기만 했다. 숨소리는 무척이나 시끄러웠다.

"물 좀 마실래?"

아이는 고개를 저었다.

리브는 키티를 불러 담요를 하나 더 가져다 달라고 부탁했다. 가정부는 긴장한 얼굴로 담요를 건네주었다.

조금만 참아, 조금만 더 기다려, 오늘 밤까지만, 리브는 애나의 귀에 속삭이고 싶었다. 하지만 아직은 감히 입을 열 수가 없었다.

오늘은 그 어느 때보다 시간이 느리게 흘렀다. 하지만 집 안에는 약간의 긴장감이 감돌았다. 오도널 부부와 가정부는 부엌에서 침울하게 소곤거리며 가끔 애나를 들여다보았다. 리브는 베개로 애나를 받쳐주고 천으로 아이의 입술을 적셔주는 등 계속해서 자기가 해야 할 일을 했다. 리브의 호흡이 빠르고 얕아졌다.

4시가 되자 키티가 채소를 다져 만든 것 같은 음식을 한 그릇 가지고 들어왔다. 리브는 꾸역꾸역 숟가락을 들었다.

"뭐 좀 가져다줄까, 애나? 네 장난감?" 가정부가 어울리지 않게 명랑한 목소리로 아이에게 묻고는 회전 그림판을 들어 보였다.

"보여줘, 키티 언니."

가정부는 줄을 꼬아 새장 안에 새가 나타나게 한 뒤 다시 자유롭게 날려 보냈다.

애나가 숨을 들이쉬고는 말했다. "이제 언니가 가져."

젊은 여자는 낙담한 표정이었다. 하지만 그 말이 무슨 뜻인지 묻지는 않고 그저 가만히 장난감을 내려놓았다.

"무릎에 보물 상자 올려놔줄까?"

애나는 고개를 저었다.

리브는 아이가 베개에 조금 더 높이 기대도록 도와주었다.

"물 마실래?"

또다시 부정의 고갯짓.

키티가 창가로 다가가 말했다. "그 사진사가 또 왔어요."

리브는 벌떡 일어나 가정부의 어깨 너머를 내다보았다. 마차에 '사진사 라일리와 아들들'이라고 적혀 있었다. 리브는 마차를 세우는 소리를 전혀 듣지 못했다. 그녀는 라일리가 임종 장면을 얼마나 예술적으로 찍을지 쉽게 상상할 수 있었다. 측면에서 비추는 은은한 불빛, 애나 주변에 무릎을 꿇은 가족, 근무복 차림으로 뒤에서 고개를 숙이고 있는 간호사.

"그냥 가라고 해요."

키티는 깜짝 놀란 눈치였지만 리브의 말에 반박하지 않고 방을 나섰다.

"제 상본이랑 책이랑 물건들." 애나가 자신의 상자를 바라보며 중얼거렸다.

"보여줄까?" 리브가 물었다.

아이가 고개를 저으며 말했다. "엄마한테 주세요. 나중에요."

리브는 고개를 끄덕였다. 어찌 보면, 그 어머니에게 어울리는 결말이었다. 육신이 있는 아이를 대신하는 종이 성인들. 로절린 오도널은 지난 11월 팻이 세상을 떠난 이후 줄곧 애나를 조금씩 무덤으로 밀어내고 있지 않았던가?

어쩌면 그 여자는 애나를 잃고 나면 아무 어려움 없이 아이를 사랑할 수 있을지도 몰랐다. 살아 있는 딸과 달리 죽은 딸은 완전무결할 테니까. 그래, 이것이 그 여자의 선택이겠지, 두 천사를 애도하는 자랑스러운 엄마가 되는 것, 리브는 스스로에게 말했다.

5분 뒤 라일리의 마차가 천천히 떠났다. 리브는 창가에서 바라보며 생각했다, **다시 돌아오겠지**. 아마도 죽은 다음에는 사진 구도를 잡기가 훨씬 편리할 것이다.

한 시간 뒤 맬러키 오도널이 들어와 딸이 잠든 침대 옆에 느릿느릿 무릎을 꿇었다. 맬러키는 손가락 마디의 붉은 피부가 하얗게 변할 정도로 두 손을 꽉 움켜쥔 채 「주님의 기도」를 중얼거렸다.

리브는 푹 숙인 농부의 희끗희끗한 머리를 보며 마음이 조금 흔들렸다. 이 남자에게는 아내 같은 악의가 조금도 없었다. 그는 자신만의 소극적 방식으로 애나를 사랑했다. 맬러키가 무지몽매에서 깨어나 자식을 위해 싸울 수만 있다면……. 아이 아빠에게 마지막 기회를 줘야 할까?

리브는 침대를 돌아가 허리를 숙이고 맬러키의 귀에 속삭였다. "따님이 일어나면 뭐든 먹으라고 간청하세요. 오도널 씨를 위해서요."

맬러키는 항의하지 않고 가만히 고개만 저었다. "그러면 애나가 목이 막혀버릴 거예요."

"우유 한 모금에 목이 막힌다고요? 물이랑 뭐가 다른데요?"

"저는 못 해요."

"왜요?" 리브가 따져 물었다.

"라이트 씨는 이해 못 해요."

"그럼 이해시켜주세요!"

맬러키가 길고 거친 숨을 내쉬며 말했다. "저는 애나와 약속을 했어요."

리브가 빤히 쳐다보다 물었다. "먹으라는 얘기를 안 하기로요? 언제요?"

"몇 달 전에요."

영리한 아이 같으니. 애나는 다정한 아빠의 두 손을 꽁꽁 묶어두었다.

"하지만 그때는 애나가 음식 없이 살 수 있다고 믿어서 그런 거잖아요, 아닌가요?"

절망에 찬 끄덕임.

"그 당시 애나는 충분히 건강했어요. 하지만 지금 아이를 보세요." 리브가 말했다.

"압니다. 저도 다 알아요. 그래도 저는 절대 그런 말을 하지 않기로 약속했어요." 맬러키 오도널이 중얼거렸다.

바보가 아니고서야 어떻게 그런 약속을 할 수 있을까? 하지만

이자를 모욕하는 건 아무런 도움도 되지 않을 거야, 리브는 스스로를 다독였다. 지금은 그저 현재에 집중하는 게 최선이었다.

"오도널 씨의 약속이 지금 애나를 죽이고 있어요. 그러면 약속을 깨도 되는 거 아닌가요?"

농부가 몸을 뒤틀었다. "그건 성경을 걸고 엄숙하게 맹세한 비밀 서약이었어요, 라이트 씨. 저를 탓하실까 봐 라이트 씨에게만 말씀드리는 거예요."

"맞아요. 저는 이곳에 있는 모두를 탓해요." 리브가 말했다.

맬러키의 머리가 목에 매달려 있기에는 너무 무겁다는 듯 축 늘어졌다. 마치 기절한 수송아지처럼 보였다.

자신만의 우둔한 방식으로 단호한 남자. 리브는 알 수 있었다, 맬러키는 딸과 한 약속을 지킬 수만 있다면 어떤 결과가 닥치더라도 받아들일 사람이었다. 애나를 실망하게 하느니 차라리 애나가 죽는 걸 지켜볼 사람이었다.

수염 난 뺨 아래로 눈물 한 방울이 툭 떨어졌다.

"저는 아직 희망이 있다고 믿어요."

무슨 희망? 애나가 갑자기 음식을 달라고 할 희망?

"예전에도 자기 침대에서 차가운 주검으로 발견된 꼬마 아가씨가 있었어요. 똑같이 열한 살이었죠."

이웃 얘기인가? 아니면 신문에서 본 이야기? 리브는 궁금했다.

"그때 우리 주님께서 아이 아빠에게 뭐라고 하셨는지 알아요? 두려워 말아라. 두려워 말고 그저 믿기만 하여라. 그러면 아이는 무사할 것이다." 맬러키는 설핏 미소까지 머금고 있었다.

리브는 역겨움을 참지 못하고 고개를 돌렸다.

맬러키가 이어 말했다. "예수님은 딸이 그저 잠든 거라고 말씀하시고 그 아이의 손을 잡으셨어요. 그랬더니 아이가 벌떡 일어나 저녁을 먹지 않았겠어요?"

농부는 리브가 깨울 수 없을 정도로 깊은 꿈에 빠져 있었다. 오로지 자신의 결백만을 주장하고 있었다. 알고, 묻고, 생각하고, 애나에게 맹세한 서약을 의심하고, 뭐든 시도해보기를 완강히 거부하고 있었다. 부모라면 가만히 기적을 기다리는 대신 옳건 그르건 행동을 취해야 하지 않을까? 아내와는 전혀 다르지만 맬러키 씨 역시 딸을 잃어도 할 말이 없을 거야, 리브는 마음의 결정을 내렸다.

창백한 태양이 하늘에서 조금씩 낮아졌다. 도대체 언제쯤 저무는 걸까?

8시. 애나가 몸을 떨며 계속 중얼거렸다. "얼마가 걸리든 이루어지소서. 이루어지소서."

리브는 키티에게 부엌 난로에서 수건 여러 장을 덥혀달라고 부탁한 뒤 그것들을 애나의 몸에 얹고 양쪽 옆구리에 끼워 넣었다. 불쾌한 냄새가 살짝 풍겼다. 앙상하든 부었든 어떤 문제가 있든, 진짜 인간 아이인 너의 모든 부분을 나는 귀하게 여길 거야, 리브는 생각했다.

"우리가 봉헌 미사에 가도 괜찮겠니, 우리 딸?" 로절린 오도널이 방으로 들어와 딸 위로 허리를 숙이며 물었다.

애나는 고개를 끄덕였다.

"정말이야?" 문가에서 아이 아빠가 물었다.

"다녀오세요." 아이가 나직이 말했다.

나가, **빨리 나가**라고, 리브는 생각했다.

하지만 부부가 방을 나선 뒤, 리브는 서둘러 둘을 쫓아가 낮고 거친 목소리로 말했다. "작별 인사 하세요."

오도널 부부는 두 눈을 동그랗게 뜨고 리브를 쳐다보았다.

리브가 속삭였다. "이제는 아이가 언제 어떻게 될지 장담할 수 없어요."

"하지만……."

"전조가 늘 보이는 건 아니에요."

얼굴을 가린 가면이 일순 무너져 내렸다. 로절린은 침대 옆으로 돌아갔다. "어쩌면 오늘 밤은 나가지 않는 게 좋을 것 같구나, 우리 딸."

리브는 속으로 자신에게 욕을 퍼부었다. 이 터무니없는 계획을 실행에 옮길 수 있는 유일한 시간, 그 단 한 번의 기회를 스스로 날려버리다니. 설마 배짱이 부족해서 그랬던 걸까?

아니. 이것은 자신이 곧 하려는 일에 대한 죄책감의 문제였다. 한 가지만은 확실했다. 리브는 오도널 부부가 아이와 제대로 작별하도록 기회를 주어야 했다.

"가세요, 엄마. 저를 위한 미사잖아요." 애나가 침대에서 힘겹게 머리를 들었다.

"진심이야?"

"뽀뽀해주세요." 아이는 통통 부은 두 손을 엄마의 머리를 향해 뻗었다.

로절린은 몸을 낮춰 애나의 이마에 입술을 댔다. "안녕, 우리 아가."

리브는 자리에 앉아 닥치는 대로 《연중무휴》 책장을 넘겼다. 가족 중 누구라도 리브가 이 상황이 끝나기만을 간절히 기다린다는 걸 알아차려서는 안 되었다.

맬러키가 아내와 아이 위로 몸을 기울였다.

"저를 위해 기도해주세요, 아빠."

"물론이지. 이따가 보자꾸나." 맬러키가 잠긴 목소리로 말했다.

애나는 고개를 끄덕인 뒤 다시 베개에 머리를 툭 떨어뜨렸다.

리브는 두 사람이 부엌으로 가기를 기다렸다. 부부의 목소리, 키티의 목소리. 이어서 현관문이 쿵 닫히는 소리. 자비로운 침묵.

이제 시작이다.

리브는 애나의 좁은 가슴이 오르내리는 모습을 지켜보았다. 폐에서 작게 들리는 삐걱 소리에 귀를 기울였다.

리브는 텅 빈 부엌으로 달려가 우유 한 통을 찾았다. 그러고는 냄새를 맡아 우유가 신선한지 확인한 다음 깨끗한 병을 찾았다. 리브는 병에 우유를 반쯤 채우고 코르크 마개로 막은 뒤 뼈로 만든 숟가락을 골라잡았다. 근처에 귀리과자도 버려져 있어 그것 역시 한 조각을 떼어냈다. 리브는 이 모든 걸 냅킨에 잘 감싸 쥐었다.

침실로 돌아온 리브는 애나 가까이 의자를 당겨 앉았다. 다른 사람이 모두 실패한 임무를 자신이 성공할 수 있다고 믿다니, 지나친 자신감일까? 리브는 시간이 좀 더 넉넉하다면, 설득하는 재주가 좀 더 뛰어나다면 정말 좋겠다고 생각했다. 오, 신이시여. 혹시라도 정말 신이 있다면 부디 제게 천사의 혀로 말하는 법을 가르쳐주소서.

"애나, 내 말 잘 들어. 너한테 전해줄 메시지가 있어." 리브가 말했다.

"누가 보낸 메시지요?"

리브는 위를 가리켰다. 천장에서 환영을 보기라도 하는 것처럼 시선도 따라서 올라갔다.

"선생님은 안 믿으시잖아요." 애나가 말했다.

"네 덕분에 바뀌었어." 딱히 거짓말이라곤 할 수 없었다. "저번에 주님은 누구든 선택할 수 있다고 했지?"

"맞아요."

"그분의 메시지는 바로 이거야. '너 자신 말고 다른 아이가 될 수 있다면 어쩌겠느냐?'"

아이의 눈이 휘둥그레졌다.

"내일 눈을 떴을 때 전혀 다른 사람이 되어 있다면, 아무 잘못도 저지르지 않은 아이가 되어 있다면, 그 삶을 받아들이고 싶니?"

애나는 아주 작은 아이처럼 고개를 끄덕였다.

"자, 이건 성스러운 우유야. 신이 주신 특별한 선물이지." 리브는 제단 앞에 선 사제처럼 엄숙하게 병을 들어 올렸다.

아이는 눈조차 깜빡이지 않았다.

리브의 말투에서 확신이 느껴진 이유는 그 말이 모두 사실이기 때문이었다. 신성한 햇볕은 신성한 풀에 스며들고, 신성한 소는 신성한 풀을 먹고, 그 소는 신성한 송아지를 위해 신성한 우유를 만들지 않았던가? 그 모든 것이 선물 아니었던가? 리브는 딸이 우는 소리를 들을 때마다 가슴 깊은 곳에서 젖이 흐르던 때를 생생히 기억했다.

리브가 이어 말했다. "이걸 마시면 넌 더 이상 애나 오도널이 아닌 게 되는 거야. 애나는 오늘 밤 죽을 거야. 그러면 신은 애나의 희생을 받아들이고 팻과 애나를 천국으로 맞이할 거야."

아이는 근육 하나 움직이지 않고 멍한 표정만 지었다.

"너는 다른 아이가 되는 거야. 새로운 아이. 이 성스러운 우유를 한 숟가락 마시는 바로 그 순간, 이 우유가 가진 힘으로 네 삶을 처음부터 다시 시작할 수 있어." 너무 급하게 내뱉는 바람에 말이 자꾸만 꼬여 나왔다. "너는 아직 여덟 살밖에 안 된 '낸'이라는 아이가 될 거야. 낸은 여기서 아주아주 먼 곳에 살아."

애나는 어두운 얼굴로 가만히 보고만 있었다.

여기서 모든 게 무너질 모양이었다. 물론 이 예리한 아이는 마음만 먹으면 곧장 이 허구를 꿰뚫어 볼 것이었다. 리브가 희망을 걸 수 있는 건 오로지 자신의 직감뿐이었다. 애나가 절박하게 출구를 찾고 있고, 다른 이야기를 열망하고 있고, 기적의 나무에 넝마를 묶는 것만큼이나 황당한 일도 기꺼이 시도하고 싫어 한다는 직감.

잠시 시간이 흘렀다. 또 잠시. 그리고 또 잠시. 리브는 숨조차 쉬지 않았다.

마침내 탁한 두 눈이 불꽃처럼 밝아졌다.

"좋아요."

"준비됐니?"

"애나는 죽는 거죠? 확실한 거죠?" 속삭이는 목소리.

리브는 고개를 끄덕이고 말했다. "애나 오도널은 오늘 밤 죽는 거야."

문득 이런 생각이 들었다. 자신만의 방식으로 매우 합리적인 이 아이는 아마 리브에게서 독약을 받아먹는다고 이해했을 것이다.

"팻과 애나가 함께 천국으로 가는 거죠?"

"맞아." 리브가 말했다.

어쨌든 팻은 무지하고 외로운 소년 그 이상도 이하도 아니지 않았던가? **불쌍하게 추방된 하와의 자식들.**

"낸." 애나는 은근한 기쁨을 담아 그 이름을 곱씹고는 말했다. "여덟 살이고 아주아주 멀리 살아."

"맞아. 나를 믿어." 리브는 자신이 죽음을 앞둔 아이를 이용하고 있다는 사실을 모르지 않았다. 이 순간 리브는 아이의 친구가 아니었다. 그보다는 이상한 선생님에 가까웠다.

리브가 우유병을 열고 숟가락을 채우자 애나가 살짝 고개를 돌렸다.

지금은 안심을 시키기보다 단호한 태도를 보여야 했다.

"이 방법밖에 없어."

번이 이민에 관해 뭐라고 얘기했더라?

"새 삶을 얻는 대가야. 내가 먹여줄게. 그냥 입만 벌려."

리브는 아이를 유혹하고 오염시키는 마녀였다. 이 우유 한 모금은 애나에게 엄청난 해를 끼쳐 아이의 영혼을 다시 육신에 묶어둘 것이다. 엄청난 욕구, 엄청난 열망과 고통, 위험과 후회, 부정한 인생의 모든 찌꺼기.

"잠시만요." 아이가 한 손을 들었다.

리브는 두려움에 떨었다. 지금, 저희가 죽는 순간에.

"감사 기도요. 감사 기도부터 드려야 해요." 애나가 말했다.

음식을 먹는 축복, 리브는 신부가 올렸던 기도를 기억했다. 이 아이에게 그 축복을 내려주소서.

애나는 고개를 푹 숙였다. "오, 주여, 저희를 축복하시고, 너그러이 보내신 이 선물 역시 축복하소서. 아멘."

다음 순간 아이의 거친 입술이 숟가락을 향해 벌어졌다. 그렇게나 간단하게.

리브는 아무 말 없이 아이의 입속으로 액체를 기울여 넣은 뒤 목구멍이 파도처럼 오르락내리락하는 모습을 지켜보았다. 그러면서 질식, 헛구역질, 경련에 대비했다. 발작이 일어날 수도 있었다.

애나가 꿀꺽 우유를 삼켰다. 그렇게 간단히, 단식이 깨져버렸다.

"이제 귀리과자도 조금 먹자."

리브는 엄지와 검지로 부스러기를 집어 보랏빛 혀에 올려둔 다음 그것이 목구멍 아래로 내려갈 때까지 기다렸다.

"죽었어요." 애나가 속삭였다.

"맞아. 애나는 죽었어."

리브는 충동적으로 손바닥을 내려 아이의 얼굴을 가리고 퉁퉁 부은 눈꺼풀을 감겼다.

그렇게 한참을 기다렸다가 입을 열었다.

"일어나, 낸. 새로운 삶을 시작할 시간이야."

아이의 촉촉한 눈이 깜빡이며 떠졌다.

제 탓이요, 제 탓이요. 모두 리브의 책임이었다. 이 빛나는 아이를 다시 유배의 땅으로 꾀어낸 책임, 아이 영혼의 발목을 잡아 이 더러운 땅에 묶어둔 책임.

리브는 당장 애나에게 음식을 더 주고 싶었다. 그 쪼그라든 몸을 넉 달 치 식사로 가득 채워주고 싶었다. 하지만 그녀는 위를 혹사하면 어떤 위험이 생기는지 너무도 잘 알았다. 그래서 병과 숟가락, 냅킨에 말아둔 귀리과자 한 조각을 앞치마에 고이 집어넣었다. 조금씩 천천히. 광산에서 나오는 길은 들어가는 길만큼이나 긴 여정이었다. 리브는 아이의 이마를 아주 가볍게 쓰다듬었다.

"이제 가야 해."

약한 떨림. 뒤에 두고 갈 가족을 생각하는 걸까? 이윽고 고개를 끄덕인다.

리브는 옷장에서 따뜻한 망토를 꺼내 아이를 감쌌다. 보기 흉한 발에는 스타킹 두 켤레와 오빠의 부츠를 신기고, 손에는 손모아장갑을 끼웠다. 그러고는 숄 세 개를 걸쳐 아이를 하나의 시커먼 꾸러미처럼 만들었다.

리브는 부엌으로 가는 문을 열고, 뒤이어 위쪽이 뻥 뚫린 현관문을 열었다. 서쪽에서 핏빛 태양이 밝게 빛났다. 저녁은 따뜻했고, 마당에서는 암탉 한 마리가 꼬꼬댁 목청을 높였다.

리브는 침실로 돌아가 아이를 안아 올렸다. 조금도 무겁지 않았다. (리브는 빵 한 덩어리만큼 가벼운 자신의 아기를 두 팔로 안았던 순간을 떠올렸다.) 하지만 아이를 들고 집 옆면을 돌자 다리가 떨리는 것이 느껴졌다.

그때 윌리엄 번이 자신의 암말을 끌며 어둠 속에서 어렴풋이 모습을 드러냈다. 리브는 번을 찾고 있었음에도 그를 보고 깜짝 놀랐다. 약속한 대로 번이 이곳에 나타나리라는 믿음이 충분하지 않았던 걸까?

번이 인사했다. "안녕, 우리……."

"낸, 이 아이는 낸이에요." 리브는 번이 아이의 옛날 이름을 불러 일을 망치기 전에 재빨리 끼어들었다.

이제는 돌이킬 수가 없다.

번은 재빨리 상황을 파악하고 다시 말했다. "안녕, 낸. 우리는 폴리를 타고 승마하러 갈 거야. 너도 폴리 알지? 하나도 안 무서워."

아이는 눈을 크게 뜬 채 아무 말도 하지 않고 그저 쌕쌕 소리를 내며 리브의 어깨에 매달려 있었다.

"괜찮아, 낸. 번 씨는 믿어도 돼." 리브는 번의 눈을 보며 말을 이었다. "번 씨가 너를 안전한 곳으로 데려가서 같이 기다려주실 거야. 나는 조금만 있다가 금방 따라갈게."

그 말대로 될 수 있을까? 적어도 리브는 진심이었다. 정말 온 마음을 다해 그렇게 되기를 바랐다.

번은 안장에 올라타 아이를 향해 몸을 기울였다.

리브는 말 냄새를 들이마셨다. 그러고는 조금 더 시간을 지체하며 물었다. "오늘 오후에 번 씨가 떠나는 거 본 사람 있어요?"

번은 가방을 두드리며 고개를 끄덕였다. "안장을 얹으면서 라이언한테 더블린으로 빨리 돌아오라는 연락을 받았다고 투덜댔어요."

마침내 리브가 자신의 짐을 내밀었다.

아이는 리브를 꽉 붙잡고 매달리다가 이내 손을 놓았다.

번은 자신의 앞쪽 안장에 아이를 편하게 앉혔다.

"괜찮아, 낸."

번은 한 손으로 고삐를 잡고 묘한 표정으로 리브에게 시선을 고정했다. 마치 리브를 처음 본다는 듯한 표정이었다. 아니, 그게 아니었다. 리브를 마지막으로 보고 그 이목구비를 기억하려는 표정이었다. 만약 계획이 어그러지면 두 사람은 다시 만나지 못할지도 몰랐다.

리브는 번의 가방에 음식을 밀어 넣었다.

먹었어요? 번이 입 모양으로 물었다.

리브는 고개를 끄덕였다.

어두워지는 하늘을 배경으로 번이 환하게 웃었다.

"한 시간 뒤에 한 숟가락 더 먹여줘요."

리브는 작게 속삭인 다음 뒤꿈치를 들고 유일하게 닿는 번의 신체에 입을 맞췄다. 그의 따뜻한 손등. 리브는 담요 위로 아이를 쓰다듬었다.

"금방 보자, 낸."

그러고는 곧장 등을 돌렸다.

번이 혀를 차자 폴리가 마을 반대편으로 들판을 가로지르기 시작했다. 리브는 그림을 보듯 어깨 너머로 그 광경을 잠시 바라보았다. 말과 두 사람, 나무, 점점 엷어지는 서쪽의 광선. 군데군데 물이 고인 습지까지. 이곳 정가운데에서 그것은 일종의 아름다움이었다.

리브는 수첩이 아직 앞치마에 있는지 더듬더듬 만져보며 서둘러 오두막으로 돌아갔다.

우선 침실에 있는 의자 두 개를 넘어뜨렸다. 그런 다음 자신의 장비 가방을 떨어뜨려 의자 쪽으로 뻥 걷어찼다. 『간호 노트』도 꺼내 이를 악물고 집어 던졌다. 책은 새의 날개처럼 활짝 펼쳐진 채 의자 위로 툭 떨어졌다. 리브의 이야기가 설득력을 얻으려면 아무것도 남지 않아야 했다. 이것은 간호와 정반대되는 일이었다. 빠르고 효율적으로 혼란을 일으키는 일.

리브는 뒤이어 부엌으로 들어가 난로 옆 구석에서 위스키병을 꺼냈다. 그러고는 찰박찰박 베개에 술을 뿌린 뒤 병을 툭 떨어뜨렸다. 다음으로는 연소 액체 통을 들고 사방에 액체를 잔뜩 흔들어 뿌렸다. 침대, 바닥, 벽, 옷장, 그 위에서 입을 벌리고 보물을 드러낸 작은 상자. 리브는 통의 뚜껑을 아주 느슨히 닫아 두었다.

이제 리브의 손에는 연소 액체 냄새가 진동을 했다. 나중에 이걸 어떻게 설명해야 할까? 두 손을 앞치마에 박박 문질렀다. 나중은 중요하지 않았다. 다 준비된 건가?

두려워 말고 그저 믿기만 하여라. 그러면 아이는 무사할 것이다.

리브는 보물 상자에서 레이스 테두리 카드 한 장을 집어 들었다. 거기에는 리브가 모르는 성인이 그려져 있었다. 리브는 램프의 등피 안에 카드를 넣어 불을 붙였다. 카드가 화르르 타오르며 성스러운 인물이 불꽃 후광에 둘러싸였다.

이제는 불로 깨끗해질 수밖에 없어요.

리브가 매트리스에 카드를 대자 돌연 불길이 살아나 오래된 지푸라기를 바삭바삭 태웠다. 밝은 파스텔 색조로 그려진 어떤 기적의 장면처럼 활활 타오르는 침대. 리브는 순식간에 얼굴을 휘감은 열기를 느끼며 가이 포크스의 밤[46]에 지피는 모닥불을 떠올렸다.

하지만 이렇게 해서 방 전체가 불길에 휩싸일까? 이건 사기극을 들키지 않고 빠져나갈 수 있는, 쉽지 않지만 유일한 기회였

---

46) 1605년 영국에서 일어난 '화약 음모 사건'을 기념하는 날. 가이 포크스와 가톨릭 세력이 가톨릭교를 탄압한 제임스 1세와 의원들을 화약 폭발로 암살하려다가 실패한 사건이다.

다. 사흘간 햇볕이 쨍했으니 짚은 충분히 말랐겠지? 리브는 낮은 천장을 노려보았다. 오래된 들보는 너무 튼튼해 보이고 두꺼운 벽은 너무 단단해 보였다. 더는 할 수 있는 일이 없었다. 리브는 손에서 대롱거리는 램프를 서까래로 휙 집어 던졌다.

유리와 불꽃이 비처럼 쏟아졌다.

리브는 마당을 가로질러 달렸다. 앞치마에 붙은 불이 피할 수 없는 용처럼 얼굴까지 솟아올랐다. 손으로 불을 두드려 껐다. 비명 소리가 마치 다른 입에서 나오는 것처럼 들렸다. 리브는 비틀비틀 길에서 벗어나 습지의 축축한 품으로 몸을 던졌다.

밤새 비가 내렸다. 안식일임에도 경찰은 애슬론에서 경관 두 명을 내려보냈다. 지금 그들은 오도널 가족 오두막의 더러운 잔해를 샅샅이 뒤지고 있었다.

리브는 영혼 식료품점 뒤쪽 복도에서 가만히 기다리고 있었다. 화상을 입은 두 손이 붕대에 꽁꽁 싸인 채 지독한 연고 냄새를 풍겼다. 리브는 몰려드는 피로와 싸우며 생각했다. 모든 것은 비에 달려 있었다. 지난밤 비가 언제 내리기 시작했느냐에 달려 있었다. 들보가 내려앉기 전 비가 쏟아져 불을 꺼뜨렸을까? 좁은 침실은 아무도 알아볼 수 없는 잿더미가 되었을까? 아니면 아이가 실종됐다는 사실을 명백히 드러냈을까?

고통. 하지만 리브는 거기에 지배당하지 않았다. 걱정. 물론 자신도 걱정됐지만 아이가 더 걱정되었다. (낸, 리브는 새 이름이 익숙해지도록 머릿속으로 아이를 불러보았다.) 굶주림이 특정 단계로 넘어가면 회복은 아예 불가능했다. 몸은 음식을 다루는 법을 잊어버리고 장기는 돌이킬 수 없을 만큼 위축되었다. 어쩌면 아이의 작은 폐가 너무 오래 무리를 했거나 심장이 녹초가 됐을지도 몰랐다. 제발 아이가 오늘 아침에 깨어나도록 해주세요. 윌리엄 번은 애슬론 뒷길에서 자신이 아는 가장 평범한 숙소로 들어가 아이를 돌봐줄 것이다. 번과 리브의 계획은 딱 거기까지였다. 제발, 낸. 한 모금만 더 마셔. 부스러기 하나만 더 먹어.

리브는 문득 2주가 끝났다는 사실을 깨달았다. 일요일은 간호사들이 위원회에 보고를 하는 날이었다. 2주 전 처음 도착했을 때 리브는 자신이 속임수를 세세히 밝혀 마을 사람들에게 좋은 인상을 남기리라고 생각했다. 이렇게 재투성이가 되어 무기력하게 바들바들 떨고 있으리라고는 상상조차 하지 못했다.

리브는 위원회가 어떤 결론을 내릴지 명확히 알고 있었다. 그들은 할 수만 있다면 외국인을 희생양으로 삼을 것이다. 하지만 정확히 어떤 죄를 적용할까? 태만? 방화? 살인? 연기 나는 진흙 속에 시신의 흔적이 없다는 사실을 경찰이 깨달으면 납치와 사기죄가 적용될지도 몰랐다.

내일이나 모레 애슬론에서 두 사람이랑 합류할게요, 리브는 번에게 말했다. 그녀의 자신감 넘치는 태도에 번이 속았을까? 리브는 그렇지 않을 것 같았다. 리브처럼 태연한 척했지만 번도 리브가 감옥에 갈 가능성이 크다는 사실은 잘 알고 있었다. 번과 아이는 아빠와 딸로 배에 오를 것이다. 그리고 리브는 두 사람의 목적지에 관해 한마디도 하지 않을 것이다.

리브는 표지가 새까매진 수첩을 확인했다. 마지막 정보가 그 럴듯했을까?

8월 20일 토요일 오후 8시 32분.

맥박: 139회.

폐: 호흡수 35회. 탁탁거리는 분비물 소리.

종일 소변을 보지 않음.

물도 마시지 않음.

무기력함.

8시 47분: 섬망.

8시 59분: 매우 고통스러운 호흡, 불규칙한 심박.

9시 07분: 사망.

"라이트 씨."

리브는 더듬더듬 수첩을 덮었다.

눈 밑이 거무스름해진 수녀가 리브 옆에 와 있었다.

"불에 덴 곳은 좀 어떠세요?"

"괜찮아요." 리브가 말했다.

지난밤 봉헌 미사에서 돌아와 리브를 찾은 사람은 미카엘 수 녀였다. 수녀는 리브를 습지에서 끌어내 마을까지 부축한 뒤 손 에 붕대를 감아주었다. 리브는 그만큼 심각한 상태였다. 연기 따위는 필요하지 않았다.

"수녀님, 어떻게 감사 인사를 드려야 할지 모르겠어요."

수녀는 고개를 젓고 시선을 내렸다.

리브의 양심에 걸리는 여러 가지 중 하나는 수녀의 보살핌을 잔인하게 갚는다는 사실이었다. 미카엘 수녀는 두 사람이 애나 오도널을 죽게 했다고, 아니, 적어도 아이의 죽음을 막지 못했다고 생각하며 여생을 보낼 것이다.

하지만 어쩔 수 없었다. 중요한 건 아이뿐이었다.

리브는 처음으로 엄마의 탐욕을 이해했다. 기적처럼 오늘의 시련을 이겨내고 윌리엄 번이 기다리는 애슬론 숙소로 가면 리브는 아이의 엄마, 혹은 엄마에 가장 가까운 존재가 되는 것이었다.

당신의 아이에게 저를 데려가소서, 그게 성가의 가사였던가? '한때는 애나였던 낸'이 장차 누군가를 탓한다면 그 사람은 리브일 것이다. 엄마는 그런 것이다. 따뜻한 어둠에서 끔찍한 새 삶의 빛으로 아이를 밀어낸 책임을 기꺼이 짊어져야만 한다.

바로 그때 새디어스 씨가 오플래허티와 함께 두 사람을 지나갔다. 상냥한 미소가 사라진 신부의 얼굴이 그의 나이를 고스란히 드러냈다. 신부는 다른 데 정신이 팔린 듯 침울한 표정으로 간호사들에게 고개를 까딱했다.

리브가 수녀에게 말했다. "수녀님은 위원회 신문을 받을 필요가 없으세요. 아무것도 모르시잖아요." 말이 너무 퉁명스럽게 나와버렸다. "제 말은 그 자리에 안 계셨다는 뜻이에요. 마지막 순간에 교회에 계셨으니까요."

미카엘 수녀가 성호를 그었다. "부디 그 아이가 주님 곁에서 편안히 잠들기를."

두 사람은 준남작이 지나가도록 옆으로 비켜섰다.

"더는 기다리게 하면 안 되겠어요." 리브가 뒷방 쪽으로 걸음을 옮기며 말했다.

그러자 수녀가 붕대를 감은 리브의 팔에 손을 얹었다.

"먼저 요청받기 전에는 아무것도 하지 말고 아무 말도 하지 마세요. 겸손과 참회의 태도를 보여야 해요, 라이트 씨."

리브는 눈을 깜빡였다.

"참회요? 참회는 저 사람들이 해야 하는 거 아닌가요?" 목소리가 너무 크게 나왔다.

미카엘 수녀가 리브를 진정시켰다. "온순한 이에게는 복이 있어요."

"하지만 저는 **말했다고요**. 사흘 전에 분명……."

수녀가 가까이 다가섰다. 수녀의 입술이 리브의 귀에 거의 닿을 듯했다. "온순해지세요, 라이트 씨. 그러면 그냥 보내줄지도 몰라요."

맞는 말이었다. 리브는 입을 다물었다.

존 플린이 굳은 얼굴로 성큼성큼 지나갔다.

리브는 어떤 위로로 미카엘 수녀에게 보답할 수 있을까?

"애나는…… 전에 뭐라고 했죠? 애나는 선한 죽음을 맞았어요."

"기꺼이 갔나요? 저항하지 않고?"

리브의 상상일지 모르지만 그 커다란 눈에는 어딘가 불편한 기색이 있었다. 괴로움 이상의 무언가. 의심? 아니면 불신?

리브는 목에 메었지만 차분히 수녀를 안심시켰다. "아주 기꺼이 갔어요. 준비가 되어 있었으니까요."

맥브리어티 선생이 푹 꺼진 얼굴로 서둘러 복도를 걸어왔다. 선생은 뛰어온 듯 숨을 헐떡이고 있었다. 의사는 간호사들을 쳐다보지도 않은 채 옆으로 쓱 지나갔다.

"죄송해요, 수녀님. 정말 죄송해요." 리브의 목소리가 흔들렸다.

수녀는 다시 한번 아이를 달래듯 부드럽게 리브를 진정시켰다. "쉿, 라이트 씨한테만 얘기해드릴게요. 제가 환영을 봤어요."

"환영이요?"

"일종의 백일몽 같은 거예요. 사실 저는 애나가 걱정돼서 교회에서 일찍 나왔어요."

리브의 심장이 쿵쾅거리기 시작했다.

"길을 따라 내려가는데 뭐랄까…… 한 천사가 아이와 함께 말을 타고 멀어지는 모습이 보이는 것 같더라고요."

리브는 말문이 막혔다. 머릿속이 시끄러웠다. 수녀님은 알고 있어. 우리 운명이 수녀님 손에 달렸어.

미카엘 수녀는 순명을 맹세했다. 그런데 어떻게 자신이 본 걸 위원회에 고백하지 않을 수 있겠는가?

"정말 환영이었을까요?" 수녀가 뜨거운 눈빛으로 리브를 바라보며 물었다.

리브가 할 수 있는 건 고개를 끄덕이는 것뿐이었다.

끔찍한 침묵. 뒤이어 수녀가 말했다. "주님의 방식은 정말 신비로워요."

"그러네요." 리브가 잠긴 목소리로 말했다.

"아이는 더 나은 곳으로 간 거죠? 그건 맹세할 수 있으시죠?"

한 번 더 끄덕.

"라이트 씨. 이제 들어오세요."

라이언이 엄지손가락으로 가리켰다.

리브는 작별 인사 한마디 없이 수녀를 떠났다. 도저히 믿기지가 않았다. 비난이 쏟아질 것에 대비해 마음을 단단히 먹고 있었지만 아무 일도 일어나지 않았다. 리브는 자기도 모르게 어깨 너머를 흘끗 돌아보았다. 수녀는 두 손을 모은 채 고개를 푹 숙이고 있었다. **우리를 보내주는구나.**

뒷방으로 들어가보니 위원회가 앉은 급조된 탁자 앞에 등받이 없는 의자 하나가 놓여 있었다. 하지만 리브는 미카엘 수녀가 조언한 대로 더 겸손해 보이기 위해 의자에 앉지 않고 그 앞에 섰다.

맥브리어티가 뒤에서 문을 닫았다.

"오트웨이 경?" 가게 주인이 공손히 말했다.

준남작이 힘없이 손짓했다. "저는 마을 치안 판사가 아니라 개인 자격으로 이 자리에 왔습니다. 그러니까……."

플린이 거친 말투로 나섰다. "그럼 제가 시작하겠습니다. 라이트 간호사님 출석했죠."

"네." 리브는 들릴 듯 말 듯 한 소리로 대답했다. 애쓰지 않아도 저절로 목소리가 떨렸다.

"어젯밤 불길 속에서 대체 무슨 일이 있었던 겁니까?"

불길 속? 리브는 순간 웃음이 터질까 봐 걱정했다. 플린이 말장난을 한 것이었을까?

리브는 손목을 파고드는 붕대를 바로잡았다. 찌르는 듯한 고통에 정신이 맑아졌다. 패배한 사람처럼 고개를 숙이고 눈을 감은 채 괴롭게 흐느꼈다.

"라이트 씨, 그런 식으로 무너지는 건 전혀 도움이 되지 않습니다." 준남작이 짜증스러운 목소리로 말했다.

법적인 도움을 뜻하는 것일까, 아니면 리브의 건강을 뜻하는 것일까?

"그냥 아이가 어떻게 됐는지 얘기해보세요." 플린이 말했다.

리브가 울부짖었다. "애나는 그냥…… 애나는 점점 더 약해졌어요. 제 기록을 보세요."

맥브리어티에게 성큼 다가가 그의 앞에 수첩을 놓고 글자와 숫자가 끊어진 페이지를 활짝 펼쳤다.

"아이가 그렇게 빨리 갈 줄은 생각도 못 했어요. 몸을 떨고 숨을 헐떡이더니 갑자기 멈추더라고요."

숨을 크게 들이쉬었다. 여섯 남자가 어린아이의 마지막 숨소리를 상상하도록 기다리면서.

"도와달라고 소리를 쳤는데 목소리가 닿는 거리에 아무도 없었나 봐요. 이웃들은 교회에 갔을 테니까요. 저는 애나에게 위스키를 먹이려고 했어요. 너무 정신이 없어서 정말 미친 사람처럼 뛰어다녔어요."

나이팅게일에게 훈련받은 간호사에 관해 조금이라도 알았다면 위원회는 이 말이 얼마나 비현실적인지 알아챘을 것이다.

"저는 결국 아이를 들어 의자에 태우려고 했어요. 마을로 데려가 맥브리어티 선생님께 살려달라고 하려고요. 이미 숨이 끊어져 차갑게 식어갔지만 저는 희망을 버릴 수가 없었어요."

리브는 의사의 눈에 시선을 고정한 채 방금 자신이 한 말을 곱씹었다.

노인은 금방이라도 구역질을 할 것처럼 손으로 입을 가렸다.

"그런데 램프가…… 제 치마에 걸려 넘어졌나 봐요. 불이 허리까지 올라오고 나서야 상황이 파악됐어요."

미라처럼 붕대에 감긴 손이 욱신거렸다. 리브는 증거로 두 손을 허공에 들어 보였다.

"하지만 그때는 이미 담요 한 장에도 불이 붙은 뒤였어요. 아이를 침대에서 끌어냈는데 도저히 감당이 안 되더라고요. 통이 불길에 휩싸이는 걸 보고는……."

"무슨 통요?" 오플래허티가 물었다.

"연소 액체를 말하는 거예요." 새디어스 씨가 대신 대답했다.

"치명적인 물건이죠. 나라면 그런 걸 집에 두지 않을 거예요." 플린이 화난 목소리로 끼어들었다.

"저는 그동안 계속 그걸로 램프에 연료를 채웠어요. 방이 밝아야 제대로 볼 수 있으니까요. 아이를 매시간 지켜볼 수 있으니까요."

리브는 이제 진심으로 울고 있었다. 이상하게도 이 사소한 요소 하나는 기억하기가 무척 고통스러웠다. 잠자는 작은 형체를 끊임없이 비추던 그 불빛.

"저는 통이 곧 폭발할 걸 알고 그 자리에서 도망쳤어요. 신이시여, 저를 용서하소서."

리브는 참회의 말을 덧붙였다. 턱 선 아래로 눈물이 뚝뚝 떨어졌다. 진실과 거짓이 너무도 뒤섞여 그 둘을 구분할 수가 없었다.

"저는 오두막 밖으로 뛰쳐나왔어요. 뒤에서 끔찍한 폭발음이 들렸지만 돌아보지 않고 그저 죽을힘을 다해 도망쳤어요."

마음속에 그 장면이 너무도 생생해 리브는 실제로 그 상황을 겪은 기분이 들었다. 하지만 과연 이 사람들도 리브의 말을 믿을까?

리브는 얼굴을 가린 채 위원회의 반응을 기다렸다. 경찰이 지금 새까매진 서까래를 들추고 있지 않기를. 침대와 옷장의 목재를 검사하고 있지 않기를. 그 지저분한 잿더미를 파헤치고 있지 않기를. 경찰이 게을러 그냥 모든 걸 체념하기를. 검게 그은 작은 뼈가 모두 잔해에 파묻혀 더 이상 발굴할 수 없다고 결론짓기를.

오트웨이 경이 입을 열었다. "라이트 씨가 그렇게 황당할 정도로 부주의하지 않았다면 우리는 적어도 이 사안의 진상을 규명할 수 있었을 겁니다."

부주의. 리브에게 적용되는 죄는 그뿐이었을까? 이 사안. 그것은 아이의 죽음을 의미하는 것이었을까?

"부검을 했다면 분명 소화한 음식이 장에 남아 있는지 확인했을 거예요. 그렇죠, 선생님?" 준남작이 덧붙였다.

결국 진짜 문제는 호기심 충족을 위해 갈라볼 아이의 시신이 없어졌다는 사실이었다.

맥브리어티는 말을 못 하는 사람처럼 그저 고개만 끄덕였다.

"물론 음식은 **어느 정도** 있었겠죠. 기적이니 뭐니 하는 말은 죄다 헛소리였으니까요." 라이언이 투덜거렸다.

"반대로 애나의 장에서 아무것도 발견되지 않았다면 오도널 부부의 오명은 깨끗이 씻겼을 거예요. 훌륭한 기독교 부부가 마지막 남은 자식을 잃었어요. 어린 순교자여! 그런데 이 바보 같은 여자가 부부의 결백을 증명할 증거를 모두 없애버렸죠." 플린이 버럭 소리를 질렀다.

리브는 계속 고개를 숙이고 있었다.

"하지만 간호사들은 아이의 죽음에 아무런 책임이 없습니다." 마침내 새디어스 씨의 입에서 나온 결론이었다.

"물론이죠. 두 분은 이 위원회에 고용돼 아이의 의사인 저의 지시대로 일한 것뿐이니까요." 맥브리어티 선생도 드디어 입을 열었다.

신부와 의사는 리브와 수녀를 어리석은 노동자로 취급해 책임을 면하게 해주려고 애쓰는 듯 보였다. 리브는 잠자코 있었다. 이제 이런 건 중요하지 않았다.

"하지만 이 간호사에게는 급여를 다 줄 수 없어요. 불을 냈잖아요." 학교 교사가 말했다.

리브는 소리를 지를 뻔했다. 이 사람들이 유다의 동전을 하나라도 건넨다면 리브는 그것을 그들의 얼굴에 집어 던져버릴 것이다.

"저는 한 푼도 받을 자격이 없습니다."

영국 & 아일랜드

매그네틱 전신 회사

1859년 8월 23일 수신된 전보

발신인: 윌리엄 번

수신인:《아이리시 타임스》편집장

마지막 기사는 우편으로 보냅니다. 캅카스에 있는 한 신사분의 개인 비서 자리를 수락했습니다. 미리 알리지 못해 죄송합니다. 제게는 변화가 필요합니다. 감사합니다. 윌리엄 번.

다음은 아일랜드 단식 소녀에 관한 본 통신원의 마지막 보도다.

지난 토요일 밤 9시 7분, 작은 마을의 로마가톨릭교 인구 거의 전체가 아이를 위한 기도를 올리러 자그마한 흰색 교회에 모여 있는 사이, 애나 오도널이 사망했다. 사망 원인은 단순 아사로 추정된다. 이 죽음의 정확한 생리적 원인은 이 이야기의 끔찍한 결말 때문에 부검으로 밝힐 수 없게 되었다. 본 통신원은 위원회의 마지막 모임에 참석했던 인물로부터 이 이야기를 들었다.

아이를 돌보던 간호사는 아이의 갑작스러운 죽음에 당연히 괴로워했고 아이를 깨우기 위해 특이한 방법을 시도했다. 그러다가 실수로 램프를 넘어뜨렸다. 이웃에게 빌린 이 조잡한 장치는 고래기름이 아니라 연소 액체 또는 캄핀이라 부르는 더 저렴한 제품으로 작동하도록 개조되었다. (캄핀은 알코올과 송유를 4 대 1 비율로 섞고 소량의 에테르를 첨가한 혼합물이며, 불이 매우 잘 붙기로 악명이 높다. 미국에서는 증기선과 철도 사고를 합친 것보다 더 많은 사망자를 냈다고 보고되었다.) 램프가 완전히 부서지면서 불길이 침구와 아이의 시신을 집어삼켰다. 간호사가 용감하게 불을 끄려다가 심각한 부상까지 입었지만 아무런 소용이 없었다. 연소 액체 통 전체가 폭발하는 바람에 간호사는 지옥 불을 피해 도망쳐야만 했다.

다음 날 애나 오도널은 시신 없이 사망 선고를 받았다. 잔해 속 아이의 유골은 끝내 발견하지 못했다. 경찰은 아무도 기소하지 않았고 앞으로도 그럴 것으로 보인다.

그렇다고 이 사건이 무마되는 것은 아니다. 이는 살인이라고 불러야 마땅하다. 번영하는 빅토리아 시대의 풍요 속에서 기질적 질병 하나 없는 어린아이가 굶어 죽도록 내버려졌다. 아니, 널리 퍼진 미신 때문에 굶어 죽도록 선동되었다. 그런데 아무도 처벌받지 않고 심지어 추궁조차 당하지 않았다. 법적 책임과 도덕적 책임을 모두 저버린 아빠. 자식이 약해지는 동안 그저 방관하기만 하며 자연법을 어긴 엄마. 야위어가는 애나 오도널을 제대로 치료하지 않은 70대 괴짜 의사. 아이가 죽음의 단식을 멈추도록 설득하는 데 자신의 지위를 충분히 활용하지 못한 교구 사제. 아이가 죽어간다는 증언을 듣고도 믿으려 하지 않은 자칭 감시 위원회의 다른 위원들.

보지 않으려 하는 자만큼 눈이 먼 사람은 없다. 이 말은 그 지역 주민 다수에게도 똑같이 적용된다. 그들은 최근 며칠 동안 검게 그은 오두막 잔해에 꽃과 다른 공물을 가져다 두었다. 마치 그곳에서 일어난 일이 불법적 아동 살인이 아니라 지역 성인을 신격화하는 일이었다고 순진하게 믿고 그것을 행동으로 표현하는 것 같다.

아무도 반박할 수 없는 사실은 2주 전 시작한 감시가 죽음의 시간을 앞당겼다는 것이다. 아마 이 감시 때문에 은밀한 급식 수단이 막혔을 것이다. 감시를 통해 살펴보려 했던 아이는 결국 감시 때문에 파멸했다. 위원회는 해산 전 마지막으로 아이의 죽음이 '자연적 원인'에서 비롯한 '신의 섭리'였다고 선언했다. 하지만 인간의 손으로 행한 일은 절대 창조주나 자연의 탓으로 돌리지 말아야 한다.

수간호사님께,

　지금쯤이면 제 최근 일자리에서의 비극적 결말을 들으셨을
지 모르겠습니다. 솔직히 말씀드리면 저는 너무 충격을 받아
온몸이 망가져버렸습니다. 그래서 가까운 미래에는 병원으로
돌아가지 못할 것 같습니다. 북쪽에 남아 있는 친척들이 함께
지내자고 제안해, 그러기로 했습니다.

　　　　　　　　　　　　　　　　이만 줄이겠습니다.
　　　　　　　　　　　　　　　　엘리자베스 라이트.

애나 메리 오도널
1848년 4월 7일~1859년 8월 20일
집으로 돌아가다.

남위 60도 부근, 10월 말의 포근한 햇살 아래, 엘리자 레이트 씨가 사제에게 자기 이름의 철자를 알려주었다. 그녀는 흉터 난 손에 늘 끼고 다니는 장갑을 다시 한번 매만졌다.

사제는 일지의 다음 줄로 넘어갔다.

"윌키 번스. 번스 씨는 어떤 일을 하시죠?"

"최근까지 신문사 관리자로 일했어요." 엘리자가 말했다.

"멋지시네요. 혹시 뉴사우스웨일스에 신문사를 차려 광부를 위한 신문을 발행할 생각인가요?"

엘리자는 품위 있게 어깨를 으쓱했다. "그렇다고 해도 전혀 놀랍지는 않을 거예요."

"과부와 홀아비."

사제는 글을 적으며 중얼거렸다. 그는 파도 너머 동쪽을 흘끗 보며 무게를 잡고 어디선가 읽었던 문장을 읊었다.

"새로운 초원에서 슬픔의 먼지를 털어버리리."

엘리자는 희미하게 미소를 지으며 고개를 끄덕였다.

"영국인이면 성공회……."

"번스 씨와 딸은 로마가톨릭 신자예요. 도착하면 그쪽 교회에서 다시 입교식을 치를 거예요." 엘리자가 사제의 말을 바로잡았다.

그녀는 사제가 난감해할지도 모른다고 생각했다. 하지만 사제는 상냥하게 고개를 끄덕였다. 사제가 선박명, 날짜, 정확한 위도와 경도를 기록하는 사이 엘리자는 한 달 전 파도 속에 떨어뜨린 자신의 수첩을 떠올리며 사제의 어깨 너머를 바라보았다. 다른 두 사람은 왜 안 오는 걸까?

"낸 번스는 아직도 복통과 우울증을 앓고 있나요?" 사제가 물었다.

"바닷바람 덕에 벌써 괜찮아지고 있어요." 엘리자가 사제를 안심시켰다.

"더 이상 엄마 없는 아이가 아니라니! 레이트 씨와 아이가 선상 도서관에서 그렇게 쉽게 친해져 결국 이렇게까지 된 건 정말 기분 좋은 이야기예요. 바다에서는 이런 일이 가능하죠."

엘리자는 얌전히 미소를 지었다.

이제 두 사람이 갑판 아래로 내려오고 있었다. 짧게 자른 빨간 머리에 턱수염을 기른 아일랜드 남자와 그의 손을 잡은 작은 여자아이. 낸은 유리 묵주와 종이꽃 다발을 꼭 쥐고 있었다. 물감이 아직 덜 마른 걸 보니 꽃은 직접 만든 모양이었다.

엘리자는 눈물이 날 것 같았다. 울면 안 돼, 오늘은 아니야, 그녀는 속으로 생각했다.

사제가 목소리를 높였다. "내가 제일 먼저 축하해줄게요, 낸 아가씨."

아이는 부끄러워하며 엘리자의 치마에 얼굴을 묻었다.

엘리자는 아이를 꼭 끌어안았다. 그녀는 필요하다면 자신의 몸에서 피부를 떼어내고 다리에서 뼈를 꺼내 낸에게 기꺼이 넘겨줄 것이다.

"이 근사한 쾌속 범선에서 재미있게 지내고 있니?" 사제가 아이에게 물은 뒤 머리 위를 가리키며 설명했다. "항해 거리가 10킬로미터가 넘는다니 정말 어마어마하지? 승객은 무려 250명이야."

낸은 고개를 끄덕였다.

"하지만 너는 앞으로 살 집이 더 기대되겠구나. 너는 호주의 어떤 점이 가장 좋으니?"

엘리자가 작은 귀에 대고 속삭였다. "말씀드릴 수 있겠어?"

"새로운 별이요." 낸이 말했다.

사제는 그 답을 마음에 들어 했다.

윌키가 엘리자의 반대쪽 손을 따뜻하게 꼭 잡았다. 매우 열렬했지만 엘리자만큼은 아니었다. 엘리자는 미래를 무척이나 갈망했다.

"새신부에게도 말씀드렸지만 번스 씨 가족의 선상 로맨스는 정말 매력적이에요. 신문에 한번 내보세요!"

새신랑은 활짝 웃으며 고개를 저었다.

엘리자가 말했다. "저희는 대체로 일상을 기록하는 걸 별로 좋아하지 않아요."

윌키가 고개를 숙여 아이와 눈을 맞춘 뒤 다시 엘리자를 보며 물었다. "시작할까요?"

작가의 말

『더 원더』는 허구의 이야기다. 하지만 거의 50건에 가까운 이른바 '단식 소녀(오랜 기간 음식 없이 생존했다고 칭송받은 아이)' 사례에서 영감을 얻었다. 그런 사례는 16세기에서 20세기 사이 영국 제도와 서유럽, 북미에서 보고되었다. 이 소녀와 여성 들은 나이와 배경이 매우 다양했다. 이들 중 일부(개신교 또는 천주교 신자)는 종교적 동기를 주장했지만 다수는 그렇지 않았다. 수는 훨씬 적지만 남성 사례도 있었다. 일부 단식자는 몇 주 동안 계속 감시를 당했다. 일부는 자발적으로, 혹은 감금되거나 강제 입원을 당하거나 강제 급식을 받은 뒤, 다시 음식을 먹기 시작했다. 일부는 죽었다. 나머지는 여전히 음식이 필요 없다고 주장하며 수십 년을 살았다.

결정적 제안을 해준 내 대리인 캐슬린 앤더슨과 캐럴라인 데이비드슨, 하퍼콜린스 캐나다의 편집자 아이리스 텁홈, 리틀 브라운의 편집자 주디 클레인, 피카도르의 편집자 폴 배걸리에게 감사 인사를 전한다. 타나 월런과 코맥 킨셀라는 내가 아일랜드와 영국 영어를 올바르게 쓰도록 친절히 도와주었고, 트레이시 로의 교열은 늘 그렇듯 어느 모로 보나 값을 매길 수 없을 정도로 귀중했다. 더블린 국립 예술 디자인 대학의 리사 가드슨 박사는 19세기 가톨릭 종교용품에 관한 지식을 공유해주었다. 내 친구 시네이드 맥브리어티와 캐서린 오도널은 내 등장인물들에게 성을 빌려주었고, 또 다른 등장인물은 비영리 단체 '컬라이도스코프 신탁'의 너그러운 모금 담당자 매기 라이언의 이름을 따서 지었다.

옮긴이의 말

2021년 겨울, 연말의 분위기를 느낄 새도 없이 팬데믹으로 집 안에 발이 묶여 다소 허무하게 한 해를 마무리하고 있던 시기, 『더 원더』 번역을 의뢰받았다. 새로운 이야기와 새로운 친구(등장인물)를 만났다는 설렘. 이 책에 이끌려 빠져든 세상은 너무도 낯선 19세기 중반 아일랜드의 한 작은 마을이었다.

역자와 함께 애슬론에 처음 도착한 영국 간호사 리브. 리브의 여정을 따라가며 바라본 마을의 분위기는 어딘가 음침하다. 이어지는 첫 만남과 전개 역시 어딘가 기괴하다. 이 마을의 비밀은 뭘까, 이 가족의 비밀은 뭘까, 이 아이의 속내는 뭘까, 의심과 경계 가득한 시선으로 '감시'에 동참한다. 리브가 방 안을 샅샅이 훑듯, 역자는 페이지를 샅샅이 훑는다. 긴장을 늦출 수 없다.

여덟 시간 교대로 2주간 이어지는 고된 근무. 잠은 부족하고 음식은 부실하고 정신적 스트레스는 어마어마하다. 그렇게 극한으로 몰려 약해진 틈을 타 리브의 머릿속에 혼란이 파고든다. 그러다가 진실을 깨닫고는 다시 맑아진 정신으로 용감한 결정을 내린다. 어쩌면 이는 리브에게 운명처럼 다가온 기회였으리라. 이성으로 간신히 억눌러놓은 상실과 고립의 아픔. 그것을 치유할 방법을 무의식적으로 찾아다니던 리브에게 드디어 기회가 온 것이리라.

애나의 주변인들은 애나를 '살아 있는 기적'이라고 부른다. 완전한 단식이 아니었으니 그들이 생각한 의미의 기적은 아니었지만, 애나는 다른 의미에서 기적이다. 몸에 생긴 이상이 점점 심해지며 후반에는 다소 징그럽게 묘사됐음에도, 애나는 사랑스럽다. 천성이 착하고 순수하여 보는 이를 미소 짓게 한다. 그렇게 리브의 마음을 열고 그녀를 변화시켰다.

리브는 비이성적 죄책감으로 고통받던 애나를 해방하고 새 삶을 주었다. 하지만 동시에 애나를 통해 해방되고 새 삶을 얻었다. 둘의 관계는 상호적이며, 둘은 서로의 구원자다. 이야기가 절정으로 흘러가며 우울하고 서글프고 답답해졌던 마음은 결말에 이르러 밝은 희망으로 가득 찬다. 에마 도너휴는 '단식소녀'라는 희귀한 실제 사례에서 영감을 얻어 거기에 풍부한 살을 붙인 뒤 제목 그대로 '경이로운(wonder)' 이야기를 만들어냈다.

2016년 처음 출간된 이 책은 영화 제작이 결정된 이후 한국어

판 출간이 기획되었다. 『룸』으로 유명한 작가의 또 다른 작품이 니만큼 역자 또한 큰 기대를 품고 작업에 임했다. 작가의 스토리텔링을 사랑하는 팬, 그리고 시대극과 스릴러물을 좋아하는 독자와 영화 관객 들이 이 책을 충분히 즐길 수 있기를 바란다.

2022년 11월
박혜진

더 원더

1판 1쇄 인쇄 2022년 11월 8일
1판 1쇄 발행 2022년 11월 21일

지은이 엠마 도노휴 **옮긴이** 박혜진
펴낸이 김영곤 **펴낸곳** (주)북이십일 아르테

책임편집 원보람 **디자인** 인수정
아르테출판사업본부 문학팀 김지연 임정우
해외기획실 최연순 이윤경
출판마케팅영업본부 본부장 민안기
출판영업팀 최명열
마케팅2팀 나은경 정유진 박보미 백다희
제작팀 이영민 권경민

출판등록 2000년 5월 6일 제406-2003-061호
주소 (우 10881) 경기도 파주시 회동길 201(문발동)
대표전화 031-955-2100 **팩스** 031-955-2151

아르테는 (주)북이십일의 문학 브랜드입니다.

ISBN 978-89-509-4257-1 03840